INGOLF KLOSS

bananas

INGOLF KLOSS

bananas

roman

mitteldeutscher verlag

PROLOG AUS DER BEDÜRFNISANSTALT

Das „Ideal Standard" ist des Mannes bester Freund. Daran gab es niemals Zweifel. An diesem Ort der Glückseligkeit kann ich ausgiebig philosophieren, die Fernsehzeitung detailliert studieren, gespannt die Fugen zwischen den Fliesen beobachten oder alternativ überhaupt nichts machen, wenn ich Lust darauf habe. Hier bin ich Mann, hier darf ich das sein. Ich habe ehrlichen Respekt vor meinem Donnerbalken aus Porzellan. Er gönnt mir meine Ruhe. Er stellt keine Fragen und stört sich nicht daran, dass ich stundenlang auf ihm verweile und mich zugegebenermaßen nicht gerade von meiner besten Seite präsentiere. Ich bin wirklich gern bei ihm. Das war schon immer so. Während meiner jahrelangen Beziehung mit Doris verbrachte ich vermutlich mehr Zeit auf ihm als auf der gemeinsamen Couch. Kein Wunder. Ihm fehlt die gewisse Neigung zur unangemessenen Hypereifersucht. Ihm fehlt das Gen, das ständig wechselnde Launen auslöst. Ihn interessiert es auch nicht, warum mir meine ehemalige Kollegin gelegentlich Kurznachrichten aufs Handy schickt, und dass obwohl er noch nicht einmal weiß, dass sie zwar sehr sympathisch, aber eben auch ziemlich klein und ein wenig untersetzt ist und damit knapp an meinem Beuteschema vorbeischrammt. Außerdem will er auch nicht jeden Tag mehrfach hören, dass er der schönste Donnerbalken auf Erden ist. Es ist schlicht seine Bescheidenheit, die ihn auszeichnet. Quasi das genaue Gegenteil von Doris. Aber auch ohne sie bleibt er mein Freund, heute, in unserer Zweizimmer-Männer-WG. Mag sein, dass manche der Meinung sind, dass mit Überschreiten der dreißig ein guter Zeitpunkt gekommen sein sollte, sich einen emaillierten Nobeltiefspüler mit seiner

Frau und seinen Sprösslingen in einer Eigentumswohnung zu teilen, dass „Mann" gesetzter werden und den Ernst des Lebens uneingeschränkt akzeptieren sollte. Aber vielleicht ist das auch nur eine der sieben Todsünden – der pure Neid. Der Neid auf eine Jugend, die in die Verlängerung geht. Und das bisher ohne Ablaufdatum. Sollen nur alle mit den Köpfen schütteln und daran zweifeln, dass so ein Leben völlig normal ist. Gut, geordnete Bahnen hätten vermutlich verhindert, dass ich heute auf meinem Porzellanbecken selbst den Kopf schütteln muss, während ich die letzten drei Monate meines Lebens Revue passieren lasse. Ich muss zugeben, da tauchen dann schon reichlich merkwürdige Fragen auf. Wie konnte es nur so weit kommen, dass ich in einer Ausnüchterungszelle, als Animateur in einem Schwulenklub und wie selbstverständlich unfreiwillig in den Armen einer paarungswilligen Blondine landete? Und was verdammt noch mal hat dazu geführt, dass ich auf der Bühne eines Pornotheaters mit einer Banane zwischen meinen Sitzfleischhälften zum lieben Gott beten musste? Vor Publikum! Natürlich hat mein Donnerbalken auf keine dieser Fragen eine Antwort parat. Aber er stellt eben auch keine Gegenfragen und akzeptiert die Situation und mich, so wie wir sind. Ich schätze, wir haben noch eine lange glückliche Zeit vor uns. Du bist und bleibst mein Freund.
Mein Mitbewohner Manni bewegt sich in Richtung Bad. Aber da sitz ich doch gerade. Auf unserer nigelnagelneuen blauen Klobrille, die ich heute Nachmittag bei Kaufland sehr günstig erstanden und vorhin gegen unsere alte ausgewechselt habe. War auch dringend nötig. Hatte auf der rechten Seite einen Riss, genau in der Mitte, wo wir uns seit drei Monaten regelmäßig die Arschbacken eingeklemmt haben. So eine erste Sitzung auf einer neuen glänzenden Brille muss noch ausgiebiger zele-

briert werden, und nachts um zwei ist dafür die ideale Zeit. Die Badtür öffnet sich. Dass das Licht brennt, scheint Manni nicht weiter zu interessieren. Er ist wie immer um diese Zeit im Halbschlaf und knöpft tatsächlich seine Jeans auf, in der er vor vier Stunden eingepennt ist. Seine Ähnlichkeit mit dem jüngeren Woody Allen ist verblüffender denn je. Nur dass mein Stadtneurotiker hier im Moment weitaus weniger gesprächig ist. Das ist aber nur eine Frage der Zeit. Sobald sein Entertain-Gen emporsteigt, muss man sich bei ihm um fehlende, pointierte Kommunikation keine weiteren Sorgen mehr machen. Als er vor mir steht und schon dazu ansetzt, Free Willy der Freiheit anzuvertrauen, bekommt sein Großhirn ein Zeichen.
„Oh", brummt er mit gesenktem Kopf, dreht sich langsam um und verschwindet wieder in seinem Bett.
Ich gebe zu, ich möchte an keinem Tag seines Lebens mit ihm tauschen. In zwei Stunden wird sein Wecker klingeln, denn Manni ist Morgenmoderator bei einem sächsischen Radiosender. Da wird Manni jeden Tag schon ab 5 Uhr früh zu „Mad Man auf XTC". Klingt spannend, ist es aber nicht. Zumindest nicht für mich, der ich sehr gut damit leben kann, jeden Tag bis in die Puppen zu pennen. Ich bin nämlich ein Redakteur der schreibenden Zunft, mit unglaublich flexiblen Arbeitszeiten. Ob ich einen Artikel nun morgens oder nachts schreibe, ist schließlich egal. Gut, mein Chef, von allen nur Schweinenase genannt, würde sich vermutlich freuen, wenn ich auch öfter mal tagsüber in der Redaktion erscheinen würde. Da ich aber meinen Chef so verbissen ernst nehme wie ein Chemiewerk an der Wolga den Umweltschutz, ist mir das Wurscht. Außerdem bin ich ja nicht bei einer Tageszeitung, sondern bei einem sogenannten Lifestyle-City-Magazin, das nur monatlich erscheint. Mein Chef heißt eigentlich Markus Löffler, der Sohn von Harry

Löffler, dem unser Heft den Namen *Pool* verdankt. *Pool*! Weil es hier in Leipzig ja immer so tropisch warm ist wie in der Karibik. Weil ja die meisten unserer Leser dazu neigen, die *Pool* auf einer Luftmatratze in ihrem Gartenplanschbecken zu durchforsten. Ähnlich wie der Name plätschern auch die Storys in ihr vor sich hin. Modetipps, Ausgehhilfen und Features über lokale DJ-Größen.

Obwohl, gegen letztere Fraktion darf ich nix sagen. Manni ist nämlich auch einer. So ein Vinylakrobat, der wie all die anderen auch nur so tut, als würde er echte Schallplatten drehen. In Wahrheit wird heutzutage jeder Gast mit MP3s beschallt. Hat mir Manni mal gezeigt. Die haben da so ein Programm auf ihrem MacBook, welches die Songs digital und damit unauffällig in das Mischpult einspeist und sich von einer vinylartigen Scheibe nur die Impulse holt. Vor, zurück, scratchen und so weiter. Klappt sogar mit Videos. Nur falls sich mal einer wundert, warum der Schallplattenunterhalter zwar mit Schallplatten unterhält, sie aber niemals wechselt. Der spielt nicht immer die gleiche Scheibe. Nein, nein. Genau genommen spielt er stets dieselbe. So kommt es einem auch vor, wenn man Mannis Sender hört. Unaufhaltsam rotiert dieselbe CD in einer stündlichen Schleife. Aber auch dafür hat Manni eine simple Erklärung. Das sind die Songs, die nun mal jeder gerade hören will. Und bei einer durchschnittlichen Radio-Hördauer von fünfundvierzig Minuten soll schließlich jeder seine Lieblingsnummer mindestens einmal pro Tag zu hören bekommen. Diskussionen darüber, ob man die Hördauer nicht einfach dadurch erhöhen könnte, dass man die Schleife um eine weitere Stunde ausdehnt, führten in unserer kleinen WG bisher immer zum gleichen Resultat. Radio ist so was wie McDonald's. Die Leute erwarten hier kein Wiener Schnitzel, sondern wollen eben ihren Cheeseburger und ihren FishMac oder Filet-o-Fish, wie er neuerdings auch bei uns heißt. Radio ist halt Fast Food für die Ohren. Davon ist Manni überzeugt. Ich nicht. Ich finde auch nicht, dass die *Pool* Fast Food für die Augen sein sollte. Da muss doch auch mal was hängen bleiben beim Endverbraucher. Bin ich deswegen gleich ein Idealist?

Als ich mich freudestrahlend und erstmals ohne Arschbackenquetschung von unserem frisch bebrillten „Ideal Standard" erhebe, erlebe ich nun die erwachte Version von Manni, der eigentlich Manuel Klopp heißt und jetzt gegen drei wütend an die Tür klopft. Ganz wichtig! Ihn niemals und insbesondere nicht jetzt auf Woody Allen ansprechen. Vor allem nicht auf den Kultstreifen „Der Stadtneurotiker". Dabei geht es vordergründig gar nicht um den verpeilten Protagonisten an sich. Nur um den Abspann, bei dem Woody Allen ein brachialer Fehler unterlaufen ist. Christopher Walken ist nun einmal ein wahrer Held in Mannis Augen und da darf man nicht von „Christopher Wlaken" sprechen. Auch wenn er damals noch keine so große Nummer war und sich mit einer recht bescheidenen Rolle in Allens Film begnügen musste. Zu diesem Zeitpunkt war es auch noch schwer vorhersehbar, dass ausgerechnet Christopher Walken, der Sohn eines deutschen Bäckers aus Gelsenkirchen, die Hauptrolle in einem Fatboy-Slim-Musikclip spielen, oder besser, tanzen würde. Und dass der in den 2000ern zum besten Video aller Zeiten gekürt werden würde. *„Weapon of choice"* – Mannis Lieblingsclip.

„Sascha! Nu mach hin! Soll ich ins Bett pinkeln oder was?", klopft Manni jetzt etwas wütender.

Alexander „Sascha" Bartmann, das bin ich. Die böse dreißig vor drei Jahren überschritten, ohne aber dabei Gefahr zu laufen, bald zu ergrauen, was schlicht daran liegt, dass mir mein

Vater ausgerechnet das Gen weitergereicht hat, das sich mit vollem Haar nicht verträgt. Aber wie sagt meine Mutter immer so schön: „Ein hübsches Gesicht braucht viel Platz." Recht hat sie. Bei Manni sieht das so ähnlich aus, nur kann man bei ihm noch nicht von einer ausgeprägten sexy Halbglatze sprechen. Er ist allerdings auch noch ganze drei Jahre jünger als ich. Der soll erst mal in mein Alter kommen.
„Sascha! Ich komm jetzt rein. Mir egal, ob du dir am Waschbecken einen runterholst oder sonst was!"
„Jaja, komm nur. Bin fertig."
Die Tür geht auf, Manni rennt zum Klo und nimmt wie selbstverständlich Platz auf der blauen Neueroberung. „Irgendwas is hier anders."
„Klemmt heut nich so, oder?"
„Hey, 'ne schicke, neue Klobrille. Wollte ich am Wochenende besorgen."
„Schon klar."
Ein typischer Morgen in der Klopp/Bartmann-WG in der Mockauer Straße in Leipzig. Der eine fährt sich gerade nach fünf Stunden Schlaf hoch, der andere freut sich auf ein 10-Stunden-Nickerchen ohne die sägende Lärmbelästigung aus dem Nebenzimmer. Die hat bis vor vier Jahren noch in Berlin gewohnt, sich dann aber dazu entschlossen, hundertsechzig Kilometer weiter südlich ihr Glück zu probieren. Als sprechender Radiowecker in unmittelbarer Nähe zur AKAD Fernhochschule. Da, wo wir uns damals kennengelernt haben. Erstes Semester, Seminar „Mitarbeiterführung". Manni spielte den Angestellten, ich den Chef. Er wollte von mir einen Job, er stellte sich verdammt clever an, und wir bekamen beide unsere angestrebten Credits. Das war dann auch das letzte Mal, dass wir uns die Fern-Uni von Nahem betrachtet haben. Offiziell sind

wir natürlich nach wie vor BWL-Studenten, die bestimmt irgendwann mal wieder spontan Bock haben, gemeinsam Buchführung zu büffeln.

Zumindest brachte uns das Fernstudium auf die gigantische Idee, zusammenzuziehen und somit die Miete zu teilen. Die Ferncampusmaut in Höhe von dreihundertdreiunddreißig Euro ist ja auch kein Pappenstiel. Und wer denkt, dass Radiomoderatoren in der gleichen Gehaltsklasse wie Thomas Gottschalk liegen, dem sei geraten, mal schön eine Lehre bei der DAK zu machen. Als Filialleiter verdient man dort mit Sicherheit mehr. Wahrscheinlich sogar das Fünffache eines Redakteurs bei einem Stadtmagazin. Aber deswegen studieren wir ja. Bald wieder. Vielleicht. In den letzten drei Monaten sind wir jedenfalls nicht dazu gekommen. Das hatte diverse unterschiedliche, aber immer gute Gründe.

ITZI BITZI IBIZA

Nachdem ich heute Mittag schon sensationelle vierunddreißig Wörter über das anstehende Pink-Konzert verfasst, drei 5-Minuten-Terrinen gefuttert und die letzten dreißig Seiten meiner *TV-Movie* durchblättert habe, gönne ich mir am frühen Abend eine kleine Auszeit. Zum Durchatmen sozusagen. An der nahe gelegenen ARAL-Tanke besorge ich mir Nikotinnachschub und eine Packung Brot. Noch einen Maggi-Natriumglutamat-Aufguss würde mein Körper wahrscheinlich nicht ohne bleibende Schäden überstehen. Hat mir Manni mal erklärt. Diese geruchlosen, aber deftig schmeckenden Kristalle sollen ja angeblich Auslöser für Krankheiten wie Parkinson und Alzheimer sein. Bei Ratten führt so eine Glutamin-Überdosis gleich mal zu einer skurril deformierenden Verfettung und sogar zu massiven Fortpflanzungsproblemen. Eine fette Ratte, die keinen mehr hochkriegt. Keine besonders schöne Vorstellung.

Als ich nach meiner 10-minütigen WG-Abstinenz endlich wieder daheim ankomme, ist mein Einsiedlerdasein für heute beendet. Aus Mannis Zimmer dringen laute „Uhs" und „Ahs", übertönt von einer sonoren Stimme, die jede Bewegung auf dem Bildschirm kommentiert. Ich tippe mal auf die Begegnung Hertha BSC gegen Bayern München. Dass es sich um ein Spiel auf der Xbox handeln muss, erscheint logisch: Es steht 4:0 für seine Berliner Jungs. Obwohl, bei den Bayern kann man nie wissen.

Mannis Ich-komme-langsam-runter-Stunde sollte man niemals unterbrechen. Immer schön zu Ende spielen lassen. Das habe ich in den letzten Jahren gelernt. Lenkt man ihn ab, erwischt man ihn in seiner Postradiophase, die ein mindestens einstündiges verbales Selbstporträt zur Folge hat. Da erfährt man dann detailliert, zu welcher Zeit er welchen Gag gebracht hat und welche Kollegen ihn wieder mal an welcher Stelle missverstanden haben. Ich nenne es das Radio-Diven-Syndrom, kurz RDS. Wenn Manni sein Spiel auf der Xbox mit einem deutlichen Sieg für die Hertha meistert, lassen die Symptome aber in der Regel schnell nach und ich kann mit ihm auch über Dinge sprechen, für die sogar ich mich erwärmen kann.

Nach fünfzehn inbrünstigen „Scheiße"-Rufen und einem triumphalen Siegesschrei bin ich mir sicher, dass sich sein RDS gelegt hat und wir in trauter WG-Zweisamkeit bei einem Hörspiel entspannen können. Mein Laptop steht auf dem Küchentisch, im Windows-Media-Player stehen alle Kapitel von „Offenbarung 23" zum Abhören bereit. Heute ist „Die traurige Prinzessin" dran, all die dramatischen Verschwörungstheorien rund um den Tod von Lady Di. Wir haben uns mit der Zeit daran gewöhnt, jeglichen Na-wie-geht's-Schnickschnack wegzulassen und immer direkt zum Punkt zu kommen. Also wundert es mich auch nicht, mit den Worten: „Heute Prinzessin oder wie?", begrüßt zu werden.

„Muss!", gebe ich mich ebenso sparsam. Während des getragenen, klavieruntermalten Intros holt Manni die Bretter aus dem Schrank und greift nach einer prall gefüllten Einkaufstüte. Verstehe, Spaghetti à la Mad Man sollen mir heute noch den Magen rumdrehen. Meist verflucht scharf, aber trotzdem eine gesunde Alternative zu meinen Steinpilzglutamineiweißprodukten aus dem 5-Minuten-Becher.

Als wir erfahren, dass der Name Paris auf einen alten Keltenstamm zurückführt, blubbern Schinken, gewürfelte Paprika und drei gehackte Knoblauchzehen im Tomatenbrei. Die beiden Hörspielprotagonisten unterhalten sich darüber, dass Whiskeysaufen etwas mit Unsterblichkeit zu tun hat. Wir

schauen uns beide an. Mit einer kurzen Augenbewegung versuche ich ihn daran zu erinnern, dass auf seinem Schrank noch der Inhalt einer Flasche edelsten Whiskeys förmlich darauf wartet, unsere Kehlen hinabzugleiten.
Hervorragend! Manni bewegt sich in die korrekte Richtung, allerdings kopfschüttelnd. „Ich erzähl dir nich noch mal, dass ein Hennessy kein Whiskey sondern ein COGNAC ist!"
„Keine Gerste. Keine Hefe. Nur Weintrauben." Welch Wunder, ich erinnere mich. „Wie konnt ich nur!?"
Schweigend holt er das nasse Gold und füllt es in Ramazzotti-Gläser ab. Nicht besonders stilvoll. Aber lecker. Genauso wie die Nudeln mit dem Schinkenpaprikatomatenmatsch auf unseren IKEA-Tellern. Mitten in Kapitel vier drückt Manni auf Pause und setzt zum dritten Satz des heutigen Abends an: „Der Obelisk in Paris."
„Da steht er, ja."
„Und wo stand er vorher?", kommt der allgegenwärtige Geschichtslehrer durch.
„Der stand doch schon immer da!"
„Eben nicht. Den haben sie von Muhammad Ali geschenkt bekommen."
„Aha", antworte ich latent irritiert. Doch bevor ich fragen kann, wie denn eine Boxlegende dazu kommt, den Franzosen zweihundertfünfzig Tonnen Granit als Geschenk zu überreichen, läuft wieder die „Offenbarung". Ich versuche mich wieder zu konzentrieren und erfahre, dass Queen Elisabeth eigentlich eine Deutsche ist. Schließlich hieß ihr Großvater King Georg V. irgendwann mal George Frederick Ernest Albert von Sachsen-Coburg-Gotha. Das will ich mir merken. Kann ich aber nicht, weil Manni schon wieder unterbricht.
„Den müssen wir uns angucken!"

„Der lebt doch gar nich mehr."
„Den anderen Obelisken!"
„Gibt's da zwei von?"
„Jop. Das waren sozusagen Zwillinge."
„Und wo is der andere abgeblieben?"
„Na, in Luxor!"
Kopfschüttelnd lässt Manni die Folge weiterlaufen und hat es damit wieder einmal geschafft. Wie soll ich mich denn jetzt auf die ganzen Windsors und Mountbattens konzentrieren, wenn ich mich frage, warum Muhammad Ali einen Obelisken von Ägypten nach Frankreich geschleppt hat? Den kriegt man ja nicht einfach mal so ins Reisegepäck. Er mag ja gut durchtrainiert gewesen sein, aber er hieß ja nicht Obelix. Außerdem bringt das Ding deutlich mehr auf die Waage als ein Hinkelstein. Bei der Theorie, dass Lady Di und ihr Verlobter Dodi Al-Fayed von der britischen Königsfamilie beseitigt wurden, damit Diana kein halbmuselmanisches Kind austrägt, steige ich wieder ein, um am Ende des Kapitels selbst auf Pause zu drücken.
„Okay. Macht alles Sinn. Aber was hat Muhammad Ali mit dem Obelisken zu tun???", will ich wissen.
„Na ja, er hat dafür von Louis-Philippe 'ne Uhr geschenkt bekommen. Das Ding hat aber nie funktioniert."
Also, ein bisschen habe ich ja in Geschichte aufgepasst, und wenn mich nicht alles täuscht, dann war das dieser Louis-Philippe, der so Mitte des 19. Jahrhunderts der König der Franzosen war. Das bringt mich schnell zu der Erkenntnis, dass der Muhammad Ali, von dem wir hier reden, wahrscheinlich niemals in einem Boxring gestanden hat.
„Gut. Kurze Erklärung! Muhammad Ali war wer?"
„Na, 'n ägyptischer Herrscher", zeigt Manni eher wenig Verständnis, was meine offenbar exorbitante Unwissenheit an-

geht. Trotzdem erklärt das natürlich einiges. Außer vielleicht, warum die ominöse Uhr nicht funktioniert und warum Manni sich den Zwillingsobelisken unbedingt anschauen will. Aber ich möchte jetzt keinen Grundkurs in Ägyptologie, sondern eine knallhart recherchierte Enthüllung, wer denn Lady Di nun wirklich auf dem Gewissen hat.

Ich bin unglaublich *amused*. Nicht nur, weil Manni die restlichen sechs Hörspielkapitel ohne Pause durchlaufen lässt, sondern auch weil der Abend offenbar in eine audiovisuelle Verlängerung geht.

„Hab vorhin 'ne echte Rarität gefunden", freut sich Manni und präsentiert mir ein buntes DVD-Cover mit der Aufschrift „Sunshine Reggae auf Ibiza". Diese dicke Comicfigur links auf dem Fahrrad mit dem hängenden Auge, an wen erinnert die mich? Ich habe eine leise Vorahnung, aber nein. Wird das jetzt das Kontrastprogramm zu unserem Windsorkiller-Hörvorspiel?

„Bring mal die Flasche mit. Ohne können wir den nicht gucken!", grinst Manni und mein Verdacht erhärtet sich. Als der Vorspann läuft, brauche ich dringend einen ganz großen Schluck. Mein Mitbewohner und ich sitzen mit Cognac und Kippe in der Hand auf einem Bett und opfern unsere kostbare Freizeit einem deutschen 80er-Jahre-Softpornostreifen. Mit Karl Dall in der Hauptrolle.

„Ja, der Hans Werner. Geil!", strahlt Manni. Von wem auch immer er da redet.

„Hieß der nich Karl?"

„Der andere", werde ich gemaßregelt. „Hans Werner Olm. Als Briefträger! Das is doch mal 'n Highlight!"

Ich verschwinde dezent in die Küche, um die Darstellerliste zu wikipedieren. Das kann doch nicht sein. Was hat der in einem schlechten Jetzt-hol-ich-die-Möpse-raus-Streifen zu suchen? In den 80ern! Wenige Sekunden später muss ich mich geschlagen geben. Alle Achtung! Wissen, von wem Louis-Philippe einen Obelisken geschenkt bekam, und dass Luise Koschinskys Alter Ego sein Debüt in einem billigen Schmuddelfilm hatte. Das nenn ich mal ein stattliches Allgemeinwissen. Gehört offenbar zur Grundausbildung für Radiowachmachmänner.
Ich lasse mich wieder auf Mannis Bett fallen und warte auf die nächste bahnbrechende Erkenntnis. Manni dreht den Ton um ein Vielfaches lauter. Karl Dalls virtuoses Klangkunstwerk *„Itzi Bitzi Ibiza“* steht an. Dadurch merke ich auch erst bei den Zeilen *„Wir pfeifen auf Rom, Paris und Nizza, denn am schönsten ist es auf Ibiza“,* dass mein Handy mich von diesem unterirdischen Nostalgietrip erlösen will. Zu spät. Unbekannte Nummer hat schon aufgelegt.
„Stößgen!“ Manni knallt sein Glas gegen meins. „So was Gutes kriegste heut nich mehr im Kino!“
Ob er sich fragt, warum diese deutsche Weltklasseproduktion damals keinen Oscar bekommen hat?
„Ich kann dir ja mal ’ne Privatvorstellung organisieren“, wäre mein Vorschlag.
„Nee, im Ernst. Is doch tausendmal besser als ‚1½ Ritter‘, ‚Traumschiff Surprise‘ oder dieser ganze andere Müll.“
„Na ja, vielleicht stellen in zwanzig Jahren zwei Typen in ’ner WG fest, dass ‚1½ Ritter‘ einer der meistunterschätzten Streifen der 2000er war.“
Kommentarlos widmet sich Manni wieder seinen Blondlocken mit den unrasierten Achseln. Während der *„Mit-dem-kleinen-Hammer-auf-den-kleinen-Zeh“*-Verfolgungsjagd zwischen Gott-

lieb Wendehals und Herrn Dall vibriert noch mal die unbekannte Nummer. Diesmal bin ich schneller.
„Hallo?“
„Stör ich?“, will da eine weibliche Stimme wissen.
„Wer is’n da?“
„Ach so, Entschuldigung. Sarah Marteau.“
Ach ja, das Mädel von der Plattenpromo-Agentur, die mir hoffentlich sagen will, dass Montag mein großer Tag wird. Der Tag, an dem ich die Synthie-Pop-Götter aus England treffen werde.
„Na dann störst du natürlich nich!“, muss ich jetzt schreien, weil Manni wieder lauter gedreht hat. Er könnte ja irgendeinen geistreichen Kommentar vom Karl verpassen. Ich flüchte in mein Zimmer nebenan.
„Ich denke mal, ich habe eine gute Nachricht für dich“, strahlt sie durchs Telefon. „Depeche Mode bleiben wirklich ein paar Tage in Berlin. Dein Interviewtermin am Montag ist bestätigt.“
Völlig von den Socken war ich, als sie vor drei Wochen beiläufig erwähnte, dass bestimmt irgendwann mal die Möglichkeit bestehen würde, mit den Jungs von Angesicht zu Angesicht zu plaudern. Für einen ganz üblen Scherz hielt ich ihren Anruf in der letzten Woche. Sie sprach von einer 90-prozentigen Sicherheit, was ein Interview angeht. Jetzt, wo aus der Neunzig eine Hundert geworden ist, bin ich komplett konsterniert. Geschätzte 12 354 Fragen haben sich in den vergangenen Jahren angesammelt, zumindest einen Bruchteil davon werde ich tatsächlich bald stellen dürfen.
„Ich kann’s nich glauben.“ Fassungslos schüttele ich den Kopf.
„Die Bestätigung vom Management habe ich dir schon geschickt. Wollt es dir nur persönlich sagen.“
Ich habe keine Ahnung, was das eigentlich für eine Frau ist oder wie sie aussieht. Anfang des Jahres hat sie den Job von

der ollen Pommelheimer übernommen. Das war die, die immer meinte, die Künstler hätten es nicht nötig, sich mit einem billigen Stadtmagazin zu unterhalten. Aber nun war ja Sarah da. Allein wegen ihrer unwahrscheinlich sympathischen Stimme spüre ich jetzt das dringende Bedürfnis, sie drei Stunden lang zu drücken.

„Ich bin überwältigt. Ehrlich!" Und so klinge ich vermutlich auch.

„Ich hoffe, du kannst heute Nacht gut schlafen", lächelt sie durchs Telefon. „Wann und wo genau, steht alles in der Mail, okay?"

„Ich bin dir ... unendlich dankbar!" Ich sitze wie versteinert auf meinem Bett.

„Na ja dann, wir hören uns, ja?"

„Ja ... ja, na klar. Gute Nacht!", stammele ich in den Hörer.

„Gute Nacht!"

Das Verdauen dieser Information geht weit über den Abspann von Mannis Schmuddelostfriesen hinaus. Er findet mich und meinen ungebremst debilen Blick in der Küche. Schweigend und konstant kopfschüttelnd.

„Irgendwer gestorben?", täuscht Manni Besorgtheit vor.

„Depeche Mode klappt."

„Ach so. Na ja, hatte dir doch diese Sandra letzte Woche schon erzählt."

„Sie heißt Sarah! Und da stand's noch nich fest."

„Mhm." Manni nimmt die Pfanne vom Herd und löffelt den lauwarmen Rest der feurigen Tomatenpampe. „Aber wir müssen nach Luxor", entscheidet Manni mit vollem Mund mampfend. „Machen wir 'ne Woche Hurghada und buchen von dort aus."

Ich nicke schweigend und verständnislos und ziehe mir eine flüchtende Spaghetti vom Pfannenrand.

„Und morgen ist Winnetou Teil eins dran“, setzt Manni nach. Die Suche nach irgendeinem vernünftigen Zusammenhang scheitert.
„Wurde der … in Ägypten gedreht?“, fühle ich mich leicht überfordert.
„Jugoslawien. Der erste Film mit Karl Dall.“
Wenn Manni das sagt, wird’s wohl stimmen.

NICKEL-PICKEL-PINSEL

An diesem lang ersehnten Montagvormittag Ende Februar mache ich auch eine Bekanntschaft, auf die ich liebend gern verzichtet hätte:

„P-p-p-poker face, p-p-poker face …“

Gott! Was ist das denn? Schrecklicher 90er-Jahre-Plastikpopdance im Radio bei Kiss.fm. Hoffentlich wird das kein Hit. Hatte mir Manni nicht erzählt, dass hier die geneigte Baggy-Pants-Audienz rund um die Uhr mit R'n'B und Hip Hop beglückt wird? Diese Lady Gaga hat ja nun so viel mit R'n'B zu tun wie Fanta 4 mit Schlager. Das hebt meine Stimmung ungemein in diesem ewigen Stau auf dem Berliner Ring. Ich bin extra drei Stunden früher losgefahren, nicht dass mein Depeche-Mode-Interview ohne mich stattfindet. Nach ungefähr sechzig Minuten im Stau plärrt wieder diese penetrante Stimme: „What's up, this is Lady Gaga on Kiss.fm!“ Das könnt ihr doch nicht ernst meinen. Schon wieder *„Poker face“*? Gut, ich weiß ja nun, dass ich durchschnittlich nur fünfundvierzig Minuten pro Tag Radio hören darf, und dafür in der Zeit auch immer meine *favourite tracks* laufen. Diese Nummer steht aber nicht auf meiner Liste! Wird sie auch nie.

Statt auf einen anderen Sender umzuzappen, drehe ich die Boxen in meinem Golf um ein vielfaches lauter und singe genervt mit:

„No he can't read my poker face …“

Bilde ich es mir nur ein, diese Nummer grauenhaft zu finden? Werde ich irgendwann bei einem Konzert dieser schrillen Tante textsicher in der ersten Reihe stehen und meine Arme hysterisch in die Höhe strecken? Unsicherheit macht sich breit. Erschrocken stelle ich um auf 104.6 RTL. *„Sunglasses at* *night"* – das ist unverfänglicher. Das darf ich als harmonisch wertvoll einstufen. Während der kühle Wind ein paar ausgeprägte Schneeflocken auf meiner Motorhaube verteilt, hole ich aus purer Langeweile meine Sonnenbrille aus dem Handschuhfach, setze sie auf und trommele auf meinem Lenkrad im Takt. Dabei wirke ich mit Sicherheit wie Stevie Wonder auf Koks. Findet auch die blonde Businesstante nebenan im gelben Z3 Coupé. Naserümpfend bewegt auch sie ihre gesträhnte Mähne, allerdings weniger euphorisch und in einem anderen Takt. Ich beende meinen Trommelanfall und schalte das Radio aus. Als ich meine Scheibe ein Stück nach unten kurbele, kann ich nun ihrem schmalspurigen Unterhaltungsprogramm lauschen. *„Sie liebt den DJ."* Gut, ganz so peinlich ist diese Lady Gaga dann doch nicht.

Eine weitere Kiss.fm-CD-Schleife später stehe ich vor dem Hotel de Rome in der Hauptstadt, und würge *„Poker face"* schon nach dem ersten Takt ab. Ich sortiere noch einmal meine wohlüberlegten, von meinem Englischexperten Manni geprüften Fragen, die ich hoffentlich gleich Martin L. Gore und Andrew Fletcher stellen werde. Es sei denn, die beiden haben am Samstag bei der ECHO-After-Show-Party doch zu viel gebechert und liegen noch im Koma. Unten auf meinem Script lese ich die kleine Randnotiz. „Katta!!!" Meine beste Freundin hat mich beauftragt, ihr irgendwas mitzubringen. Kein Autogramm oder so, sondern was Persönliches. Am vergangenen Wochenende hatte ich mir darüber mehr Gedanken gemacht als über meine entscheidenden Fragen an die beiden Synthie-Popper. Was Persönliches! Eine Socke von Martin? Den Ehering von Andy?

Ich habe schon Mühe, die Tatsache zu verdauen, gleich mit den Helden meiner Kindheit zu plaudern. Und dann soll ich ihnen auch noch was abluchsen. Na ja, im schlimmsten Fall wird es eben doch auf ein Autogramm hinauslaufen.

Drei Etagen höher werde ich von einem unglaublich wichtigen, ständig seinen Ohrstöpsel in Position haltenden und dabei ins Minimikro flüsternden Künstlerbetreuer in eine sogenannte Deluxe-Suite geführt. Drinnen, auf einem der beiden Ledersessel, hat sich bereits ein circa 20-jähriger grauer Pullover mit Brille und Pickel am Kinn mit beiden Händen an der Lehne verkrampft.

„Tach! Schon aufgeregt?“, begrüße ich den Knaben, mit dem ich wohl gleich mein Privileg teilen muss.

„Hallo! Ja, ich äh bin nur für einen Kollegen eingesprungen, der sich heute krank gemeldet hat.“

Ich glaube, ich müsste tot umfallen, um vor dem Mann da oben eine gute Ausrede zu haben, diesen Termin zu schwänzen. Selbst nach einem schweren Autocrash hätte ich mich mit offenen Wunden und Beatmungsgerät hierher geschleppt.

„Und? Die Jungs schon mal getroffen?“, gebe ich mich interessiert, um die Pause zu überbrücken, bis die beiden New-Wave-Götter zur Tür reinkommen.

„Nee. Durfte nur mal Sarah Connor interviewen“, kommt als Antwort mit einem verschämten Grinsen, sodass der Pickel noch besser zur Geltung kommt. Er arbeitet bei irgendeinem Musikmagazin in Berlin, schreibt aber nur gelegentlich ein paar Artikel. Eigentlich ist er Germanistikstudent. Glaub ich ihm sofort. Seine schwarze abgetragene Nadelstreifenhose ist ein klares Indiz dafür. Die Alice-Schwarzer-Gedenkbrille ebenso. Er sitzt zunehmend verkrampfter rechts neben mir, an diesem niedrigen Tisch. Uns gegenüber, hinter dem Tisch ein edler

Dreisitzer an der Wand, auf dem gleich Martin und Fletch unseren Fragen ausgeliefert sein werden. Zur Feier des Tages habe ich extra mein altes schwarzes Hemd und die schwarzen Jeans angezogen. Nur bei meiner Frisur hatte ich Mühe, mich Sänger Dave anzupassen. Aus Mangel an stattlicher Haarpracht.

Wenig später erlebe ich die kaum fassbare, surreale Situation – Händeschütteln mit zwei echten Idolen. Mit Andy, der mit seiner glatten Erscheinung und dem beinah aufdringlichen Parfum eher wie ein Bankangestellter wirkt, so als ob er mir im nächsten Moment einen Kredit aufschwatzen will. Und mit Martin, der sich optisch dem grauen schneebedeckten Berlin angepasst hat, im schwarzen T-Shirt und mit Bommelmütze. Er hat sogar Handschuhe dabei. Martin zündet sich eine Marlboro Light an, Andy schlürft einen Schluck Kaffee. Und los geht's.
Mein pickliger Kollege darf zuerst und kommt gleich mit einer Frage, die gnadenlos ins Detail geht. Die Pet Shop Boys haben gerade einen Brit Award für ihr Lebenswerk bekommen, und sind noch nicht so lange im Geschäft wie Depeche Mode. Ob da Neid aufkäme, möchte mein Deutschpauker gern wissen. Verfasst im astreinen Schulhochenglisch. Streber! Die beiden erklären uns, dass das völlig in Ordnung sei, da die Pet Shop Boys ja ihre große Karriere schon hinter sich hätten und Depeche Mode sich als aktuelle Band betrachten. Nicht nur bei mir, auch beim Nickelpickel kommt ein Verdacht auf. Aber selbst ich mit meinem Zwei-Minus-Schulenglisch hätte ihn höchstwahrscheinlich anders formuliert.
„Do you have something against the Pet Shop Boys?“, ist er plötzlich mit seinem angelsächsischen Latein am Ende. So

einen geeigneten Moment zum Fremdschämen erwischt man doch eher selten. Andy guckt verdutzt.
„I think he wants to know if we got a problem with them“, übersetzt Martin. Eifriges Nicken beim Graupulli. Andy holt etwas weiter aus, um etwaige Gerüchte bereits aus der Welt zu schaffen, bevor sie aufkommen. Derweil schiele ich auf das Script meines Kollegen. Da steht nur eine Frage. Verstehe. Entweder er verlässt sich darauf, dass ich noch ein paar Fragen stelle, um sich parasitär zu bedienen, oder uns erwarten noch mehr solcher verbalen Ergüsse.
Ich erkundige mich, wie gigantisch ihre neue Tour ablaufen wird und finde heraus, dass sich die Herren diesmal eher bescheiden geben werden. Den letzten Satz hab ich nicht so ganz verstanden. Egal. Dabei sein ist alles. Sechs Augen sind nun wieder auf den untenrum Nadelgestreiften gerichtet. Unterbelichtetes Grinsen ist die Antwort. Pause. Ich könnte ja auch einfach weitermachen. Auf meinem Zettel stehen noch knapp dreißig Fragen. Aber nein. Mal schön abwarten. Nach gefühlten zwanzig Sekunden Stille, bewegt sich das inzwischen hochrote Gesicht meines Berliner Kollegen.
„Öhm, what did you do the last years? The last time that we was hearing something from you was in the eighties!“
Autsch. Das tat weh. Nun könnten die beiden Herren diese Frage auch überhören. Aber nein. Andy zeigt Humor und erklärt, dass Depeche Mode seitdem jeden Tag dasitzen, Interviews geben und solche spannenden Fragen beantworten dürfen. Nachdem ich von Martin noch ein paar Details über die anstehende Tour erfahre, rattert es gewaltig im bebrillten Schädel nebenan. Es entsteht wieder die obligatorische Pause. Und dann kommt überraschenderweise doch noch was: „Äh … öhm … äh. Yes. Could you imagine a duet with Dave?“

Weder Depeche Mode noch ich können uns ein breites Grinsen verkneifen, trotzdem bekommt der schwächelnde Germane auch darauf eine Antwort. Man arbeite für die Tour schon an einem Chor und an der dazu passenden Choreografie. Das dürfen wir uns dann so vorstellen wie bei den Backstreet Boys. Um nach dieser halben Stunde doch noch verwertbares Material zu haben, beschließe ich, keine anderen Fragen mehr zuzulassen. Die Nickelbrille lehnt sich entspannt zurück und pinselt fleißig mit.
Durch meinen Kopf geistert nicht nur die nächste Frage, sondern auch Katta. Womit kann man einem Depeche-Mode-Fan eine Freude machen, ohne nach einem Autogramm zu fragen? Höchstens die ... genau! Die fast leere Hotel-de-Rome-Streichholzschachtel von Martin. Liegt einen knappen Meter entfernt. Aber zu den Jungs zu sagen, guckt mal da, hinter euch, und das Ding dann einfach einzustecken, wär ja auch ein bisschen dämlich. Ich brauche eine Strategie. Moment. Nächste Frage. Mich interessiert, ob die Herren denn für ihr neues Album tatsächlich ihre guten alten Keyboards aus den 80ern aus dem Keller geholt haben. So. Zwei Minuten Zeit zum Nachdenken. Na eben! Wenn Martin raucht, dann darf ich das doch auch. Wenn ich einfach ganz frech nach einer Zigarette frage, muss er mir doch aus Höflichkeit auch gleich die Streichhölzer rüberreichen, oder? Während Andy noch über analoge Sounds philosophiert und meine benachbarte, immer schneller schreibende Germanistikbrille wieder gesunde Gesichtsfarbe annimmt, tippe ich mit einem fragenden Lächeln auf Martins Schachtel. Er nickt. Das ging ja einfach. Er holt eine Zigarette raus und drückt sie mir in die Hand. Dummerweise schiebt er aber nicht die Streichhölzer rüber, sondern gibt mir auch noch Feuer. Vielen Dank, aber so war das nicht gedacht!

Eine viertel Stunde später reichen uns Andy und Martin noch einmal zum Abschied die Hand und sind blitzschnell um die Ecke verschwunden. Inklusive Streichhölzer! Mhm. Nicht einmal ein Autogramm für Katta. Der Einzige, der sich freut, ist der Pickelpinsel. Er hat es überstanden und dazu noch jede Menge brauchbare Infos, die weit über Boygroup-Bühnenzappeleien hinausgehen. Er ist bereits glücklich aus der Suite gehüpft, als ich noch deprimiert am Tisch sitze und meine Zettel ordne. Mein Blick wandert über den fast echt wirkenden Kunst-Ficus am Fenster, über die anthrazitfarbene Minibar zurück zur Couch gegenüber.

Das, was mich plötzlich anlächelt, ist schwarz, aus Wolle und liegt auf der Lehne. Martins Handschuhe. Aber ich kann doch nicht! Was, wenn ihm deswegen die Finger abfrieren und er nie wieder einen Song schreiben oder Keyboard spielen kann? Wegen mir! Was, wenn ihm die Dinger unglaublich wichtig sind? Dann hätte er sie nicht vergessen. Und überhaupt, wozu hat er sie eigentlich mitgebracht? Berlin ist zwar kalt, aber die Heizungen in den Hotels funktionieren hervorragend. Und die in seiner Limousine mit Sicherheit auch. Also!

MARTINGALE & MALTESER

Als ich mich nach ermüdenden fünfundvierzig Kilometern Stau, drei weiteren *„Papa-popo-poker-faces“* und einem ARAL-PetitBistro-Hawaiitoast daheim die Treppen zu unserer WG nach oben schleppe, höre ich schon in der zweiten Etage, dass sich in der fünften ein Ölmillionär und ein Playboy zoffen. Das ist der ganze Stolz von Manni: die komplette DVD-Kollektion der 70er-Jahre-Kultserie „Die 2“. Ich bin ein wenig sauer! Guckt er das einfach ohne mich! Ein Brite würde das wahrscheinlich anders sehen, denn im Original waren Tony Curtis und Roger Moore stinklangweilig. Eine verbissen ernste Krimiserie, gänzlich ohne Humor, die so schlecht war, dass sie nach vierundzwanzig Episoden wieder eingestellt wurde. Unser Schnodderdeutsch-Synchronexperte Rainer Brandt war aber damals so clever, die ursprünglichen Dialoge völlig zu ignorieren und den beiden Herren Danny Wilde und Lord Sinclair seine eigenen geflügelten Worte in den Mund zu legen. Damit wurde der Herr Brandt zu einer Art Gott in unserer kleinen WG.

„Das musst du sehen!“, werde ich an Mannis Tür begrüßt.

„Hättest ja mal warten können!“

Manni fährt eine Minute zurück. „Pass auf!“

Tony Curtis nuschelt: „Du musst jetzt etwas schneller sprechen, Lordchen, sonst bist du nicht mehr synchron!“ Ja, genial! Die Folge kenn ich ja noch gar nicht.

„Und warum mussten wir uns letzte Woche diesen Karl-Dall-Mist angucken? Ich meine, wenn's noch 'ne Folge von ‚Die 2‘ gibt?“

„Damit wir unser Heiligtum hier noch mehr zu schätzen wissen“, findet Manni.

„Dann hätte doch auch ‚Dirty Dancing‘ gereicht!“, finde ich.

Andererseits bin ich selbstverständlich froh, dass dieser Film bei uns Hausverbot hat. Das wiederum haben Patrick Swayze und Jennifer Grey meiner Ex zu verdanken. Unser letzter gemeinsamer Urlaub in der Domrep entpuppte sich nämlich als karibischer „Dirty-Dancing"-Overkill. Statt *dirty games* bei Sonnenuntergang am Strand, um einen kleinen Sascha zu zeugen, gab es Baby ausschließlich im Fernsehen, und das jeden Abend auf einem US-amerikanischen Kanal. Als ich mir gleich am ersten Tag die Rübe verbrannt hatte, brauchte ich eine kurze Helios-Auszeit. Beim Durchzappen der TV-Kanäle lachte uns ein Trailer für schmutzige Tänze an. Einmal im Original gucken, okay. Nachts noch mal die Wiederholung, ja gut, von mir aus. Das Ganze allerdings auch an Tag zwei und drei. „Och komm, der is sooooo schön." Ja, ist er. Und ich kann jetzt sogar im Original mitsprechen. „I carried a watermelon." Ich würde lieber Mambo tanzen können.

„Da gibt's aber keine natürlichen Dingdongs zu gucken!", ist Mannis Einwand.

„Dafür war Baby wenigstens rasiert", verteidige ich Ms. Grey.

„Und die Mädels auf Ibiza nich? Muss ich mir noch mal anschauen."

„Mach das, aber nicht heute! Okay?"

Manni dreht sich etwas widerwillig zu seinem Laptop und zieht ihn auf seinen Schoß.

„So! 19. bis 26. April. Kannste dir schon mal freinehmen", befiehlt mein Mitbewohner. Dabei zeigt er auf eine Buchungsbestätigung von L'TUR in seinem E-Mail-Postfach.

„Weil da was passiert?" Ein schräg-verdutzter Blick meinerseits.

„Na, 'ne Woche Hurghada, hab ich doch gesagt."

„Ach. Und das bezahlt wer?" Warum sollte man vorher auch drüber reden!?

„Die Kohle holen wir uns jetzt. Kannst deine Jacke gleich wieder anziehen“, lautet der nächste Befehl meines Mitbewohners. Aye aye, Sir!
„Soll ich auch die 44er Magnum einpacken? Ich mein, falls du heut noch ’ne Bank überfallen willst?“
„Bank is sehr gut. Erst hebst du fünfhundert Euro ab und dann fahr’n wir in die Spielbank“, lautet Mannis Plan.
„Spielbank. Kohle verzocken. Ich bin im Minus! Und zwar deutlich!!!“
„Hier wird nix verzockt, stattdessen werden wir zweitausend Euro gewinnen.“ Keine Frage, Manni scheint auch 2000-prozentig überzeugt.
„Och, na dann“, finde ich mich mit meinem Mal-eben-reich-werden-Schicksal ab. „Und du hast natürlich ’ne Strategie?!“
„Ein wohlbehütetes Geheimnis, das ich nicht einmal dir verraten darf“, grinst Manni überlegen und hält mir die Wohnungstür auf.

Eine viertel Stunde später spuckt der Automat in Ackermanns Filiale am Burgplatz wider Erwarten fünfhundert Euro aus und schon lacht uns fünfzig Meter weiter auf der Treppe im Petersbogen ein Filmplakat mit Naomi Watts an. So als ob es uns sagen will: „Geht nicht ins Casino! Kommt lieber ins Kino!“ Da läuft nämlich „The International“. Und der soll verdammt gut sein. Würde ich gern herausfinden. Kann ich aber nicht. Manni ignoriert Naomi und biegt um die Ecke in Richtung Spielbank. Ein älterer grau melierter Typ im schwarzen nadelgestreiften Anzug verlangt unsere Ausweise. Mir geistern Tausende Dinge durch den Schädel. Was, wenn Manni hier ein ganz krummes

Ding durchziehen will? Was, wenn wir nachher schnell flüchten müssen? Schafft es die alte Graulocke, uns zu verfolgen? Speichert der unsere Daten? Landen wir früher oder später im Knast? Ich will es mit etwas Vertrauen probieren: Manni wird schon wissen, was er tut.
Drinnen, in der Spielhölle, zwischen all den hell erleuchteten Daddelgeräten und den blassen Dauerzockern rennt mein WG-Partner auf direktem Wege zu einem Automaten mit mehreren Plätzen. Wir finden zwei freie in der Mitte, genau vor dem großen Bildschirm, wo sich gerade ein rundes grünes Spielfeld mit sechsunddreißig Zahlen dreht. Verstehe. So spielt man also heute Roulette. Ohne Croupiers, die alle fünf Minuten ein gleichgültiges „Rien ne va plus" von sich geben und die Jetons erbarmungslos phlegmatisch übers Tableau schieben.
„Und jetzt?", möchte ich, die Daddelhallenjungfrau, wissen.
„Gibste mir die fünfhundert Ocken und bestellst uns mal schön zwei eisgekühlte Malteser und 'n Kaffee."
Nur ungern überreiche ich ihm meine fünf grünen Scheine, die er in den kleinen Schlitz rechts neben dem Tischmonitor schiebt. Ich bin mir sicher, die habe ich zum letzten Mal gesehen.
„Und du glaubst, die kommen da auch wieder raus?" Meine rechte Hand zittert ein wenig.
„Na ja. Sicher kann man sich da nie sein. Aber die Chancen stehen gut." Sein blasiertes Grinsen sorgt für einen blassen Blick meinerseits.
„Da bin ich ja beruhigt."
Mir wird schlecht. Jetzt brauch ich wirklich ganz dringend einen Aquavit nach dänischem Originalrezept. Am besten einen doppelten. Ich sehe noch, wie Manni fünfzig Euro auf Rot setzt, und verziehe mich an die Bar.

Auf einem der roten Hocker nippt gerade eine südländische Schönheit mit unglaublich langen dunkelbraunen Haaren an ihrem roten fruchtigen Cocktail. Das eng anliegende grüne Kleid, die 20-Zentimeter-High-Heels und der samtige braune Teint lassen bei mir die Frage aufkommen, was diese Art Frau hier zu suchen hat? Warum wandert sie nicht als Unterwäschemodel über die Catwalks von Paris? Warum sitzt sie einsam in einer Leipziger Spielhölle? Anfang oder Mitte zwanzig mag sie sein. Geldprobleme? Da müssen sich doch spontan zwanzig Millionäre finden, die ihr sofort eine schneeweiße Villa an der Côte d'Azur im neoprovenzalischen Stil schenken, mit Panoramablick aufs Meer und eigener Anlegestelle inklusive Luxusjacht. Ich will damit sagen, das Mädel sieht nicht unbedingt unattraktiv aus. Im direkten Wettbewerb würde die Barkeeperin definitiv den Kürzeren ziehen. Dabei ist auch sie nicht von schlechten Eltern. Hat aber offensichtlich schon zu viele Nächte im Kasino verbracht und die wiederum haben ihre faltigen Spuren hinterlassen. Wenn ich Letzteres außer Acht lasse, könnte ich mir durchaus vorstellen, dass sie vor zehn Jahren noch recht anschaulich war mit ihren halblangen blonden Locken, ihrem wohlgeformten Körper und den vollen Lippen.
„Zwei doppelte Malteser und zwei Kaffee hätt ich gern."
„Ich bring's an euren Platz, okay?" Ein durchaus respektables Dentagard-Lächeln. Nicht nur von ihr, sondern auch von links, vom cocktailschlürfenden Topmodel. Wow! Wollen wir morgen heiraten? Vorher die ganze Nacht hemmungsloser animalischer Sex? Ich würde gern fragen. Lasse es jedoch.
Fragen muss ich jetzt aber Manni, der gerade hundertfünfzig Euro auf Schwarz setzt. „Sag mal, is da noch 'ne Null an der Fünfzehn??"
„Jaja, passt schon. Läuft gut", winkt Manni ab und tut so, als ob

es völlig normal sei, das Honorar für zwei geschriebene Artikel einfach so aus dem Fenster zu schmeißen. Viel mehr wundert es mich aber, dass Manni scheinbar noch mehr Geld in den Automaten gesteckt hat. Eben waren es noch tausend Euro, jetzt steht auf dem Display 1 350. Die Kugel fällt. Rot. Klasse!
„Manni!!! Das waren hundertfünfzig Euro!“
„Genau. Und jetzt solltest du mal kurz wegschaun.“
Nein, bestimmt nicht! Er tippt dreimal auf die Taste für hundert und fünfmal auf die Taste für zehn. Heißt dreihundertfünfzig auf Schwarz!
„Das meinst du jetzt aber nicht im Ernst, oder?“ Ich bin entsetzt.
„Wolltest du uns nich was zu trinken holen?“, bleibt Manni gelassen und meint es wirklich ernst.
„Öhm, kommt gleich.“
„Willst du nich mal eine rauchen gehen?“, versucht Manni mich loszuwerden. Ich nehme meine Jacke, verschwinde aber nur hinter den nächsten Automaten, um das Schauspiel weiterzuverfolgen. „Keine weiteren Einsätze“, kann ich noch hören und schon sucht sich die Kugel ein geeignetes Fach. Mit einem „zwei, schwarz, gerade“ erlöst mich die weibliche Rouletteautomatenstimme. Eine kleine Fanfare an Mannis Tisch. Gewonnen!
Nachdem sich eben eine dicke Schweißperle auf meiner Stirn gebildet hat, beschließe ich, Mannis Nikotin-Beruhigungsvorschlag umzusetzen. Ich stelle mich draußen vor den Kinoeingang, zünde mir eine Zigarette an und versuche mich mit einem Blick auf Naomi Watts von meinem Adrenalinkick zu erholen. Ich schätze, das war noch nicht der letzte für heute.
„96 Hours“ mit Liam Neeson ist erst am Donnerstag gestartet? Interessant. Deswegen hatte ich wahrscheinlich vergangene Woche Dienstag noch nichts von diesem Film gehört, als

mir Manni diesen auf meinen USB-Stick gepackt hat. Guter Streifen! Wirkt aber im Kino bestimmt besser als auf meinem 15-Zoll-Laptopmonitor.

Als ich wieder neben Manni am Tisch sitze, stehen vor uns die bestellten Getränke und auf dem kleinen Bildschirm rechts unten unser derzeitiges Budget: 1 750 Euro.

„Zeit für 'nen Malteser, oder?" Manni streckt mir sein Glas entgegen. „Stößgen!"

Ich leere das kleine Glas ex und schütte noch einen Schluck Kaffee hinterher. Gerade kam Rot und Manni setzt schon wieder auf diese Farbe. Da muss doch irgendeine Taktik dahinterstecken.

„Du könntest mir langsam mal verraten, was du da machst", bin ich ein Stück weit gelassener und beinah fasziniert.

„Ich besorge uns die Kohle für'n Urlaub."

„So weit war ich schon. WIE?"

„Schon mal was von Martingale gehört?", fragt Manni überlegen wie gewohnt.

„Nö."

„Is 'ne Spielstrategie. Allerdings verliert man da auf lange Sicht."

„Dann sind wir hoffentlich bald fertig!" Der Hauch an Gelassenheit macht sich wieder dünn.

„Wir spielen eine andere. Die ist nur so ähnlich."

Manni grinst schwer selbstverliebt. In dem Moment, als er siebenhundertfünfzig Euro auf das schwarzes Feld legt, trete ich die Flucht an, zurück zur Bar. Ein unveränderter Anblick: das exotische Model und die blonde Bedienung.

„Ich bräuchte jetzt ganz schnell einen Malteser“, lautet meine leicht erhitzte Bestellung.
„Gewonnen oder verloren?“, möchte die blonde Enddreißigerin wissen.
„Keine Ahnung. Wird sich zeigen.“
Ich lasse mich vollends verdattert auf den Hocker fallen, rechts neben das braunhaarige Topmodel. Sie dreht sich zu mir, hebt eine Augenbraue und schiebt den oberen Teil ihres Strohhalmes zwischen ihre Lippen. Sinnlich, lächelnd, aber schweigend. Im Moment stelle ich mir nur die Frage, ob ich am Ende des Abends pleite sein werde. Daher unternehme ich nicht einmal den Versuch, mit dieser hinreißenden Venus ein paar Floskeln auszutauschen. Vielleicht mit dem Plan, uns später in die gemeinschaftliche Waagerechte zu katapultieren, um uns dort einem uferlosen Sinnesrausch hinzugeben. Sie schlägt ihr linkes Bein über das rechte und berührt bei dieser Bewegung mein Knie, um sich kurz abzustützen. Ich grinse nur wie ein verklemmter 14-Jähriger bei der Schuldisco und würde mir am liebsten selbst einen gehörigen Tritt verpassen. Ich höre Worte, die seltsamerweise aus meinen Shorts kommen: „Hallo! Können wir die mal mit nach Hause nehmen?“
Ich ignoriere Sascha junior, lasse mir noch mal zwei Aquavite eingießen und kehre zurück an jenen Ort, an dem meine Nerven ebenso gequält werden: zu Manni und unserem bevorstehenden Roulette-Supergau.
Entsetzt lese ich die Zahlen auf unserem Display. Fünfzig Euro Guthaben. 1 550 Euro auf Rot. Ohne Manni zu fragen, drücke ich die Re-Bet-Taste, um unseren Einsatz zurückzunehmen. Zu spät. Zeit abgelaufen.
„Bleib doch mal ganz ruhig!“, faucht mich Manni an.
„So viel verdien ich nich mal im Monat!“

„Aber an einem Abend."
Manni lehnt sich wieder zurück und betrachtet kopfschüttelnd den großen Monitor. Ich drehe mich mit dem Rücken zum Spiel und warte.
„Fünfundzwanzig, rot, ungerade"
„HA!" Ich hüpfe befreit nach oben. Wie ein Wildkaninchen, das bei einer Hatz mit dem Leben davongekommen ist. Ich möchte Manni umarmen. Der zeigt allerdings überhaupt keine Regung und drückt stattdessen den Auszahlungsknopf.
„Manni!!! Wir haben gerade gewonnen!!!"
„Hab ich dir doch gesagt", bleibt Manni lässig und zieht entspannt einen kleinen Zettel aus dem oberen Schlitz. Darauf die großen schwarzen Zahlen 3 150.
„Das hätte jetzt aber auch ins Auge gehen können", kann ich unser Glück kaum fassen.
„Ist es aber nicht. Also, 19. bis 26. April Urlaub nehmen, okay?", gibt Manni den Abgeklärten.
„Gut. Aber vorher musst du dir hier noch was angucken!"
„Wo?", fragt Manni, während er seinen letzten Schluck Kaffee trinkt.
„Da drüben an der Bar. Diese Frau. Diese Göttin!" Endlich kann auch ich wieder nonchalant grinsen.
„Braune lange Haare. Verstehe."
„Die hat mich von der Seite angelächelt", bin ich überzeugt vom Flirt des Jahrhunderts.
„Haste dir vielleicht auch nur eingebildet in deinem Hilfe-ich-bin-gleich-blank-Zustand."
„Nee, nee, die hat mich sogar kurz berührt." Ich bin schon ein wenig stolz.
„Und dann stehst du noch hier? Hallo!!! Jemand zu Hause?"
„Was sollte ich denn machen? Ich stand doch völlig neben mir."

„Ihr noch so'n Getränk mit Schirmchen bestellen? Mann! Sascha!"
„Außerdem war ich ja fast pleite!"
„Na ja, dann packen wir ihr jetzt 'n Schampus aufn Tresen", beschließt Manni und schlendert zur Bar. Ich ihm hinterher. Neben der jungen Frau bleibt er stehen und wagt es tatsächlich, dieses göttliche Wesen anzusprechen: „Schönen guten Abend!" Sie mustert uns beide, bewegt ihre Lippen aber auch nur, um aus ihnen ein umwerfendes Lächeln zu formen. Sie schweigt noch immer.
Manni blickt ihr tief in die Augen. „Mein Kollege hat mir gerade erzählt, dass er hier die attraktivste Frau seines Lebens getroffen hat. Ich wollte mich nur kurz überzeugen."
„Das at er schön gesackt", spricht das Wesen.
Mit diesem Satz vereinen sich die ganzen Malteser und der ARAL-Hawaiitoast in meinem Bauch zu einem gemeinschaftlichen Trampolinsprung. Fast wären sie wieder in meiner Mundhöhle angekommen. Nichts gegen den französischen Akzent. Die Stimme ist mir nur ein paar Oktaven zu tief. Schlagartig wird mir klar, warum das Wesen nicht in Nizza am Strand, sondern in einem Daddelschuppen in Leipzig sitzt.
„Okay!", lächelt Manni gezwungen. „Hätten wir das auch geklärt. So! Wir müssen dann mal."
Blitzschnell bewegen wir uns zur Kasse und nehmen unser üppiges Reisebudget entgegen.
Auf den Treppen nach unten fällt es Manni sichtlich schwer, sich zu beherrschen. „Ich mache uns Ägypten klar und du reißt 'ne Transe auf."

MERRY CHRISTMAS

Menschen im schreibenden Gewerbe – langfristiges Vorausplanen ist bei ihnen so gut wie unmöglich. Sie leben im Heute und denken vielleicht schon an morgen. Manchmal an übermorgen. In den seltensten Fällen auch an überübermorgen. In einer Woche könnten sie schließlich bereits eine neue Lebensaufgabe haben. Als Taxifahrer zum Beispiel. Und in einem Monat könnten sie längst nach Kanada ausgewandert sein. Hoffnungslos überfordert werden sie mit einer Langzeitprognose, die über einen Monat hinausgeht. Gut vergleichbar mit einem Meteorologen. Der hat meist eine ungefähre Ahnung, welche Wolke sich morgen von A nach B schiebt. Er erkennt manchmal auch einen Trend für die beiden Tage danach. Alles, was darüber hinausgeht, ist für ihn jedoch Kaffeesatzleserei. Wir haben Anfang März und Sarah von der Plattenpromo-Agentur will von mir an einem Mittwochnachmittag per SMS wissen:

„Hast du am 28. Juli schon was vor?“

Selbstverständlich. Da wollt ich doch mal mit Manni alle vierundzwanzig „Die-2“-Episoden am Stück gucken.

„Nö! Is ja noch'n bisschen hin“, schicke ich als Antwort von T-Mobile zu E-Plus.

Es fällt mir schwer, mich auf meinen Bericht über die neulich einschaltquotenintensiv zusammengewürfelte Popstars-Girlgroup zu konzentrieren. Zumal ich nicht die leiseste Ahnung habe, was ich über die Mädels Spannendes schreiben könnte. Und das auch noch aufgebläht auf 1 800 Zeichen. Keine Frage, ich werde irgendwas erfinden müssen. Anfang nächster Woche darf ich zwar mit einer der gecasteten Retortenhupfdohlen ein kurzes telefonisches Intermezzo erleben, die Reaktionen auf meine präzise formulierten offenen Fragen werden sich allerdings mit Sicherheit ganz im Rahmen der Vorgaben des Popstars-Managements halten. So werde ich bestimmt erfahren, wie toll und zugleich verwirrend es doch ist, von der *FHM* als „sexiest girl alive" bezeichnet zu werden. Wie wenig Zeit für einen Freund übrig bleibt und dass man sich bestimmt viel länger im Geschäft halten wird als die Muttis aller Popstars, die No Angels. „Wir verstehen uns alle sooooo gut." Aus diesen Informationen kann ich dann unmöglich einen 1 800 Zeichen umfassenden Text formulieren. Einen, der wenigstens „Marienhof"-Unterhaltungsniveau erreicht. Und selbst davon sind meine bisherigen Geistesblitze noch meilenweit entfernt. So wie der 28. Juli.

„Madonna in Hamburg! Wie wärs?", will mein Handydisplay jetzt von mir wissen. Ein Konzert der Queen of Pop? Selbstverständlich gern, wenn die Karten nichts kosten. Kann sich ja sonst keiner leisten.

„Du hast doch nich etwa 'n Ticket übrig?"

Einer positiven Antwort fast schon sicher, beschäftige ich mich wieder mit meinem bisher jungfräulichen Word-Dokument. Das müssen früher lässige Zeiten für Redakteure gewesen sein. So ganz ohne Internet. Da konnte man noch irgendwelche haarsträubenden Skandale erfinden, ohne dass das Opfer gleich Notiz davon nahm. Heutzutage muss ja jede Schlagzeile auf irgendeiner Homepage landen, meine in diesem Fall auf *www.pool-in-leipzig.de*. Da dauert es keine fünf Klicks, bis die Imageberater der Goldkehlen herausfinden, dass irgendein bekloppter Schreiberling behauptet, das eine, etwas robuster gebaute Girlgroup-Drittel habe bis vor Kurzem noch mit Koks gedealt und kann nur noch auf Poppers poppen. Also brauche ich irgendwas relativ Harmloses. Etwas, das die Fans zwar aufschreckt, bei den Leuten der Plattenfirma hingegen nur gähnend die Pupillen rotieren lässt. Alles Hirnzermürben brachte bisher nicht einmal mäßigen Erfolg. Was nun für viel mehr Kopfzerbrechen bei mir sorgt, ist die nächste Nachricht von Sarah.

„Ein Ticket kannst du auch haben ☺“

Und was noch? Einen All-Areas-Backstage-Pass, der mich überall hinführt, nur nicht in die Garderobe von Madonna? Eine exklusive Einladung zur After-Show-Party, bei der alle anwesend sind außer der Queen selbst? Ich mache dem Hin-und-her-Getexte ein Ende und wähle Sarahs Nummer. Es tutet nur einmal.

„Na?“ Welch unglaublich angenehme Stimme. „Kannst es wohl gar nich abwarten?“ Das war jetzt nicht so schwer zu erraten.

„Wie AUCH?“, komme ich gleich zum Punkt.

„Na, auch du kannst’n Ticket haben.“

„Ach so, das klang grad irgendwie anders“, bin ich etwas enttäuscht.

„Was würdest du denn gern noch haben?“, kokettiert diese Frau, mit dem Plan, mich noch mehr durcheinanderzubringen. Bisher halte ich mich wacker.

„Ein kleines Schild, wo *‚all areas‘* draufsteht?“, fände ich eine großartige Idee. Ihre Reaktion darauf lässt mich allerdings erstarren.

„Den wirst du nicht brauchen.“

Womit könnte man dieses fieberhafte Gefühl vergleichen? Vielleicht mit dem eines kleinen Jungen, der sich zu Weihnachten ein Mountainbike gewünscht hat und nun an Heiligabend kurz davor ist, sich durch drei Lagen Geschenkpapier zu kämpfen, um das zwei Meter dicke Paket zu enthüllen? Ja, so könnte man das beschreiben, was die Neuronen in meinem Hirn jetzt veranstalten. Ich mache ähnlich große Augen wie ein Sulawesi-Koboldmaki und bin gespannt wie ein straff sitzendes Bettlaken.

„Was … be… bekomm ich denn … statt-tt-dessen?“ Ob diese ungeduldigen Schwingungen bis zu ihr durchdringen?
„Wonach hattest du mich denn mal gefragt?“
Jaja, quäl mich nur weiter! „SARAH! Nun sag schon!“
„Na gut!“, beginnt sie mich jetzt zu erlösen. „Zehn Minuten, du und Madonna. Ich hoffe, du freust dich!“
„INTERVIEW???“ Ein Bildtelefon wäre jetzt völlig unnötig, meinen weit geöffneten Mund dürfte Sarah auch so erkennen.
„Ich muss jetzt aber keinen Notarzt rufen, oder?“, schätzt sie die Situation nicht ganz falsch ein.
Diese Frau ist gerade dabei, mir das schönste Geschenk meines bisherigen Lebens zu bereiten. Selbst die Erkenntnis, gerade Lottomultimillionär geworden zu sein, hätte dieses Gefühl nicht toppen können. Nicht einmal die Vorfreude auf eine unanständige Nacht mit Naomi Watts im schneeweißen Sand einer einsamen Südseebucht. Obwohl.
Drei große Namen standen immer ganz oben auf meiner Wunschliste. Michael Jackson, Depeche Mode und Madonna. Für den King of Pop sind meine Chancen gleich null. Hinter die Synthie-Popper-Helden aus Basildon durfte ich dank Sarah schon einen Haken machen. Allein die Wahrscheinlichkeit, bald die Queen of Pop mit meinen Fragen löchern zu dürfen, versetzt mich nun in den Zustand einer kurz bevorstehenden Hyperventilation.
„Ma… Ma… Madonna???“
„Du bist ja süß! Du bist ja völlig fertig!“
„Na ja … Wir reden hier nich von irgendwem, sondern von … DER … Madonna!!!“
Ich scheuere mir eine. WATSCH! Die hat gesessen. Nur um zu prüfen, dass ich nicht in einem komplett realitätsfernen Tagtraum gelandet bin.

„Alles okay?“, macht sich Sarah immer noch lächelnd Sorgen.
„Jaja … alles gut … ich, äh, muss das erst mal verdauen.“
„Hast ja auch noch lange Zeit dafür. Ich habe vorhin die Bestätigung vom Tour-Management bekommen. Sie nimmt sich Zeit für insgesamt fünf Interviews. Eins davon gehört dir.“
„Wenn du jetzt vor mir stehen würdest, dann … müsste ich dich abknutschen!!!“, platzt es aus mir heraus.
„Ein ‚Vielen Dank, du bist die Beste!‘ reicht erst mal völlig.“
„Das … weißt du doch.“ Ich bin sprachlos.
„Wir telefonieren später noch mal in Ruhe, okay?“
„O-kay.“

Nur ganz allmählich wird sich der Knirps in mir dessen bewusst, dass unter den drei Lagen Geschenkpapier kein Mountainbike versteckt war, sondern etwas viel, viel Besseres.
EIN INTERVIEW MIT MADONNA LOUISE VERONICA CICCONE!
Es ist ja nicht so, dass ich den ganzen Tag *„Like a prayer“* und *„Frozen“* in Dauerschleife höre. Ich hatte auch nie ein Plakat mit ihrem Konterfei an meiner Kinderzimmerwand. Fakt ist jedoch, diese Frau hat sich höchst erfolgreich durch drei komplette Jahrzehnte gechartet, was ihr den Luxus genehmigt, sich nie nervigen Reporterfragen aussetzen zu müssen. Wenn sie nicht möchte. Und genau deshalb eignet sich Madonna hervorragend, um die eigene Vita etwas aufzupeppen. Und okay, bei *„Like a prayer“* mache ich auch immer lauter. Trotzdem, ihre komplette „Immaculate-Greatest-Hits-Collection“ wäre dann doch etwas zu viel des Guten. Klingt nun mal nicht jede ihrer radiotauglichen Ergüsse wie *„Justify my love“*. Aber da hatte

schließlich auch Lenny Kravitz seine schöpferischen Hände im Spiel. Soll ich mir heute noch ernsthaft Gedanken machen über diesen weltbewegenden Artikel über die aktuellen Pophoppelhäschen? Wozu? Ich habe ja noch gut drei Wochen Zeit dafür. Stattdessen will ich es in die ganze Welt hinausschreien: „Ich darf Madonna mit meinen Fragen quälen! Ich! Sascha Bartmann!"

Wäre es angesichts einer solchen Aussicht nicht angebracht, sich ihr zu Ehren mit ein paar Freunden anständig einen hinter die Binde zu kippen? Definitiv! Ich bestelle eine große Liegefläche im „Laguna" für den heutigen Abend. In keinem Laden der Welt kann man derartig gemütlich feiern. Wen muss ich denn einladen?

Manni. Ist ja klar.

Katta natürlich auch. Ist schließlich meine beste Freundin. Da können die anderen gerne die ganze Zeit glotzen, welch appetitliches Wesen ich an meiner Seite habe. Der Anziehungskraft ihrer wohlgeformten Rundungen und ihrer kastanienbraunen Lockenpracht können sich nur wenige männliche Beobachter entziehen. Mein Glück. Ich bin heute dagegen immun. Eine zweimonatige Beziehung verdeutlichte mir vor ziemlich genau zehn Jahren, was es heißt, mit einer Nymphomanin liiert zu sein. Bereits nach zwei Wochen war ich kurz davor, die weiße Friedensfahne zu schwenken, weil ich mich schlichtweg libidinös überfordert fühlte. Nach drei Wochen täuschte ich eine schwere Entzündung im Intimbereich vor. Das wiederum hatte zur Folge, dass ich sie die nächsten zwei Wochen trotzdem irgendwie beglücken musste. Mit allem, was mir so an Hilfsmitteln und alternativen bisher nicht entzündeten Körperteilen zur Verfügung stand. Ich sag mal so: Ich hab sie zu diesem Zeitpunkt selten bis nie verpackt gesehen. Ein durchgängig hungriger Körper, der weder essen noch schlafen wollte. Ich kann mich auch nicht an irgendwelche tief greifenden Gespräche erinnern. Neben diversen Stöhnlauten war „Ich bin noch nicht fertig“ der einzige Satz aus ihrem Mund. Mein stündlicher Hilferuf „Ich brauch mal ’ne Pause“ wurde stets ignoriert. Eigentlich hätte es schon an unserem Kennenlernabend bei mir dämmern müssen. Meine Ex-Kollegin hatte sie derzeit im Schlepptau bei einem gemeinsamen Weihnachtsmarktbummel. Während Katta auf eine äußerst sinnliche Art drei Schokobananen verdrückte, erklärte sie mir, dass der Glühwein bei ihr daheim tausendmal besser schmecken würde. Davon wollte ich mich noch am selben Abend überzeugen. Doch so weit kam es nicht. Wir schafften es noch nicht einmal bis in ihr Wohnzimmer. Schon auf dem Weg nach oben stellte sie mir eine Frage, die ich so noch nie gehört hatte. „Wenn du jetzt einen Wunsch frei hättest, was würdest du gern mit mir anstellen? Also sexuell gesehen!“ Mein unüberlegtes, von ihrem Hammerknackarsch inspiriertes „Von hinten …?“ wurde ihrerseits mit einer heruntergelassenen Jeans beantwortet, gerade als sie ihre Wohnungstür öffnete. Zu diesem Zeitpunkt nahm ich an, sie hätte eine längere sexuelle Auszeit hinter sich, und fiel daher gleich mit der Tür in die Laken. Erst später erfuhr ich, dass sich ihr Ex am Morgen zuvor nach einer orgiastischen Marathonnacht von seinen vorehelichen Pflichten entbinden ließ. Jeder Mann, der bei Katta einen dauerhaften Befriedigungsversuch startet, hat mein vollstes Verständnis, wenn er sich schnellstmöglich aus dem Staub macht. Meinen ehrlichen Respekt an alle, die es länger als ein halbes Jahr ausgehalten haben! Das nenne ich mal standhaft!

Frank und Conny will ich auch dabeihaben. Unsere Nachbarn. Er, der mehr Zeit im Fitnessstudio verbringt als daheim, was aus ihm einen Daniel-Craig-Verschnitt gemacht hat. Genau der Typ Mann, mit dem man eigentlich nicht befreundet sein will. Neben ihm wirkt man nun mal wie Danny DeVito in Twins an der Seite von Arnold Schwarzenegger. *Ich war nur der genetische Abfall.* Da ich wiederum mit der brünett gelockten Conny schon die Schulbank gedrückt habe und sie letztes Jahr zufällig neben uns einzog, konnten wir den Kontakt zu Mister Bond nur schwerlich unterbinden. Zumal sich herausstellte, dass Conny seit unserer Abi-Prüfung einem neuen Hobby nachgeht. Sie kocht. Fast jeden Abend. Und immer zu viel. Mindestens einmal die Woche klingelt es an der Tür. Davor Conny mit einer neuen Delikatesse. „Wir haben heute Kartoffel-Champignon-Gratin mit Hackbällchen. Wollt ihr mal probieren?" Wir lernten schnell, dass das exakt der Augenblick ist, um sofort ein freudiges „Ja, unbedingt" zu entgegnen. Da Frank mit sämtlichen Kohlehydraten, oder „KH's" wie er sie abfällig nennt, auf Kriegsfuß steht, landen all die deliziösen Kartoffelaufläufe und italienischen Pastakreationen schlussendlich auf unserem WG-Tisch. Das wiederum macht Frank unerhört sympathisch. Seitdem beten wir, dass sich Conny nie in einen anderen verknallt, der uns womöglich die Gourmethappen wegfuttert. Dass sie eine innige Freundschaft gegenüber Kalorien entwickelt hat, ist nicht mehr zu übersehen. Allerdings gehört sie zu der Sorte Frauen, bei der ein paar Pfund mehr keine negativen optischen Konsequenzen bedeuten. Gemütlich mollig, trotzdem durchaus attraktiv.

Und dann wäre da noch Martin Hack, unser *Pool*-Layouter, der von allen nur liebevoll Hackel genannt wird. Mehr als mollig und meilenweit davon entfernt, ein Blickfang zu sein. Dass die meisten Frauen einen weiten Bogen um ihn machen, darf man nur sekundär auf die im Norden mit kurzen, roten Locken bedeckte 125-Kilo-Pracht schieben. Primäre Gründe sind da eher in den Bereichen exzentrischer Knoblauchgenuss und introvertiertes Zwiebelverhalten angesiedelt. Man muss sich schon die Mühe machen, ihn näher kennenzulernen. Allein schon um herauszufinden, dass er nicht rund um die Uhr übel gelaunt ist. Leider ist ein jedes „Näher“ ein direkter Kopfsprung ins Aiolibecken. Zwar hält er sich somit sämtliche Vampire vom Leib, ist aber eben auch eine knapp 30-jährige Jungfrau. Das Mädel seiner Träume muss eine Spanierin sein. Eine, die ihn im Gegensatz zu uns versteht, wenn er sich zu seiner Portion Aioli auch noch geröstete Knobizehen bestellt. Oder eben eine Griechin, die als Kind in ein Zazikifass gefallen ist. Da Hackel jedoch weder der spanischen noch der griechischen Sprache mächtig ist, hoffen wir inständig auf ein Exemplar, das möglicherweise ohne Geruchssinn auf die Welt gekommen ist. Er wiederum verlässt sich auf seine großen blauen Augen, die bestimmt irgendwann den magischen Moment herausfordern werden. Dazu müsste sich die Auserwählte dann nur noch in seinen Dunstkreis begeben, um verschwommen und umnebelt im Türkis seiner Iris zu planschen. Also Badeurlaub an der Themse.

LIKE ICE IN THE SUNSHINE

Im „Laguna" fühlt man sich vom Ambiente her ein bisschen wie am Strand von Barcelona. Eine große u-förmige Bar, rund herum ein paar Tische mit Korbstühlen und ein paar weißen Decken an den Wänden. Dazu breite Sofas und 3-mal-3-Meter-Betten, auf denen jeweils ein kleiner Tisch steht. Da sich fünfundneunzig Prozent aller Gäste zwangsläufig in die Horizontale begeben müssen, um hier zu verweilen, empfiehlt es sich eher nicht als unverfängliches Etablissement für das erste Date. Sonst könnte man ja gleich das hauseigene Federbett zum intensiven Kennenlernen anbieten. Glücklich hingegen darf der sein, dessen Flirtopfer mit dem Begriff „Laguna" rein gar nichts anfangen kann. Schnell überredet, fix zusammengelümmelt und der Weg zum Federbett gestaltet sich bei Bedarf deutlich weniger steinig als in anderen Cafés. Das Angebot reicht von Wellnessdrinks über verschiedene Pastagerichte bis hin zu den leckersten Cocktails. Zu erwähnen wäre auch, dass diese Bar die größte Auswahl an Trinkwassern zu bieten hat. Insgesamt sprudeln hier fünfundvierzig verschiedene Sorten so vor sich hin oder eben nicht. Tagsüber tummelt sich der gemeine Snob, am Abend mischen sich Studenten und Entspannungssüchtige zu den Nobelpopeln in dieser Wohlfühloase. Gegen ein kleines Entgelt springt sogar ein Masseur mit auf die Couch, um die Gäste nach allen Regeln der Kunst durchzukneten.

Katta, Conny und Hackel trudeln fast gleichzeitig ein. Unser KH-Verweigerer aus der Nachbarschaft zieht es vor, sich heute Abend beim Squash auszupowern. Gut so. Müssen wir uns nicht bei jedem Happen anhören, wie furchtbar ungesund das Zeug ist, das wir da futtern. Wir machen uns auf einer der Liegeflächen am Fenster breit und blättern uns durch das 60-seitige Wellnessangebot. Meine Begleiter wundern sich zwar über meine spontane Idee eines kleinen Umtrunks in dieser Kuschelbar, doch die Anlassverkündung will ich mir lieber für später aufheben.

„War das der Laden, wo das Aioli so merkwürdig geschmeckt hat?“, erkundigt sich Hackel, unser Knobifetischist. Wir sind ihm ungeheuer dankbar für diese Frage, denn so können wir gemeinsam im Chor antworten: „Genau!“

„Und die Pasta mit den Miesmuscheln kannst du auch vergessen.“ Katta hat verstanden, wie der Plan aussieht. Die Miesmuschelpasta im „Laguna“ finden zwar die meisten extrem lecker, allerdings eher deswegen, weil sie weniger nach Meer, sondern mehr nach Knoblauch schmeckt. Hackels Mundwinkel rutschen ein Stück südwärts. „Na ja, dann nehm ich heut mal ’ne Paella.“

„Eine schöne Idee“, die nicht nur mich glücklich machen dürfte.

Nun steht auch noch Manni in der Tür, mit einem suchenden Blick. Als er unsere Runde entdeckt, kommt er mit einem respektvollen Gesichtsausdruck auf mich zu.

„Schalömmchen! Nicht schlecht, Kollege!“

Verstehe. Das Word-Dokument auf meinem Laptop in unserer WG-Küche mit der Überschrift: „Madonna-Interview in Berlin 2009“ – ich hätte es vielleicht doch schließen sollen.

„Ja, hab uns ’nen guten Platz reserviert“, grinse ich, als Zeichen dafür, dass er noch an sich halten soll.

„Ach, das hat sich noch gar nicht rumgesprochen?“, macht er jetzt auch den Rest des Ladens neugierig.

„Manni! Zieh doch einfach mal deine Schuhe aus und setz dich hin!“, versuche ich meine kleine Sensationsmeldung noch zurückzuhalten und Manni zu bremsen.

Er begreift, dass er den falschen Moment erwischt hat, und täuscht Belanglosigkeit vor. Schweigend nimmt er in der kuscheligen Runde Platz und starrt zur Decke. Dabei macht er ein Gesicht, wie ein 5-Jähriger, dem gerade klargemacht wurde, dass er mal kurz den Mund halten soll, weil sich die Erwachsenen in Ruhe unterhalten wollen. Eine Flasche edelsten Schampus ist mir der Tag wert, dazu fünf Gläser und schon perlt es gewaltig auf unserem Minitisch.

Ich nehme mein Glas und knie mich hin. „Am 28. Juli werde ich sage und schreibe zehn volle Minuten der kostbaren Zeit von Louise Veronica Ciccone in Anspruch nehmen."

Ich bin wahnsinnig stolz. Trotzdem erkenne ich beständig verwirrte Blicke.

„Mann, unser Sascha hat 'n Madonna-Interview!", übernimmt nun Manni den Rest der Aufklärung.

„Was denn, nur du und Ms. Like a Virgin?", ist Katta völlig baff.

„So sieht's aus", bestätige ich.

Dabei sehe ich mit Sicherheit aus, als hätte ich grad verkündet, dass ich bald Papa werde. Sie kommen spät, doch sie kommen, die anerkennenden „Sitting" Ovations oder besser „Laying" Ovations rund um den kleinen Tisch am Fenster. Abfällige Blicke ernte ich lediglich vom unheimlich bunten Nebentisch, besetzt mit zwei jüngeren Typen, die ihre Körper offenbar gern und großzügig als Stempelkissen missbrauchen. Von oben bis unten zugespachtelt mit Tattoos. Ich vermute, es handelt sich um Drittsemester der Hochschule für Grafik und Buchkunst, Hauptaugenmerk auf dem Studiengang Grafikdesign. Allein ihre Arme sind, dank kurzer Hemden, sehr gut sichtbar, gänzlich mit eigenem Illustrationsausschuss verziert. Aber was soll man auch machen, wenn das Zeug keiner kaufen will? Lassen sich halt schlecht verhökern, diese missglückten Auftragsarbeiten. Muss man auch mal realistisch rangehen an die Sache. Ich meine, wer braucht schon ein hysterisches malachitgrünes Alien mit qualmender Kippe im Ohr als Firmenlogo? Genauso wenig wie einen singenden Laptop mit indigoblauem Gesicht und langen Wimpern! Es sei denn, Apple bringt doch noch den pinken MiniMac für die Dame auf den Markt. Solange wird dann eben der eigene Körper zugepinselt, damit der Aufwand nicht völlig umsonst war.

Als sich sowohl Kopfschütteln als auch Ovationen einstellen, ergreift Manni wieder das Wort: „Und wie wir dich kennen, hast du schon alle Fragen zusammen, oder?“

„Noch keine einzige“, grinse ich mit der Überzeugung, dass mir bis Ende Juli wohl noch zwei oder drei einfallen werden.

„Musst sie unbedingt fragen, wie sie es geschafft hat, mit fünfzig immer noch so auszusehen“, schlägt Conny vor.

„Wer weiß, wie die ungeschminkt aussieht!“, kann nur vom ewig nörgelnden Hackel kommen.

„Ich guck mir das mal in Ruhe an. Vielleicht krieg ich ja sogar ’n Foto mit ihr“, überlege ich vorfreudig. Dafür wäre sogar noch ein Platz an der WG-Pinnwand frei.

„Frag sie mal, warum sie Guy Ritchie in die Wüste geschickt hat. Ich fand den eigentlich total heiß.“

Eine typische Katta-Erkenntnis. Diesmal schütteln nicht nur die beiden tätowierten Laptop-Aliens den Kopf, sondern auch Manni und ich.

„Ja, genau so werd ich das formulieren“, antworte ich mit einem skeptischen Lächeln.

In den nächsten beiden Stunden sammeln sich noch mehr solcher Ansätze für ein erstklassiges Interview mit Frau Ciccone. Ich nehme mir fest vor, sie nach diesem Abend wieder zu verdrängen.

Nicht nur ich, auch Manni will heute Abend Großes verkünden. Spontan hatte er sich mal eben drei Wochen freigenommen, weil er die restlichen Urlaubstage aus dem Vorjahr noch bis Ende März nehmen muss. Einer unserer Kumpels aus Magdeburg hat ihm vorgeschlagen, an seiner Rallye durch Europa und Afrika teilzunehmen. Manni ist nun fest entschlossen, sich am Sonntag in einen alten Nissan Terrano zu setzen für eine kleine Spritztour von Leipzig nach Gambia. Sind ja nur 7200 Kilometer. Nach Tausenden Fragen über Risiken und Nebenwirkungen bei solch einem Abenteuertrip steht nun die nächste Frage im Raum: Wer zahlt heute Abend eigentlich die Rechnung? Kattas Vorschlag sorgt für Entsetzen meinerseits, jedoch für wahre Euphorie am restlichen Tisch. In jedem Fall sorgt er dafür, dass wir doch noch nicht am Ende unseres kleinen Umtrunks angekommen sind.

„Tat oder Wahrheit" – das Flaschendrehen der besonderen Art: So lange, bis einer sich weigert, auf entsprechende Forderungen einzugehen. Der muss dann die Rechnung übernehmen. Entscheidet sich einer für „Wahrheit", muss er lediglich eine banale sexuell orientierte Frage beantworten. So was wie: „Hast du schon mal homoerotische Erfahrungen gemacht?" Fällt jedoch die Entscheidung auf „Tat", bedeutet das, man bestimmt eine völlig kranke Aufgabe für das Opfer, und das muss dann seiner meist blamablen, für das Publikum hingegen höchst amüsanten Bestimmung nachkommen. Wenn es keine Lust hat, die mittlerweile hundertzwanzig Euro zu blechen. Alles Betteln und Flehen aus meinem Mund, die Zeche einfach zwischen Manni und mir aufzuteilen, um erwartungsgemäß massiven Peinlichkeiten aus dem Weg zu gehen, wird mit dem

Wort „Spießer!“ abgeschmettert. Also findet sich der Spießer mit dem spätpubertären, sinnfreien Schabernack ab.
Das geneigte Auditorium beömmelt sich gleich in der ersten Runde über Katta, die von der Toilette zurückkommt. Sonst zweifelsohne ein absolut makelloser Anblick. Jetzt aber wird sie verfolgt von einer aufgewickelten fünf Meter langen Klopapierrolle die hinten aus ihrer Jeans heraushängt. Nur unsere beiden Grafik-Nerds von nebenan lassen ihre Pupillen einmal um die eigene Achse kreisen. Nun eine eher harmlose Herausforderung für den ungewohnt knobifahnenfreien Martin. Heute angetreten im roten, trotzdem wie immer viel zu engen Karohemd. Er darf bei der nächsten Gelegenheit unserer leicht überdurchschnittlich attraktiven Kellnerin mit Rihanna-Frisur klarmachen, dass er sich unsterblich in sie verliebt hat.
„Noch nie wollte ein Mann auf der ganzen Welt eine Frau so gern heiraten, wie ich jetzt dich gerne heiraten tun würde“, bindet unser Hackel nuschelnd und schief grinsend seinen blumigen Satz.
Mit einem lächelnden: „Geht mir genauso. Wollt ihr noch was trinken?“, ist sie anscheinend bestens im Bilde, was unseren kleinen Zechezahlwettstreit angeht.
Gefährlicher ist dann schon die nächste Aufgabe. Diesmal für Manni. Er soll vier Tische weiter bei der achtköpfigen Bodybuilderfraktion feststellen, dass die Zwei-Meter-Muskelpakete nur sooo kurze pulsierende Würstchen haben. Selbstverständlich mit der entsprechenden Handbewegung. Aus der Ferne beobachten wir, wie mein 1,72-Meter-Mitbewohner kurz davor ist, in den Fleischwolf zu geraten. Nach einem längeren energischen Fingerzeig in unsere Richtung kommt er schließlich doch noch mit dem Leben davon. Das war knapp. Ähnlich unangenehm ist die Wette, auf die sich nun Martin einlassen darf.

Rechts an der Bar leuchtet uns schon den ganzen Abend aus der schwarzen Hose einer verdammt süßen Blondine ein roter String entgegen. Hackel soll ihr und ihrem Freund klarmachen, dass dies ein recht unästhetischer Anblick sei, was leider überhaupt nicht der Wahrheit entspricht. Als mein Layoutkollege plötzlich vor einem sich erhebenden Schönling zurückweicht, glaube ich, eine Faust fliegen zu sehen. Da könnte man jetzt mal einen KH-Verächter gebrauchen. Leider spielt unserer grad Squash. Muss ich also aufspringen und dazwischengehen.
„War doch nur'n kleines Späßchen!", versuche ich die Gelfrisur zu beruhigen.
„Späßchen? Den Hintern meiner Frau als exorbitantes Gesäß zu bezeichnen, mit der Frage, ob es eine eigene Postleitzahl braucht. Sorry, kann ich nicht drüber lachen!"
Ich schon, ha!
Es dauert etwa drei Minuten, bis sich beim gelackten Freund des roten Knapphöschens Entspannung einstellt und er sich wieder seiner Piña Colada und der sexy Tangaträgerin widmet. Bisher hatte sich unsere Schampusflasche immer an mir vorbeigedreht. Nun, wo die Rechnung bei mittlerweile hundertfünfzig Euro stehen dürfte, zeigt diese blöde Flaschenöffnung auf mich.
„Okay, Tat."
Wahrheit wär jetzt ganz schlecht angekommen, also werde ich mich mal gepflegt zum Heinz machen.
„Wie wär's denn mit dem Leberfleck da drüben?", schlägt Hackel vor, der nun doch etwas mehr als leicht angetüdelt ist. Er zeigt dabei auf eine korpulente Enddreißigerin mit roten Wangen und einer reichlich unappetitlichen Warze unterhalb ihrer Nase.
„Soll ich ihren Knubbel streicheln oder was?"

„Wie wär's denn mit 'nem Kuss? So richtig mit Zunge!", freut sich aber auch nur Hackel über seinen eigenen Vorschlag. Nein! Seine Fantasien möchte ich nicht haben. Nicht einmal, wenn ich besoffen bin.
„Nö, das is doof!", befreit mich Manni von diesem hirnrissigen Vorschlag.
„Kommt Leute, 'n bisschen mehr Stil!", wünsche ich mir.
„Gut. Ich finde, die blonde Schönheit links an der Bar, die hat Stil, oder?", sagt Manni und zeigt auf ein wirklich hinreißendes Mädel mit leicht gelockten halblangen Haaren. Es sitzt allein an der Bar.
„Okay, was soll ich machen?" Ich bin von Mannis Auswahl höchst angetan.
„Besorgst dir jetzt ihre Telefonnummer."
„Da kann er sich ja auch eine ausdenken", ist Herr Hack nicht ganz so begeistert und wirft damit gleich meine erste Idee über den Haufen.
„Na ja, er muss sie dann schon vor unseren Augen anrufen. Damit wir sehen, dass es die Richtige ist", perfektioniert Manni seinen Vorschlag.
„So wird da 'n Schuh draus." Nun ist auch unser lallender Chefzweifler überzeugt.
Das Spiel kann beginnen. Langsam erhebe ich mich. Durch meinen Schädel kreisen Tausende Gedanken. Was, wenn sie Französin ist und sagt: „Isch abe gar kein Andy?" Oder wenn sie doch nicht alleine hier ist, und ihr Freund gleich um die Ecke biegt. Vielleicht ein Experte für asiatische Kampfkunst, der mir mal in Ruhe demonstrieren möchte, wo genau sich an meinem Körper die schmerzempfindlichsten Stellen befinden? Ich versuche mich auf meinen Text zu konzentrieren, denn noch sind weder Jackie Chan noch Bruce Lee in Sicht.

Ich formuliere ein schüchternes: „'tschuldigung!?"
„Ja?" Die atemberaubende Frau dreht sich zu mir. Ich könnte schwören, ich habe sie schon einmal irgendwo gesehen. In einem Langnese-Werbespot auf einem Boot oder so. Mir stockt der Atem.
„Ich ... will gar nich lange stören, aber bei uns am Tisch da drüben, da läuft grad so'ne komische Wette. Wenn ich die verliere, muss ich die Rechnung bezahlen", rassele ich schnell meinen Text herunter.
„Mhm, und wie kann ich dir da jetzt helfen?"
Wie kann eine fremde Stimme plötzlich so warm und vertraut klingen?
„Die Nummer, also ... deine Telefonnummer, die soll ich besorgen."
Ich fasse es nicht! Habe ich grad die jüngere Schwester von Naomi Watts nach ihrer Handynummer gefragt? Entgegen ersten Vermutungen hält ihr entzückendes Lächeln weiterhin an.
Leipzig. Ein merkwürdiger Typ spricht seltsame Dinge. Das Lächeln hält.
Oder lacht sie mich womöglich aus? Ich bin mir da nicht so ganz sicher. Was macht sie denn jetzt? Dreht sich einfach weg. Na klasse!
Moment.
Sie scheint den Barkeeper heranzuwinken. „Andy, gibst du mir bitte mal einen Stift?"
Nein! So einfach kann das doch nicht sein! Ich fühle mich in meinen Grundmanifesten erschüttert.
„Öhm, sollte aber schon ... die richtige sein." Ich bin davon überzeugt, dass sie alles Mögliche aufpinseln wird, nur nicht den Schlüssel zu ihrer angenehmen Stimme.
„Ihr spielt ‚Tat oder Wahrheit', oder?" Ihre braunen Augen

leuchten wieder in meine Richtung. „Ich kenn das. Da möchte man nicht hängen gelassen werden."

„Und du … gibst mir deine … richtige Nummer???" Nein, nein, ich bleibe ganz souverän.

„Also wenn du eine Million auf dem Konto hast, geb ich dir die Falsche."

„Nee, sooo gut sieht's da grad nicht aus", sage ich und denke dabei an meinen völlig ausgeschöpften Dispokredit.

Miss „So schmeckt der Sommer" hebt ihr Glas von der Serviette und fängt an zu schreiben: 0178-35357995.

Mannomann. Unglaublich. Nachdem sie die letzte Fünf notiert hat, schiebt sie die Serviette ein Stück nach rechts. Genau dorthin, wo ich gerade stehe – und schwitze. Ich schnappe mir das heilige Tuch und stammele noch ein „Ich danke dir!" zum Abschied.

„Na ja, wir hören uns ja bestimmt gleich, oder?"

Ich genieße es, ein letztes Mal in diese wunderschönen braunen Augen zu sehen.

Auf dem Rückweg zu unserem Tisch muss ich meinen Blick zu einer spontanen Verwandlung überreden. Von vollends verklärt hin zu mächtig maskulin. Ich lasse die Serviette wie eine Feder auf den Minitisch gleiten.

„Voilà!"

Ein perfekt einstudierter Chor schallt mir entgegen: „ANRUFEN!"

„Okay!" Ich bleibe stehen, ziehe mein Nokia aus der Jackentasche und tippe ganz lässig die Zahlen in die Tastatur. 0178-35357995. Ich drücke das Symbol für „Wählen".

Was nun passiert, lässt sich wohl am ehesten mit einem kolossalen Kopffasching beschreiben. Mein Verstand wäre bereits vollends ausgelastet gewesen, die richtigen Worte in die richtige Reihenfolge zu bringen. Eigentlich wollte ich sie ja zuerst nach ihrem Namen fragen. Das muss ich nun nicht mehr. Den kennt schließlich mein Handy. In großen Lettern steht auf meinem Display: „SARAH PLATTENBÜRO."

Und was nun???

Gleich wieder auflegen?

„Nummer senden" ausschalten?

Abwarten, was passiert?

Zu spät.

Am anderen Ende höre ich die mir tatsächlich vertraute Stimme von Sarah.

„Ach, du bist es!", macht Sarah einen erleichterten Eindruck.

„Genau, der Sascha!"

Ich habe keine Ahnung wie, doch ich schaffe es, mir meine Verwirrtheit nicht anmerken zu lassen. Weder bei Sarah, noch an unserem Tisch. Hier stehen zu bleiben erscheint mir jedoch auch nicht besonders clever. Manni und Co. haben sich davon überzeugt, dass ich die richtige Nummer bekommen habe. Steht dem also nichts im Wege, ein bisschen mit Sarah zu plaudern.

„Warte mal kurz", flüstere ich in mein Handy und tue dabei so, als würde ich auflegen. Stattdessen verschwinde ich mit Sarah in der Hand um die Ecke hinter die Tür der „Laguna"-Bedürfnisanstalt.

„Na? Mit wem hast du denn gerechnet?", will ich wissen.

„Ach, hier war grad so ein Typ, der wollte meine Nummer haben."

„Und?"

„Na ja, ich habe sie ihm gegeben. Er machte so einen hilflosen Eindruck."

„Was denn? So schnell kriegt man deine Nummer?"

„Ich bin hier im ‚Laguna'. Er hätte sonst seine Wette am Tisch verloren und alles bezahlen müssen. Da hatte ich irgendwie Mitleid."
„Ach so. Öh. Wie sah er denn aus?", kann man ja mal fragen.
„Groß. Halbglatze. Irgendwie eine Mischung aus Bruce Willis …" JAAA, sehr gut! „… und Markus Maria Profitlich." Na vielen Dank auch!
„Schön. Und warum … hast du sie ihm dann gegeben?" Ich bin bereits reichlich deprimiert.
„Na ja, irgendwie sah er ja schon ganz nett aus." NETT! Da war es wieder, das böse N-Wort.
„Ah ja." Was will man dem noch hinzufügen, wenn man als netter, übergewichtiger John McClane bezeichnet wird? Yippie-ya-yeah!
„Ich würd ja gern mal wissen, wie du eigentlich aussiehst!?" Wie Markus Maria Willis.
„Wir, öhm, können ja irgendwann mal zusammen was trinken gehen, wenn du möchtest."
Kein Problem. Dazu müssten jetzt nur ein paar Jahre ins Land gehen, bis du diesen Abend und Bruce Profitlich vergessen hast!
„Also, wenn du mal Zeit hast, sag Bescheid. Ich würd mich wirklich freuen." Sicher???
„Bestimmt klappt das mal", klang vermutlich nicht sonderlich überzeugend. „Wollt mich eigentlich nur bedanken, dass du das mit Madonna hinbekommen hast. Bist echt 'n Schatz!"
„Hab ich doch gern gemacht. Wenn du noch Infos brauchst, rufst du mich an, ja?", lächelt Sarah unbeirrt weiter.
„Mach ich! Hab noch 'nen schönen Abend!"
„Du auch!"
Ich lege auf und halte meinen Kopf fünf Minuten lang unter

kaltes fließendes Wasser. Danach schließe ich mich geknickt in einer der Klozellen ein, um die letzten Minuten Revue passieren zu lassen. Ich habe die Nummer dieser bezaubernden Frau bekommen, mich verliebt und festgestellt, dass ich diese Frau sogar kenne. Um wenig später zu erfahren, dass sie mir die Nummer eher aus Mitleidsgründen gegeben hat. Willkommen auf der Gefühlsachterbahn! Und das im Zeitraffer. Normalerweise verknallt man sich doch in eine Frau und erst viel später erfährt man, also in den meisten Fällen, dass man überhaupt nicht ihr Typ ist. So hatte man aber zumindest noch ein paar Tage Zeit, innerlich dieses Mal-schaun-was-geht-Gefühl zu zelebrieren. Eine viertel Stunde später am Tisch wühlt Martin in seinem Portemonnaie. Ich erfahre, dass er es abgelehnt hat, sich bei unseren beiden Nachbarn zu erkundigen, ob sie ein eigenes Tattoostudio haben oder möglicherweise Grafikdesign studieren.

WALDORF ASTORIA

„Holste mich ab?“
Das ist der wie gewohnt sparsame Inhalt einer SMS von Manni an diesem Freitagnachmittag Ende März. Haben wir wieder das Wort „short“ in Short Message Service etwas zu ernst genommen. Na ja. Vor drei Wochen war er zu seiner Afrika-Rallye aufgebrochen. Seither war es in unserer kleinen WG in Leipzig doch ein wenig ruhig geworden. Keine einzige Folge von „Die 2“, kein Bayern-gegen-Hertha-Spiel auf der Xbox. Dafür endlich mal die Chance, vor 4 Uhr morgens wegzuschlummern, dank fehlender tierischer Grunzgeräusche aus dem benachbarten Zimmer.
Abholen also. Am Bahnhof? Am Flughafen? In Gambia??? Wo liegt das überhaupt? Egal. Ich muss mir meine Kreativität noch aufheben. Für diesen verdammt wichtigen Artikel über die Popstars-Mädels, die in ihrer globalen Bedeutung mit Madonna nicht so ganz auf einer Stufe stehen. Diese Tatsache macht es nicht unbedingt einfacher. Mich in Sparsamkeit solidarisch zeigend, tippe ich ein *„Wo“* in mein Nokia. Ich hätte damit rechnen müssen. Nicht nur damit, dass die nächste SMS wieder so überschaubar ausfällt, sondern mit ihrem Inhalt. Ein Wort, das meine komplette Wochenendplanung zunichtemacht.
„Amsterdam“
Warum kann Manni nicht wie jeder normale Mensch am Flughafen Leipzig/Halle, in Dresden oder von mir aus in Berlin landen? Nein, Amsterdam. Andererseits, der Schiphol International Airport liegt gut sechshundert Kilometer entfernt von meiner *Pool*-Redaktion. Und alles, was schön weit weg ist, ist gut. Ich speichere das Pophasen-Word-Dokument mit gerade mal 623 von 1800 geforderten Zeichen, klappe mein Laptop

zu und packe wenig später daheim die wichtigsten Reiseutensilien, sprich Zahnbürste und Wechselshorts in meine ARAL-Treuebonustasche. Mannis Flieger aus Banjul soll am nächsten Morgen halb drei in Amsterdam ankommen.

Zwei Stunden vor geplanter Arrival lande ich mit meinem 3er Golf Baujahr 94 in Schiphol. Mit zwei Stunden und fünfundzwanzig Minuten Verspätung betritt auch Manni wieder europäisches Festland. Will man von Gambia aus zurück in die Heimat, darf man keine hohen Ansprüche stellen, was das genaue Ziel angeht, erklärt mir Manni. Hauptsache Europa. Nach Frankfurt wäre erst nächste Woche wieder ein Flieger gegangen. So lange konnte und wollte er nicht mehr warten. Und Amsterdam sei doch klasse. Sex, Drugs & Rock'n'Roll. Lecker Tütchen, lecker Mädels und überhaupt.
„Ach, wir fahren jetzt nich zurück?", frage ich in meinem völlig erschöpften und durch meinen schweinenasigen Chef dauergeplagten Zustand.
„Nö! Fahr mal da, so Richtung Amsterdam City. Ich kenn da so'n Hotel. Da war ich schon paarmal", grinst Manni und schon sind wir auf dem Weg über den City-Ring.
Die ersten Menschen, die uns am frühen Morgen in Amsterdams Innenstadt entgegenkommen, sind tatsächlich kurz berockt. Leider handelt es sich dabei nicht um junge wohlgeformte Damen, sondern um fünf Männer im Rock mit Karomuster. Schotten? Einhundert Meter weiter, vor Mannis Lieblingshotel, schon wieder sechs Kiltträger. Ja, es gibt Zeichen, die sollte man erkennen. Auch als uns ein genervtes „Sorry, not tonight!" an der Hoteltür begrüßt, sind wir uns über eine Tatsache noch

nicht im Klaren: dass wir uns noch im genau dreiundzwanzig „Sorrys“ entfernten Abstand davon befinden, ein kleines bescheidenes Zimmer mit Doppelbett zu erobern. An der sechsten Hoteltür knallt uns die Information entgegen, die nun wirklich keiner ahnen konnte. Zumindest ich nicht. Schließlich bin ich das exakte Gegenteil von einem fanatischen Fußballfan. Zwar wird mein Mitbewohner schon ein wenig unruhig, wenn es um seine Hertha geht, aber auch ihn interessieren die WM-Qualifikations-Begegnungen der Oranje herzlich wenig.

„Ach ja! Heute woll'n ja die Müllmänner die Schotten wegknallen.“

Was er damit sagen möchte: Die Partie Niederlande gegen Schottland steht auf dem Spielplan für den heutigen Abend. Da scheinen die schottischen Fans gern mal tiefer in die Tasche zu greifen, um dabei zu sein, wenn ihre Jungs auswärts spielen. Offenbar hat es sich halb Schottland in unseren Hotelzimmern gemütlich gemacht. Ein Sieg der Schotten über die Holländer erscheint mir nun wahrscheinlicher, als dass wir heute noch ein billiges Zimmer finden.

„Halt ma da drüben!“, höre ich jetzt zum vierundzwanzigsten Mal von Manni. „Das sieht so abgewrackt aus, da muss was frei sein!“

Wo Manni mal recht haben könnte. Wir suchen vergebens nach Sternen zur genaueren Klassifikation. Wüssten aber auch nicht, womit dieses eher ausladende Gasthaus auch nur einen einzigen Ministern verdient haben sollte.

„One hundred and twenty Euros for two nights“, lallt uns ein beflecktes T-Shirt an der abgewrackten Rezeption entgegen. Sein Träger erinnert uns an Vince Vaughn als Norman Bates in „Psycho“. Wir erkundigen uns nach dem Gesundheitszustand seiner Mutter, er versteht kein Wort.

„No breakfast“, murmelt uns Psycho-Norman noch zu.
Wir grinsen synchron „Gott sei Dank!“ und suchen jetzt nach dem Zimmer mit der Nummer 74.
Über eine äußerst schmale, knarzende Holztreppe geht es nach oben. Kurz bücken, um durch die 1,80 Meter hohe Tür links zu rutschen. Dann scharf rechts einen noch engeren Gang entlang, der seltsamerweise wieder ein Stück nach unten führt. Am Ende dieses Ganges entdecken wir eine Holztür mit breiten braunen Flecken und einigen Rissen, dazu die Zahl 74, geschrieben mit schwarzem Filzstift. Samstag früh um sechs in Amsterdam. Wir haben ein Zimmer! Gut, *Zimmer* ist jetzt zweifelsohne nicht die ganz korrekte Bezeichnung für die fünfzehn Quadratmeter mit Doppelbett, Klapptisch und Ohrensessel. Schätzungsweise eingerichtet vor vierzig Jahren. Seitdem weder renoviert noch gelüftet. Nur die vergilbte Bettdecke gelegentlich gerade gezogen. Immerhin. Höchstwahrscheinlich schmückte vor langer Zeit eine weiße Tapete die Wand. Auf ihren verbliebenen Spuren, zwischen den tiefen Löchern und den hier eher gelblichen Flecken, haben sich unter anderem Richard und Felix verewigt. Beide im Jahr 91, wahrscheinlich 1991. Sicher sind wir uns da aber nicht. Ich sag mal so, eine Nacht auf dem Herrenklo im Leipziger Hauptbahnhof dürfte dagegen wie die Präsidentensuite im New Yorker Waldorf Astoria sein. Ein Blick aus dem Fenster genehmigt freie Sicht auf ein Blechdach in etwa unserer Höhe, wohldekoriert mit diversen Relikten aller bisherigen Gäste von Mr. Bates. Eine Art Friedhof für Bierdosen, Pizzakartons, gebrauchte Kondome und alles, was der Mensch halt so nicht mehr braucht. Hier wollen wir uns auch verewigen, nehmen wir uns fest vor.
Der beißend-muffige Geruch unserer gelbbräunlich verfärbten Kopfkissen erinnert mich an den Moment, als Manni und ich vor

zwei Monaten erstmals nach langer Zeit wieder unseren Keller aufsuchten. Kurz vorher hatten wir von Nachbar Naumann den Hinweis bekommen, ein halbes Jahr vorher hätte dort alles unter Wasser gestanden. Mittlerweile sei jedoch alles wieder trocken. Stimmte soweit. Vielen Dank für die frühe Info! Meine ursprünglich wertvolle, von 73 bis 91 komplette Mosaikheft-Sammlung taugt jetzt nicht mal mehr als Klopapier. Doch mein Kellermuffkopfkissen hat nicht die Macht, mich jetzt noch von meinem verdienten Schlaf abzuhalten. Auch nicht die rhonchopathischen Eskapaden der oberen Atemwege von Manni.

Nach sieben Stunden Schlaf sehnt sich mein Körper nach einer ausgiebigen Dusche. Auch wenn die dafür vorgesehene Nasszelle einen nicht gerade fürstlichen Eindruck macht. Der ursprünglich durchsichtige Vorhang im rechten Eck scheint all die Keime unserer Vorgänger archiviert zu haben. Nur mit Mühe kann man erkennen, wie heftig das Siffausmaß hinter ihm sein muss. Die Flecken an den, ich schätze mal, einst grauen Fließen haben Dimensionen erreicht, dass man von regelrechten Kalkkeimfladen sprechen kann. Ich wär auch nicht verwundert, wenn während des Duschens aus dem Fünfzentimeterloch zwischen den Fließen weiter unten links eine Rattenfamilie durchschlüpfen würde. Ich beschließe, den unübersehbaren Dreck zu ignorieren. Schließlich meinte Manni, verglichen mit den Duschen in Afrika sei das hier purer Luxus. Ich fasse es nicht! Aus dem Duschkopf sprudelt tatsächlich klares Wasser. Ich genieße den Augenblick, schließe meine Augen und lasse das kalte Wasser über meinen Kopf laufen. Wie angenehm. Weniger zweckdienlich ist nur die Hitchcock-Szene,

die sich gerade vor meinem inneren Auge abspielt. Was, wenn dieser Psycho-Norman von der Rezeption doch noch ein paar alte Frauenkleider im Schrank findet und schnell mal auf einen Sprung vorbeikommt? Was, wenn er plötzlich mit einem Messer hinter mir steht? Vielleicht ist das auch der Grund, warum ich im nächsten Moment zusammenzucke. Durch den Vorhang kann ich verschwommen eine Person mit einem spitzen Gegenstand in der rechten Hand erkennen.
„Manni?", rufe ich leise. Keine Reaktion.
„Manniiii!", werde ich etwas lauter.
„Soll ich dir den Rücken schruppen oder was?", erlöst mich Manni aus meiner Duschszenenfantasie. Ich ziehe den Vorhang etwas zur Seite und sehe, wie er seine Zahnbürste in einen Becher stellt. Nach einer viertel Stunde ohne Besuch von Mr. Bates bin ich bereit für die Stadt an der Amstel.

BALLERMANN VON AMSTERDAM

Wenn ich einen Blick draufhabe, dann ist es dieser Ich-habe-gaaaaanz-großen-Hunger-Dackelblick. Funktioniert erstklassig bei der jungen wohlfigurierten Bedienung im „Teasers“. Manni und ich würden sterben ohne ein gepflegtes English Breakfast. Weil das brünette Mädel in roten Hotpants und knappem weißen Top mit „Teasers“-Logo das sofort erkennt, bekommen wir auch am späten Nachmittag unsere Spiegeleier mit Baked Beans, Würstchen und Schinkenspeck. Völlig überteuert, aber eben im „Teasers“, einem Laden in der berühmten Damrak-Meile, der sehr an die Kneipen der amerikanischen „Hooters“-Kette erinnert. *Beer & Babes*. Der Ballermann von Amsterdam. Von außen betrachtet ein stinknormales Café mit gläsernem Vorbau. Wesentlich spannender hingegen ist der Vorbau einer jeden einzelnen kellnernden Sahneschnitte im Inneren. Hier bedienen ohne Übertreibung die repräsentativsten Doppel-X-Chromosomen-Träger, die diese Stadt zu bieten hat. Sie präsentieren sich nicht nur spärlich bekleidet, sie locken auch mit einer Art Mund-zu-Mund-Übergabe frisch geschnittener Früchte. Gern packen sie sich auch eine Portion Pommes in ihr Dekolleté, die man dann an Ort und Stelle gegen Aufpreis verputzen kann. Noch besser, die gleiche Prozedur mit Tequila. Schlabberlabber! Willkommen in Amsterdam! Warum haben die eigentlich keinen Ableger bei uns in Leipzig, philosophiere ich so mampfend vor mich hin. Währenddessen beobachte ich das schottische Rentnerehepaar am Tisch nebenan. Keiner von beiden mit Rock, dafür mit schüttelndem Kopf unsere sexy Bedienung musternd. Ja, so einen perfekten Knackarsch hat der Schottenopa bestimmt schon seit fünfzig Jahren nicht mehr zu Gesicht bekommen. Wenn überhaupt. Trotzdem muss er zwangsläufig in den Schüttelreigen seiner Frau einstimmen, ohne sich einen langen genussvollen Blick auf dieses knapp bedeckte, perfekt geformte Gesäß zu gönnen. Irgendwie tut er mir leid. Besonders in dem Augenblick, als Miss Hotpants auf ein Podest springt um bei 50 Cents *„Disco Inferno“* ihren ganzen Körper rhythmisch in Bewegung zu setzen. Das ist der Moment, in dem die alte Schottin empört aufsteht, ihrem Mann den direkten Weg nach draußen zeigt und drei Scheine auf den Tisch packt. Der arme alte Mann. Nun verpasst er diese gnadenlos sexy durchgestylte Performance unseres holländischen Pussycat Dolls. Vielleicht auch besser so, um das Herz etwas zu schonen für das Holland-gegen-Schottland-Spiel heute Abend.

Zwei Stunden vor Anpfiff mitten im pulsierenden Red Light Destrict an der Amstel zwischen all den Coffeeshops fällt es uns schwer zu ignorieren, welches unverzichtbare Equipment für unsere weiteren Stunden in Holland bisher fehlt.
Manni gibt das Zeichen. „Amsterdam ohne Joint?“
„Das wär ja wie Moskau ohne Wodka“, muss ich zugeben.
„Oder Staaten ohne Fast Food.“
„Richtig. Wie Schweden ohne Surströmming.“
Ja, man muss sich als Tourist schon den jeweiligen Delikatessen anpassen. Deswegen waren Manni und ich auch noch nie in Schweden. Weil, vergammelte Ostseeheringe sind nun mal ähnlich lecker wie frittierte Vogelspinnen in Kambodscha. Oder gegrillte bolivianische Meerschweinchen. Egal ob Glatthaar oder Rosette. Manni und ich können uns allerdings schlecht vorstellen, dass es im IKEA-Land Kantinen gibt, die das Verzehren von gebackenem Fisch wegen des Geruchs verbieten, den Genuss

von Surstömming hingegen ausdrücklich wünschen. Nur das wäre wiederum vergleichbar mit den Gesetzen in Holland. Da steht man vor einem Coffeeshop und wird gleich darauf hingewiesen, dass Rauchen zwar erlaubt sei, jedoch auf keinen Fall Tabak. Joints? Natürlich! Dann aber bitte reines Hasch. Also blasen wir vor der Tür unsere letzte Nikotinwolke in den Himmel, um wenig später in eine ausgeprägte Marihuanawolke abzutauchen. Atme tief, die Luft ist gut. Verstehe. Das darf man nicht zerstören mit billigem Tabak. Nachdem sich unsere Pupillen den eingeschränkten Sichtbedingungen angepasst haben, finden wir das üppige Angebot. Cheese, King White Willem, Diesel Shake. Sind wir hier bei „Burger King" oder was? Crystal Lady Double Pre-Rolled. Keine Ahnung, was da drin ist, klingt aber gut. Wenn auch mit 45,50 Euro für ein Sixpack verdammt teuer. Manni bekommt die Bestellung fehlerfrei hin, und schon wandert der Knasterzaster über die Theke und wir mit sechs Crystal Ladys aus dem guten alten „Hunter's"-Coffeeshop.

„Das is ja wie in Afrika hier!", meint Manni zwei Stunden später mit reichlich entspanntem Gesichtsausdruck auf dem Rückweg vom Klo im „Old Sailor Pub" mitten in der Walletjes, Amsterdams Red Light Destrict.

„Stehste da und musst aufpassen, dass du unten das Loch triffst", bekomme ich als weitere Ausführung von einem mittlerweile stark lallenden Manni zu hören.

Das gute Heineken steht nun auf dem Tisch. Nach einer Crystal Lady, drei Glas Amstel-Bier, zwei Screwdrivern und einem ordentlichen Long Island Iced Tea in einem abgeranzten Pub dreihundert Meter weiter hatten wir beschlossen, das Lokal

zu wechseln, und uns für diese alte Seemannskneipe hier entschieden.
„Wie, Loch?“, muss ich mich gegen die anstrengende Lärmbelästigung von Culture Beats *„Mr. Vain“* zur Wehr setzen. Auch ich bin nicht mehr so ganz Herr meiner Zunge.
„Na ja, nix zum Sitzen, kein Pissoir! Nur'n Loch! So wie bei den Moslems. Das hatte ich jetzt drei Wochen lang“, beschwert sich Manni. „Ich wette, bei den Weibern sieht das anders aus!“
Warum nicht? Eine Wette. Ich liebe Wetten mit Manni. Erstens, weil er es immer ernst meint. Zweitens, weil es meist um richtig Kohle geht. Und drittens, weil Manni in 95,8 Prozent aller Fälle danebenliegt, wenn er besoffen ist.
„Fünfzig Euro!“, ist mein wie ich finde durchaus angemessenes Angebot.
„Bin dabei!“, grinst sein Amstel-entstelltes Gesicht.
Okay, dann wollen wir doch mal schauen, ob die Mädels hier auf einem Lokus mit Brille sitzen dürfen oder gerechterweise auch in die Hocke gehen müssen. Siegesgewiss kämpfe ich mich durch aufschreiende Oranje-Fans und berockte Schotten. Gerade jetzt wird ihr Spiel angepfiffen. Meins auch. Ich stürme an sämtlichen Viererrockketten links außen vorbei, ohne den Ball abzugeben. Trotz eines Fouls an einem Spieler in Orange lässt der Unparteiische das Spiel laufen. Schon stehe ich direkt vorm gegnerischen Tor. Die Abwehr bereitet auch keine weiteren Probleme, die freischwingende Holztür ist nicht verriegelt. Freistoß aus dreißig Zentimetern Entfernung. Der Keeper, eine Schottin Mitte dreißig im grünen Strickpulli, scheint etwas überrascht. Aber hockt!
Tooor!
Jetzt muss ich nur noch Manni beweisen, dass es sich hier um eine „Ideal-Standard“-freie Zone handelt. Für solche Momente

empfiehlt es sich, das Handy nicht auf dem Tisch liegen zu lassen, sondern bei sich zu tragen. Ich habe Glück. Schneller als einst Jesse James ziehe ich mein mobiles Funkgerät aus dem Halfter, entsichere die Fotofunktion und habe meinen Daumen am Abzug.

„Cheese!“

Ein lächelnder Strickpulli ist jetzt womöglich zu viel verlangt, stattdessen verdutzte Augen und ein weit geöffneter Mund. Klick.

„Thank you!“, bedanke ich mich unbeirrt freundlich bei der hockenden Schottin. Sie ruft mir noch ein paar Worte hinterher, bei denen ich vermute, dass es sich um landestypische Beleidigungen handelt. Es sei denn, so was wie „Fuck off, jerk!“ oder „Numpty!“ bedeutet: „Wie wär's mit 'ner kleinen Nummer?“ Egal.

Herzlichen Glückwunsch, Herr Bartmann, Sie haben soeben fünfzig Euro gewonnen!

Zurück am Tisch bei Manni setze ich ein zufriedenes Lächeln auf, präsentiere stolz meinen Schnappschuss aus der Bedürfnisanstalt und greife nach meinem Glas.

„Op uw gezonheid!“ – Holländisch für Prost.

„Mensch Manni, ich wollte ja schon immer mal wissen, ob Thai-Mädels bei Massagen einem wirklich über den Rücken laufen“, überfordere ich Manni jetzt ein bisschen.

Keine Reaktion. Vielleicht hätte ich in meinen Satz ein paar Geschlechtswörter, also Artikel einbauen sollen.

„Ich schätz mal, das kostet so fünfzig Euro, oder? Ich mein, viel teurer kann das doch nicht sein!“, überlege ich mir so, wie mein Gewinn sofort sinnvoll investiert werden könnte.

Auf dem Weg zum „Old Sailor“ sind wir mit unseren Crystal Ladys nicht nur an den fleischgewordenen Schaufensterpuppen

vorbeigekommen, sondern eben auch an einem sogenannten Thai-Massagesalon. Und wo Thai-Massage dransteht, muss ja auch eine drinsein. Bin ich mir ganz sicher.
„Du willst mit meiner Kohle 'n Thai-Mädel flachlegen?", interpretiert Manni mein Vorhaben völlig falsch.
„Nein, ich will 'ne Thai-MASSAGE!", muss ich nun gegen Coronas *„Rhythm of the night"* anschreien.
„Sascha, wenn du zu 'nem Thai-Mädel gehst, dann hat die Sascha junior schneller in ihrer Hand oder sonst wo, als du das Wort Mas-sa-ge aussprechen kannst", versucht mich Manni von meiner ersten original thailändischen Entspannungstherapie abzuhalten, einer Therapie, deren heilende Technik sich einzig und allein aus den in Stein gemeißelten Gravuren im Tempel Wat Pho ableiten lässt.
„Sie bekommt Junior nicht zu fassen. Wollen wir WETTEN?", muss ich jetzt noch lauter schreien, Nederlands Elftal haben gerade völlig überraschend das 1:0 geschossen.
„Nö, nö", winkt Manni ab. „Dann lass mal die Thai-Puppen tanzen!"
Mit einem ordentlich Screwdriver-verzerrten Gesichtsausdruck und mit Mannis Schein segele ich eine viertel Stunde später aus dem tobenden „Old Sailor". Die Oranje singen, die Schotten gucken bedröbbelt. Es steht jetzt 2:0.

KARTOFFEL

„Is it a real Thai massage?“, erkundige ich mich an der Salontür bei einer älteren lächelnden Thai-Dame. Sie trägt einen schwarzen Wickelrock, dazu ein grünes T-Shirt mit Blumenmotiv und könnte ihrem Alter nach zu urteilen vor vielen, vielen Jahren die Wat-Pho-Massage persönlich erfunden und in Stein gemeißelt haben.
„Du kommen aus Duitsland?“, ist nicht die Antwort, die ich hören will. Hatte ich meine Frage nicht in einem ganz korrekten Englisch verfasst? Hatte ich den Grund meines Erscheinens im Salon nicht klar ausgedrückt?
„Yes, äh, I come from Germany“, bleibe ich hartnäckig bei der Sprache meiner Wahl. „Is it possible to get a real Thai massage from a younger girl?“
Kann sein, dass ich das Wort „younger“ etwas zu sehr betont habe. Nur um ihr klarzumachen, dass ich mich nicht unbedingt von ihr bearbeiten lassen möchte. Mit einem nun eher strengen Thai-Tanten-Blick gibt mir der asiatische Wickelrock ein Zeichen, ihm zu folgen. An einer kleinen dunklen Bar mit Bambusdach sitzt Leela. Genau das meinte ich eben mit *younger*. Leela ist vielleicht Anfang oder Mitte zwanzig. Doch wer kann das schon so genau sagen? Thailänderinnen haben nun mal den klaren Vorteil, auch mit dreißig noch optisch als knapp volljährig durchzugehen. Im Gegensatz zu vielen bezaubernden Grazien in unserem wundervollen Land. Wer wundert sich schon noch über verbale spätpubertäre Verfehlungen von vermeintlich 35-jährigen Müttern in allnachmittäglichen Talkshows? Wo man doch schon ahnt, dass jeden Moment die Erklärung für das rundum ästhetische Desaster eingeblendet wird: „Patricia (21), 5 Kinder von 5 verschiedenen Vätern.“

Genau so sieht Leela nicht aus. Sie ist zierlich gebaut, aber nicht spindeldürr. Circa 1,65 Meter groß und genau die Art Frau, der ich gern die Lizenz zum ausgiebigen Durchkneten meines Körpers gebe. Sie nimmt noch einen Schluck aus ihrem Teeglas, springt auf und nimmt meine Hand. In ihrem 10-Quadratmeter-Zimmer mit Bett, Waschbecken und geschätzten 2 544 Kerzen legt sie ein unverschämt süßes Lächeln in ihr Gesicht und eine CD in ihren pinken Player. China Dolls: *„Do you like it?“*
Wie? China Dolls im Thai-Salon? Egal, ich nicke verständnisvoll.
„I like boys from Germany!“, flirtet Leela, während sie eine Öltube ausquetscht.
Moment. Ich habe bisher nur genickt und blöd gegrinst, jedoch kein Wort gesagt. Steht auf meiner Stirn in großen Lettern das Wort „KARTOFFEL“ eintätowiert? Gut, ich trug bis eben noch ein schwarzes T-Shirt mit der Aufschrift: „Ich mach auch in Medien“, aber das kann ja auch Schwedisch sein.
„It’s, äh, my first, äh, time“, stammele ich im astreinen Long Islandisch und schüttele vehement den Kopf, als mich Leela besorgt fragt, ob ich noch Jungfrau sei. „No, my, äh, first Thai massage!“
„Enjoy it!“, lächelt Leela, während ich mich in Rekordzeit aus meiner Jeans befreie.
Leela streichelt noch kurz meine Schulter und gibt mir zu verstehen, ich solle mich auf den Bauch legen. Sehr gut! Mit ihrer weißen Jogginghose und ihrem roten Top setzt sie sich nun neben mich aufs Bett und beginnt ihre Finger langsam und kräftig über meinen Rücken kreisen zu lassen. So habe ich mir das vorgestellt, nach ein paar Drinks und einer ordentlichen Wundertüte jetzt eine süße Thailänderin, die mich verwöhnt. Ich schließe meine Augen und denke an Sarah. Wie ich irgendwann mal

morgens in unserem 175-Quadratmeter-Penthouse über den Dächern von Leipzig aufwachen würde. Ihre Finger wandern zärtlich über meinen Körper. Das Frühstück steht schon bereit. Sie sagt ganz liebevoll: „Schatz, du musst langsam aufwachen, heute ist dein großer Tag. Das Interview mit Madonna." In meinem Traum drehe ich mich auf den Rücken und schaue in die strahlenden Augen der auf mir sitzenden Sarah. Sarah …

Leela! Ich liege tatsächlich auf dem Rücken, und Leelas Hände setzen gerade dazu an, mir meine Shorts runterzuziehen.

Ein „Äh, no!" bringe ich immerhin heraus und blicke auf eine nun komplett entblößte Leela. Ein durchaus verlockender Anblick. Aber ich will doch gar keinen Sex gegen Bares.

„Don't you like me?", fragt mich Leela und benutzt dazu diesen typisch weiblichen Unschuldsblick, der gnadenlos dazu eingesetzt wird, fest entschlossene Männer von ihrem Weg abzubringen.

„No, no, you're beautiful! But, äh, I want a longer massage! A real Thai massage! Like Wat Pho, you know?", versuche ich jetzt also einer thailändischen Prostituierten klarzumachen, die sich wahrscheinlich gerade fragt: „What? Po?"

Völlig unerwartet scheint Leela zu verstehen.

„A massage with my feet?", fragt sie und zeigt dabei auf ihre Füße.

„YEEES!", rufe ich doch etwas erleichtert.

Ich lasse mich auch davon überzeugen, dass das nur so richtig geht, wenn ich meine Shorts ausziehe. Da liege ich nun, wie Gott mich schuf auf einem Thai-Pornobett, auf meinen Schultern die knetenden Füße von Leela. Jetzt kommen wir der Sache langsam näher. Ich spüre, wie die *Pool*-Redaktion inklusive Schweinenase in weite Ferne verschwindet. Aus Leela wird wieder Sarah, und diesmal ist es der Abend nach dem

großen Tag. „Schatz, du bist ja völlig verspannt. Darf ich mich darum kümmern?" Genüsslich stelle ich mir vor, wie Sarah mit ihren zarten Füßen über meinen Rücken wandert. In meiner Fantasie kommen aus den Boxen nicht mehr die China Dolls, sondern Madonnas *„Justify my love"*. Irgendwie ist es mir jetzt auch egal, dass ich schon wieder auf dem Rücken liege und Leelas Finger in südlichen Regionen spüre. Was ist denn schon dabei? Stand vielleicht sogar im Kleingedruckten auf den berühmten Wat-Pho-Steinen. Außerdem sind das ja jetzt die zärtlichen Hände von Sarah, die sich um Sascha junior kümmern. So grandios kann das Leben sein! Ich bin versunken in einen perfekten Traum, mit einer perfekten Traumfrau. Sarah and Sascha in love. Lenny Kravitz legte Madonna damals die richtigen Worte in den Mund:
„Poor is the man whose pleasures depend on the permission of another... to justify my love ..."
In diesem Moment reift in mir der Wunsch nach einem großen Happy End, nach einer körperlichen Vereinigung von Thailand und Deutschland.
„Why, äh, don't you wanna, äh ... sit on me?", frage ich leicht zögerlich.
Ich schätze mal, die meisten Männer würden bei dem nun folgenden Kompliment ähnliche Geräusche und Verrenkungen machen, wie Tom Hanks in „Cast away", als endlich das blöde Feuer brannte. Mich hingegen macht es stinksauer.
„Oh, no, your dick is too big", erklärt sie mir, mit einer kleinen und durchaus angebrachten Spur von Mitleid.
Mein Sascha junior ist einem professionellen Wat-Pho-Knackpo zu groß, um sich darauf zu setzen. Klasse!
„Okay", sage ich leicht deprimiert, greife langsam nach meinen Klamotten und hinterlasse eine fassungslose Leela.

LUMBERJACK

Wenige Minuten später schleiche ich mich am Wickelrock vorbei zur Tür hinaus und wanke wieder die Rotlichtgrachten entlang. Innerhalb weniger Sekunden hat Leela diese Ich-bin-der- König-von-Amsterdam-Wirkung von zwei schönen Crystal Ladys und diversen Alkoholitäten zunichtegemacht. Ich habe den Dein-Sascha-junior-ist-zu-groß-Satz in meinem Leben schon zwei Mal von kopulierwilligen Damen gehört. Die eine dabei lächelnd, die andere ein wenig ängstlich. In solchen Situationen ist das kein Segen, sondern ein Fluch. Ich brauche dringend einen neuen. Einen kleineren. Einen kürzeren. „SEX-SHOP REDLIGHT", hier müsste es doch einen geben, oder? Einen schönen Zwergpimmel aus Silikon.
Ein kurzer Blick über die Magazine und DVDs an der rechten Wand. Mhm. Die Prengel der Hauptakteure sind doch auch nicht viel kleiner. Ganz im Gegenteil. Und? Hat sich im Video jemals eine Darstellerin beschwert? „Anfassen ja, mehr aber nicht. Der ist mir viel zu groß." Angeblich sind doch die Frauen ganz scharf auf solche ausgeprägten Dödelexemplare. Also der linken Wand nach zu urteilen. Ungefähr achtzig verschiedene Wunderhörnchen, in allen erdenklichen Farben und Formen, glatt, gerade, krumm und mit Noppen. Die meisten davon ziemlich massiv. Und bei keinem von denen wäre beim Blick auf Sascha junior so was wie Penisneid aufgekommen. Bis zu achtzig Zentimeter lang und sogar vierzehn Zentimeter dick! Hallo! Mädels! Das kann doch nicht euer Ernst sein! Dann müsste doch schon allein der Anblick eines automatisch versenkbaren Pollers für verkehrsberuhigte Zonen sexuelle Begierden in euch wecken. Ich bin bisher alles andere als zufrieden mit dem Gummiömmelangebot. Von „Moby Dick" über

„Anal Terrorist“ und „Enigma Large“ bis hin zum Holzdildo der Marke „Eichelhauer“.
Ich bin schon auf dem Weg nach draußen, da grinst er mich von der Seite an. Ein gelber 10-Zentimeter-Knautschlümmel mit Eiern und Augen. Perfekt. Ich schnappe mir schnell den kleinen Hosenhobbit und bewege mich in Richtung Kasse. Dahinter ein schwitzendes 160-Kilo-Paket im rot karierten Holzfällerhemd. Auf seinem Tresen leicht zu erkennen: der Rest einer dünnen weißen Spur. Passend dazu erweiterte Pupillen im Norden des Fleischberges. Daher mache ich mir auch keine weiteren Sorgen darüber, dass er plötzlich leise „I love you!“ sagt. Er dreht und wendet, drückt und knautscht meinen knuffigen Zwergpenis, wahrscheinlich in der Hoffnung, ein Preisschild zu finden.
„I love you!“
Meine Long-Screw-Tütchen-Drehung sorgt dafür, dass ich mir langsam seltsame Fragen stelle.
„I love you!“
Hat diese fette Riesenbulette womöglich den King of Pop verschluckt?
„I love you!“
Das zugekokste Meat-Loaf-Double packt meinen gelben Knautschphallus in eine schwarze Tüte und spricht plötzlich mit einer ganz anderen, viel tieferen Stimme: „Vier Euro!“
Ich packe die Münzen auf seinen Tresen, schnappe mir die Tüte und mache, dass ich schnell wegkomme.

Ungefähr zweihundert Meter weiter, etwas abseits der Sündenmeile an einem dunklen Hauseingang, bleibe ich stehen. Mein Körper verlangt nach einer Pause und meine Lungen nach

Nikotinnachschub. Ich bin gerade dabei, mich auf die kleine Treppe zu setzen, da hör ich es schon wieder:

„I love you!"

Gefolgt von einem kurzen Quietschgeräusch. Augenblicklich stehe ich wieder. War mir das Michael-Jackson-imitierende Meat-Loaf-Imitat gefolgt? Ich drehe mich nach allen Seiten. Niemand in der Nähe. Habe ich Halluzinationen? Mir wird plötzlich klar, was Screwdriver eigentlich bedeutet. Schraubendreher. Hatten mir die beiden Screwdriver auch noch meine letzten Schrauben verdreht? Gedankenversunken lasse ich mich wieder nach unten sacken. Da. Schon wieder:

„I love you!"

Ich stehe wieder auf. Angst. Ich ziehe die schwarze Tüte aus meiner hinteren Hosentasche und greife nach meinem neuen Schrumpelkumpel. Vielleicht kann er mich ja beschützen. So stehe ich also in einer dunklen Ecke mitten in Amsterdam, in meiner Hand ein gelber 10-Zentimeter-Gummiprengel mit großen Augen. Das nächste Geräusch, diesmal deutlich lauter, sorgt bei mir fast für einen Herzinfarkt. Ich zucke zusammen. Die Tür hinter mir öffnet sich, eine ältere Dame schiebt mich zur Seite und läuft an mir vorbei. Ich merke, dass es um meine Gesundheit viel schlimmer steht, als bisher befürchtet. Die „I love you's!" und die seltsamen Quietschlaute kommen nämlich direkt aus meiner linken Hand. Die kleine Phallusbanane kann nicht nur grinsen, sondern auch sprechen und quietschen. Je nachdem, wo ich draufdrücke.

Hoden – spricht! Schaft – quietscht!

Muss ich mir merken. Dafür hat mein kleiner Freund jetzt einen Namen: Jacko – mein sprechender Knautschphallus.

Ohne Zigarette, ohne Umwege, mit Schweißperlen auf der Stirn taumele ich zurück zum „Old Sailor Pub", zu meinem

alten Seebären Manni. In der Seemannskneipe angekommen brauche ich dringend eine Apfelschorle. Es ist nicht einfach, dem Barkeeper klarzumachen, dass ich tatsächlich nur ein Apfelsaftwassergemisch haben möchte.
„No alcohol???“, werde ich fast schon traurig beäugt.
„No! Pause!“

Was für ein ungewohntes Bild. Mit einem 3:0 hat Holland die Röcke aus Schottland vom Platz gefegt. Frau Antje hat Nessie gezeigt, wer hier der Chef auf dem Rasen ist. Und was machen die schottischen Wollwickelröcke? Sie kiffen, saufen und singen Karaoke, zusammen mit den Jungs in Orange. Irgendwie freuen sich alle. Auf dem Weg durch das Freudenviertel versuche ich mir vorzustellen, was passieren würde, wenn Deutschland gegen Holland spielt. Wie sich deutsche und holländische Fans gemeinsam freuen würden nach einem 3:0-Sieg für die Oranje …
3:0? Moment! Wir wollen doch mal die Kirche im Dorf lassen.

BANANAS

Eine viertel Stunde später bleiben Manni und ich spontan vor einem Club namens „Happy Banana“ stehen. Nicht, weil der Typ davor, in Schwarz mit Pornosonnenbrille, uns ein „Good girls for you!“ entgegenruft. Das hört man hier an jeder Ecke. Wir halten es einfach für eine sensationelle Idee, uns mal ein echtes Live-Sex-Theater in Amsterdam anzuschauen. Wo wir schon mal hier sind. Anscheinend gibt die Pornobrille meinem Manni noch einen wahnsinnig guten Tipp, von dem ich nur „legs“ und „head“ verstehe. Manni aber findet ihn so gut, dass er laut losbrüllt.

„Was hat'n der Schrank erzählt?“, frage ich Manni auf dem Weg zur Kasse. Meine Lippen scheinen sich seit meinem zweiten Heineken nur noch in Zeitlupe zu bewegen.

„Hier drinnen gibt's Mädels, die haben zwischen ihren Beinen die gleiche Frisur wie du aufm Kopp“, spricht er in gleicher Geschwindigkeit und bemüht sich, nicht wieder loszuschreien. Echter Brüller.

„Forty Euros to make you happy all inclusive!“ ist mit Sicherheit nicht das Sonderangebot für sexuell ausgehungerte Singlemänner aus Deutschland, angepriesen vom nächsten Schrank in Schwarz.

All-inclusive! Noch haben wir nicht die geringste Ahnung, was da alles für uns im Preis inbegriffen ist. Bisher gehen wir eigentlich nur von diversen ethanolhaltigen Kopfverdrehern, sich verrenkenden Damen und ein paar gekrümmten gelben Früchten zum Dessert aus.

Der Saal ist ausgelegt für etwa dreihundert Gelbfruchtsympathisanten von denen schon ungefähr zweihundert ihre Plätze gefunden haben. Wir suchen uns welche in der Mitte. Nicht zu

weit vorn, um kleinen Überraschungen, wie Spontan-ins-Programm-einbezogen-Werden oder Von-fliegenden-Bananen-getroffen-Werden zu umgehen. Nicht zu weit hinten, wir wollen ja auch keine der leckeren Früchte verpassen.
Kaum haben wir uns in zwei der ursprünglich roten, legeren gepolsterten Samtsessel fallen lassen, haucht uns eine brünette Hostess im gelben Babydoll ein „Hallo!“ ins Ohr. „Tonight we have the best show in the world!”, glaubt sie wahrscheinlich selber nicht und geht direkt über zur Frage, was wir denn trinken wollen.
Ich beschließe, dass jetzt „Two, äh, Gin please tonic!“ angebracht wären.
Manni nickt leicht abwesend und drei Minuten später stehen die beiden eiskalten Getränke auf einem kleinen Holztisch direkt zwischen unseren befleckten Samtsesseln. Op uw gezonheid! In diesem Augenblick macht sich eine Reihe vor uns ein blondierter Hüne breit. Er sitzt direkt vor mir, nimmt mir die Sicht, trinkt Wein und spricht dänisch. Oder schwedisch.
Ich hab ja eine ungefähre Vorstellung, was geübte junge Frauen mit Bananen alles anfangen können. Wie gut sich die gelben Früchte in bestimmten Feuchtregionen bei entsprechendem Muskelaufbau als Wurfgeschosse eignen dürften, kann ich mir in meiner Fantasie auch noch ausmalen. Der nächste Programmteil soll meinen bisherigen Obsterfahrungsstand jedoch deutlich ausbauen. Es werden freiwillige potenzielle Bananenakrobaten gesucht.
„I need five guys!“, ruft die mehr als üppig ausgestattete Brasilianerin von der Bühne in die sabbernde Runde.
„Warum nich?“, setzt Manni handhebend dazu an, seine Bereitschaft zum gemeinsamen Bananensport zu signalisieren.
„Ist das dein Ernst?“, kann ich es nicht fassen. Ich greife nach

seiner ausgestreckten Hand, die sich aber irgendwie keinen Zentimeter von der Stelle bewegen will. Das ist der Moment, in dem Miss Zuckerhut in unsere Richtung blickt.
„I want you! Sweet guys from Germany!“
Na herzlichen Dank auch!
„We are from Poland!“, versuche ich uns noch zu retten.
Zu spät. Ein lächelndes „Shit happens!“ ihrerseits sorgt für allgemeines Totgelächter und wir, die beiden nun polnischen Sweet Guys, dürfen uns auf Frischobst einstellen. Nicht nur wir, auch der weinschlürfende skandinavische Hüne mit den blondierten Haaren und zwei überhitzte Herren aus Reihe eins bekommen den Zuschlag vom südamerikanischen Doppel-D. Hier vorn auf der Bühne können wir jetzt natürlich viel besser beobachten, wie unser brasilianischer Nackedei freihändig Autogrammkarten unterschreibt. An dieser Stelle des Körpers hatte ich zuvor noch nie einen Stift gesehen. Aber klar, wessen Hüften fähig sind, derartig zu kreisen, der bekommt dann auch das ganze Alphabet hin. „Love! NOELIA“, lese ich auf meiner Karte, die später keinen Ehrenplatz an unserer WG-Pinnwand bekommen wird. Trotzdem halte ich sie erst mal stolz grinsend ins Publikum und Noelia bekommt ihren Applaus. Der nächste Programmteil gefällt besonders den beiden Herren, die eben noch in der ersten Reihe saßen. Sie lassen ihre Fettfinger über die prallen brasilianischen Rundungen gleiten, wie kleine Jungs bei ihrem ersten Doktorspiel. Noelia stöhnt dabei routiniert und ruft wenig später: „Banana Joe!“
Während ich mich kurz an Bud Spencer erinnert fühle, steht er auch schon hinter mir: ein Gorilla mit Bananengürtel und nackten Körbchengröße-C-Glocken. Er oder eben sie gibt uns zu verstehen, wir sollen uns alle in einer Reihe hinknien, mit dem Rücken zur Bühne.

Mein Long-Amstel-Island-Gin-Crystal-Gemisch hat meine kognitiven Fähigkeiten deutlich eingeschränkt. Somit ist klares Denken unmöglich. Und damit auch die Flucht, in dem Moment, als das Äffchen mir und den anderen die Hosen runterzieht. Nur noch schemenhaft werde ich mich daran erinnern können, dass jetzt wieder Bananen im Spiel sind, hier die Hände von Noelia und dort die Finger von dem blöden Affen. Ich knie völlig hilflos auf der Bühne und warte, was passiert. Ich drehe meinen hochrot angelaufenen Kopf nach rechts. Da ist Manni, mit einem leicht debilen Gesichtsausdruck. Nach links. Da ist der blonde Typ aus Skandinavien. Seine Miene ähnlich dämlich, nämlich eine Mischung aus Ekel und Flehen. Das hilft mir jetzt auch nicht weiter. Im wohl mit Abstand peinlichsten Moment meines Lebens. Vielleicht kann mir ja ein kleines Gebet helfen.

„Wenn du mich jetzt hier rausholst, geh ich ab sofort jeden Sonntag zum Gottesdienst!“, flüstere ich lallend vor mich hin.

Der Hüne grinst, als ob er ahnen kann, mit wem ich hier versuche Kontakt aufzunehmen.

Dieser Hüne?

Dieses Grinsen?

Beides habe ich doch schon mal irgendwo gesehen. Nicht so ein ähnliches, sondern genau dieses Grinsen.

Das ist der Augenblick, in dem eine Art Blitz der spontanen Erkenntnis in meinen Schädel einschlägt.

Ich drehe mich wieder zu Manni und sage: „Finnländisch!“

Direkt über seinem verdrehten Gesicht entfaltet sich langsam ein Fragezeichen.

„Der blonde Typ da neben mir spricht finnländisch!“, setze ich nach.

„Wenn, dann finnisch“, versucht mir Manni zu folgen.

„Mann, ja, aber … den kennst du doch auch!"
„Muss ich den kennen?" Verwirrte Ratlosigkeit in Mannis Augen.
„This is the end, you know!", singe ich jetzt leicht kopfnickend etwas zu laut drauflos, sodass es auch unser skandinavischer Freund hören kann. Bei der Textzeile *„Fairytale gone bad"* blickt er mit leicht zugekniffenen Augen in meine Richtung.
Jetzt fällt auch bei Manni das 10-Cent-Stück. „Sunrise Avenue! Öhm … der Sänger … irgendwas mit Huber …"
„Samu Haber!", kommt fast schon wieder nüchtern und stolz, aber leise über meine Lippen.
Die Show ist vorbei. Um uns herum geschätzte sechsundsechzig Gebrauchtbananen, die Gorilla-Lady, jetzt ohne Kostüm, und hinter mir Mister Fairytale aus Finnland. Während er sich eilig die Hosen zuknöpft, rückt er ein Stück näher.
„I … well … I just … I mean … well … it's our secret … okay?", stammelt er mit einem gequälten Lächeln vor sich hin. Er wartet noch auf ein kurzes Nicken meinerseits und verschwindet.
Manni und ich haben es gesehen. Wir wurden tatsächlich Zeugen, wie sich der Sänger von *„Fairytale gone bad"* in Amsterdam mit Bananen amüsiert hat. Interesting fairytale! Was für eine Hammerstory für einen Musikredakteur!
Fairytale gone well!
„Das is ja geil!", stelle ich auf dem Weg nach draußen breit grinsend fest.
„Was du so alles geil findest!" Manni hat scheinbar nicht die leiseste Ahnung, wo diese Banane noch landen sollte.
„Na ja. Nich jede Rektalbanane muss ja für'n Arsch sein, oder?", finde ich.
„Biste aufn Geschmack gekommen oder was?"
„Manni, das ist 'ne hammergeile *Pool*-Story, und noch dazu ex-

klusiv!“, bin ich überzeugt von einem sich anbahnenden Meisterwerk.
Manni sieht das anscheinend etwas anders und versucht mich zu bremsen. „Und wie willste erklären, woher du die Story kennst???“
Da hat er vielleicht nicht ganz unrecht. Ich kann ja schlecht schreiben, da hockte ich doch neulich in Amsterdam in so einem Live-Sex-Theater auf der Bühne, und wen sehe ich da neben mir mit Banane im Arsch? Den Samu von Sunrise Avenue.
„Hab ich, äh, irgendwo gehört“, verdrückt sich die Selbstsicherheit exakt so schnell, wie sie vorher gekommen war.
„Jaja, total glaubwürdig …“
„Hat mir ’n Kumpel erzählt.“ Meine Vorschläge werden nicht unbedingt besser.
„Du kannst Freunde haben! Wär mir ja peinlich …“
Mist. 3:0 für Manni. Um mir jetzt allerdings das passende Gegenargument zu überlegen, sind zwei Komma null Promille auf meinem Ethanolmeter eindeutig zu viel. Op uw gezonheid!

BANAL REKTAL

„Bartmann, willst du mir jetzt auch noch meinen Sonntag versauen???“, werde ich gegen 11 Uhr vormittags liebevoll von Schweinenase geweckt. Mist. Normalerweise stelle ich mein Handy nach so einer Nacht auf lautlos.
Meine erste Reaktion ist ein kurzes verkatertes Grunzen, das von Schweinenase völlig korrekt interpretiert wird. „Lass mich raten. Du bist komplett dicht und hast jetzt überhaupt keine Ahnung, worum es geht. Du wolltest mir noch was schicken!“
Es dämmert langsam, aber noch nicht so richtig.
Grunz.
„Der Popstars-Artikel!!! Hatten wir uns nicht auf Sonntagvormittag geeinigt?“
Okay. Frau Schweinenase hatte also gestern Abend keinen Bock auf Sex. Bedauerlich. Zweifelsohne verständlich.
Grunz.
„Bartmann! Schaffst du es noch, das Ding zu schreiben? ... Heute?“
Das Grunzen scheint etwas Mitleid ausgelöst zu haben. Dafür gibt es diesmal auch eine Antwort in unserer Muttersprache.
„Pfff... Jop!“
„Soll Martin schon mal die Bilder aus dem Archiv kramen?“, klingt Schweinenase schon deutlich freundlicher.
Ich stammele ein „Jjjjop!“ in den Hörer. „Aber von Sunrise Avenue!“
„Gibt's von denen was Neues?“, ist mein Kompetenzsimulant etwas irritiert.
„Nicht nur das. Ich brauch zwei Stunden, okay?“, höre ich mich noch sagen.
Keine Ahnung, wie ich das anstellen will. Für einen ordentlich

ausgeprägten Amsterdamkater, für den es leider kein Après-Wundermittel gibt, komme ich doch recht schnell zu einer Erkenntnis. Es ist nicht nur naiv, sondern total bescheuert, mir einzubilden, ich würde den Artikel in zwei Stunden hinbekommen. Selbst wenn mein Hirn den Text so schnell ausspucken würde. Wie sollten meine gelähmten Finger die Lettern in gleicher Geschwindigkeit in die Tastatur hauen?

Exakt fünfundzwanzig Minuten später sitze ich am Tisch drei unseres Lieblingscafès in Amsterdam, dem „Teasers". Neben mir Manni, der heute noch kein einziges Wort gesprochen hat. Vor mir ein geöffnetes Word-Dokument auf meinem Acer-Laptop. Auch das bisher ohne Worte. Ich nehme einen Schluck von meinem völlig überteuerten frisch gepressten O-Saft, zünde mir eine Marlboro Light an und warte darauf, dass die Synapsen in meinem Schädel endlich wieder ihrem Job nachgehen. Ich tippe langsam „Sunrise in Amsterdam" in mein Notebook, und fixiere unsere Bedienung in Hotpants, die letzte Nacht gewiss auch ein paar Cocktails zu viel hatte. Zumindest scheint sie heute meilenweit davon entfernt zu sein, eine Eins-a-Pussycat-Dolls-Performance abzuliefern. Augenringe sind dafür deutliche Zeichen.
„Oh, geht ja voran", sind Mannis erste Worte beim Blick auf meinen Bildschirm.
„Ich weiß, was ich schreiben will, ich weiß nur nicht, wo ich die Story herhaben soll!", erinnere ich Manni an unseren letzten Wortwechsel in der Nahkampfarena.
„Hello, my name is Samu. Last night I met a gorilla in the Happy Banana bar", grinst Manni.
Natürlich! Ich traf Samu, unseren Märchenonkel, zufällig am

nächsten Tag beim Frühstück im „Teasers“. Und irgendwie fühlte er sich genötigt, mir bei einem Glas Amstel genau diese Geschichte zu erzählen. Nachdem ich ihn fragte, was in Amsterdam bisher sein krassestes Erlebnis war. Mein Gesicht fühlt sich auf einmal wesentlich entspannter an.

„Manni, hast was gut bei mir!“, freue ich mich.

Und auch unser Pussycat Doll lächelt plötzlich zu uns rüber. Als ob sie ahnen kann, dass Manni meinen Stimmungslevel gerade um volle zehn Punkte nach oben gedrückt hat.

Sage und schreibe fünfunddreißig Minuten, zwei Kaffee und vier Zigaretten später habe ich meine 1800 Zeichen zusammen. Ein Sunrise in Amsterdam mit allen pikanten Details. Mit viel Alkohol, ein paar Bananen und einem Gorilla. Und ja, ein neues Album haben die Jungs natürlich auch. Und weg damit zu Schweinenase.

Für Ende März ist es schon recht warm mit fünfzehn Grad. Um die paar Sonnenstrahlen hinter den Scheiben des „Teasers“ zu genießen, bleiben mir gerade mal viereinhalb Minuten. Dann klingelt das Handy. Schweinenase.

In der sicheren Erwartung einer enthusiastischen Lobeshymne begrüße ich ihn mit: „Na, Chefchen, alles gut?“

„ALLES SCHEISSE!“, ruft Schweinenase so laut, dass sogar unsere Kellnerin zusammenzuckt.

„Wus?“, verstehe ich die Welt nicht mehr.

„Banale rektale Gorillakacke!“ Oha. Diese Formulierung hat er vorher bestimmt dreimal geübt. „Ich lass mir doch nicht von dir mein Heft versauen! Das ist doch nicht die *Praline*!“

„Is aber ’n Tatsachenbericht“, ist mein erster kläglicher Versuch, Schweinenase noch umzustimmen.

„Hör mal. Das lesen auch Kids. Sollen die dann ihre Eltern fragen, warum der blonde Märchenonkel aus Finnland auf Arsch-

bananen steht?“ Ich wette, sein Gesicht ist wieder schweinchenrosa angelaufen.
„Ich könnte ja ’n paar Bananen weglassen und, äh, alles ’n bisschen entschärfen.“ Versuch Numero zwei.
„ICH WILL WEDER EINEN FINNISCHEN ARSCH, NOCH EINEN HOLLÄNDISCHEN AFFEN IN MEINEM HEFT!“, holt Schweinenase nun alles aus seinen Stimmbändern heraus.
Für mich klang das irgendwie nicht so, als ob ein dritter Versuch noch irgendetwas bringen würde.
„Wie weit warst du mit den Popstars?“, spricht er etwas gedämpfter, überfordert mich jedoch ein wenig.
„Öhm. 1 600 Zeichen“, lüge ich. „Na ja. Würde nich lange dauern“, spreche ich mit leicht gesenktem Kopf. Von links ein mich bedauernder Manniblick.
„Ich geh mal davon aus, dass die Mädels ihre Klamotten anbehalten. Den Artikel schickst du direkt zu Martin. Ich sag ihm, er soll schon alles vorbereiten. OKAY?“ Schweinenase klingt jetzt immer noch streng, allerdings eher wie mein Geografielehrer in der 9. Klasse. „Alexander, Atlanten verteilen!“
Bei einem Glas Amstel beende ich meine kleine, harmlose, dafür frei erfundene Geschichte. Über eine Affäre zwischen dem einen blonden Popstarshoppelhäschen, das neulich laut *FHM* zur „sexiest Frau alive“ gekürt wurde, und einem Softchartpopper aus Soest. Beide Single. Beide willig. Passt schon.
Ich betrachte noch einmal traurig und kopfschüttelnd mein Pulitzer-Preis-verdächtiges Meisterwerk über Bananen bei Sonnenaufgang und bestelle mir noch ein Amstel bei Miss Knackarsch.
Ich öffne meinen GMX-E-Mail-Account. Betreff: „Populehr.“ Datei mit dem Namen „So, da isser“ hinzugefügt und schon ist die Welt um eine banale Wer-mit-wem-Story reicher.
Op uw gezonheid!

SALTSHAKER

„*Don't you need somebody to love …?*", dröhnen die Boogie Pimps laut aus den alten Boxen in meinem 3er Golf. Ich am Lenkrad. Manni auf dem Beifahrersitz mit unserem letzten verbliebenen Tütchen in der linken Hand. Sein Fenster ist komplett heruntergekurbelt, seine rechte Hand knallt im Takt von außen an die Tür. Hinter uns geht die Sonne unter, wir haben uns verabschiedet von der Obstplantage an der Amstel.
„Da hab ich ja 'ne geile Story für meine Show morgen früh. Ha!", drückt Manni auf meine offenen Wunden.
„Gut. Schreib ich in der nächsten *Pool*: ‚Mad Man auf ekstatischem Bananentrip in Amsterdam!'"
„Cool!", findet Manni meine kleine Erpressung. „Es geht doch nix über 'ne gute Promo!", grinst er wohl wissend, dass ich es vielleicht nicht ganz ernst meine.
„Dazu 'n Pic von 'nem nackten Arsch und als Überschrift ‚Mad Ass'."
„'n Bild von so 'nem perfekten Exemplar findste nich!", spricht er und zieht genüsslich an seinem Joint.
„Kannst die Lady langsam mal entsorgen." Vielleicht ja eine sinnvolle Idee, zumal wir keine zwanzig Kilometer mehr von der holländisch-deutschen Grenze entfernt sind. Man kann ja nie wissen. Nach einem letzten Zug fliegt der Rest vom guten Gras aus dem Fenster. Manni stellt seinen Sitz nach hinten und macht sich breit.
„Okay, is deine Geschichte", verspricht er mir, die Bananen für sich zu behalten.
Direkt nach dem Schild „Willkommen in Deutschland" werden wir dann auch gleich persönlich begrüßt. Dazu müssen wir nur noch einem Wagen folgen, der sich eben vor uns gedrängelt und

seine rote Leuchtschrift aktiviert hat. Polizeischutz der besonderen Art. Muss ich mir Sorgen machen? Vielleicht um Manni, der auf seinem Sitz eingepennt ist und jetzt bedenklich verzerrte Grunzlaute von sich gibt. Die kann ich nun auch wieder deutlicher hören, nachdem ich befand, dass die vierte Wiederholung vom Boogie-Pimps-Saltshaker jetzt nicht der passende Soundtrack sein konnte. Stattdessen plätschert fast unhörbar Phil Collins aus dem Radio. Vielleicht sollte ich Manni wecken. Aber was würde bei den Beamten besser angekommen? Ein tief schlafender oder ein Crystal-lädierter Manni aus einer fernen Galaxie? Ich entscheide mich für Ersteres und hoffe auf Gnade mit einem Mann, der morgen früh zu einer sehr unchristlichen Zeit wieder fit sein muss. Um fünf will er schließlich wieder als Mad Man im Studio sein.

Unser Begleitschutz kommt auf einem menschenleeren Parkplatz zum Stehen. Ich im Gegensatz zu den Herren Bundespolizisten auf einer Stellfläche ohne den Hinweis „Nur für Behinderte". Manni ist kräftig am Sägen, ich bleibe vorbildlich sitzen. Sollen die mal kommen! Die beiden Beamten steigen aus und nähern sich meinem Golf. Der eine, mit Jürgen-von-der-Lippe-Statur, kurzen braunen Haaren und Oberlippenbart, steht jetzt vor meiner Tür. Nebenan klopft ein eher unterernährter kleinerer Typ mit schwarzen halblangen Haaren und Brille an Mannis Scheibe. Manni grunzt unbeirrt weiter, ich drehe mich aus meinem Sitz und verlasse den Wagen.

„Was is'n mit Ihrem Kumpel? Lebt der noch?", fragt mich der Kleinere weiterklopfend von der anderen Seite.

„Das ist jetzt, äh, seine Schlafenszeit. Der muss morgen früh zeitig raus. Können wir ihn nicht einfach schlafen lassen?", versuche ich naiv etwas Mitleid zu erzeugen.

Die halbe Portion in Uniform interessiert der Tagesablauf mei-

nes Kumpels herzlich wenig. Er reißt die Tür auf, Manni zuckt zusammen und fällt dabei fast von seinem Sitz.
„Guten Morgen! Steigen Sie bitte mal aus!"
Manni quält sich nach draußen und schafft es gerade so, aufrecht am Wagen zu lehnen.
„Gut", bewegt sich jetzt wieder der Oberlippenbart. „Ich hätt dann gern mal die Fahrzeugpapiere und den Führerschein."
Ich habe schon alles herausgefischt und überreiche ihm die gewünschten Dokumente. Nach einem skeptischen Blick über die Papiere kommt die erwartete nächste Frage.
„Wo kommen Sie her?"
Na, aus Leipzig! Steht doch dort! Muss ich mir leider verkneifen. Stattdessen sage ich: „Amsterdam."
„Der Grund Ihres Aufenthalts?"
Kiffen, Saufen und versaute Bananenspiele. Hätte der Beamte bestimmt gern gehört, ich erkläre ihm jedoch: „Ich hab den Kollegen vom Flughafen Schiphol abgeholt."
„Und? Einen kleinen Abstecher in die Coffeeshops unternommen?", drängelt mich Mister Bierbauch zur gewünschten Antwort.
Ich bleibe hartnäckig. „Nö, keine Zeit."
„Lutz, hol doch mal unseren Harry rüber", spricht er mit einem misstrauischen Blick zu seiner halben Kollegenportion.
Harry. Den habe ich vorher gar nicht bemerkt. Harry ist circa sechzig Zentimeter groß, hat hellbraunes Fell und wedelt aus Vorfreude mit seinem Schwanz. Manni hat, zugedröhnt wie er ist, etwas Mühe, dieses Schauspiel zu beobachten. Er hält sich aber solide aufrecht.
„Haben Sie Drogen dabei?", will der korpulente Beamte noch wissen. Ich schüttele den Kopf und schon kann Harry seinem Lieblingshobby nachgehen: Schnüffeln.

„Öffnen Sie doch bitte mal den Kofferraum!“
Wir haben ja nichts zu verbergen. Also öffne ich die Klappe und Harry nimmt die Witterung auf. Er durchschnüffelt kurz den Rand des Kofferraums und dreht sich nun wieder zu den Beamten, als wolle er sagen: „Nee Jungs, hier is nix!“
Jetzt öffnet unser schmaler Freund und Helfer die rechte hintere Tür und Harry stürzt sich sofort laut bellend auf eine kleine schwarze Tüte. Ich hatte meinen sprechenden Zwergprengel während der Fahrt kurz rausgeholt und Manni präsentiert. Er beömmelte sich circa fünfzehn Minuten lang über meinen gelben Jacko.
„Was is'n in der Tüte?“, wird die Stimme unseres Dickerchens jetzt noch ernster.
„Ein, äh, gelber Phallus, der, äh, ‚I love you‘ sagt.“ Ich komme mir während dieser Antwort reichlich dämlich vor. Dass meine Wangen sich leicht rot verfärbt haben, merke hingegen nur ich unter dem spärlichen Licht der Parkplatzlaterne.
Die nun folgende Situation ist nur eine Frage von Sekunden. Der Beamte greift nach der Tüte, Jacko fällt dabei aus der Tüte auf den Rücksitz. Harry ist derweil auf der anderen Seite des Wagens und springt durch die geöffnete Tür. In dem Moment, als Onkel Jürgen meine Knautschbanane begutachten will, schnappt Harry zu. Der wird doch nicht?
Nein. Ich dachte schon, Jacko würde meine Zwergbanane vernaschen. Stattdessen liefert er sie brav bei den beiden Beamten ab, stolz mit dem Schwanz wedelnd. Ich stehe etwas hilflos daneben. Was findet ein Drogenspürhund an einem Quietschdödel so spannend? Ich habe dafür nur eine Erklärung: die verkoksten Finger des Fleischbergs im Sexshop. Vielleicht hat der meinen gelben Freund doch etwas zu lange massakriert und damit seine Pulverspuren hinterlassen.

„Würden Sie mir bitte erklären, was in dem gelben Ding drin ist?“, will der Dicke leicht hektisch wissen, während er Jacko ausgiebig von allen Seiten inspiziert, ohne ihn dabei zu knautschen.
„Ein gelber Kunststoffpenis mit Eiern, was soll da drin sein?“ Ich sehe es überhaupt nicht ein, mich hier stressen zu lassen. Sogar Manni ist wieder bei Sinnen und schüttelt sprachlos den Kopf.
„Was machen wir jetzt mit Ihnen?“ Herr von der Lippe ist immer noch völlig verunsichert, stellt diese Frage allerdings mir. Als ob ich die passende Antwort liefern könnte. Ich gucke ratlos. Jedoch mehr aus Mitleid mit meinem kleinen Quietschömmel. Muss er womöglich ein paar Nächte auf dem Revier verbringen?
„Uns verhaften! Hey, wir waren dabei, eine Banane mit Eiern zu schmuggeln!“, ist vielleicht nicht zwangsläufig der richtige Spruch. Aber ich will einfach weiter und nicht noch mehr Fragen über den Miniprengel beantworten.
„Vorsicht, Freundchen! Glauben Sie mir! Sie haben keine Lust, bei uns auf der Station zu übernachten!“, findet der Dicke meinen Vorschlag scheinbar gar nicht lustig.
„Was kann ich denn dafür, dass Ihre Drogenspürnase scharf auf meinen Zwergdödel ist?“
„Ich steh auch auf Bananen“, fügt Manni noch hinzu. Er kann wieder sprechen, wenn auch etwas vernuschelt.
Die bärtige Oberlippe überhört den Kommentar, stellt sich unter die Laterne und beginnt, auf meiner Motorhaube mit einem Stift sein Formular zu bearbeiten. Ich kann von der Seite erkennen, wie er alle Daten aus meinen Papieren auf seinen Wisch importiert und dann weiter unten auf dem Blatt kurz in sich geht. Direkt nach dem Wort „Verdächtiges …“ überlegt er jetzt mit Sicherheit, was denn im Amtsdeutsch die korrekte Bezeichnung sein würde für einen gelben sowohl quietschenden als

auch sprechenden Kunststoffpenis. Ich liege damit nicht falsch. „Peter, komm mal rüber!“, ruft er seinen Kollegen, der ihm bei dieser schwierigen Aufgabe bestimmt eine enorme Hilfe sein wird. „Was sagt man denn zu so einem Teil?“

„Verdächtiges künstliches Massagegerät?“, ist der erste Vorschlag.

„Massagegeräte sind immer künstlich!“, ist der BGS-Beamte nicht so ganz zufrieden.

„Verdächtiges Schaumstoff-Vibrator-Imitat.“ Wow, hätt ich ihm gar nicht zugetraut.

„Mhm.“ Scheint dem Dickerchen zu gefallen und er schreibt drauflos. Danach reicht er mir den Bogen zur Unterschrift. Ich vergewissere mich, dass auch alles korrekt ist und kann nur feststellen, dass Imitat nicht mit „ie“ geschrieben wird. Wollen wir mal nicht so sein. Ich setze meinen Sascha drunter und erkundige mich, was denn jetzt mit meinem kleinen Freund passieren wird. Ich erfahre, dass ich ihn zugeschickt bekomme, falls sich der Koks-in-Dödel-Schmuggel-Verdacht nicht erhärtet.

„Sie können Ihn dann auch gern behalten, so als Andenken“, rufe ich den Beamten noch hinterher.

Schon sitzen Manni und ich wieder im Golf und fahren in Richtung Heimat. Manni packt einen Mitschnitt aus seinem Club in den Player, zappt vor bis *„Sound of da police“* von KRS-One und nimmt einen demonstrativen Zug aus meiner nun leeren schwarzen Plastetüte.

Auf unserer 600-Kilometer-Strecke etwa Höhe Hannover kommt die Nachricht per SMS, die den typischen Tagesrhythmus meines Körpers in seinen Grundfesten erschüttern wird:

„Würd dich gern morgen früh in der Pool-Redaktion besuchen kommen. Da können wir noch mal in Ruhe über Madonna reden. Aber keine Angst, klappt alles. Wär gegen halb 10 ok? LG Sarah“
„So machen wir das. Freu mich!“, ist meine spontane, völlig unüberlegte Antwort.
Hat sie nach drei Wochen den Typen im „Laguna“ vergessen? Oder muss ich mir Ende März eine Sonnenbrille aufsetzen? Mit der Ausrede: „Meine Augenringe willst du heut nicht sehen!“ Ich will mich auf ihr Kurzzeitgedächtnis verlassen, was ja die Fähigkeit besitzt, unwichtige Dinge herauszufiltern und nicht weiterzuleiten an den Kollegen für Langzeit. Damit unterstelle ich mir zwar ein Allerweltsgesicht, werde aber nicht als kompletter Depp dastehen.

MOBYFIZIERT

Morgens halb zehn in Deutschland. Meist eine schreckliche Zeit. Meinem Körper macht es überhaupt nichts aus, mitten in der Nacht wach zu werden. Sagen wir gegen drei. Oder aber viel später, so zwischen elf und zwölf. Die Stunden dazwischen sind für mich jedoch eine zeitliche Grauzone. Heißt, ein nicht zu empfehlendes Terrain für alle, die mich dazu nötigen, in Schwung zu kommen. Ist es mir wichtig, kann es meist warten. Ist es Schweinenase wichtig, kann es erst recht warten. Geht es um eine Frau, kommt es darauf an. Geht es zum Beispiel um eine Frau wie Sarah, dann quäl ich mich auch gern mitten in der Nacht aus den Federn, zeitgleich mit Manni. Dann koch ich ihm um 4 Uhr einen Kaffee und schütte mir selbst drei Tassen rein. Damit mein Körper gar nicht erst auf die dumme Idee kommt, noch mal wegzuschlummern. Und dabei womöglich zu verpennen.

Ab ungefähr 2 Uhr hatte ich es geschafft, die diesmal etwas dezenteren Grunzlaute aus dem Nebenzimmer mit Frank Sinatras „Greatest Hits“ zu übertönen und mich vom Wachzustand zu verabschieden. Als sich die Badtür nun gegen vier mit einem lauten Quietschen in Bewegung setzt, höre ich im gleichen Moment den Ruf unserer „Rowenta“-Kaffeemaschine.
„Hey, Locke! Schon oder noch wach?“, ruft Manni gut gelaunt vom Klo.
Dieser Mann hat eine seltene Gabe. Egal wie wenig Schlaf er seinem Hirn gönnt, es arbeitet mit Verlassen der Horizontale auf Hochtouren. Zurückzuführen ist diese Fähigkeit auf ein angeborenes MSS, das Morningshow-Syndrom. Diese Synap-

senstörung führt dazu, dass der Betroffene auch zu einer unchristlichen Zeit mit einer lebensbejahenden Grimasse aufstehen kann, um sofort das Gute-Laune-Paket auszupacken. Das MSS ist damit genau das Gegenteil vom MMS, welches mich beherrscht. Das chronische Morning-Muffel-Syndrom. Bei diesem Krankheitsbild sollte man dem Patienten wenigstens eine Stunde Bedenkzeit einräumen. Damit er herausfinden kann, wozu er eigentlich auf dieser Welt ist. Und worin überhaupt der tiefere Sinn liegt, die waagerechte Körperhaltung gegen eine senkrechte einzutauschen.

„Kommt drauf an, wie man's sieht!", gähne ich zur Antwort. „Ich mach mal Kaffee!"

„Ach Hase, wenn ich dich nicht hätte!", ist Manni hörbar übertrieben zufrieden.

„Dann dürftest du nachher über die Arschbanane berichten!"

„Hey, stimmt!", tut Manni so, als ob er es schon längst verdrängt hätte.

Ich kann mir gut vorstellen, dass er sein Versprechen mittlerweile bitter bereut. Wäre es heute zu einer fruchtigen Promistory in seiner Morgensendung gekommen, hätte er bereits vorm Einschlafen seinen Text detailliert ausformuliert. Dann bekäme ich schon mal eine exklusive Preview seines Verbalergusses in typischer Mad-Man-auf-XTC-Manier präsentiert. Nicht um sich mögliche Kritik anzuhören, oder um sich zu vergewissern, dass auch jedes Wort sitzt. Nein. Einfach nur, um mich ein bisschen phonetisch zu quälen.

Schon strahlt mich am Tisch gegenüber ein unrasiertes Gesicht an. Es schaut aus einem schwarzen „Mad Man – Yes I can"-T-Shirt heraus. Und spricht: „Dabei hatte ich den Text schon lange fertig." Bingo!

Manni glotzt gestellt traurig. „Willste mal hören?"

Manni nimmt seine Tasse. Er setzt sein Entertainerlächeln auf, wobei er die rechte Augenbraue etwas nach unten schiebt. Als Zeichen für: „Ladys and Gentlemen, an eurer Stelle würde ich jetzt ganz genau zuhören." Ich will es mit einer nonverbalen Antwort versuchen. Ich verliehe meinem Gesicht einen flehenden Ausdruck, den man ohne Weiteres als „Bitte, nicht jetzt!" interpretieren könnte. Aber er als professioneller Radiomuntermacher ignoriert eine solche Miene selbstverständlich gnadenlos.

„Ich würd die ‚*Fairytale*'-Nummer spielen und dann draufgehen mit: ‚Mad Man auf XTC kann euch versichern, die Jungs hier gehen nich nur ab wie Zäpfchen, die sind 'ne echte Arschbombe …'"

„Manniiiiii!", unterbreche ich ihn und bettele um Verschonung. Völlig falsche Zeit für ekstatische Ergüsse.

„Oh, schlecht gepennt oder was?"

„Ja, ich hab das Zimmer neben dir!"

„Kannst dich ja gleich wieder hinlegen."

„Lieber nich", gähne ich. „Sonst verpenn ich noch mein Date mit Sarah."

„Ach ja. Der Herr trifft sich ja heute mit der heißen Plattentante!", zwinkert sich Manni unausstehlich wohl gelaunt über den Tisch.

Ich versuche das unübersehbare Grinsen zu übersehen und ihm zu erklären, was mich in der Tat seit Stunden beschäftigt: „Und ich überleg immer noch, was ich mach, wenn sie mich erkennt …"

„'ne gute Tarnung sollte da helfen."

„Mit 'ner Sonnenbrille, ja, hab ich auch schon überlegt …"

„Genau, und dazu 'n Basecap und 'n Schnauzer." Nun, Manni ist mir nicht immer eine große Hilfe.

„Musst du nich in dein Funkhaus?“

„Sascha, du machst das schon!“, motiviert mich mein Mitbewohner erfolglos.

Schnell die frisch gebrühte Tasse „Rondo“ weggeschlürft, und schon verschwindet er pünktlich halb fünf in seinen Radiotempel. Ich ziehe mich zurück auf mein Bett, überrede Frank Sinatra, noch mal mit „*Come fly with me*“ einzusteigen, und schnappe mir meinen Laptop. Mein Ziel ist es, den Perfektionsgrad meiner Depeche-Mode-Tourankündigung herauszufinden. Also um etwaige Zweifel an seiner Einzigartigkeit auszuschließen. Auch wenn ich jetzt am Tag der Veröffentlichung nichts mehr ändern kann. Schweinenase hatte den Artikel zwar schon vor zwei Wochen ohne Beanstandungen abgesegnet, aber das ist schließlich kein Maßstab. Mein sogenannter Chefredakteur findet nämlich alle Berichte toll, in denen es um Bands geht, die sogar er kennt. Und in denen keine Bananen und auch keine Ärsche drin vorkommen. Mir ist es tausendmal wichtiger, dass diese Zeilen von Sarah als poppoetisch wertvoll eingestuft werden. Zumal sie mir ja vor wenigen Wochen einen echten Kindheitstraum erfüllt und extra das Interview mit Martin und Fletch organisiert hatte. Allein dafür müsste ich ihr ein Leben lang jeden Tag eine Tüte Gummibärchen und einen Strauß wohl duftender Rosen auf ihren Bürotisch packen. Eigentlich keine so schlechte Idee. Irgendwie muss ich mich ja auch noch revanchieren. Auch für das anstehende Madonna-Interview.

Mit einer ein Meter hohen Sonnenblume? Da schöpft sie Verdacht.

Mit einer Packung „Merci“? Zu billig.

Mit einem Glas „Nutella“? Nein, das könnte ihre Figur suboptimal beeinflussen. Wär doch schade drum.

Während ich meine Geschenk-für-Sarah-Strichliste durchgehe,

ist Frankie bereits bei „*Cheek to cheek*“ angekommen. Meine Wange wiederum klebt nicht an der von Sarah, sondern längst an meinem Kopfkissen.

„*Flower*“ von Moby, also ausgerechnet der Vorspann, war vor einigen Jahren das, was mir viel zu gut gefiel an dem Ich-klau-mal-schnell-ein-paar-Flitzer-Streifen „Nur noch sechzig Sekunden“ mit Nicolas Cage. Okay. Der Knackarsch von Angelina Jolie war mir auch nicht entgangen. Den allerdings hatte ich schon nach wenigen Stunden vergessen.
„*Bring sally up and bring sally down, lift and squat, gotta tear the ground.*“
Ich konnte machen, was ich wollte. Diese Nummer ging mir nicht mehr aus dem Schädel. Leider im negativen Sinne. Moby verfolgte mich wochenlang penetrant. Irgendwann beschloss ich, den Anti-Flower-Power-Nahkampf anzutreten. Ich besorgte mir den Song als MP3 und bestückte damit alles, was ich finden konnte. Ich brannte mir eine CD mit Moby in Endlosschleife und holte ihn mir auf mein Nokia. Fortan ließ ich mich mit „*Flower*“ wecken, über ankommende SMS informieren und mein Klingelton wurde es selbstverständlich auch. Vielleicht zu vergleichen mit einem notorischen Nikotinjunkie, der versucht, die spätere freiwillige Abstinenz im Vorfeld mit zehn Big Packs an einem Tag herbeizuführen. Danach sollte doch der Tabakjieper verschwunden sein. Genauso wie Moby aus meinem Leben. Er machte jedoch keine Anstalten. Stattdessen blieb er irgendwie immer präsent. Auch heute noch lasse ich mich auditiv mit „*Bring sally up*“ malträtieren, wenn mich eine Kurznachricht erreicht. Man quält sich eben selbst, so gut man

kann. Gerade jetzt, wo ich eigentlich von Frank Sinatra hören möchte, dass die Welt noch in Ordnung ist, überzeugt mich Moby vom Gegenteil. Er hat mich zurückgeholt in die knallharte Realität. Die sieht leider so aus, dass Franky sich schon vor drei Stunden ausgeswingt hat, dass ich noch immer in der Koje liege und aus den Augenwinkeln heraus wahrnehmen kann, dass die Sonne schon verdächtig hoch steht: 9 Uhr, die *„Flower"*-Melodie wurde aktiviert von Manni:

„Spiel grad Sunrise Avenue und musste mich schwer beherrschen! Hoffentlich biste nich wieder eingepennt!?!"

Doch. Nun allerdings schlagartig mobyfiziert und hellwach. Und es ist noch nicht zu spät. Mannis Nachricht war ausnahmsweise mal nicht nur effektiv, sondern auch effizient. Mir bleiben also noch knapp dreißig Minuten bis zum ersten offiziellen Sarah-Kontakt. Etwa fünfzehn Minuten braucht mein 3er Golf bis zur *Pool*. Vorher zehn Minuten duschen und nicht einmal fünf Minuten für die Auswahl des perfekten Sascha-trifft-Sarah-Outfits. Das Thema Tarnkleidung kann ich jetzt abhaken. Sie wird mich schon nicht wiedererkennen. Und wenn, dann muss ich eben einen Doppelgänger erfinden, von dem ich schon gaaanz oft gehört habe. Da würde mir schon was einfallen.

SCHLUMMERROLLEN-BRANDING

Exakt halb zehn zeigt mein Tacho in der Ossietzkystraße fünfundneunzig Stundenkilometer an, wodurch mein Ziel in etwa fünfzehn Sekunden erreicht sein sollte. Nach weiteren fünf Sekunden identifiziere ich vor unserer Tür eine junge blonde Frau mit blauer Laptop-Tasche, die auf ihrem Handy herumtippt. Bei näherer Betrachtung bestätigt sich mein Verdacht. Sarah ist pünktlich. Ich parke direkt vor ihrer Nase, klappe den Kragen meiner Winterjacke so weit wie möglich nach oben, steige aus und bleibe hinter meinem Auto stehen. In der Hoffnung, mich zumindest ein bisschen verstecken zu können. Nun die Feststellung, die ich jetzt nur noch glaubhaft als Frage formulieren muss: „Du bist also Sarah?"

„Dann lern ich also endlich mal den Sascha kennen!", ist ihre Antwort, bisher ohne eine Spur von Irritation oder Verwirrung. Ich will es wagen, ihr näherzukommen. „Das isser!", grinse ich mir gequält einen zurecht.

Kommt bei ihr doch noch eine unangenehme Erkenntnis? Ich greife nach ihrer ausgestreckten Hand, schüttele sie kurz und schon ist da dieser Blick. Ein unerhört anziehendes Lächeln, gepaart mit einem Hauch Skepsis. Ich kann keine Enttäuschung in ihren Augen sehen, aber mich lässt das Gefühl nicht los, dass sie in ihrem Kopf sämtliche temporären Ordner durchforstet. Ist sie auf der Suche nach Archivmaterial? Mich belastende Beweise oder Ähnliches?

„Hab deinen Chef schon getroffen, hat mir … ein Exemplar in die … Hand gedrückt", wird sie gegen Ende des Satzes etwas langsamer.

Dabei mustert sie mich genauer und setzt ein Grinsen auf, das ich beim besten Willen nicht deuten kann. Hat sie mich erkannt

und traut sich nur nicht zu fragen, ob ich der merkwürdige Typ aus dem „Laguna“ bin, der ihre Nummer haben wollte? Unser Abstand sind geschätzte hundertzwanzig Zentimeter und mir wird plötzlich übel. Ich nehme all meinen Mannesmut zusammen. Ich will es wissen.
„Ist … alles okay?“, stottere ich.
„Ja, warum nicht?“, wird ihr Lächeln noch bezaubernder. „Ich amüsier mich nur über den Strich!“
„Öhm, öhw … welcher Strich?“ Sarah macht mich jetzt vollends wuschig.
„Na ja, bist bestimmt eben erst aufgestanden und dein Kissen hat Spuren hinterlassen.“
„AH … ACH SO! Ja, das, äh, macht mein Kopfkissen ja gerne mal“, erlöst mich diese triviale Erklärung abrupt.
Hat mir meine Schlummerrolle also eine Tarnung verpasst, die Sarah vom Rest meines unsagbar großen Gesichtes ablenken sollte. Gut gemacht!
„Dann hast du also auch noch nicht gefrühstückt?“, will Sarah von mir wissen.
Ich bin wieder ganz Herr meiner Eroberungssinne. „Dann lass uns das doch jetzt nachholen. Im ‚Barfusz‘?“, bin ich mir einer positiven Antwort sicher.
„Oh ja, die haben da so’n leckeres British Breakfast.“
Ich bin fasziniert. Diese Frau ist nicht nur unbeschreiblich anziehend und sieht einfach atemberaubend aus. Sie liebt auch noch Spiegeleier mit Baked Beans, Miniwürstchen und Schinken.
„Genau darauf hab ich grad tierisch Appetit. Fahren wir mit meinem Auto?“, kann nun auch ich das erste Mal entspannt lächeln.

Drinnen im Golf versuche ich zunächst, das genaue Ausmaß meines Schlummerrollen-Brandings festzustellen. Beim Blick in meinen Rückspiegel erkenne ich mich beinahe selbst nicht wieder. Mein Daunenkuschelbeutel hat sich eine zwei Millimeter tiefe und fünfzehn Zentimeter lange Furche von meiner linken Stirnhälfte über die Schläfe bis hinunter zur Wange gefräst und damit hervorragende Arbeit geleistet. Das gefürchtete Sarah-Wiedersehen läuft auf eine gemütliche Frühstücksplauderei hinaus. Bis 11 Uhr ist noch genügend Zeit. Ein bisschen flirten mit der unwiderstehlichsten Frau der Stadt und danach zurück in die Redaktion zur wöchentlichen *Pool*-Montagskonferenz: das Meeting, in dem sich alle gegenseitig auf die Schulter klopfen und immer wieder betonen, wie gut doch alle zusammenarbeiten, was für ein gelungenes lesenswertes Exemplar doch die neue *Pool* sei. Und überhaupt, wir sind die Besten! Ich habe meinen Teil dazu beigetragen, also möchte ich mal eine Runde mitklopfen und den mir gebührenden Respekt empfangen. All das ist mir jedoch im Moment absolut egal. Neben mir im Café „Barfusz“ sitzt die umwerfende Sarah. In schwarzen Jeans und einer weißen Bluse. Schlicht. Bezaubernd. Ähnlich lecker die beiden anständigen Portionen British Breakfast, die vor uns stehen. Das nenne ich ein perfektes Dinner.
Nach einem kleinen Lobgesang auf meinen famosen Artikel über Depeche Mode geht Sarah wie selbstverständlich bei einem ungezwungenen Kennenlerngeplauder direkt über zur Musikgeschmacksanalyse. „Du hörst aber privat nicht nur Depeche Mode, oder?“
„Nö, eher so was wie Scooter, Backstreet Boys oder Amigos.“
„Nächste Woche ist Michael Wendler in der Stadt, soll ich dir Karten besorgen?“ Ja, mangelnden Humor kann man der Frau auch nicht vorwerfen.

„Unbedingt!“, knabbere ich strahlend an meinem Toast. „Ach ja, und natürlich nich zu vergessen, mein Freund DJ Ötzi.“
Sarah schenkt mir ein charmantes Lächeln und bremst mich. „Sag nichts Falsches! Um den muss ich mich auch kümmern.“ Sie beendet ihren Satz mit einem Blick, der sich nach Anteilnahme sehnt.
„Hab doch nix gegen euer großes Talent aus Kitzbühel.“
„Komm, der hatte immerhin mal eine Nummer eins in England!“, versucht mich Sarah grinsend von der Brillanz des Gerhard Friedle zu überzeugen.
„Ja, weil ihn dort keiner verstehen kann.“ Punkt für mich.
„Das war *‚Hey baby‘* und das war englisch.“ Punkt für sie.
„Okay“, gebe ich mich geschlagen. „Und sonst. Wenn du grad mal nicht das Best-of von Anton aus Tirol hörst?“, necke ich Sarah.
„Hab gestern Abend mal das neue Album von Sunrise Avenue durchgehört.“
Bei diesem Satz schafft es ein Stück Spiegelei, in meinem Hals hängen zu bleiben. Ich muss kurz husten. „UUUUnd? Äh, lohnt sich oder wie?“
„Oh ja, ich liebe meine Jungs aus Finnland. Die anderen da oben machen ja nur so’ne Depri-Mucke, aber bei denen hab ich echt meinen Spaß.“
Gott! Wenn sie wüsste, wie viel Spaß die Jungs am letzten Wochenende hatten. Aber diese kleine Anekdote würde jetzt wahrscheinlich nicht so ganz optimal zu unserem Breakfast-Date passen.
„Na ja, *‚This is the end‘* klingt ja nich unbedingt optimistisch, oder?“, ist mein, wie ich finde, berechtigter Einwand.
„Ja, war doch aber trotzdem ’ne gute Nummer!“, wird der Einwand von ihr charmant weggelächelt.

Nun, mit ihr weiter über eine Band zu philosophieren, die sie anscheinend wirklich gut findet, und von der ich nix weiter weiß, als dass sie auf Märchen und Bananen steht, macht jetzt auch keinen weiteren Sinn.
„Hast ja recht. Ich hab da auch immer lauter gemacht, wenn die kam." Damit habe ich nicht einmal gelogen. Das ist eben das Blöde an so einem Ohrwurm. Man stellt plötzlich suchtähnliches Verhalten fest, obwohl man sich eigentlich gegen die dröhnende Droge entschieden hat.
„Die kommen übrigens bald zu uns. In zwei Monaten werden die Jungs die ganzen Radiostationen abklappern. Willst du für die *Pool* auch was machen?"
Oh, noch so ein Wiedersehen der besonderen Art. Der Nächste, der hoffentlich mein Gesicht vergessen hat.
„Na unbedingt!", versuche ich so überzeugend wie möglich zu klingen.
Allerdings aus einem anderen Grund, als jetzt Sarah vielleicht vermutet. „Du musst ja nicht." Sie scheint ein wenig enttäuscht.
„Nein, im Ernst, die würd ich ja gern mal kennenlernen!" Ich klinge jetzt deutlich authentischer. Mit Erfolg.
„Wenn die bei XTC ein Interview geben, plan ich dich mit ein. Mad Man freut sich auch schon auf die Jungs. Kennst du Mad Man?", fragt sie mich allen Ernstes nach meinem hauseigenen Woody Allen.
„Öhm. Schon mal gehört", ist glaub ich besser als: „Der schläft jede Nacht neben mir." Schließlich kann man nie wissen, welche seiner zahlreichen Anekdoten bereits die große Runde gemacht haben.
„Der macht dort die Frühsendung. Da kommst du einfach mit dazu. Also wenn dir das nicht zu früh ist!?", verschwindet der Rest vom Bacon zwischen ihren sinnlichen Lippen.

„Das schaff ich schon."
Meine Jacke vibriert, mein Handy spielt Massive Attack's „*Unfinished sympathy*". Passend dazu am anderen Ende Schweinenase.
„Moin, komm gleich", begrüße ich die geballte Kompetenzsimulanz.
„ICH GLAUB, ICH DREH DURCH!!!" Ja, die Aussage entspricht ungefähr seinem Tonfall. Er atmet schwer.
„Is doch noch lange nich elf", versuche ich ihn zu beruhigen.
„Es geht um deine total banale Geschichte!"
Sarah verschwindet dezent in Richtung Toilette.
Ich bin leicht perplex. „Öh … wovon reden wir denn jetzt???"
„WIR REDEN VON DEINEM FINNISCHEN GORILLA!", verfärbt sich jetzt vermutlich das Gesicht meines Chefredakteurs von einem Schweinchenrosa zu einem ungesunden Krebsrot. Ich habe die Situation noch nicht ganz im Überblick.
„Ich, öhm, dachte, das hätte sich erledigt!", bin ich nach wie vor von meiner Unschuld überzeugt.
„Das dacht ich auch! Und nun steht dieser Affendreck in tausend Heften!"
Gedanklich gehe ich den Nachmittag im „Teasers" durch. Den einen Artikel geschrieben, von Schweinenase abgelehnt. Die Popstars-Kuschel-Lovestory verfasst und abgeschickt. Wie sollen denn die Bananen im Heft gelandet sein? Auf dem Tisch liegt Sarahs Exemplar der neuen *Pool*-Ausgabe, mit einem atemberaubenden Naomi-Watts-Lächeln auf dem Cover. Mein Gott! Sarah könnte tatsächlich Naomis jüngere Schwester sein. Ich blättere bis Seite 18 und werde ganz oben von den drei leicht bekleideten Popstars angestrahlt. Die haben dummerweise rein gar nichts zu tun mit der Geschichte darunter. Über einen zugedröhnten finnischen Sänger im holländischen

Red Light Destrict. FUCK!!!! Wie konnte ich nur so verpeilt sein? Wie konnten mir die ganzen Tütchen und Long Islands nur derartig den Kopf verdrehen? Habe ich Martin tatsächlich das falsche Kunstwerk geschickt?! Moment! Dann war ja Hackel gestern genauso mental derangiert wie ich. Gut, bei der Hauptüberschrift „Total banal" hätte ich auch gedacht, das kommt irgendwie hin. Aber „Ein Sunrise in Amsterdam" wäre doch ein Grund gewesen, auch mal den Rest des Textes zu überfliegen. Um dann spätestens bei der Banane festzustellen, dass hier irgendwas mächtig krummläuft. Also, wenigstens nur eine Teilschuld. Nun haben vermutlich auch meine Wangen eine bedenkliche schweinenasenmäßige Rotfärbung angenommen.

„Öhm, ich komme! Bin, äh, gleich da, okay?", stammele ich noch in den Hörer.

Löffler hat derweil schon aufgelegt. Im gleichen Augenblick gesellt sich Sarah wieder zu mir und fragt besorgt: „Mensch, ist grad die Welt untergegangen?"

„Schlimmer! Ich muss sofort zurück in die Redaktion. Sei mir bitte nicht böse!"

Ich vermute, dass mir heute keiner mehr auf die Schulter klopfen wird. Auf dem Rückweg zum Chaoscamp bin ich nun zunächst einmal Sarah eine Erklärung schuldig. Wegen einer absoluten Kleinigkeit wäre mein Chefredakteur zum Chefcholeriker geworden. Ich müsse ihm nun ganz dringend eine verbale Beruhigungsinjektion verpassen. Während meiner überzeugenden Worte wühlt Sarah ausgiebig in ihrer Laptop-Tasche. Scheinbar sucht sie nach irgendwas. Ich auch, nach einem

Parkplatz vor der *Pool*-Pforte. Im Gegensatz zu Sarah bin ich erfolgreich.

„Hach, Mensch, ich glaub, ich hab meine *Pool* im ‚Barfusz' liegen lassen", stellt sie fest, während sie die Wühlattacke einstellt.

Und das ist auch verdammt gut so! Ich erschrecke innerlich. Das hätte ich ja nun komplett vergessen. Diese Ausgabe durfte Sarah ja auf keinen Fall in die Hände bekommen!

Da hätte ich doch einen wundervollen Vorschlag. „Dann lass uns doch die Woche noch mal in Ruhe 'nen Kaffee trinken gehen und dann bring ich dir eine neue mit."

Grandios! Sarah bekommt dieses Gorilla-Exemplar niemals zu Gesicht, ich aber dafür bald wieder Sarah. Hah!

„Das wär schön. Meld dich einfach, okay?", strahlt sie mich fragend an, als ob es da noch einen Zweifel geben könnte.

„Tausendprozentig versprochen."

Kurzzeitig bin ich der glücklichste Mensch auf Erden. Sarah hat mich nicht wiedererkannt. Und vielleicht sogar festgestellt, dass ich nicht nur einfach „nett" bin. Diese Vermutung untermauert sie sogar noch mit einem kleinen Abschiedskuss auf meine rechte Wange mit den tröstenden Worten: „Ärgere dich nicht, wird schon alles wieder gut."

Was soll jetzt noch gut werden? Für mich ist in diesem Augenblick alles perfekt! Sarah läuft zu ihrem roten Ford Ka, ich verschwinde in unserem Büro.

URINSTINKT

An meinem Platz öffne ich sofort meinen GMX-Account und klicke auf die letzte gesendete Mail. Ich hole mir den Anhang „So, da isser“ auf meinen Desktop und erblicke beim nächsten Doppelklick die Erklärung für das Dilemma. Am Tisch gegenüber sehe ich Hackel mit einem sehr ungewohnten Gesichtsausdruck. Sonst eher gelangweilt in Mir-doch-alles-scheißegal-Stimmung, guckt er heute so, als ob irgendwer das Zeitliche gesegnet hätte. Wenn mich nicht alles täuscht, ist dieses glitzernde Etwas unter seinem linken Auge eine halb getrocknete Träne. Da sitzt er. Mit seinem blauen ausgewaschenen Kapuzenpulli. Mit seinen wild gewachsenen braunen Locken, die mal wieder einen Schnitt vertragen könnten. Und mit seiner Weltuntergangsmiene. Ja, er hat mal wieder einen folgenschweren Fehler begangen. So wie damals beim Kinotipp für die Eispickel-Thriller-Fortsetzung „Basic Instinct 2“. Als die Überschrift eigentlich „Urinstinkt“ heißen sollte und daraus ein großes URIN STINKT auf zwei Zeilen verteilt ohne Bindestrich wurde. An diesem Tag machten wir uns ernsthafte Gedanken um Löfflers überstrapazierte Stimmbänder. Seinem Urinstinkt folgend war er Urheber einer Art Urschrei, bei dem ich mich bis heute wundere, dass er kein urbanes Erdbeben der Stärke fünf auf der Richterskala auslöste – mit unserer urigen *Pool*-Küche als Epizentrum. Über die Tatsache, dass Urin stinkt, wurde er derzeit aufgeklärt, als er bei einem Glas Mate-Tee ein fertiges *Pool*-Exemplar genauer unter der Lupe nahm.
Schweinenase kommt hektisch mit dicken Schweißperlen auf der Stirn angerast. Nicht nur Martins, auch meine Mimik und Gestik kommen einem Zwergpinscher-Welpen gleich, der gerade ins kalte Wasser gefallen war und herausgezogen wurde.

Ich ahne, dass Löffler nicht unbedingt die freundlichsten Worte auf den Lippen hat.
„Ihr völlig bekloppten, hirnlosen Möchtegernreporter!!“
„Es tut mir verdammt leid. Wirklich! Ich schwöre, ich dachte, ich hätte den richtigen Artikel geschickt.“ Ich kann nicht glauben, dass ich mir jetzt die Blöße geben muss, Schweinenase um Verzeihung zu bitten.
„Das ist ja das Problem bei euch dämlichen Hilfsredakteuren! Ich denkt immer nur, dass ihr denkt! Und wenn ihr denkt, kommt nur so’ne gequirlte Scheiße bei raus!!“
Auf der anderen Seite ist es irgendwie auch schade, dass man gerade in solchen Momenten keine Kamera dabeihat. Der Clip hätte bei YouTube bestimmt einige Klicks bekommen.
„Mann, ich war gestern ’n bisschen neben der Spur.“ Ein spärlicher Versuch, Löffler zu besänftigen.
„Nenn mir den Tag, als du mal nich neben der Spur warst! Die Spur daneben ist doch dein Zuhause!“
„Okay, was soll ich machen? Soll ich die tausend Exemplare bezahlen?“ Wahrscheinlich eine saublöde Frage, die ich mir hätte sparen können.
„Worauf du deinen überbezahlten Arsch verwetten kannst!!!“, steigert Schweinenase sowohl Tonhöhe als auch Intensität.
„Gut, die Kohle kriegst du. Können wir uns jetzt wieder runterfahren?“
„WANN ICH MICH RUNTERFAHRE, GEHT DICH ’N FEUCHTEN AN!“
Die Dezibel seines letzten Satzes sorgen sogar für ein leichtes Klirren der Gläser im Küchenschrank. Ob er jetzt mit ihnen oder mit uns Mitleid hat, können wir nicht feststellen. Zumindest läuft er wutentbrannt in sein Büro und beendet das Gespräch mit einem Türknallen, das den Putz von der Decke rieseln lässt.

Stille in der Redaktion. Martin sitzt nach wie vor versteinert an seinem Platz. Eigentlich ist es ja eher meine als seine Schuld. Ich muss ihn irgendwie zum Lächeln bringen, das Häufchen Elend kann doch keiner mit ansehen. „Mensch, Hackel, tut mir leid."

Die gelockte Statue gegenüber nickt dezent.

„Soll ich dir 'nen Kaffee holen, mit viel Zucker und viel Milch?"

Seine fossilen Locken fristen ein tristes Dasein auf einem Schädel, der sich nur gedämpft von links nach rechts und zurück bewegt.

„Oder 'n großes Fass Aioli?"

Ein weiterer Aufheiterungsversuch, der die Hackel-Mundwinkel wenigstens für ein kurzes Grinsen aus der Schmollposition holt. Ich massiere meine Schläfen. Und warte. Auch wenn ich nicht genau weiß, worauf.

Wenige Minuten später schallt *„Bring sally up"* durch den schweigenden Raum. Post von Sarah:

„Das Sunrise-Avenue-Interview brauchst du ja jetzt nicht mehr, oder?"

Der nächste Moment, in dem mir Moby auf brutale Art klarmachen will, dass die Welt ganz anders ist, als sie zu sein scheint. Sarah hat also ihr Exemplar wiedergefunden und diesen Fauxpas auf Seite 18 entdeckt. Damit stehe ich nun vor einem noch viel größeren Problem. Sarah ist nicht nur für unseren finnischen Märchenonkel zuständig, sie liebt auch noch seine Band. Gestern noch maßlos stolz, bin ich nun komplett verzweifelt. Kann ich mir nun sowohl Sarah als auch Madonna aus dem Kopf schlagen? Wird aus dieser vergleichsweise kleinen Kollateralpanne also doch noch ein Totalschaden unbekannten Ausmaßes? Ich muss Sarah dringend schreiben. Aber was? Ich sacke auf meinem Stuhl zusammen und lasse die Augenlider nach unten klappen. Auf meinem inneren 21-Zoll-Bildschirm male ich den Namen SARAH quer über den Desktop und streiche ihn mit roter Farbe durch.

„Also, wenn es tatsächlich diese Popstars-Lovestory gibt, dann könnten wir die gleich reinpacken und die neue Version in die Druckerei schicken!?“ Ohne jegliches Geräusch hat es Löffler geschafft, plötzlich auf meinem Tisch zu sitzen.

„Öhm, hab ihn … hier“, zeige ich nun das geöffnete Dokument auf meinem Laptop.

Markus überfliegt den Text, schüttelt mit dem Kopf und hebt seine linke Augenbraue. „Läuft zwischen den beiden wirklich was?“

„Nö, aber dafür klingt's doch … glaubhaft, oder?“

„Gibste Martin, und du schickst das Ding dann sofort raus, okay?“ Löffler schielt dabei hinüber zu Hackel, der immer noch einen recht unzurechnungsfähigen Eindruck macht. Wenig später liest auch er meine Lovestory, diesmal studiert er sie genau. Vermutlich wird er sie auch noch in drei Jahren auswendig können. In den nächsten Stunden wandern weitere viertausend *Pool*-Exemplare durch die Presse. Mit einer gorillafreien, aber dafür immer noch reichlich affigen Geschichte.

Und deswegen soll mir die fantastische Sarah durch die Lappen gehen? Ich biege hinter unserer Bürotür nach rechts und finde Schweinenase an seinem weißen „Möbel-Höffner“-Schreibtisch.

„Wie viele Hefte sind denn schon draußen?“, interessiert mich jetzt brennend.

„Dreihundertzehn haben die Jungs verteilt, bevor ich sie zurückgepfiffen habe“, nuschelt er mit starrem Blick auf das übergroße *Pool*-Logo auf seinem Desktop. „Warum?“

„Was hältst du davon, wenn ich heute Nachmittag zur Druckerei fahre und schon mal die ersten fünfhundert neuen Exemplare hole?

„Okay, und dann?“, bewegt sich sein Blick leicht aufhellend vom Desktop hin in meine Richtung.

„Na, ich besorg mir die Verteilerliste, klappere die einzelnen Läden ab und tausche die dreihundertzehn Hefte aus gegen neue.“ Auch wenn das jetzt heißt, dass ich den Rest des Tages von einer Kneipe zur nächsten hetzen werde.

„Gut, ich hab hier auch irgendwo die Liste rumliegen.“ Löffler durchwühlt seinen Tisch. „Warte … Hier.“

Ich überblicke den dreiseitigen Wisch mit ungefähr sechzig Anlaufstellen, achtzehn von ihnen versehen mit einem roten Kreuz für „erledigt“. Bei näherer Betrachtung stelle ich fest, die meisten Exemplare sind auf dem Hauptbahnhof und bei einigen Kiosken in der Innenstadt gelandet. Keine Tankstellen, keine Kneipen außerhalb von Leipzig. Wenigstens was.

DAVID COPPERFIELD

Mit fünfhundert frisch gepressten, von Bananen befreiten Magazinen im Kofferraum, mit Manni am Lenkrad und mit einem Sixpack Beck's beginnt nachmittags gegen vier eine kleine Odyssee durch das Herz unserer Messemetropole. Auf der Jagd nach banalen Geschichten unter falschen Bildern. Mit Sicherheit hatte sich Manni seinen Feierabend anders vorgestellt. Trotzdem kam er ohne Widerrede zur mir ins Golfmobil gesprungen. Nachdem ich ihm für seine nächste Hertha-gegen-die-Bayern-Partie auf der Xbox versprochen habe, den Joystick im Sinne der Münchner zu lenken. Eine Überwindung grenzenloser Dimension. An drei Zeitungsständen auf dem Hauptbahnhof können wir bereits fünfzig lächelnde Naomis zurückerobern. Hier hatte sich bisher keine einzige verkauft. Ich freue mich und gönne mir als Belohnung mein erstes Entspannungsbierchen. Geht doch! Immerhin dreiundvierzig von ursprünglich fünfundvierzig Heften hole ich mir an den nächsten vier Kiosken zurück, die ich, um Verwechslungen auszuschließen, gleich auf den Rücksitz packe. Um nach diesen beiden Stunden eine kleine Pause einzulegen, entscheiden Manni und ich uns für die nächste Anlaufstelle, die „Leipzig Bar", wo wir fünf Hefte erbeuten wollen. Nur drei von ihnen stehen vorbildlich an ihrem dafür vorgesehenen Platz. In einem *Pool*-Papphalter rechts neben dem Ausschank. Zu meiner Freude lässt sich einer der Ausreißer recht schnell orten. Auf einem Fenstertisch, ausgerechnet vor der Nase eines schrulligen Hutträgers im Rentenalter mit grauem Seidenhemd. Damit schrammt er gut und gerne vierzig Jahre vorbei an der anvisierten Zielgruppe. Als sich zwei aufgedonnerte, wild gestikulierende Blondinen hektisch an uns vorbeischieben und den Tisch daneben besetzen wollen, werden sie von Manni aufgehalten.

„Mädels, da ist reserviert. Sorry!“
„Aber da steht doch gar kein Schild, dass da reserviert ist“, entfährt es der einen lila Nagelgelackten.
„Steht aber auch keins, dass das da frei ist“, weiß mein Berufsrhetoriker wie immer logisch zu kontern.
Um die Diskussion abzubrechen, lassen Manni und ich uns einfach fallen. Er sich auf die lange Couch, ich mich in den gelben Cocktailsessel. Nach ein paar blonden Schimpflauten suchen die beiden Provinzpomeranzen das Weite und wir nach dem passenden Getränk in der Karte.
„Hallo! Was darf's bei euch sein?“, ist eine spindeldürre, rot gelockte, Kaugummi kauende Bedienung sofort zur Stelle, um mich bei der Wahl zu unterstützen.
„Ich nehm einfach mal 'ne Bloody Mary, und du?“, drehe ich mich zu meinem Mitbewohner.
„Habt ihr schwarzen Tee? Ja? Nehm ich!“
Ach ja, Manni hat sich von den letzten Tagen noch nicht ganz erholt. Zumindest sein Verdauungstrakt scheint noch etwas geschwächt zu sein.
Weder von dem Schauspiel mit den Blondinen noch von unserer Bestellung hat der betagte Hut am Nebentisch Notiz genommen. Er ist vertieft in seine *Pool*-Lektüre. Und dabei auf Seite 16 bei den braun gebrannten knackigen Models mit den neuen sexy Push-ups für den Frühling. Noch einmal blättern und dann kommt meine Geschichte. Eine Geschichte, die sich hervorragend dazu eignet, nebenbei ein paar Weißwürste zu vernaschen. Auf die Art, wie er es grad macht. Er hat sich für die Zuzel-Variante entschieden. Langsam und genüsslich lutscht er das grauweiße Fleisch aus dem Darm. Ein unfassbar perverser Anblick. Unsere Getränke sind zwischenzeitlich eingetroffen, bei einem ersten Schluck Wodka-Tomate kneife ich angewidert

die Augen zusammen. Ich finde schnell heraus, dass dies das völlig falsche Getränk ist, um unseren Tischnachbarn beim Darmaussaugen zu beobachten. Seine Augen wandern nun über die sexy Popstars-Bilder von Seite 18. Er beginnt zu lesen. Nach circa einer Minute schütteln sich sowohl Kopf als auch Hut. Wenig später lässt er den noch halb gefüllten Weißwurstdarm auf den Teller glitschen. Ich trinke den Rest meiner Bloody Mary auf Ex. Beim Schlucken dieser wirklich kranken Mischung muss ich diesmal sogar die Augen komplett schließen. Als sich meine Lider wieder nach oben bewegen, ist die Grauseide aufs Klo verschwunden. Ja, so eine Anal-Anekdote kann auch auf den Magen gehen. Besonders dann, wenn man sie mit Weißwürsten und Brezeln kombiniert. Das ist unsere Chance. Manni schaut mich verschmitzt grinsend und gleichzeitig fordernd an. Es dauert keine drei Sekunden, und schon sind die Exemplare ausgetauscht. Unter den Mädels auf Seite 18 im nach wie vor aufgeschlagenen Magazin steht nun plötzlich eine Story, die sogar zu den Bildern oben drüber passt.
Ich will schon die Kellnerin rufen, um schnell zu bezahlen, da stoppt mich Manni. „Warte! Das will ich mir in Ruhe angucken!“
Stimmt. So viel Zeit muss sein.
Kurz darauf kehrt unser Pensionär zurück, zumindest vorübergehend mit einem erleichterten Blick. Er nimmt wieder Platz am Wurstteller, rückt seine antiquierte Kopfbedeckung zurecht und zieht die *Pool* näher zu sich heran. Im selben Moment, als er zum weiteren Auslutschen ansetzen will, lässt er den gefüllten Darm wieder auf den Teller gleiten. Er runzelt die Stirn, stutzt, atmet tief ein und aus. Er blickt zur Decke. Er blättert eine Seite zurück und wieder vor. Wir haben eine ungefähre Vorstellung, was in den Synapsen unter dem Hut gerade vor

sich geht. Wahrscheinlich ist er kurz davor, sein Handy zu zücken und einen dringenden Termin mit seinem Therapeuten zu vereinbaren. Er starrt wieder zur Decke, danach rechts aus dem Fenster und zurück zur wie von Teufelshand verwandelten Geschichte in seinem Heft. Seine Suche nach versteckten Kameras bleibt erfolglos. Im nächsten Augenblick werden nun Manni und ich von seinen verwirrten Augen gemustert. Der vordere Teil seiner bedeckten Denkmurmel hat sich der Farblosigkeit der Weißwürste angepasst. Er ist kreidebleich. Er wischt sich den Mund zitternd mit einer Serviette ab, zieht seine Lederjacke an und legt zwanzig Euro auf den Tisch. Von Weitem können wir erkennen, wie er sich aus dem *Pool*-Papphalter ein anderes Heft zieht und wild darin herumblättert. Wieder schüttelt er fassungslos den Kopf. Er stellt Naomi zurück und verlässt die „Leipzig Bar" mit gesenktem Haupt.

Am frühen Abend haben wir nicht nur die ersten drei leeren Beck's-Flaschen, sondern auch bereits hundertsiebenundsechzig gesuchte Bananenstauden auf dem Rücksitz verstaut, und damit schon gut die Hälfte hinter uns gebracht. Überall haben wir erklärt, dass es sich bei den Heften um eine Fehlpressung handelt, die wir unseren Lesern so nicht zumuten wollen. Jetzt stehen wir vor dem ersten wirklichen Problem bei unserer spontanen Rückholaktion. Es ist ungefähr 1,60 Meter groß, wiegt geschätzte fünfundneunzig Kilo und trägt ein weißes Kleid mit rotgelbem Blumenmuster. Ich fühle mich bei diesem Anblick kurzzeitig an meine damalige Biologielehrerin Frau Freitag erinnert. Nicht, dass sie irgendwelche Ähnlichkeiten mit diesem Blumenberg gehabt hätte; durch meinen Kopf geistert nur wieder ihr 45-minütiger Vortrag über das Gemeine Fettkraut. Als Paradigma für Fleischfressende Pflanzen. Unser zartes Pflänzchen hier in der Zeitungsecke bei Karstadt hat eben eine Naomi mit ihren fleischigen Blattfingern eingefangen. Ich bin davon überzeugt, sie wird sich das Magazin jeden Augenblick einverleiben. Sie hält das Heft so nah an ihre Brille, dass man fast meinen könnte, sie betrachte die Schrift unter einem Binokular. Die Zeichen, die sie unter ihrem Stereomikroskop genauestens analysiert, stehen auf Seite 18.

„'tschuldigung! Wir sind von der Zeitschrift *Pool* und möchten Ihnen einen optimalen Lesegenuss ermöglichen!", beginne ich, unser 95-Kilo-Blumenpaket davon zu überzeugen, ihr Exemplar gegen ein neues zu tauschen.

Ihre Reaktion kommt einer 130-jährigen Schildkröte gleich, von der man verlangt, bei der Formel 1 anzutreten. Lediglich ein kurzes „Hö?" quetscht sich durch ihren schwammigen Hals, was zu einem peripheren Nachschwabbeln ihres Doppelkinns führt. Ein ästhetischer Tiefflieger in Perfektion.

„Sie lesen gerade eine Fehlpressung und die würden wir Ihnen gern austauschen gegen ein korrektes Heft. Sehen Sie, ich hab's schon hier in der Hand", wedele ich frohlockend mit meinem Magazin.

„Isché will abor dos hierö", antwortet sie im gepflegten Hochsächsisch.

Auch so ein kleines Wunder dieser so oft unterschätzten Sprache. Einsilbige Worte werden hier selten als solche akzeptiert. Gern wird ein „ö" nachgeschoben, um der Aussage etwas mehr Nachdruck zu verleihen. Vielleicht auch um dem Ganzen einen idiomatischen Stempel aufzudrücken. Sogar eine Verlängerung um zwei weitere Silben ist durchaus üblich. So wird beispielsweise aus dem kurzen „dort" ein wesentlich längeres

„dordenö“. Wobei nun die Betonung auf dem „ö“ liegt. Befindet sich am Ende eines Satzes ein zweisilbiges Verb, so gehört es zum guten Ton, auch dieses automatisch zu dehnen. Man sagt hier nicht: „Ich muss zur Arbeit fahren“, sondern eher: „Isch muss off Orbeid fahrenö.“ Wer also einem echten Sachsen Einsilbigkeit vorwirft, wird oftmals eines Besseren belehrt.

„Dieses Exemplar steht doch aber gar nich mehr zum Verkauf“, bilde ich mir ein, meine Sumpfdotterblume noch überzeugen zu können.

„Do stehd abor wos übor Sunrise Avenue! Dos stehd inn dem andorn dordenö ni drinnö.”

Die Signifikanz dieser Aussage besteht also darin, dass sie unseren Plot längst durchschaut hat. Anscheinend weiß sie, dass es zwei verschiedene *Pool*-Versionen gibt. Wenn ich das jetzt richtig übersetzt habe.

„Wo… woher wissen Sie das???“ Das Pummelchen hat es geschafft, mich aus dem Konzept zu bringen.

„Dos had 'ne Freundin heide frieh in 'nem Gafé gelesenö. Un alse sisch vorhinne de *Pool* kofen wollde, stand's nimmer drinnö.“

Für Manni sollten bei solchen Gesprächen Untertitel eingeführt werden, er hat bisher kein einziges Wort verstanden. Leise flüstert er mir ins Ohr: „War das … Deutsch???“ Ich nicke nur kurz. „Aha.“

„Hören Sie, der Kassierer wird Sie mit diesem Heft gar nich aus dem Laden lassen“, flunkere ich ein bisschen.

„Dos wollmor dochö ma sehenö!“, ist ihre überaus charmante Antwort, die auch unterhalb des fleischigen Kinns beim Rest ihres Körpers ein Nachbeben auslöst.

Ich wende mich Hilfe suchend an Manni. „Die will das Ding nicht rausrücken. Die is scharf auf den Gorilla! Was mach ich denn jetzt?“

Manni kratzt sich am Hinterkopf und steckt einen Finger unter sein Kinn.
„Lenk sie noch'n bisschen ab, ich hab da 'ne Idee!" Spricht es, dreht sich um und verschwindet.
Ablenken. Womit? Wie lange? Mhm. „Hören Sie, ich mach Ihnen ein Angebot. Zwanzig Euro und dazu schenke ich Ihnen noch die neue *Pool*."
„Nöä! Isch will die hierö!", lehnt die kleine Speckblume ab.
„Und dazu noch ein kostenloses *Pool*-Jahres-Abo. Wie wär's?" Ich lasse nicht locker. Keine Ahnung, was Manni vorhat. Aber ein bisschen Zeit muss ich ihm ja geben.
„Isch will kee Abbo, isch will keene Gohlä, isch will nur dos unn nischd ondres!"
Ich bin schon kurz davor, sie aus lauter Verzweiflung zum Essen ins Gourmetrestaurant „Falco" im Westin Hotel einzuladen, da gibt mir Manni aus dreißig Metern Entfernung ein heranwinkendes Zeichen.
„Ich wünsche ein angenehmes Lesevergnügen. Schönen Tag noch!", verabschiede ich mich überhöflich von meinem sturen Speckpferdchen.
Sie schiebt die *Pool* wieder unter ihre Sehhilfe und ich mich durch Karstadt zu Manni.
„Und nun?", bin ich gespannt auf Mannis Plan.
„So wie vorhin in der ‚Leipzig Bar'. Abwarten und beobachten", lässt er mich also zwischen den Büchern von John Grisham und Thomas Harris im Regen stehen.
Diese Observierung macht mich jetzt zum Zeugen einer Szene, die mir überhaupt nicht schmeckt. Unsere Butterblume wankt mit meiner Naomi zur Kasse und legt einen zerknautschten 5-Euro-Schein auf den Tresen. Sie wartet auf ihr Wechselgeld, greift nach der gefüllten blauen Tüte und sorgt bei ihrem Gang

nach draußen für ein leichtes Schlottern im gesamten Karstadt-Erdgeschoss.

„Toll. Jetzt verschwindet die und morgen steht die Story dann im Fanclub-Forum von Sunrise Avenue. Gut gemacht!", bin ich jetzt butterweich angesäuert.

„Wart's ab! Ich komm gleich wieder!", bleibt Manni für mich unverständlich selbstsicher. Lässig läuft er zur Kasse.

Als er wenig später neben mir auftaucht, präsentiert er ein *Pool*-Heft, mit eindeutigen Fettfingerspuren an den Rändern von Seite 18. Keine Frage, dieses Exemplar wurde eben noch von unserer molligen Fleischblume ausgiebig begrapscht.

„Wie hast'n das hingekriegt?", bin ich ehrlich baff.

„Du kennst doch David Copperfield. Wie sagt der immer so schön? Der Mensch sieht nur das, was er sehen will."

Das bringt mich jetzt natürlich viel weiter. „Und was hab ich gesehen, was ich nicht … gesehen habe?"

„Dass in der Tüte schon vorher eine *Pool* gelagert war. Eine ohne Gorilla, versteht sich."

Grübel, grübel.

„Ahhh. Respekt, Kollege!", bin ich nun hocherfreut. „Aber wie hast'n den Kassierer dazu überredet?"

„Die Jungs hier freuen sich auch mal über 'n kleines Trinkgeld. Mhm?"

„Und ich wollt der schon zwanzig Euro und 'n Jahres-Abo schenken und sie zum Essen einladen."

„Und das wär nich billig geworden!", grinst Manni und wir machen uns wieder auf die Suche nach den nächsten nicht ganz jugendfreien gelben Früchten.

BOOM CHICKA BOOM

Die „Queer-Lounge" in der Reichsstraße steht nun auf unserer Liste. Eine Bar für alle, die schon ihr großes Coming-out hinter sich haben oder sich dafür noch Mut antrinken wollen. Der erste Laden, bei dem sich mein Mitbewohner strikt weigert, mir die notwendige Rückendeckung zu geben. „Ich mach ja wirklich alles für dich. Aber in den Gay-Schuppen, da kannste alleine reingehn!"

Manni scheint fest auf dem Fahrersitz zu kleben.

„Manni! Denkste, da fällt gleich einer über dich her oder was?"

„Hallo, ich arbeite beim Radio. Da sind vierzig Prozent aller Kerle lauwarme Eichelstreichler. Würde mich nich wundern, wenn sich all meine invertierten Medienbrüder nach Feierabend hier treffen. Nee, lass mal!"

Ich habe keine Wahl. Ich muss mich allein in die Höhle des Lila Panther wagen. Schließlich gilt es, hier fünf weitere Exemplare zu beschlagnahmen. Drinnen in der recht gut gefüllten mit Whitney Houston beschallten Lounge ist alles schwarz und gelb gehalten. Dazu ein paar Tische mit orangen Korbstühlen. Auf den ersten Blick also eine ganz normale Bar. Wenn da nicht überall Porträts von nackten Adoniskörpern hängen würden. Noch dazu welche, die mit meinem nicht allzu viel gemeinsam haben. Den einzigen Lichtblick stellt ein übergroßes fotografisches Kunstwerk über einem langen Lümmelsofa dar. Darauf gleich mal fünf knackige unverhüllte Mädels, die um einen Flügel herum stehen. Es gibt im Leben Momente, da bereut man es, damals den Klavierunterricht abgebrochen zu haben. Lag vielleicht auch daran, dass meine Klavierlehrerin keiner der jungen Damen auf dem Bild ähnlich sah. Sonst hätte ich es mir vielleicht anders überlegt.

Gerade als ich mir vorstelle, wie ich mit einer von ihnen den Flohwalzer in die Tasten haue, spüre ich eine Hand an meiner Schulter. „Hey, Sascha! Wo hast'n deinen Süßen gelassen?"
Jetzt wird mir urplötzlich klar, warum Manni lieber draußen bleiben wollte. Neben mir an der Bar steht der untersetzte, blondierte Axel, einer seiner Kollegen aus der Event-Abteilung von XTC. Leider einer von der Sorte, die unbedingt wollen, dass jeder weiß, dass sie es gern etwas wärmer mögen.
„Ah, Axel, das is ja … 'n schöner Zufall, Mensch", quäle ich mir ein Lächeln zusammen.
Plötzlich ein lauter Applaus, während Whitney langsam leiser wird und sich auf einer hell erleuchteten Bühne ein Brillenträger mit gelockten Zotteln und kinnlangen Koteletten das Mikrofon greift. Für meinen Geschmack hätte er besser in eine Berliner Kommune der späten 60er gepasst. Statt aber mit revolutionären Sätzen wie „Was geht mich der Vietnamkrieg an, wenn ich Erektionsprobleme habe?" werde ich hier lediglich mit einem Karaoke-Abend für Querulanten konfrontiert. Hinter dem Gesangsaktivisten beginnt das Video zu *„More than words"* von Extreme.
„Also, ich bin ja immer hier. Ganz tolle Leute springen hier immer rum", freut sich Axel. „Aber wo is'n Manni?"
„Drauß… äh, Haus, also zu Hause."
„Dann lass uns doch 'n paar Tequila Sunrise schlürfen." Allein das Wort „schlürfen" aus seinem Mund klingt für mich ähnlich verlockend wie Blutwurst. „Ich wollt sowieso mal mit dir reden."
„Ich … bin noch im Dienst, jetzt. Das … geht nich."
Naomis schnappen, und dann schnell wieder raus! Den Pappaufsteller habe ich schon gesichtet, direkt in der Mitte hinter der Bar. Leider komplett leer.

„Dabei wollt ich doch sooo gern wissen, woher du die Geschichte mit Sunrise Avenue hast", strahlt mich Axel erwartungsfroh an.
Schon allein bei seinem Cocktailvorschlag hätte es dämmern müssen. Kein Martini, nur ein gewöhnlicher Tequila Sunrise. Ein Drink fernab von jeglicher Extravaganz. Ich gebe zu, es ist mir nicht gleich aufgefallen, dass jeder der „Queer"-Gäste die gleiche Mischung vor sich stehen hat. An dem Spiegel rechts neben dem Ausschank ist zu lesen: „Zur Feier des Tages: Tequila Sunrise: Zahl 1, Trink 2!"
Dazu auf fünf der insgesamt zehn Tische eine aufgeschlagene *Pool*. Die Herren die drum herum sitzen, sind mit Sicherheit nicht interessiert an der neuen Frühlings-Push-up-Kollektion.
Ich drehe mich wieder zum blonden Axel. „Lass mich raten, allen hier gefällt die neue *Pool*!?"
„Na ja, ein passendes Bild dazu wär schöner gewesen, aber die Story is wirklich … toll!"
Da stehe ich also als „Queer"-Einsteiger mitten in einer Schwulen-Bar, in der ich heute für die optimale Lektüre gesorgt habe. Tosenden Applaus gibt es für die schräge und äußerst alternative *„More-than-words"*-Vorstellung. Etwas gedämpfter übernimmt wieder Whitney Houston die akustische Untermalung. Nach der überstandenen Extreme-Karaoke-Performance empfinde ich *„How will I know"* nun als eine Wohltat, fast schon als Balsam für mein geplagtes Trommelfell. Es gibt jetzt nur zwei Möglichkeiten: Entweder von Tisch zu Tisch rennen, alle Exemplare einkassieren und schnell verschwinden. Oder einfach nur ganz schnell verschwinden. Den Barkeeper darum zu bitten, nach Feierabend alle Hefte einzusammeln und zu vernichten, erscheint mir reichlich naiv. Eher rechne ich damit, dass er am nächsten Tag noch tausend Kopien davon zieht. Um sie

dann jeden Abend unter seinen Gästen zur allgemeinen Erwärmung zu verteilen.
„Schaut mal, Jungs, ihm hier haben wir zu danken, für diese großartige Bananen-Geschichte!“, schallt Axels Stimme quer durch die Lounge.
Höchstwahrscheinlich hätte ich heute Morgen während der Konferenz keinen so euphorischen Beifall bekommen wie jetzt. Da hatte ich allerdings auch die Chance, mich vorher zu verdrücken.
„Ja, danke schön!“, spreche ich nun zu meinem begeisterten Publikum. „Leider ist das aber eine Fehlpressung und ich hab den Auftrag, alle Hefte auszutauschen!“
Noch sind meine Fans nicht enttäuscht.
„Na ja, solange unser blonder Finne nicht verschwindet!“, meldet sich jetzt der schwarz gelockte Barkeeper.
Allgemeines Bestätigungsgemurmel.
„Öhm, genau da …“ – wie formuliere ich das jetzt? – „… nun ja, liegt das Problem.“
Ich kneife die Augen zusammen. Ich weiß ja nicht, ob gleich ein paar Cocktails in meine Richtung fliegen.
„Wie? Du willst uns den tollen Gorilla wegnehmen?“, zeigt sich Axel enttäuscht.
„So sieht’s aus.“
„Und was kriegen wir dafür???“, kommt mir nun die Schwarzlocke hinter der Bar in die Quere.
„Fünf … neue Hefte!?“ Ich ahne, dass das nicht exakt das ist, was die Herren hören wollen.
„Das hab ich ja noch nie erlebt“, begreift Axel, dass ich es ernst meine.
Nun meldet sich auch noch das Aktivistenkotelett: „Da musst du uns schon mehr bieten!“

„Wie wär's mit 'ner Runde … Tequila Sunrise?", ist mein zaghafter Versuch, einen Deal auszuhandeln.
„Wie wär's mit 'ner Runde Karaoke?", kommt vom Kulturrevoluzzer als Vorschlag, der unter den „Queer"-Gästen für epochale Begeisterung sorgt.
„Jetzt? Singen?" Ich kann nicht fassen, in welche Situation mich diese beknackten Bananen gebracht haben. „*‚Fairytale gone bad‘* oder was?"
„Ich wär ja für Johnny Cash!", mischt sich jetzt wieder Axel ein. Also diese sensationelle Filmbiografie über den legendären Man in Black hab ich ja im Kino gesehen. Soweit ich mich erinnern kann, lag Joaquin Phoenix aber meist mit Reese Witherspoon in der Kiste und eher selten mit irgendwelchen Kerlen. Eigentlich nie.
Während ich daran scheitere, eine sinnvolle Verbindung zwischen Cash und Gay herzustellen, kommt der zottelige Kommunarde mit seinem Musikwunsch. „Genau! Ring of fire!"
Ich habe also die Wahl: entweder fünf Bananen-Magazine auf freier Wildbahn oder drei Minuten Johnny Cash. Der Boom-Chicka-Boom-Sound dröhnt schon durch die Boxen. Dazu auf einer nun schwarzen Videoleinwand gelbe Buchstaben, die jeden Moment damit drohen, rot zu werden. Ich greife nicht so ganz geistesgegenwärtig nach dem Mikrofon und stehe vor der Bühne mit dem Rücken zum Publikum. Unnötig zu erwähnen, dass ich jetzt doch lieber in einem Live-Sex-Theater in Amsterdam auf der Bühne knien würde. Von mir aus auch mit heruntergelassenen Hosen.
Stattdessen singe ich: *„Love is a burning thing, and it makes a fiery ring."*
Noch besteht meine Performance aus einem dezenten Kopf-im-Takt-Nicken. Ring of fire? Während der ersten sechs inst-

rumentalen Trompetentakte, spricht meine innere Stimme zu mir: „Die sind gar nicht scharf auf 60s-Country-Pop, nur auf die Vorstellung deiner Poperze in Flammen.“

Auf diese Eingebung hin macht mein Tanzstil nun sogar Lenin im Mausoleum Konkurrenz. Ich stehe stocksteif und kreidebleich am Mikrofon. Keine falsche Bewegung. Die Querulanten sind weder mit meinem vorherigen noch mit meinem aktuellen Tanzstil zufrieden. Das versuchen sie mir mit gemeinschaftlichem Mitklatschen und einigen originellen Sprüchen wie „Gib alles!“ oder „Hey, Knackarsch!“ klarzumachen. Erst während der letzten Zeilen gönne ich meinen Fans einen kleinen Leckerbissen: ein leichtes Arschwackeln im Takt. Mehr gibt es nicht!

„And it burns, burns, burns. The ring of fire. The ring of fire.“

Bevor ich letztendlich doch noch Feuer fange, drehe ich mich um. Ich erspähe zwischen den applaudierenden berauschten Grimassen eine mir sehr vertraute. Nicht berauscht, aber durchaus amüsiert strahlt mich Manni an der Seite von Axel an. Mein Mitbewohner hat sich anscheinend berechtigte Sorgen gemacht, warum ich mir gerade für dieses Etablissement so viel Zeit nehme. Ich lasse mich noch zu einer leichten Verbeugung hinreißen, um im nächsten Moment alle Bananen einzusammeln und dem Barkeeper fünf neue, Vitamin-C-befreite Magazine auf den Tresen zu packen.

Mein Gesicht muss wohl schon eine sehr besorgniserregende Färbung angenommen haben. Anders kann ich mir Mannis Frage draußen und wieder im Auto nicht erklären. „Krankenhaus??“

„Frag nich!“

„Wusste gar nich, dass du auf Johnny Cash stehst.“

„Fahr … einfach … los!“, bettele ich und trinke das letzte, nun passenderweise lauwarme Beck’s auf Ex.

Nach neun weiteren Bars, Kneipen und Kiosken ist unsere Liste abgearbeitet. Mit einer Bilanz, die sich sehen lassen kann. Ganze zweihundertneunundachtzig von dreihundertzehn verteilten Heften haben wir konfisziert. Oben in unserer WG-Küche, bei zwei frisch gekühlten Flaschen Holsten, lassen wir noch mal den Tag Revue passieren. Wir erklären unsere Stadt zur gorillafreien Zone. Allerdings muss ich Sarah das noch klarmachen!?

„Lad sie doch zum Essen ein! Da kannste's ihr in Ruhe erklären." Einer der besonders kreativen Tipps von Manni.

„Andersrum wär's vielleicht sinnvoller, oder?"

„Dann scheib ihr, dass sie die Einzige ist, die dieses Exemplar in die Hände bekommen hat."

„Hmm."

Etwas geflunkert, aber warum nicht?

„Du hast eine Fehlpressung gelesen, die so gar nicht in den Handel gekommen ist. Tut mir leid. Sag mir, wie ich das wiedergutmachen kann! LG Sascha"

Das sind die Worte, die mir einfallen und sich nun auf den Weg zu Sarah machen. Gute zwei Stunden sitze ich gebannt vor meinem Mobile. Es ist das erste Mal, dass ich mich nach Moby sehne, dass ich mir wünsche, dass ein lautes *„Bring sally up"* durch den Raum schallt. Um mir eine besänftigte Nachricht von Sarah zu verkünden, die mir die Absolution erklärt. So was wie: *„Ach so, dann ist ja gut."*

Oder: *„Davon geht die Welt nicht unter"*

Oder: *„Lass uns morgen Abend eine Diät-Limonade trinken gehen, du bezahlst."*

So stelle ich mir das vor. Und genau so will es einfach nicht kommen.

CAST AWAY

Eine Stunde vor Mitternacht verselbstständigt sich mein Golf. Wie durch ein Wunder bringt er mich auf die Autobahn 14 in südlicher Richtung und setzt den Blinker an der Abfahrt Klinga. Mitten im Wald, an einem versteckten kleinen See, kommt er zum Halten. Er fordert mich auf, einen Blick in den Kofferraum zu werfen. Welch fantastischer Anblick! Manni war shoppen und hat das Wertvollste zwischen den Kanistern, Decken und meinem Flokati vergessen. Eine Flasche edelsten Hennessy V. S. O. P. Very Super!
Schluck!
Ich setze mich wieder ins Auto und betrachte meinen kleinen Steinbruch. Da drüben, zwischen den Bäumen, war ich vor drei Jahren der glücklichste Mensch auf der ganzen Welt.
Schluck!
Mit Doris, die sich nun nach zwei Wochen Obenrum-Pettings nach Untenrum sehnte und mir ins Ohr säuselte: „Schlaf mit mir."
Schluck!
Es war eine kühle Sommernacht. Wir hatten uns zusammen in eine Decke eingewickelt und lagen auf einem uralten, schwarzweißen Flokati. Dabei sahen wir vermutlich aus wie eine übergroße Frühlingsrolle an einer ordentlichen Schicht Naturkornreis.
Schluck!
Das war schon eine artistische Meisterleistung, Doris von ihrem Slip zu befreien. Schließlich bekam ich vorher die Anweisung: „Lass ja die Decke, wo sie ist! Mir ist kalt!"
Schluck!
Ganz leise höre ich jetzt die Stimme von Sarah: „Schatz, mir

ist kalt.“ Da hat sie wohl recht. Wir haben Ende März und das Thermometer auf meinem Cockpit zeigt drei Grad. Es ist saukalt hier draußen.
Schluck!
Ich könnte uns fünf Decken aus dem Kofferraum holen. Aber wenn wir uns damit einpacken, können wir uns vermutlich überhaupt nicht mehr bewegen. Auch doof.
Schluck!
„Mach uns doch ein Feuer.“
„Okay!“, grinse ich und steige wieder aus.
Auf dem Felsen, ungefähr fünfundzwanzig Meter über dem See, wäre doch ein perfektes Fleckchen für ein ordentliches Feuerchen. Oder? Genug Äste liegen ja hier rum.
Schluck!
Vor meinen Augen bildet sich langsam ein recht ansehnlicher Haufen aus Holz und Gestrüpp. Bei einer Höhe von 1,50 Meter freue ich mich darauf, den Berg anzuzünden. Klappt aber nicht. Meinem Zippo geht langsam das Benzin aus. Wozu kauft man sich eigentlich ein Sturmfeuerzeug, wenn es noch nicht einmal einem leichten Märzwind trotzt?
Schluck!
Ich brauche irgendwas Brennbares. Laub oder Papier. Papier??? Genau! Davon liegt doch genügend auf meinem Rücksitz.
Schluck! Schluck!
Ein Feuer im Grünen. Der ideale Friedhof für zweihundertneunundachtzig *Pool*-Hefte! Höchst zufrieden schnapp ich mir die Bananen, wuchte sie auf den Holzberg und zünde den Stapel ohne weitere Probleme an. Wer sagt’s denn? Das schlechte Gewissen, Naomis bezauberndes Lächeln zu verfeuern, verdränge ich erfolgreich. Auf meinem Schwarz-Weiß-Flokati

hockend, schütte ich genüsslich den letzten Schluck Cognac hinter und beschließe, mir aus dem Golf eine Zigarette holen. Als ich auf dem Beifahrersitz lande, wirft mein Handschuhfach eine Casio-Digitalkamera aus. Verstehe! Ich soll ein paar aussagekräftige Schnappschüsse von meinem *Pool*-Lagerfeuer schießen. Ich habe ein wahnsinnig cleveres Auto!
Klick.
Bisschen näher ran.
Klick, klick.
Noch näher.
Klick.
Und von links.
Klick, klick.
Nach über zwanzig Klicks sitze ich wohl gelaunt in meinem Wagen und streichle liebevoll mein Cockpit. Während ich die einzelnen Bilder betrachte, lodern die prächtigen Flammen weiter vor sich hin. Meine Rauchzeichen scheinen auch andere Menschen magisch anzuziehen. Beispielsweise die beiden Herren in Grün, die plötzlich vor meiner Autotür stehen. Langsam kurbele ich mein Fenster nach unten, um ein wenig mit den zweien zu plaudern.
„Schönen guten Morgen!“, forme ich lang- und mühsam die drei Worte.
„Guten Morgen. Geht es Ihnen gut?“, macht sich einer der beiden tatsächlich Sorgen. Warum auch immer.
„Jetzt wird alles gut“, sage ich zufrieden mit Blick auf mein idyllisches Feuerchen.
„Da wär ich mir nicht so sicher“, spricht das etwas kleinere grüne Männchen und fuchtelt dabei mit seiner Taschenlampe rum.
„Wieso? Die Bananen und Gorillas brennen, und dann sind sie fast alle weg. Is doch gut!“

Die beiden Herren rücken ein Stück von meinem Wagen weg. Vermutlich haben sie verstanden und genießen noch ein bisschen diesen makellosen Anblick.
Ja! Ich habe Feuer gemacht!
Kann sein, dass die beiden doch noch eine Frage haben. Sie kommen wieder näher.
„Steigen Sie bitte mal aus!“, verlangt jetzt das große grüne Männchen.
Von hier draußen kann man die malerischen Flammen auch gleich viel besser betrachten. Herrlich!
„Wir hätten gern mal Ihren Führerschein und die Fahrzeugpapiere.“
„Führerschein. Autopapiere. Ja. Das wollen sie doch alle“, fühle ich mich an Harry und meinen verkoksten Quietschdödel erinnert. „Und dann schnappt sich der Hund wieder meinen gelben Zwergpenis. Ist doch immer das Gleiche!“
Ich habe das Gefühl, meine Lagerfeuerbekanntschaft hat noch mehr Cognac gesoffen als ich. Anscheinend können sie mir überhaupt nicht folgen. Stattdessen laden sie mich ein, sie ein Stück zu begleiten. In ihrem großen Wagen, wo sie mich alleine auf der Rückbank sitzen lassen. Hinter uns verschwindet zuerst mein Golf, dann auch die Rauchschwaden und schon sind wir wieder auf der Autobahn. Weiter Richtung Süden.

Abfahrt „Grimma“, kann ich verschwommen lesen. Meine Freunde finden einen Parkplatz vor einem großen gelben Gebäude. „Po-li-zei-re-vier Grim-ma“ steht da am Eingang, wo wir gerade reingehen. Aha. Freundlicherweise haben sich die beiden Herren bei mir eingehenkelt. Das koordinierte Laufen

fällt mir etwas schwer. Den langen Gang entlang, hinten rechts naht aber Erlösung. Ich darf mich sogar hinlegen. In einem kleinen, etwas spärlich eingerichteten Zimmer, das eigentlich nur aus Fließen und einer Pritsche besteht. Aber mehr brauch ich ja jetzt auch nicht. Irgendwas hat mich gerade gestochen, ging aber ganz schnell. Ich wünsche meinen Kumpels noch eine: „Gute Nacht!"
Ich freue mich, dass es so schön ruhig ist. Keiner nebenan, der laut schnarcht. Stattdessen kostbare Stille. Endlich mal richtig AUSSCHLAFEN!

Also unter Ausschlafen verstehe ich aber was anderes! Nicht, dass kurz nach Sonnenaufgang plötzlich das helle Licht eingeschaltet wird. Und dass mir zwei Polizisten tausend blöde Fragen stellen. Woher soll ich denn wissen, warum ich letzte Nacht in einem Naturschutzgebiet irgendwelche Zeitungen verbrannt haben soll? Ich saß doch eben noch am Tisch mit Manni und hab auf eine SMS von Sarah gewartet. Ich hab zwar danach von einem See und von grünen Männchen geträumt. Aber an Stichflammen, die einen Teil des Waldes ruiniert haben, kann ich mich nicht erinnern. Trotzdem versuche ich, alle Fragen gewissenhaft zu beantworten. Wer weiß! Vielleicht steckt ja ein Funken Wahrheit in der Theorie der Beamten. Und wenn die stimmt, dann könnte das ja teuer werden.
„Herr Bartmann, wie sind Sie denn an den See gekommen?", will jetzt ein bebrillter Uniformierter von mir wissen.
„Ich glaub, ich bin da … hingefahren", überlege ich mir schon die Antwort auf die nächste Frage.
„Hatten Sie vorher schon Alkohol zu sich genommen?"

„Öhm, nee. Ich hab ’ne Flasche Cognac dabeigehabt und dort am, äh … See getrunken.“ Jetzt bloß nix Falsches sagen! „Und danach hab ich dann wohl das Feuer gemacht.“
„Und wo ist die Flasche?“
„Das ist ’ne gute Frage. Ich nehme an, irgendwo … am See.“
Der Beamte schenkt mir einen beinah mitleidigen Blick. „Sie hatten letzte Nacht 3,2 Promille, ist Ihnen das klar?“
Nein. Aber das erklärt auch das Hämmern in meinem Schädel und warum sich der geflieste Raum so merkwürdig dreht.
„Drei Komma zwei?“, wiederhole ich, nur um sicherzugehen, dass ich mich nicht verhört habe.
„In diesem Zustand hätten Sie auch unmöglich Auto fahren können. Heißt, ich glaube Ihnen einfach mal, dass Sie den Cognac dort im Wald geleert haben.“ Der Beamte wird mir langsam sympathisch. „Aber warum sind Sie überhaupt zu dem See gefahren?“
„In … nostalgischer Erinnerung an … meine Verflossene.“ Nicht schlecht! Mit immer noch gut und gerne zwei Promille fallen mir schon wieder Fremdwörter ein.
„Hat die vielleicht irgendwas mit den Zeitungen zu tun, die Sie da verbrannt haben?“, versucht mein Freund und Helfer meiner Geschichte einen neuen Dreh zu verleihen, auf den ich ohne ihn überhaupt nicht gekommen wäre.
„Sie hat dort … früher gearbeitet. Das würde Sinn machen.“ Also bemitleidenswerter kann ich jetzt wirklich nicht mehr gucken. Ich warte auf weitere Anstöße, um mein Puzzel zu vollenden. Auch wenn mir nur nebulös langsam klar wird, was tatsächlich passiert sein könnte. Schließlich lagen gestern Abend noch knapp dreihundert Magazine auf meinem Rücksitz. Vielleicht hatte ich ja wirklich die beknackte Idee, die mitten im Wald anzuzünden.

„Wissen Sie, was das Schlimme daran ist?“ Nun sag schon! „Wenn Sie die Flasche vor Ort geleert und dann das Feuer gelegt haben, läuft das Ganze auf Schuldunfähigkeit hinaus. Heißt, Sie haben eine Straftat im Vollrausch begangen, an die Sie sich nicht erinnern können.“

Schuldunfähigkeit ist ein wundervolles Wort. Das klingt besser als Strafverfahren, Brandstiftung oder Pyromanie.

„Wo ist eigentlich mein Auto?“, frage ich mich. Und ihn.

„Die Kollegen haben es hierher abschleppen lassen. Steht hinten auf dem Hof und da bleibt es heute besser auch.“

Nach etwa einer Stunde Verhör in der Ausnüchterungszelle steht nun eine Geschichte im Protokoll, mit der ich gut leben kann. Einzig die Rechnung über die Verfahrenskosten dürfte saftig ausfallen. In meinem verlassenen Golf finde ich wenig später meine Casio-Kamera auf dem Beifahrersitz. Ich greife nach ihr und steige zu dem Beamten in den Wagen. Mein persönliches grünes Taxi nach Leipzig.

„Was ich noch wissen wollte …“, ruft mir mein Fahrer in Leipzig angekommen noch in Columbo-Manier hinterher, obwohl er sich schon längst verabschiedet hat. „Können Sie sich erklären, warum Sie wollten, dass irgendwelche Gorillas und Bananen verschwinden?“

„Gorillas und Bananen?“ Waren das nicht die beiden Begriffe, die ich eigentlich verdrängen wollte?

„Ja, das hatten die Kollegen zwar nicht ins Protokoll geschrieben, mir aber erzählt.“

„Wissen Sie, ich hab keine Ahnung!“

Ich liege auf meinem Bett und betrachte auf meinem Acer-Laptop die Schnappschüsse aus der letzten Nacht. Dabei sind einige erstklassige Bilder von einem gigantischen Feuer. Auf einem erkennt man sogar, was ich da verbrannt habe. Dann hat sich die letzte Nacht ja doch noch gelohnt. Ein exzellentes Beweisfoto für Sarah! Eins, auf dem man bestens erkennen kann, dass die blöden Hefte einem Barbecue zum Opfer gefallen und die Bananen damit aus der Welt sind. Meine Restumdrehungen sorgen dafür, dass ich dazu keinen ausschweifenden Text verfasse. Stattdessen schicke ich Sarah nur das eine *Pool*-brennt-im-Wald-Pic mit dem Satz: *„Love is a burning thing."*

Es ist mir unbegreiflich, wie es meine Zimmerlampe vollbringt, sich mehrmals um die eigene Achse zu drehen. Ich sehe von weiteren Versuchen ab, meine Augenlider zu schließen. Bringt ja auch nichts. Aber irgendwie scheint sich da eine ganz böse Vermutung anzuschleichen. Als ich vor zwanzig Minuten meine Jacke in die Ecke verfrachtet habe, waren darin nur mein Portemonnaie, die Kopie des Polizeiprotokolls und eine leere Schachtel Marlboro Light inklusive Zippo-Feuerzeug. Aber wo ist mein Handy?

Einsam und verlassen finde ich es. In einem Bierflaschenwald auf unserem Küchentisch. Daneben ein kleiner Zettel von Manni: *„Hast dein Handy vergessen."*

Ich mache mir keine weiteren Gedanken über seinen unbarmherzigen Sinn für Humor. Ich stelle fest, dass ich einmal *„Bring sally up"* verpasst habe. Eine nicht ganz unwesentliche Nachricht, gesendet gestern Abend halb zwölf: *„Alles gut. Hab vorhin im Laguna die richtige Version gelesen. Aber das mit Sunrise Avenue musst du mir noch mal in Ruhe erklären. ☺ LG Sarah!"*

KLATSCH

„Naturbelassener Strand“ – ein nicht ganz unwesentlicher Punkt in einer Hotelbeschreibung. Gut, man kann natürlich nicht davon ausgehen, dass jeder unberührte Strand an der ägyptischen Rotmeerküste Ähnlichkeiten aufweist mit der Matavai-Bucht von Tahiti. Und dass man bei Ankunft im schneeweißen Sand unter Palmen von leicht bekleideten, knackigen Südseemädels mit weiß-rosa Blumenketten begrüßt und wenig später in ihren Bambushütten zum Liebesakt förmlich gezwungen wird.

Wir schreiben das Jahr 1788. Mein Name ist Christian, Flechter Christian. Ich bin einer der Offiziere auf dem Seelenverkäufer mit dem klangvollen Namen „Bounty“. Gerade hüpfen die tahitianischen Inselschönheiten im Takt der wilden Trommeln durch die untergehende Sonne. Eine von ihnen hat es auf mich abgesehen. Sie baggert schon den ganzen Abend, die Tochter von Hitihiti, dem Stammesoberhaupt. Das findet zwar mein tyrannischer Boss Kapitän Bligh überhaupt nicht lustig, aber den werde ich ja eh bald im Beiboot aussetzen und dem endlosen Pazifik anvertrauen. Untergehen wird mein potenzieller Exdiktator mit seiner klapperigen Nussschale. Damit werde ich mir gepflegt das dreimastige Segelschiff unter den Nagel reißen und als Meuterer in die Analen der Sieben Meere eingehen. Brotfruchtbäume sollen wir hier mitnehmen und nach Jamaika bringen! Also wenn ich hier irgendwas stibitze, dann ist es diese sinnliche Häuptlingstochter Maimiti. Und dann geht’s mal schön ab um die Ecke nach Pitcairn. Häuser bauen und Kinder in die Welt setzen. Maimiti ignoriert die eisigen Blicke meines Chefs und schwingt wackelnden Gesäßes in meine Richtung. Sie greift nach meiner Hand und zieht mich quer durch die

Hibiskus-Sträucher in ihre winzige Bambusvilla. Mich umgibt ein aphrodisierendes Aroma. Es duftet nach Jasmin. Ich lasse mich auf ein Bett aus Gras fallen und strecke meine Arme aus.
„Mal abtauchen oder was?“
Hätte ich meine Arme mal da gelassen, wo sie waren. Manni steht vor mir im eigenen Saft und in seiner schwarz-rotgestreiften Badehose. Er will es tatsächlich wagen, sich einen Weg zu bahnen, durch die Steine und die Tausenden von Seeigeln, um eine Runde im Roten Meer zu planschen.
„Naturbelassener Strand.“
Bei dem Hinweis in den Klammern hätte ich schon stutzig werden sollen: „(Badeschuhe sind empfohlen.)“
Nicht empfohlen, sondern Pflicht! Es sei denn, man steht auf glitschige Steine und stachliges Wasserviehzeug und möchte gern herausfinden, ob die hiesigen Krankenhäuser wirklich europäischem Spitalstandard entsprechen.
„Du willst es wirklich wissen, oder?“
„Ich schwitze!“
„Pool?“
„Okay.“
Der Pool des Hotels Makadi Palace ist grob überblickt tatsächlich wie versprochen achthundert Quadratmeter groß. Eingebettet in das Flair aus „Tausendundeiner Nacht“. Offensichtlich ein Urlaubsparadies für lächelnde Senioren und überglückliche Pärchen. Ich frage mich, warum Manni ausgerechnet diese Urlaubsoase buchen musste. In der Beschreibung stand „24 Kilometer vom Flughafen“ und „Zwanzig Meter vom Strand“. Vielleicht war es bei den restlichen Hotels in Hurghada umgekehrt.
„Also wir müssen unbedingt mal Schnorcheln“, stellt Manni fest, während wir in der erbarmungslosen Nachmittagssonne durch den beachtlichen Pool waten.

„Seeigel gucken, wie spannend“, zeig ich mich wenig begeistert.
„Hier gibt’s ’n richtiges Riff, so mit bunten Fischen und Korallen.“
„Ich hätt ja lieber ’n paar bunte Cocktails mit Schirmchen und dazu die heiße spanische Animateurin.“
„Kuck dir erst mal unsere Nachbarinnen an. Da kannste die Spanierin vergessen.“
Als ich nach dem Einchecken in unserer Juniorsuite dringend eine kalte Dusche brauche, hat Manni wohl eine furiose Entdeckung auf dem Balkon gemacht. Er meint, nebenan wohnen keine Vertreter der „Kukident“-Fraktion und auch kein frisch vermähltes flitterndes Strahlepärchen, sondern ihrem Dialekt nach zu urteilen zwei Mittzwanziger Mädels aus Österreich. *Zwei fesche Madels,* wie Manni feststellte. Richtig fasziniert bin ich allerdings von der einen blonden, braun gebrannten, knackigen Miss Animación. Da man aber nicht gleich von jeder hinreißenden Touristenbetreuerin auf ein Glas Wein in ihre Suite mit anschließendem orgiastischem Sex eingeladen wird, klingt der Ösihasen-Flirtplan doch etwas vielversprechender. Wollen wir doch erst mal sehen, ob das Abendbuffet ähnlich dekadent daherkommt wie der 800-Quadratmeter-Pool. Und danach wird geflirtet. Hoffentlich.

In Rekordzeit hat es die Sonne geschafft unterzugehen. Ebenso fix haben wir uns durch das tatsächlich üppige Buffet geschlemmt und am Hotelplanschbecken mit den Füßen im Wasser bereits unsere ersten vier Screwdriver vernichtet. Trotzdem hab ich mir den Urlaub irgendwie anders vorgestellt. Jetzt, so

gegen zehn, sollte doch eigentlich schon die erste willige Urlaubsbekanntschaft neben uns sitzen. Eine, die von der Idee begeistert ist, heute Nacht mit uns splitternackt in den Pool zu hüpfen. Gut, wir könnten natürlich die beiden blondsträhnigen Moppelchen am Tisch da drüben fragen; die mustern uns jetzt schon seit geschlagenen dreißig Minuten. Man kann sich zwar in den Ferien mit Werten im unteren Bereich der gemeinsamen Geschmacksskala abfinden, Messwerte im Minusbereich sieht dieser Kompromiss allerdings nicht vor. Heißt, bei null ist nun mal Schluss. Wäre ich James Bond, würde ich mir ja von meinem Cheftüftler Q auch keinen DB5-Flitzer mit nur 50 PS andrehen lassen. Der fehlende klappbare Kugelschutz, kein Schleudersitz oder ein paar Kratzer am Lack, okay. Aber man sollte schon noch fühlen, dass es ein Aston Martin ist.
Weil ein Singleurlaubsabend allein nicht schon traurig genug ist, streut Manni auch noch den Namen Sarah in unsere Pool-Plauderei. „Das haste dir ja kräftig versaut."
„Was hättest du denn gemacht?"
„Ich hätte nich die ganze sauteure Flasche Hennessy ausgesoffen. Dann hätte ich auch keinen Waldbrand ausgelöst und vor allem nich so'n dämliches Bild geschickt."
Das soll ich jetzt einem Mitbewohner abnehmen, der auf seinem schwarzen T-Shirt in Walt-Disney-Logo-Form „Malt Whiskey" stehen hat. Manni schüttelt den Kopf, nimmt einen Schluck Screwdriver und singt:
„Love is a burning thing!"
„Maaann! Aber ab welchem Punkt lief's schief?"
Manni lehnt sich selbstgefällig zurück und wiederholt seinen Gesang: *„Love is a burning thing"*, und verdreht dabei seine Augen.
„Ja, hast 'n tolles Organ", ergebe ich mich widerstandslos.
„Besser wär doch gewesen: *‚This is the end, you know.'"*

„Klingt 'n bisschen nach Harakiri, findest du nich?"
„Okay. Dann eben ‚*Fairytale gone well*'", bemüht sich mein Mitbewohner.
„Würde Sinn machen. Mann, was war ich bekloppt!" Dabei lasse ich den Kopf in die Hände fallen.
„Hey, und jetzt is Urlaub, okay?", lächelt Manni schulterklopfend.
Leicht frustriert bestelle ich uns noch vier Screwdriver und verschwinde mit ihnen und Manni auf unserem Balkon.

„Nebenan brennt Licht", stelle ich fest, während ich mich in den Korbsessel gleiten lasse.
„Soll ich mal klopfen?", fragt Manni mit glänzenden Augen wie ein 5-Jähriger, der eine Kugel Erdbeereis haben möchte.
„Hast du drauf, keine Frage."
Schon ist Manni um die Ecke verschwunden zur Tür unserer beiden Nachbarinnen und holt sich sein Eis. Wenige Sekunden später steht nicht nur Manni wieder auf unserem Balkon, sondern auch zwei durchaus reizende Grazien.
„Das ist der Sascha", grinst Manni. „Und das sind Franka und Luise."
Wir holen die beiden gepolsterten Sessel aus der Couchecke unserer Suite, plündern die Minibar und schon ist die Viererrunde auf dem Balkon mit Bier, Chips und Screwdrivern versorgt. Dass Manni eher selten Lust hat, um die krossen Chio-Zwiebelkartoffelscheiben drum herum zu reden, ist mir nicht neu. Trotzdem bin ich immer wieder leicht irritiert, wie schnell er auf den Punkt kommt. Keine Fragen wie „Seid ihr hier zum ersten Mal?" oder „Aus welcher Ecke kommt ihr denn?", son-

dern das Einzige, was ihn wirklich interessiert: „Und? Ihr beiden seid Singles oder wie?“
„Sie ist Single, i bin sozusagen aon halbes Pärchen“, antwortet Franka, die kleinere Rothaarige mit den Sommersprossen und der schrillen Stimme.
Dazu ein eher schüchternes Lächeln von Luise, dem anderen süßen Ösihasi. Ich verstehe nicht so ganz, warum gerade sie noch auf dem Markt zu haben ist. Ich bin mir sicher, sie hätte beste Chancen bei „Austria's Next Topmodel“. Vielleicht 1,75 Meter groß, brünette, lange gelockte Haare und ein Paar braune Augen, die einem Mann mit Sicherheit den Verstand rauben können.
„Und woher kommts ihr genau?“, fragt jetzt Luise unwahrscheinlich sexy in ihrem österreichischen Dialekt.
„Ursprünglich aus Berlin, jetzt in Leipzig. Sascha ist aber 'n echter Sachse“, bastelt mein Mitbewohner weiter am Fundament unseres Urlaubsflirts. „Und ihr?“
„Mir san aus Wien“, strahlt Luise über ihr gesamtes, makelloses Gesicht.
„Ah, die Stadt der Toten“, philosophiert Manni.
Nicht nur bei mir, auch bei unseren beiden Nachbarinnen ein verwirrter Blick. Außer Falco leben doch noch alle. Oder?
„Wie kommst'n darauf?“, versuche ich mich kurz einzubringen.
„Na ja, ich verbinde Wien immer mit Friedhöfen, mit dem Tot und so.“
Da außer Manni bisher keiner was davon gehört hat, manövriere ich unsere Plauderei hin zum Thema Job. Wir erfahren, dass Luise ausgebildete Ärztin ist und Franka Krankenschwester. Ich bin mit der Auswahl unseres Urlaubsflirts mehr als zufrieden. Sollte ich beim Schnorcheln Bekanntschaft mit einem fiesen Seeigel machen, bin ich ja dann in vier guten Händen.

„Habts ihr vielleicht Lust, woas zu spielen?“, will jetzt unsere Krankenschwester wissen.
Schlüpfrige Fragen wie nach einem ausgiebigen Doktorspiel verkneife ich mir. Stattdessen schlage ich vor: „Klatsch?“
„Woas is dos denn?“, fragt Frau Doktor.
„Da bekommt jeder 'nen Zettel an die Stirn geklatscht, wo'n bekannter Name draufsteht.“ Ich warte auf Reaktionen. Die bestehen allerdings nur aus Fragezeichen. „Und dann muss jeder so lange Fragen stellen, bis er herausfindet, wer er is.“
„Ah, ‚Wer bin i‘ heißt dos bei uns“, fällt der Groschen zuerst bei der Sommersprossenschwester. „Wenn die Antwort Ja ist, darf man weiterfragen, bei Nein ist der Nächste droan, oder?“
„Genau“, freu ich mich, dass dieses durchaus beliebte Partyspiel auch schon an der Donau die Runde gemacht hat.
Dass wir gerade keine gelben Post-its zur Hand haben, ist nicht weiter dramatisch. Natürlich hat unsere Ärztin Pflaster dabei, um kleine Zettel an unsere Köpfe zu pinnen. Schwester Franka lässt es sich nicht nehmen, mir einen besonders breiten Schnipsel zu verpassen, weil: „Bei dir is ja viel Platz. Hihi.“
Vielen Dank, dass ich ein weiteres Mal auf meine spärliche Nordbepflanzung hingewiesen werde! Ist schließlich auch gut so. Nicht, dass ich das irgendwann vergesse und beim Blick in den Spiegel fassungslos zusammenbreche.
Da wir uns darauf einigen, nur Berühmtheiten zu nehmen, die beiden Kulturen vertraut sind, ist die Auswahl deutlich eingeschränkt. Also verkneif ich mir bei unserem sommerlich gesprossten Rotschopf den Namen Guido Westerwelle und bestücke sie stattdessen mit Obelix. Wird man ja wohl auch bei unseren Nachbarn aus Vindobona kennen. Bei Manni sehe ich einen ungemein kreativen Tom Cruise. Auf der Doktorenstirn hat sich ein sarkastischer Dr. House breitgemacht.

Anders als sonst so üblich frage ich gleich am Anfang: „Bin ich sexy?“
Keine Reaktion von Manni. Dafür ein „Na ja, öhm“ von der Ärztin und ein gezwungen grinsendes „Jaja, ... schon ... irgendwie. Hihihi“ von der Sommersprossenschwester.
Diese präzisen Antworten verleiten mich direkt zu der Frage: „Kennt mich die ganze Welt?“
Ein gemeinschaftliches energisches Kopfschütteln gibt mir zu denken. Nachdem Manni erfährt, dass er ein fesches Kerlchen ist, Luise herausfindet, dass sie nicht tatsächlich existiert, und die Schwester sich damit abfindet, dass sie jetzt ein Bruder ist, bin ich wieder dran. Meine Mitspieler zeigen sich nur wenig fasziniert von meiner Frage, ob ich eventuell Sascha heiße, und vermuten Betrug.
„Wie bist'n doa jetzt so schnell drauf komme?“, ist Dr. Luise House ein wenig irritiert.
„Ich bin, na ja, öhm, irgendwie schon sexy, aber mich kennt kein Schwein“, fasse ich nuschelnd zusammen.
Lautloses Grinsen mit einer Spur Mitleid entdecke ich jetzt in den Augen von Manni. Etwas abwesend wohne ich dem Rest der Zeremonie bei. Währenddessen überlege ich mir schon mal eine prominente Rache für Frau Doktor, die es offenbar auf meinen Mitbewohner abgesehen hat. Zumindest hat sie schon dreimal zu oft während eines Alpenländer Lachanfalls sein linkes Knie berührt. Eine unendlich lange Stunde später ist nun auch die rote Schwester darauf gekommen, dass sie der beste Kumpel von Asterix ist, und die Hand von Tom Cruise hat bereits die unbedeckten Schultern von Dr. House erobert. Das rothaarige Halbpärchen zu meiner Rechten hat zwischenzeitlich klar signalisiert, dass bei uns beiden aber nix laufen wird. Anders kann ich es mir nicht erklären, dass ihr Korbstuhl am

Anfang noch meinen Sessel berührte, jetzt aber in sicherer Distanz von einem Meter seine endgültige Restabendposition eingenommen hat.
In der zweiten Runde bekomme ich die Chance, einen noch sympathischeren Dr. med. an die Ärztestirn zu pinnen. Ich bin echt gespannt, wie sie auf Hannibal Lecter kommen wird. Warum das reservierte Rothaar meinen Manni als Gott bezeichnet, erschließt sich mir ebenso wenig wie die Tatsache, dass Manni ihr den Namen Julia Roberts verpasst. Die „Pretty Woman" ist doch die, die nun ihre Hand auf seinem Bein abgelegt hat. Irgendwas läuft hier schief. Heute Nachmittag am Pool fand Manni noch die Rothaarige „rattenscharf" und die andere „auch ganz nett". Einer „auch ganz netten" streichle ich aber nicht zärtlich den Hals in heißer Erwartung eines späteren Zungenpropellers. Ich finde mich damit ab, am ersten Abend unseres Urlaubs leer auszugehen, und denke, dass es diesmal keinen Sinn hat, danach zu fragen, ob ich sexy bin. Mein gepflastertes Post-it stammt schließlich von Dr. Vienna. Und wen sie sexy findet, ist nicht mehr zu übersehen.
Stattdessen werfe ich beinah unbeteiligt die Frage in den Raum: „Lebe ich noch?".
Ein nüchternes „Nein" ist die Antwort. Haben's die Wiener also doch mit dem Tod.
Als mein göttlicher Manni dasselbe wissen möchte, reagiert die mahagonirote Schwester mit einem blasphemischen „Nein".
Frau Doktor und ich können Manni aber beruhigen. Wir machen ihm klar, dass er mit Sicherheit noch unter uns weilt, und höchstwahrscheinlich auch noch sehr lange bleiben wird. Ob Manni tatsächlich real existiert, ist in der Tat eine etwas kniffelige Frage. Wir einigen uns auf ein hoffnungsvolles „Ja".
Noch komplizierter ist der nächste Punkt. „Bin ich denn sexy?"

Um das Spiel voranzutreiben, beschließen wir, dass der Allmächtige nicht unbedingt ein Sexsymbol darstellt.
„Bin ich euch sympathisch?“, lautet der Einstieg von Mannis neuer Errungenschaft, Frau Dr. Lecter.
„Naaa“, lehnt die Sommersprosse angewidert ab.
„Also mir schon“, protestiere ich.
„Is Geschmackssache“, stellt Manni fest. „Nächste Frage!“
Ich bin ihr dankbar für die Feststellung: „Also bin ich aane Frau!“
Nun ist unsere rothaarige Gotteslästerin dran. Auch sie erfährt, dass sie „kaane Frau“ ist, und schon darf wieder ich. „Okay, ich lebe nicht mehr. Und ich bin wahrscheinlich total unsexy, richtig?“
Drei nickende Köpfe.
„Bin ich zufällig eine Frau?“
Es wird wieder genickt.
„War ich denn wenigstens beliebt?“
Heftiges Nicken.
„Dann bin ich also … Mutter Teresa?“
Ich kann nicht behaupten, dass ich mich mit dieser Feststellung am Tisch beliebt mache. Ein wenig Respekt ist wahrscheinlich zu viel verlangt. Stattdessen überlegen meine Mitspieler, ob hier irgendwo ein Spiegel hängt. Die Runde ist außer sich. Frau Doktor hat sogar ihre Hand von Mannis Knie genommen. Aber auch nur, um sie wenig später weiter oben zu platzieren.
„Okay. Ich bin unsexy. Lebe scheinbar noch lange. Und bin schon real existent“, fasst Manni mit seiner Hand am Wiener Becken noch mal zusammen. „Habe ich trotzdem viele Fans?“
„Oh ja. Und wie!“, melden sich die Wiener Lippen, mit denen sich Manni später augenscheinlich noch ausführlicher beschäftigen wird.

„Unsexy, aber wahnsinnig viele Fans. Mhm“, überlegt Manni. Danach ein breit grinsendes: „Bin ich vielleicht … der Allmächtige?“
Na, Gott sei Dank! Bin ich nicht der einzige Spielverderber am Tisch. Trotzdem sind unsere beiden Sissi-Hasen total begeistert. Eine halbe Stunde später ernte ich noch einen Bösi-Ösi-Blick von Frau Dr. Lecter. Nur über Umwege und mit Tausenden Tipps von Manni hat sie endlich herausgefunden, dass sie ein Kannibale ist. Schwester Franka ist hocherfreut, nach fünfundzwanzig Anläufen heute mal eine „Pretty Woman“ zu sein. Was ihrer Meinung nach auch Sinn macht. Schließlich wurde sie wohl schon „des Öfteren auf eine gewisse Ähnlichkeit mit Julia Roberts aufmerksam gemacht“.
Da konnte allerdings nur die Haarfarbe gemeint sein. Jeder andere Vergleich würde hinken. Abgesehen davon, dass auch sie vorn in der Mitte einen Bauchnabel und weiter unten zwei Füße hat.
Als sie uns noch im grellen Ton erklärt, dass man „bei uns in Österreich niemals Madel, sondern auch wie bei euch Mädel sagt“, bin ich mehr als glücklich, dass sie schnell in ihrem Zimmer und Manni samt Doktortitel an den naturbelassenen Strand verschwinden.

RUNZLIG-PUNZLIG ANZUSCHAUEN

Wieso finden Männer gerade rothaarige Frauen so wahnsinnig anziehend? Ich schließe mich da nicht aus. Wobei ich mir mit so einer Miss Mahagoni niemals eine längerfristige Beziehung vorstellen könnte. Auf keinen Fall möchte ich solch ein vermeintlich hemmungsloses Exemplar als Frau fürs Leben. Aber doch gern mal für ein exzessives zügelloses Abenteuer.

Aber warum?

Assoziiere ich mit heller Haut, grünen Augen und roter Mähne gleich eine Gespielin, die einem wilden Teufelsweib gleichkommt?

Die feurige Furie, vor der mich mein Vater möglicherweise mit Recht gewarnt hat?

Eine heißblütige Fee, die keinen noch so abgründigen und verwegenen Wunsch offenlässt?

Oder liegt es vielleicht schlicht daran, dass sie so selten sind?

Bei schweißtreibenden siebenunddreißig Grad im barmherzigen Schatten einer Dattelpalme, auf einer bequemen weißen Plastikliege vier Meter entfernt vom Pool, werde ich ausgerechnet von meinem Sony-MP3-Player aufgeklärt. Und das völlig unerwartet in einer der „Offenbarung-23"-Hörspielfolgen, wo es eigentlich um den ägyptischen Pharao Tutanchamun geht. An seiner Totenmaske kleben auch ein paar goldbraune Steine, die wohl die Farbe Rot darstellen sollen. Rot wie der Tot. Rot wie das Blut. Eine rothaarige Frau gelte als typhonisches Weib, als sethisches Wesen und eben auch als wilde Liebhaberin. Letztere Tatsache komme nicht von irgendwoher, das liege schlicht daran, dass sie genetisch bedingt ein herabgesetztes Schmerzempfinden habe, das wiederum steigere die Leidenschaft. Wieder was gelernt.

Ich drehe mich nach rechts. Drei Liegen weiter arbeitet die Krankenschwester aus der Nachbarschaft seit zwei Stunden äußerst erfolgreich an ihrer zu den roten Locken farblich passenden Rückentönung. Ich könnte unserem roten Ösi natürlich den Tipp geben, dass ihr Rücken mittlerweile ähnlich gut durch ist wie ein verkohltes Wiener Schnitzel. Ich habe allerdings die Hoffnung, dass die schrille Rothaut dadurch nicht auf die Idee kommt, uns morgen Nachmittag wieder an diesen ruhigen sonnigen Ort zu folgen. So wie heute. Schweigsam, ignorant und noch distanzierter als letzte Nacht. Soll die mal schön weiter brutzeln. Sicher ist sicher. Ihre leicht gekrümmte Nase und die grelle Stimme, wenn sie denn mal was sagt, lassen bei mir keine feurigen ekstatischen Fantasien aufkommen. Ihre Pool-Lektüre „Sommer am Meer“ von Rosamunde Pilcher verspricht auch nicht unbedingt einen experimentierfreudigen Feger in der Kiste. Die beiden Sonnenliegen zwischen ihr und mir sind unbesetzt. Manni und Frau Doktor aus Wien wollten angeblich unbedingt schnorcheln gehen. Dass die beiden im Moment tatsächlich abtauchen, glaube ich schon. Wo, kann ich mir lebhaft vorstellen. Ein wenig Zeit will ich ihnen ja geben, bevor ich sie aus unserem Bett schmeiße, also dröhnt bereits die dritte „Offenbarung“ in Folge durch meine Ohrstöpsel.
Ich drehe mich nach links, wenige Meter neben mir ein frisch verheirateter glücklicher Teenager. Höchstens zwanzig, aber schon einen Ring am Finger und in der Hand das Buch „Entdecke deine Frau“. Sollte man nicht erst mal seine Hausaufgaben beenden, bevor man eine Familie gründet? Gestern hatte Manni ein paar Worte mit ihm gewechselt. Aber auch nur, um herauszufinden, in welchem der sieben verschiedenen Restaurants in dieser Anlage uns nicht der Fluch des Pharao auf den Magen

schlägt. Ohne dass wir es wissen wollten, erfuhren wir auch, dass er, der Florian, und seine Frau, die Rebecca, aus Zwickau kommen und hier ihre Flitterwochen verbringen, dass das mit der Hochzeit eine ganz spontane Idee gewesen sei. Schließlich kenne man sich erst seit zwei Monaten und verbringe jetzt zum ersten Mal mehr als drei Tage am Stück miteinander. Ich freu mich, dass ich damals nicht so bescheuert war.
Da sitzt er da, der frisch beringte Florian, in seiner kneifend engen dunkelblauen kurzen Badehose. Eine, die er höchstwahrscheinlich zur Jugendweihe geschenkt bekommen hat, die sich jedoch seinem erhöhten BMI gegenüber nicht unbedingt anpassungsfähig zeigt. Er sieht ein bisschen aus wie ein übergroßes Monchhichi, mit seinem runden Gesicht, seinen etwas hilflos dreinblickenden Augen und seiner schwarzen Wuschelfrisur. Und weil sein Schatz, die straßenköterblonde Becci, circa einen Kopf größer ist als er, kann sie immer schön wuscheln. Und er kann schlicht und ergreifend nichts dagegen machen. In seiner kurzen Becci-Entdecker-Auszeit lässt er gerade seinen Blick über die blauen Hotpants unserer spanischen Animateurin schweifen. Tja, die Zeit ist vorbei, mein Bester!
Oh, er schaut zu mir.
„Na?“
„Na!“, antworte ich bedeutungsschwanger.
„Wo haben Sie denn heute Ihren Sohn gelassen?“
MEINEN SOHN? Hat mich dieser Poolmodengeschmacksdissident grad ernsthaft nach meinem SOHN gefragt? Gut, Manni sieht tatsächlich ein bisschen jünger aus. ABER DOCH NICHT ZWANZIG JAHRE! Moment. Wenn er Manni vielleicht auf zwanzig schätzt, muss ich ja mindestens vierzig sein. Eher sieht er aber aus wie Mitte zwanzig, ich wie Mitte vierzig?? Ich bin stinksauer.

„Das ist nicht mein Sohn“, sage ich lächelnd und so souverän ich nur kann.
„Ach so, ich dachte …“
„Is mein Enkelsohn“, unterbreche ich ihn. „Und der Kleine baut grad mit seinen Freunden Burgen am Strand.“
„Ah … äh … sorry“, stottert unser Affenpüppchen.
Hätte er mal lieber seinen Schnuller im Mund gelassen!

Was tut man nicht alles für seinen besten Freund. Oder für den Sohn, den man so nie haben wird. Da folgt man auch mal einer vorne blass gesprossten, hinten krebsgeröteten Schwester auf ihr Zimmer. Nicht, um ihren nackten gepeinigten Rücken intensiv mit heilender Lotion einzucremen und später ihr herabgesetztes Schmerzempfinden zu testen. Nein. Sondern um nach vier Stunden die restliche Manni-gib-alles-Wartezeit auf dem Wiener Balkon zu überdauern. Ich bin ja Kumpel. Also nehme ich das „Do-not-disturb“-Schild an unserer Tür ernst. Hinter mir ein schmerzverzerrtes Stöhnen von der Rotlocke. Nebenan ähnliche Laute, die meiner Meinung nach dem fulminanten Finale entgegenfiebern. Es folgt nach weiteren fünfundvierzig Minuten. Zumindest wird es verdächtig still und unsere Balkontür öffnet sich stückweise.
„Oh, ah … ich dachte, du wärst am Pool.“ Manni ist etwas außer Atem. Vielleicht erkennt man mit solch verklärten Augen nicht auf Anhieb, dass die Sonne bereits tief im Westen untergegangen ist.
„Soll ich Sterne zählen oder was?“, antworte ich zähneknirschend.
„Warum kommst’n nich rüber?“

„Weil mein Traum von ’nem Dreier anders aussieht.“
„Mann. Gehn wir essen?“, wird über meine Trübsal einfach hinweggelächelt.
Frau Doktor und ich tauschen die Zimmer. Wenigstens hat sich Manni bei seinen vulkanischen Aktivitäten auf seine Seite unseres übergroßen Doppelbettes beschränkt.
Folgenden Satz darf ich mir an diesem Abend noch exakt dreihundertzweiundvierzig Mal anhören: „Mann, hat die ’ne weiche Haut.“
Auch all die anderen Dr.-Sommer-Studienresultate gibt es detailliert. Das sei alles „runzlig-punzlig anzuschauen, richtig lecker“. Aber auch, dass man es „noch nicht so richtig getan“ habe. Ich wüsste ja, wie die Mädels so ticken. Stimmt. „Komm, Schatz, das heben wir uns noch ein bisschen auf, oder?“ An dieser Stelle kann man auch nix anderes sagen als: „Seh ich doch genauso!“

„Die hab ich im Sack! Oder wie meinte damals der große Cäsar?“ Bei dieser Frage thront Manni ganz aristokratisch auf seinem „Discovery-Restaurant“-Korbsessel. Stolz aufgerichtet und die Arme auf der Lehne ausgebreitet. Nur sein Morningshow-T-Shirt deplatziert sich im römisch besetzten Lokalpanorama. Das mit dem Aufdruck: „Ich knall dich wach.“
„Die Menschen glauben das, was sie wollen!?“, versuche ich Julius’ kaiserliche Euphorie zu drosseln.
„Veni, vidi, vici.“
Er kam? Okay. Er sah. Gut. Aber kann man schon von einem Sieg sprechen? Nein! Auch wenn er es nicht hören will. „Du hast doch bisher nur deine Spähtrupps rausgeschickt …“

EL-HURÓN-STINKTIER

Wir drei, also Miss „Das heben wir uns auf", Mister „Mann, hat die 'ne weiche Haut" und Mister „Ich will's nicht wissen, ich seh das selber", sitzen am späteren Abend zusammen. Ohne die sonnenstichgeplagte Rothaut an einem Tisch auf der „Rendezvous"-Terrasse, einer Insel mitten im Pool. Ich erfahre, dass sich unsere Krankenschwester derartig den Rücken verbrannt hat, dass sie wohl den Rest des Urlaubs auf dem Hotelzimmer verbringen wird, zumindest aber im sicheren Schatten. Ich gebe ein mitleidiges Gesicht zum Besten. Sie hätte wohl bei jeder Bewegung barbarische Schmerzen. Muss also schon ziemlich arg sein, wenn das eine faktisch höllenqualenresistente Rotlocke so ausdrückt. Das arme fesche Madel! Äußerlich bedauernd, innerlich höchst zufrieden gönne ich mir einen stattlichen Schluck vom wohltemperierten Long Island Iced Tea. Der Kellner kommt mit unserer bestellten Wasserpfeife und nimmt selbst mehrere Züge vom Apfeltabakgemisch. Danach reicht er Manni den Schlauch und legt drei verpackte Mundstücke auf den Tisch. Die große Wolke, die Manni gerade in den Himmel geblasen hat, lässt sich leider überhaupt nicht vergleichen mit meinem zarten Shisha-Dunst. Außerdem hab ich rein gar nichts geschmeckt. Wird das Thema Wasserpfeife vielleicht doch etwas überbewertet? Wie soll denn das hundertmal schädlicher sein als zehn Schachteln gewöhnlicher Zigaretten? „Musst du mal richtig dran ziehen, dann schmeckst du auch was!", bekomme ich als Anweisung von Manni.
Also konzentriere ich meine komplette Lungenkraft auf den nächsten Versuch. Und auch bei dem bekomme ich das Gefühl, dass ein Zug aus einem gewöhnlichen Strohhalm bestimmt mehr Schaden anrichten kann.

„Vielleicht ist das Ding aus?“, versuche ich mir einzureden. Während der nächsten gigantischen Manni-Wolke beschwert sich der Rentnertisch nebenan, man hätte wegen uns ein Atemproblem. Ich beschließe, jetzt alles aus der Pfeife rauszuholen. Da meine nun ausgestoßene Wassertröpfchenansammlung aber noch nicht einmal viel mit einer bescheidenen Zirruswolke gemeinsam hat, kann ich sehr gut erkennen, dass plötzlich jemand neben mir steht: die verlockende, wohl duftende Animations-Chica im hautengen gelben Minikleid. Ich bin wahrlich fasziniert. Weniger hingegen von dem, was sie sagt: „Ihr kommt aus Deutschland, oder?“
Da war sie wieder, die eintätowierte Kartoffel auf meiner Stirn. An ihrem leichten Akzent erkenne ich, dass sie wirklich von der iberischen Halbinsel stammen könnte.
„Und du?“, interessiert mich brennend. „Aus Spanien?“
„Hört man das? Ja. Aus Badalona. Bei Barcelona.“
„Wo hast du so’n gutes Deutsch gelernt?“, gibt sich Manni interessiert, während er unter dem Tisch den Oberschenkel von Frau Doktor knetet.
„Ich hab zwei Jahre in Heidelberg studiert“, antwortet das göttliche Geschöpf in Gelb.
„Oh“, ist das Einzige, was aus Mannis Mund zu hören ist, bevor seine Lippen wieder an denen von Miss Vienna kleben.
„Bei uns ist heute das Motto ‚Dirty Dancing‘. Habt ihr Lust?“ Dazu ein bezauberndes spanisches Lächeln in unerreichbarer Vollkommenheit.
Ich erkenne aber sehr wohl, dass es sich hierbei lediglich um eine gewöhnliche Touristenakquise handelt. Also verspreche ich noch nicht, mich heute Abend gepflegt zum Horst zu machen. „Mal schaun. Ich muss erst mal einen vernünftigen Zug aus der Shisha kriegen.“

„Darf ich?“, lächelt sie verschmitzt und stiehlt mir den Schlauch samt Mundstück aus der Hand.
Als Letzteres zwischen ihren Lippen verschwindet, versuche ich jegliche Assoziationen vor meinem geistigen Auge zu übersehen. Ein schier unübertrefflich erotischer Anblick. Sie zieht kräftig an unserem Apfelgemisch, lässt ein paar Sekunden verstreichen und atmet langsam wieder aus. Eine prächtige Cumuluswolke macht sogar Mannis Exemplaren Konkurrenz. Die Senioren am Tisch nebenan schütteln die grau melierten Köpfe. Meine Señorita gibt mir den Shisha-Schlauch zurück und berührt dabei kurz meine Hand. Dazu ein betörender Blick, der bei mir keine Fragen offenlässt.
„Sehen wir uns nachher?“, funkeln ihre Augen fragend, allerdings von einer positiven Antwort überzeugt.
„Okay“, versuche ich so entspannt wie möglich zu klingen.
„Ich freue mich!“, lächelt sie noch von Weitem.
Schon ist sie in der fünfzig Meter entfernten „Joker Lounge“ verschwunden. Da, wo ich sie heute noch für einen kleinen schmutzigen Tanz treffen werde.
„She's like the wind, through your dreams ...“, singt Manni spöttisch grinsend, als er kurz seine Zunge aus der Wiener Mundhöhle und sich zu mir dreht.
„I will have the time of my life“, strahle ich nun heroisch.
Vielleicht liegt es an meiner stolzgeschwellten Brust, dass mein nächster Wasserpfeifenzug für ein grandioses Apfelaroma in mir und eine ausgewachsene Tabakwolke vor mir sorgt.

An und für sich ist ja all-inclusive eine dufte Sache. Nur bin ich gerade mit der attraktivsten Frau der Ferienanlage, ach, was sag ich, mit der unwiderstehlichsten Señorita der gesamten Rotmeerküste verabredet. Daher empfiehlt es sich, an einem bestimmten Punkt den Alkoholpegel zu halten und nicht mehr zu erhöhen. Genau das ist ein nicht zu unterschätzendes Problem, wenn das alles nix kostet. Ich bin jetzt, um zwei Uhr nachts, zwar nicht komplett dicht, aber die Hebefigur im Pool könnte sich nun etwas schwieriger gestalten. Von Weitem höre ich den Song „*Where are you tonight*“ aus dem „Dirty-Dancing“-Soundtrack. Ich interpretiere ihn als ein deutliches katalanisches Zeichen. Miss Badalona wartet auf mich.

Etwas nervös bewege ich mich an den Sonnenliegen und den zusammengeklappten Sonnenschirmen vorbei in Richtung „Joker Lounge“. Wenige Meter davor, da wo heute Nachmittag noch das Entdeckerpärchen lümmelte, lass ich mich fallen. Auf die Liege von Becci. Ich zünde mir eine Zigarette an und betrachte die von unten beleuchteten, leicht mit dem Wind wedelnden Palmen. Die haben bestimmt schon einige überhitzte Touristen beobachtet – die zu später Stunde vergebens versucht haben, eine Animateurin klarzumachen. Ja, dann schaut mal genau hin! Heute Nacht wird das anders aussehen! Bin ich mir zu fünfundneunzig Prozent sicher. Na ja, zu neunzig. Vor mir strahlt der laut Reisebeschreibung größte Süßwasserpool in Nordafrika. Ein wirklich idyllisches Fleckchen, um mit einer wohlfigurierten Touri-Betreuerin eine Runde zu planschen. Vielleicht ein wenig hell, aber ideal, um die mit Sicherheit berauschende Optik zu genießen. Señorita Animación im Bikini. Oder vielleicht ohne? Mir läuft das Wasser im Mund zusammen. Besonders in dem Augenblick, als ich eine junge Frau im gelben Kleid vor mir stehen sehe, mich ein verführerischer Duft umzingelt und ich dazu die Stimme mit dem angenehmen spanischen Akzent höre: „Möchtest du tanzen?“

„Liebend gern." Ohne mir weiter Gedanken zu machen über die Konsequenz meiner Antwort, folge ich ihr in den Dirty-Dance-Tempel.

Ich stelle fest, die Schmutztanzfeier dürfte jeden Moment vorbei sein. Also wenn ich mich heute Nacht noch zum Deppen machen sollte, dann lediglich vor den drei Kellnern, meiner Animateurin und den beiden pfundigen Blondsträhnen, die gestern Abend noch uns angebaggert haben und jetzt ihr Glück an der Bar beim Keeper versuchen. Dem Einzigen, der nicht flüchten kann. Mein Mitleid aber hält sich in Grenzen, vielmehr bin ich gespannt auf meine Tanzkünste. Besonders nach den drei Long Island Iced Teas.

„Wie ist eigentlich dein Name?", möchte ich von der Göttin in Gelb wissen.

„Inocenta."

Das muss man ihren Eltern lassen, sie haben Sinn für Humor. Die Unschuld vom spanischen Festland lächelt von der Seite.

„Und du?"

„Alexander. Meine Freunde sagen aber Sascha", zwinkere ich ihr zu.

„Dann darf ich also Sascha sagen?"

„Ja, unbedingt."

Zu meiner Freude spielt der leicht unterernährte DJ mit lila Basecap nicht *„Hey baby"* oder *„Time of my life"*, sondern *„She's like the wind"*. Dann bin ja genau zur richtigen Zeit gekommen. Kein Mambo, kein Salsa, langsam kuscheln ist angesagt. Das werde ich doch hinkriegen.

So richtig kuschelig wird es allerdings nicht. Zwar rückt Inocenta ein Stück näher und legt ihre Hände auf meine Schulter, trotzdem hält sie einen Sicherheitsabstand von geschätzten zwanzig Zentimetern. Da helfen auch meine Hände auf ihrer

Hüfte nicht weiter. Und so drehen wir uns im Patrick-Swayze-Takt, ohne dass unsere Johnny-&-Baby-Performance an irgendeine Szene aus dem Film erinnert. Ich sehe schwarz für ein gemeinsames nächtliches Nackt-im-Pool-Planschen.

„She's out of my league … Just a fool to believe I am anything she needs."

Erst jetzt wird mir die quälende Bedeutung dieser Worte bewusst. Warum sollte sie sich auf mich einlassen? Es gibt hier auch männliche Animationsexemplare. Und die haben allem Anschein nach auch schon mal ein Fitnessstudio von innen besichtigt. Die wissen vielleicht nicht, wie Pilates geschrieben wird, aber im Gegensatz zu mir bestimmt, wie das funktioniert. Für mich steckt ungeheuer viel Wahrheit in dem oft gebrauchten Sprichwort „Sport ist Mord". Mit Toten hab ich es eben nicht so. Vor allem dann nicht, wenn es dabei um mich geht. Außerdem hält sich ja hartnäckig das Gerücht, nicht alle Frauen sehen sich als Waschbrett-Fetischisten. Inocenta bestimmt auch nicht. Hoffe ich doch.

Patrick Swayze kommt langsam zum Ende und mit ihm macht auch die lila Kappe Feierabend. Nur noch ruhige, chillige Rhythmen in gedämpfter Lautstärke. Ich rechne in dem Moment, als meine Unschuld aus Katalonien zum Barkeeper verschwindet, mit allem. Nur nicht damit, dass sie sich zwei Becher Weißwein schnappt und zu mir zurückkehrt.

„Setzen wir uns noch ein bisschen an den Pool?", fragt sie mich lächelnd.

„Bella idea!", um nicht zu sagen eine wundervolle Idee.

Auf der gegenüberliegenden Seite des mächtigen Planschbeckens sitzen wir nun dicht beieinander, Füße im Wasser. Meine rechte Hand liegt direkt hinter ihr, jederzeit bereit, den Nahkampf anzutreten.

„Was machst du eigentlich, wenn du grad mal nicht irgendwo animierst?“, will ich wissen. Ein paar Fragen erwarten die Mädels ja, bevor unsereins zum nächsten Punkt übergeht.
„Ich studiere Medizin. Ich möchte irgendwann mal eine Ärztin werden. Eine Tierärztin.“ Sie wird einmal viele Katzen und Kaninchen glücklich machen, so viel steht fest.
„Und wieso dann zwei Jahre Heidelberg?“
„Da hab ich mit der Medizin angefangen. Und dort hatte ich auch mein erstes Frettchen.“ Etwas Trauriges mischt sich in ihren Blick. „Kennst du?“
„Frettchen? Klar. So’n knuffiges Wiesel für daheim.“
„Wiesel?“
„Na ja, ’n Marder oder …“ Wie sagt man noch? „Ein Iltis.“
„Iltis, genau. Auf Spanisch el turón.“
„El turón.“ Da lerne ich also nebenbei noch ein paar Begriffe aus der spanischen Veterinärmedizin. Toll! „Heißt also Frettchen.“
„Nein, Iltis. Das Frettchen heißt so ähnlich, el hurón. Mit ‚h‘. Merk dir aber lieber Marder, das ist viel einfacher: la marta.“
„Okay. Und wie heißt dein la marrrta?“, rolle ich das „r“, so spanisch ich nur kann.
„Hieß Maggie. Sie wurde dann krank, hatte irgendwelche Geschwüre. Der Arzt hat das nicht gleich mitbekommen. Und dann ist sie einfach eingeschlafen.“
„Oh.“ Was will man als Mann auch sagen, wenn man erfährt, dass ein kleines El-Hurón-Stinktier vor ein paar Jahren die Kurve gekratzt hat?
„Na ja, und da hab ich beschlossen, Tierärztin zu werden.“
Das Dahinscheiden einer knuffigen Wieselratte. Ein suboptimales Thema auf dem Weg in die katalanische Horizontale.
„Versteh ich. Allerdings hätte ich eher darauf getippt, dass

du hauptberuflich als Model arbeitest." Etwas plump, aber es muss doch vorwärtsgehen hier!
Statt eines peinlich berührten Grinsens kommt aber eine ganz andere Reaktion. „Hab ich drei Jahre lang in Barcelona nebenbei gemacht. Hab sogar ein paar Bilder dabei. Kann ich dir gern mal zeigen."
„Das wär ja … klasse." Was für prächtige Aussichten! „Nachher?"
„Bin schon ganz sehr müde. Aber morgen Abend, wenn du wieder Zeit hast?", fragt mich Inocenta ernsthaft.
„Ich denke mal …" Ganz bestimmt sogar! „… das lässt sich, denk ich, einrichten." Ganz ruhig! „Wieder hier am Pool?"
„Hol mich einfach gegen eins im ‚Joker' ab, und dann nehm ich dich mit …"
Mich mitnehmen? An den Strand? In die Casa Inocenta? Auf ihren Balkon? Auf ihre Spielwiese?
„Ich werd da sein", bin ich mir hundertprozentig sicher. Falsch! Tausendprozentig.
„Me hace mucha ilusión!", lächelt sie.
Wär das nicht super, wenn ich jetzt wüsste, was das heißt? Mein Freundchen, mach dir keine falschen Illusionen? Lost in translation! Ob die hier im Hotel einen Spanisch-Crashkurs anbieten? Ich muss es jetzt wissen, sonst schwirrt mir der Satz bis morgen Abend durch den Kopf. „Me … illusion … was?"
„Ich freue mich ganz sehr! Me hace mucha ilusión!"
Ach so, na dann! Inocenta zieht ihre Füße aus dem Wasser, dreht sich kurz zu mir und schon spüre ich sie für einen kurzen Augenblick. Die zartesten Lippen seit es All-inclusive-Ferienanlagen gibt. Zwar nur auf meiner rechten Wange, aber hey, es geht voran. Ein erster zärtlicher Abschiedskuss von einer perfekt parfümierten Bella Chica.

Bleibt nur noch eine Frage: „Was ist das eigentlich für ein Duft?"
„Euphoria. Calvin Klein."

Wäre es nicht wunderschön gewesen, am Ende dieses langen Tages zurückzukehren in eine gemütliche Juniorsuite? Um mitten in der Nacht aus der Minibar eine Dose Luxor-Bierchen zu holen. Um sich dann mit seinem besten Compañero auf dem Balkon ein Gute-Nacht-Zigarettchen zu gönnen und dabei all die glorreichen Dinge auszutauschen, die heute im Laufe des Tages passiert sind. Bei Manni vielleicht der erste Sex mit einer leicht verklemmten Humanmedizinerin aus Österreich. Bei mir immerhin der erste Wangenkuss einer unverschämt animierenden, angehenden Veterinärmedizinerin. Zu diesem Zwecke wäre es traumhaft gewesen, jetzt nicht dieses dämliche „Do-not-disturb"-Schild an unserer Tür hängen zu sehen! Die beiden können doch nicht davon ausgehen, dass mich diese Bella Chica gleich in ihr Himmelbett entführt, verführt und dabehält. Oder dass ich mit ihr bis zum Frühstück am Pool sitzen bleibe. Andererseits bin ich mir dessen bewusst, dass Manni eine mehr als dreimonatige Kopulationsabstinenz hinter sich hat. Da will ich mich jetzt auch nicht dazwischendrängeln. Am Ende des langen Ganges hat die Putzkolonne ihren Wagen vergessen. Zu meinem Glück ist es der mit den ganzen Strandbadetüchern. Leider der mit den gebrauchten. Ich ziehe mir vier noch halbwegs unverbrauchte Tücher aus der Wäschebox und schiebe mir vor unserer Suite auf den kalten hellbraunen Terrakottafließen mein Nachtlager zurecht. Dass ich unbedingt das Badetuch oben draufpacken musste, das nach Old Spice und Irish Moos duftet, fällt nun auch nicht weiter ins Gewicht.

Ich bin todmüde und will endlich schlafen. Mit dem Gedanken an die zarten spanischen Lippen auf meiner Wange sinke ich in einen vorzüglichen Traum. Die euphorisch duftende Inocenta ist bei mir und lässt ihre Hand über meinen Nacken wandern. Ihr makelloses Gesicht kommt näher, ich spüre ihren Atem an meinem Hals. Ich höre, wie sie sagt: „Me hace mucha ilusión. Du riechst irrsinnig sexy." Ich genieße den Augenblick und merke, wie sie sanft an meinem Ohr knabbert. Und atmet: „Das stinkt ja hier wie im Seniorenheim."

Ich öffne die Augen und sehe leider keine Inocenta, sondern Manni, der sich zu mir herunterbeugt. Hinter ihm eine nicht ganz anwesende Frau Doktor.

„Hast'n Schlüssel vergessen oder was?"

„Schlüssel? … Nö. Ich wollt euch … nicht stören …", gähne ich zur Antwort.

Manni dreht sich zur Tür und sieht das Schild. „Ach, sorry! Das hängt ja immer noch dort. Mann. Wir waren die ganze Zeit am Strand."

„Macht ja nix … ich steh auf Old Spice und Irish Moos."

Mit drei Stunden Verspätung sitzen wir auf unseren gelben Balkonsesseln. Während sich aus dem Osten die ersten Sonnenstrahlen ihren Weg bahnen, erblicke ich im Norden, zwei Meter rechts von mir, einen strahlenden Manni. Ich erfahre, dass Miss Vienna wieder nicht bereit war fürs große Finale. Aber: „Die hat so'ne weiche Haut …"

Genau! Was ist schon ein hundertprozentig befriedigender Höhepunkt gegen das stundenlange Streicheln einer zarten, glatten und weichen Ösi-Haut? Ich setze mich ja auch gern mal zu McDonald's und rieche eine halbe Stunde lang an einem Big Tasty, ohne ihn zu futtern. Weil der so köstlich duftet …

EYES WITHOUT A FACE

Eine Flasche Weißwein, zwei Gläser und Inocenta mit mir im direkten Landeanflug auf La Casa Animación. Kombiniere: Das muss bescheiden betrachtet die Nacht aller Nächte werden. Was sonst? Ihren mit kleinen Tequila-Flaschen bestückten Gürtel vom heutigen Mexiko-Animacións-Abend packt sie auf den Bambushocker neben der Couch. Die wiederum steht in der Mitte ihres 35-Quadratmeter-Apartments. Hinter dem Lümmelsofa ein 1,20-Meter Bett, sprich ein Doppelbett in der Light-Version. Dunkel war es wohl bei der Fotosession, als die fast lebensgroße Aufnahme über ihrem Bett entstanden ist. Ein Nacktporträt. Inocenta schwarz-weiß, lediglich bedeckt von ein paar Regentropfen vor einer Holzhütte.

Lieber Gott! Ich danke dir für diesen hochästhetischen Anblick! Wäre das zu viel verlangt, wenn ich mir den jetzt in Echt bestellen würde?

BITTE!!!

Wer mit höchster übernatürlicher Macht ausgestattet ist, wird doch wohl auch einer Frau die Kleider vom Leib reißen können. Oder? Ich würde dafür auch demütig meine Hände zur Verfügung stellen.

„Gefällt dir?" Inocenta hat mich ertappt. Andernfalls wäre ich doch ein Kunstbanause, ließe ich dieses Prachtwerk an mir vorüberziehen, ohne es ausgiebig zu betrachten.

Ein kurzes „Hm" brummt sich durch meine Wangen. Eigentlich müsste ich ja mit weit geöffnetem Mund dastehen. Dann würde mir allerdings der Speichel entrücken, der sich in den letzten zwei Minuten angesammelt hat.

„Dann werden dir die anderen Bilder bestimmt auch gefallen."

„Ver…", ich muss mal schnell schlucken, „…mutlich."

Während Inocenta den Wein öffnet und ich ihr auf den Balkon folge, stelle ich mir vor, wie meine Augen aus ihren Höhlen schlüpfen und es sich zu zweit auf der Couchlehne gemütlich machen, um eine Nacht lang diesen göttlichen Akt in Schwarz-Weiß visuell aufzusaugen. Wie soll sie mir dann aber später tief in die Pupillen blicken und sagen: „Sascha, ich will dich!" Also lass ich mich in den einen Korbstuhl fallen, platziere meine Füße lässig auf dem Geländer und fixiere das ruhige, glitzernde Rote Meer bei Nacht.

„Salud!", strecke ich ihr mein gefülltes Weinglas entgegen.

Sie antwortet mit einem gemeingefährlich anziehenden: „Chin-chin!"

Auch ihre kleinen Füße machen es sich auf dem Geländer bequem. Ihre Beine sind ein wenig in meine Richtung geneigt. Was nicht weiter tragisch wäre, würde sie gerade keinen kurzen Lederrock tragen. Es gibt so Situationen im Leben, da wünscht sich ein Mann, dass die Frau neben ihm ihre alte Trainingshose rausholt. Die, die an ihrem Körper nichts, rein gar nichts betont. Eine, die dafür sorgt, dass die Testosterone in uns vorübergehend ein kleines Nickerchen machen. Die werden allerdings schon allein durch all die ätherischen Öle aus Calvin Kleins Flakon wachgehalten. Wie soll ich mich denn auf die nun folgende Frage konzentrieren. „Was ist dein Ziel? Wo möchtest du irgendwann hin?"

ZIEL?

„Hmh." Mal überlegen. Ich überbrücke die Pause mit einem weiteren Schluck Pinot Grigio.

Ziel.

Die versprochenen Bilder betrachten? Das Original auspacken? Deutsch-spanischer Nachwuchs?

Schwierig. Gegenfrage: „Heute oder generell?"

„Ich mein, wo möchtest du in zwanzig Jahren sein?"
Wo ich in zwanzig Minuten sein möchte, könnte ich dir leichter beantworten. Nein, nicht die Beine anschauen. Halt dich an ihren Augen fest!
„Eine … kleine Finca am Mittelmeer. Und von dort aus Artikel schreiben … für … den *Rolling Stone*." Sensationell. Zwei komplette Sätze unter diesen erschwerten Bedingungen.
„Möchtest du muchos niños? Viele Kinder?"
Heute oder generell, kann ich nicht noch mal fragen. Oder?
„Mmhjoa. Klar. Irgendwann schon."
Sind das nicht Gespräche, die frisch verliebte Pärchen direkt nach ihrem ersten Mal führen? Bei einer entspannten Zigarette auf dem gerade durchwühlten Bett? Irgendwas läuft hier schief.
Wollen wir doch mal schauen, ob sie ganz spontan auch so gute Antworten parat hat. „Und deine Träume?"
„Ein Penthouse in Barcelona. Und eine eigene Tierarztpraxis. Das wäre schön." Offenbar hat sie im Gegensatz zu mir einen Plan.
Inocenta philosophiert in den nächsten dreißig Minuten detailliert über die Jahre bis zur dreißig. Freudig nehme ich zur Kenntnis, dass sie insgesamt zwei Mal ihre rechte Hand über mein Knie streifen lässt. Und so fällt es mir auch nicht weiter schwer, ihren nuancierten Praxisinneneinrichtungsplänen gespannt zu lauschen. „… so, dass sich auch die Tiere dort richtig wohlfühlen. Verstehst du?"
„Mhm. Verstehe."
„Wollen wir nicht lieber reingehen? Da ist es gemütlicher."
„O-okay."
Eine wundervolle Frage.
Gemütlich? Bett? Bingo!

Inocenta greift nach der fast leeren Weinflasche und unseren beiden Gläsern. Während sie durch die Balkontür schlüpft, sagt sie genau das, was ich hören möchte: „Setz dich schon mal rein. Ich geh noch mal kurz ins Bad."
Über dem Meer, irgendwo in der Unendlichkeit, sehe ich plötzlich ein helles Licht. Es leuchtet auf. Und verschwindet.
Ein Zeichen?
Mach, dass du schnell nach nebenan kommst?
Fix ausziehen und im Bett auf sie warten?
Ich bin verunsichert. Wie gemütlich soll es denn werden? Was, wenn Inocenta nur auf Kerle steht, die gleich kapieren, dass sie jetzt sofort eine heiße Nacht erleben möchte? Dann sitz ich doch doof da auf der Couch. In meiner weißen Stoffhose und dem beigen Hemd. Noch circa zwei Minuten, bis sich die Badtür öffnet. Doch was wird Sesam preisgeben? Eine komplett entblößte, makellose und vor allem ganz und gar nicht unschuldige Inocenta?
Du da oben, gib mir noch ein Zeichen!!!
Ich betrachte den endlosen Horizont. Das ruhige Wasser. Das leichte Glitzern. Aber kein helles Licht.
Also wenn ich mich jetzt ausziehen soll, dann mach noch mal das blöde Licht an! Bitte!
Mein Wunsch wird erhört. Ein kurzes grelles Licht, das schon nach zwei Sekunden wieder verschwunden ist. Alles klar. Vielen Dank da oben!
Gut. Wenn er meint, dann muss ich wohl. Meine Füße tragen mich schwerfällig ins gelobte Land der Sinnlichkeit. Ich sitze auf Inocentas Bett und knöpfe mein Hemd auf. Langsam, weil unschlüssig. Na ja, jetzt hab ich schon drei Knöpfe offen, kann ich auch noch den letzten. Und wenn das Hemd schon offen ist, kann ich es auch ausziehen. Oder?

Zum Klären dieser Enthüllungsproblematik komme ich nicht mehr. Inocenta steht in der Badtür. Unverändert verhüllt. Mit einer dicken Mappe in der Hand.
„Oh, Sascha, ist dir warm?“
„Öhm … mja … ’n bisschen.“ Irgendwie fühle ich mich ertappt, bei was auch immer.
„Ich dachte, wir setzen uns auf die Couch.“
„Machen wir. Wollt nur mal …“ Ja, was wollt ich denn? „… die Federung testen. In unserem Zimmer sind die, öhm, die Matratzen …“ Was sind die eigentlich? „… so weich.“
„Die Federung?“, schmunzelt Inocenta.
„Federung. Also … wie hart oder weich.“ Dabei wippe ich leicht im Schneidersitz auf Inocentas Bett.
„Und?“
„Joa“, versuche ich ehrlich anerkennend zu lächeln. „Angenehm.“
„Gut. Dann zeig ich dir jetzt mal die Bilder. Vale?“
„Ach ja. Gerne.“
Den Bengel, der sich da draußen mit seiner Taschenlampe wohl einen kleinen Lichtscherz erlaubt hat, muss ich mir noch vorknöpfen. Später. Jetzt darf ich erst mal mit aufgeknöpftem Hemd Bilder gucken.
„Das war bei einem Fotoshooting für einen Online-Katalog. Bikinis“, erklärt mir Inocenta so selbstverständlich, als ob sie mir Bilder von ihrem la marta zeigen würde.
„Sehr … sehr … schön.“ Kann mir mal einer erklären, wie man in einer solchen Situation seinen Speichel unter Kontrolle hält?
„Hier sind wir mit einer Jacht auf das Meer gefahren. Da hatte ich noch braune Haare.“ Ja, auch braun überaus lecker anzuschauen. „Und das hier war ein Shooting für die *Elle*.“
Gott, der Allmächtige! Inocenta, die sich in seidenen roten

Dessous auf einem asiatischen Futonbett rekelt. Ich glaube, ich habe genug gesehen. Ich kann nicht mehr!
„Oh, hier sind noch ein paar Nacktaufnahmen. Die wollt ich dir jetzt nicht zeigen."
Na, Gott sei Dank! Inocenta packt alle Bilder wieder zusammen und dreht sich zu mir. „Ich habe eine Idee, was wir morgen Abend machen."
Ich auch! Hoffentlich haben wir die Gleiche!!! „Was denn?", frage ich freudig erregt.
„Wir gehen morgen mal schwimmen. Nadar en el mar."
Im Meer? Das war nicht so ganz meine Idee. Und überhaupt, ich lauf doch nicht mitten in der Nacht Slalom um die miesen Seeigel und die fiesen Steine.
„El mar?"
Meinen leicht angewiderten Gesichtsausdruck interpretiert meine Frau Dr. Frettchen-Mutti in spe völlig korrekt. „Ich kenne da eine Stelle, da ist nur Sand. Da fahren wir mit dem Fahrrad hin."
Das klingt doch vielversprechend. Nächtliches Nacktplanschen im Mondschein.
„Vale", freu ich mich.
„Wieder um die Zeit?"
„Genau!"
„Gut. Ich glaub, ich muss jetzt mal schlafen. Ich bin ganz schön müde. Und dann noch der Wein. Que duermas bien!"
Ich schätze, das bedeutet jetzt nicht: „Leg dich bitte in mein Bett, du darfst heut bei mir bleiben und mit mir machen, was du möchtest." Diese Vermutung wird bestätigt durch einen geradezu asketischen Abschiedskuss. Haargenau auf die Stelle, wo ich ihre Lippen letzte Nacht schon einmal gespürt habe.
Aber morgen!

BRAUTSCHAU

Eine vierstündige Busfahrt am frühen Morgen, zwanzig schnatternde Rentnerpärchen und vierzig Grad im Schatten. All das nehmen wir gern in Kauf für diesen fantastischen einmaligen Anblick, der uns nur ehrfürchtig erstarren lässt: der Tempel von Luxor. Manni hat gewöhnlich immer für alles eine plausible Erklärung. Warum wir allerdings im Hof von Pharao Ramses dem Zweiten in fünf Metern Höhe die Eingangstür einer Moschee entdecken, ist auch ihm ein Rätsel. Besonders, was eine Moschee auf den Mauern einer koptischen, sprich christlichen Kirche zu suchen hat. Von unserem studierten Reiseführer Mohammed erfahren wir, dass der Tempel lange Zeit komplett verschüttet war. Und da dachten sich die Muselmanen, es wäre doch eine tolle Idee, genau hier ein sakrales Gebäude zu errichten. Ohne zu wissen, was sich darunter befindet. Dass die Muslime nun dreimal täglich über eine fünf Meter hohe Leiter in ihren Betsaal kommen, wurde mir nicht bestätigt. Man habe zwischenzeitlich eine neue Tür auf der anderen Seite der Moschee gebaut.

„Und? Fällt dir was auf?“, spielt jetzt wieder Manni den Reiseführer, als wir vor zwei riesigen sitzenden Statuen stehen bleiben.

„Ja, ich schwitze wie'n Schwein.“

Die Mittagssonne steht direkt über uns und kennt kein Erbarmen mit uns beiden deutschen Weißbroten.

„Vielleicht die beiden Statuen“, deutet Manni auf das antike sitzende Doppel. „Vom rothaarigen Ramses dem Zweiten.“

„Gut, die roten Locken erkenn ich jetzt nich, aber die beiden sind mächtig groß“, muss ich zugeben.

„Dass der rote Haare hatte, haben sie in den 70ern in Paris rausgefunden, als seine Mumie noch mal konserviert wurde.“

„Was denn? Der gute alte Ramses ist auch in Paris?“
„Er war in Paris, jetzt liegt er wieder in Kairo im Museum. In Paris steht nur der eine Obelisk.“ Es schwingt ein Hauch von Verständnislosigkeit in seiner Stimme. Vermutlich weil ausgerechnet diese Information nicht zu meinem Allgemeinwissen gehört. Ich ungebildeter Kunstbanause!
„Und der andere?“
„Öffne deine Augen und du wirst sehen.“
Jetzt, wo Manni das sagt. Stimmt. Dieser riesige Granitphallus links von der Statue. Und rechts stand dann wohl der andere. Wie konnten die nur dieses Bild so versauen? Da fehlt doch jetzt was.
„Und für den anderen haben die also ’ne olle Uhr geschenkt bekommen?“, hab ich mir gemerkt. „Muss ja ’n gigantisches Teil sein!“
„Na ja, das werden wir morgen in Kairo sehen. In der Alabastermoschee.“
„Ach so, heißt, morgen früh wieder um sechs raus???“ Können wir nicht mal in Ruhe auspennen?
„Nein. Morgen geht’s schon um fünf los. Bis nach Kairo, das is’n Stück …“

Es gibt Dinge, die mir meine Eltern damals leider nicht mit auf den Weg gegeben haben. Solche nützlichen Hinweise wie „Verlieb dich nie in eine spanische Animateurin!“ oder „Creme dir in Ägypten den Rücken ein, auch wenn du ein T-Shirt anhast!“ – und vor allem: „Stelle Manni niemals irgendwelche Fragen, kurz bevor du im Bus ein paar Stunden pennen willst!“ Gerade letzterer Tipp wäre Gold wert gewesen. Als wir darüber philosophieren, ob die verschleierten Beduininnen in der Wüste überhaupt die Chance haben, sich irgendwie einen Sonnenbrand zu holen, komme ich zu einer Feststellung, die uns für eine halbe Stunde beschäftigen wird: „Wenn so'n Nomade sich 'n Mädel zur Frau nimmt, dann kauft der doch sozusagen die Katze im Sack, oder nich? Ich mein, der bekommt sie doch vorher gar nicht zu Gesicht."

„Du denkst, die Männer heiraten eine Frau und laufen dabei Gefahr, in der Hochzeitsnacht den Schock ihres Lebens zu bekommen?"

„Na ja, kann doch passieren. Wenn die immer verschleiert sind."

„Glaube mir, die Jungs wissen, was sie tun. Wenn du als Beduine eine Frau heiraten möchtest, dann unterhältst du dich mit ihrem Vater. Vorher hast du dir das Mädel aber schon mal genauer betrachtet. Also ob du mit ihrer Figur leben kannst. Dann lädt dich dein potenzieller Schwiegerpapa auf ein Glas Tee ein. Zuvor darfst du durch ein Loch oder ein kleines Fenster in einen Nebenraum gucken, wo seine Tochter gerade unverschleiert ist. Auch sie sieht dich in dem Moment. Danach gibt's 'nen kleinen Plausch am Tisch zwischen dir und ihrem Daddy. Sie serviert den Tee. Und schon weißt du, woran du bist."

„Und wie soll ich dann noch einen Rückzieher machen, falls das Mädel überhaupt nich meinem Beuteschema entspricht?"

„Da spielt jetzt der Tee die Hauptrolle." Sein plötzliches Entertainergrinsen kündigt nichts Gutes an. „Kann ja auch sein, dass sie auf schwarzlockige Typen abfährt und nich auf Halbglatzen wie dich."

„Vielen Dank." Wusste ich doch.

„In diesem Fall mischt sie in deine Tasse keinen Zucker, sodass dein Tee bitter schmeckt und du ihn vor den Augen ihres Vaters ausspuckst."

„Dann steh ich ja da wie'n Depp. Ihre Tochter findet mich scheiße, toll!“
„Das kann er nicht wissen. Weil, sollte der Tee süß sein, du hast aber keinen Bock auf das Mädel, dann spuckst du den Tee auch aus. Ganz simpel. Wer hier wen nich will, das bekommt der Vater gar nich mit.“
„Ah, sind ja clever die Jungs hier.“
„Ja, hat mir mal ein Beduinen-Forscher erklärt.“
Wen Manni nicht so alles kennt. In den nächsten Minuten erfahre ich noch, dass es bei den meisten Stämmen so üblich ist, innerhalb der Familie zu heiraten. Die sogenannte Bint al-Amm, die Tochter des Onkels väterlicherseits, also die Cousine, muss in diesem Fall dran glauben. Außerdem bestätigt mir Manni, dass der zukünftige Schwiegersohn für hübsche Bräute tatsächlich ein paar Kamele abtreten muss. Für optische Tiefflieger reicht dann auch ein alter Esel. Spielt aber meist keine große Rolle. Bleibt ja dann eh in der Familie. Ich freue mich, dass Inocenta niemals einen Schleier trägt und nicht meine Cousine ist. Und ich bin mir sicher, so viele Kamele könnte ich mir im Leben nicht leisten, die ich dann ihrem Vater zum Dank überlassen müsste.

MI CORAZÓN

Tatsache. Keine glibberigen Steine, keine stacheligen Seeigel. Stattdessen herrlicher Sand in dieser traumhaften Bucht, eine 20-minütige Radtour entfernt von unserer Anlage. Der Mond strahlt auf das ungewöhnlich ruhige Wasser. Nur ein kleines Fischerboot ist irgendwo am Horizont zu erkennen. Schon die Fahrt hierher war in Sachen Erotik die reinste Qual für einen Singlemann: ein spanischer Knackarsch umhüllt von sehr knappen weißen Hotpants auf einem Fahrradsattel direkt vor meinen Augen. Schlabberlabber! Eine, wie ich finde, völlig unangebrachte Frage konnte diesen Zustand noch bis ins Unermessliche steigern. „Ich geh aber nackt ins Wasser. Stört dich das?" Ja, wenn du nicht möchtest, dass ich dich sofort vernasche, dann schon! Ganz ruhig. Das ist doch nicht die erste entblößte Frau, die wir zu Gesicht bekommen. ABER DIE MIT ABSTAND SCHÄRFSTE! Mein Gott. Die kann mich doch nicht so apart angrinsen und dabei ihr T-Shirt ausziehen. Und sie hat ... natürlich nichts drunter. Denk an „Bad Boys 2"! Wusaaa! Und wir können auch sehr gut damit leben, dass sie jetzt aus ihren Hotpants schlüpft. Wuuuusaaaaaaa! Denk an deinen Chef, denk an Mutter Teresa! Überleg dir schon mal, welcher Partei du bei der nächsten Bundestagswahl deine Stimme geben wirst. Am besten der SKP, der Spanischen Knackarsch-Partei. Mir steht der Sinn nach tief greifenden Sondierungsgesprächen. Mit dem primären Ziel einer späteren Kollaboration, öhm, Kopula..., äh, Koalition. Muss ja keine gesamte Legislaturperiode halten. Haben wir denn nicht die gleichen Ansichten in den Bereichen Forschung, Bildung und Verkehr? Selbst in Sachen Familienpolitik könnten wir irgendwann Kompromisse nach EU-Norm finden. Du und ich. *Wir haben die Kraft für ein neues Miteinander!* Wuuuusaaaaa! Ach, ich guck einfach nicht hin. Los, Mädel, hüpfe ins Wasser, ich komm gleich nach!

„Willst du nicht mit reinkommen?“

„Doch, doch, geht gleich los.“ Mist, wieder hingeschaut. Allmächtiger! Welch perfides Spiel treibst du mit mir???

„Beeil dich. Das Wasser ist traumhaft! Maravilloso!“

„Jaja.“

Inocenta! Welch unpassender Name für dieses appetitanregende Geschöpf! Ich wette, ihr zweiter Vorname ist Virginia. Langsam watet sie durch das Wasser, mit dem Rücken zu mir. Ich befreie mich von meinen halblangen weißen Stoffhosen und meinem roten „Zoo-York“-Shirt. Jetzt noch schnell die Shorts runter und dann schnell hinterher.

O ja, der Weg hat sich gelohnt. Nach knapp vierzig Grad in Luxor und dem heißen Anblick auf dem Sattel endlich die erlösende Abkühlung.

„Und? Gefällt dir das?“, ist wieder so eine unnötige Frage von meiner blonden Planschbegleitung. Was könnte mir denn grad nicht gefallen? Vielleicht, dass wir noch nicht am Strand liegen und knaddern wie zwei rollige Frettchen auf Koks.

„Wirklich wunderschön hier!“, auch wenn ich damit nicht unbedingt das nächtliche Rote Meer meine.

„Bin bisher immer alleine hier gewesen“, strahlt mich Inocenta an, während sie sich auf dem Rücken liegend von den seichten Wellen treiben lässt. „Hab noch nie einen Touristen mitgenommen.“

Das klingt doch vielversprechend. Ich könnte ja mal näher ran schwimmen und auf Tuchfühlung gehen. Oder??? „Da hab ich ja richtig Glück!“

„Die meisten Kerle wollen ja nur das eine, das kriegen sie aber nicht. Du bist anders. Mit dir kann man so schön reden.“

Reden. Muchas gracias! Wieso denkt eine solche Frau, dass ein Kerl mit ihr nur schnacken will??? Wird wohl doch nix aus dem Wiesel-Liebesspiel.
„Du bist aber auch 'ne … tolle Frau, mit der man sich … klasse unterhalten kann." Zu welchen Sätzen ein Mann doch fähig ist.
Inocenta kommt zu mir geschwommen. „Darf ich dich mal drücken?"
Oh! Mein! Gott! „Ja … klar." Und du da unten verhältst dich mal ganz entspannt!
Ich würde nicht unbedingt behaupten, dass es ein unangenehmes Gefühl ist. Diese nasse unverhüllte Señorita auf meiner empfindsamen, nun übersensiblen Haut. Ich streichle ein wenig ihre Schulter und spüre ihre Hand. Wie sie zärtlich über meinen Rücken streift. Nur für wenige Sekunden verharren wir in dieser Position, bevor Inocenta sich wieder von mir löst.
Jetzt mal im Ernst!
Hat die 'ne glatte, zarte und vor allem weiche Haut!
Schwimmen und Schweigen.
WAS FÜR EINE GEMEINE ATTACKE!!!
Liebe Mädels, die ihr euch über die Anziehungskraft eurer Rundungen im Klaren seid! Sollte euch mal bei einem gemeinsamen Nacktplanschen die Idee kommen, euren Kumpel, mit dem man sooo gut reden kann, zu drücken, lasst es bitte! Es sei denn, es ist euer bester schwuler Freund. Handelt es sich jedoch um ein stabil viriles Exemplar, wird es ihm angenehmer sein, sich für fünf Minuten nackt auf ein Nagelbrett zu legen. So, ein vermeintlich hervorragender Gesprächspartner scheinbar ohne irgendwelche sexuellen Absichten muss ja auch mal wieder eine Frage stellen: „Was haben wir eigentlich morgen Abend vor?"
„Ach so, morgen Abend ist schlecht. Ich bekomme Besuch von Pedro. Mi corazón aus Barcelona."

„Na, das freut mich ja … für dich."
Dann hätte sie mir doch eben, statt mich zu drücken, gleich ihre geballte Faust in die Magengegend knallen können. Das wäre erträglicher gewesen als die Erkenntnis, nur ein nächtlicher kommunikativer Zeitvertreib zu sein. Schlagartig reduzieren sich meine Unterhaltungskünste. Apathisch lasse ich mich von den seichten Wellen tragen und muss plötzlich an Sarah denken. Sarah. Die aus meiner Story überhaupt kein großes Drama machen wollte. Sarah, der ich in meiner Post-Hennessy-Lagerfeuer-Phase diese dämliche Mail geschickt hatte. Eine Mail, die mir so peinlich war, dass ich in den letzten drei Wochen jeglichen Kontakt zu ihr vermieden habe. Eine Kurznachricht mit der Frage, ob ich denn immer noch an dem Sunrise-Avenue-Interview interessiert sei, hatte ich mit einem kurzen *„Ja, gerne"* beantwortet. Mitten in der Nacht, im Wasser des Roten Meeres, verspüre ich die Lust, mir selbst eine zu scheuern. Was für ein Frauen-Eroberungs-Analphabet.

Ubadah ist der einzige Barkeeper im Makadi Palace, der überhaupt kein Deutsch versteht. Gerade schiebt er seinen Dienst in der überdimensional großen und mit Säulen verzierten Lobby. Sie wirkt jetzt nachts um drei etwas unheimlich. Kein einziger Mensch, außer Malik an der versteckten Rezeption um die Ecke, Ubadah und mir. Weil mir Ubadah klarmacht, dass ihn mein gelbes All-inclusive-Armband um diese Zeit nicht interessiert und ich meinen Screwdriver gefälligst selber zahlen soll, bin ich der Meinung, er hat eine kleine Strafe verdient. Ich lege ihm zehn Euro auf den Tresen, ordere gleich vier Getränke und beginne ihm detailliert ausschweifend meine Sarah-Geschichte

zu erzählen. Nach zehn Minuten scheint er zu begreifen, dass es mir nicht darum geht, dass er jedes Wort mitbekommt. Es ist lediglich sein Job, mir geduldig zuzuhören. Als ich meinen dritten Screwdriver hintergekippt habe und von Sarah umschwenke zu Inocenta, werden seine braunen Augen größer. So als ob er nun doch gerne wüsste, was ich da zu erzählen habe. Aber gern doch. Ich berichte ausführlich über die Modelfotos, über unseren kleinen Ausflug an die Bucht und ihren traumhaften Körper. Dabei streue ich internationale Begriffe ein. Wie Strip, Body und Hotpants, um ihm wenigstens den Hauch eines Einblicks zu gönnen. Beim letzten Schluck aus dem vierten Glas werde ich etwas lauter: „Jetzt mal im Ernst, Ubadah. Was hat denn das mit all-inclusive zu tun? Wenn man hier nicht mal Sex mit 'ner Animateurin haben kann?"
Ein verständnisvoller Blick von meinem Bahnhof verstehenden Barkeeper.
„Ob man sich da 'n Teil der Reisekosten zurückholen kann?"
Ubadah nickt. Ich bin froh, dass ich nicht der Einzige bin, der das so sieht.

SHAKIRA FEATURING PUFF DADDY – MADE IN CHINA

Eine Fahrt in der Tokioer Metro zur Rushhour ist verglichen mit dieser Touristenattraktion in Kairo vermutlich eine Art Balsam für die Nerven. Lautes Geschrei, wildes Gewusel und knallhartes Gefeilsche. Gut, wenn man ein gemütliches Plätzchen in einem Café unweit des Khan el-Khalili Basars gefunden hat, und das bunte Treiben aus sicherer Entfernung beobachten kann. Unser Fremdenführer Mohammed, Manni und ich gönnen uns eine Tasse schwarzen Tees mit Minze. Dabei beobachten wir einen besonders penetranten Marktschreier, der offenbar einen ganz speziellen Trick anwendet, um vereinzelte Touristen in seinen Laden zu locken. Egal, ob sie sich für Papyrus und kleine Sphinxen aus Speckstein interessieren oder eben nicht. Die meisten Händler haben in ihrem Vokabular solche Sätze wie „Gute Preis" oder „Ich schenke dir". Etwas kreativere Verkäufer stellen die Frage: „What do you need?" Auf unser vernuscheltes „I need nothing" wurde da heute schon einige Male mit einem freudigen, schlagfertigen „I have nothing for you!" gekontert. Gerade aber konzentrieren wir uns auf diesen besonderen Lockvogel. Vielleicht Ende fünfzig, mit einem bestickten gelb-schwarzen Kaftan. Einer, der es anscheinend nur auf Deutsche abgesehen hat.

„Wie kriegt der nur die Leute in seinen Laden?", wundere ich mich.

„Stellt er nur eine Frage: ‚Wo komme du her?'", erklärt uns Mohammed mit seiner tiefen, leicht kratzigen Stimme. „Sagst du: ‚Komme aus Berlin', sagt er: ‚Meine Frau komme auch aus Berlin, komme rein, ich zeige dir.' Und die meiste glauben ihm. Kannst du nehmen jede Stadt, seine Frau komme von überall."

Das wollen wir doch mal sehen. Manni und ich schlürfen den Rest vom Tee, drücken Mohammed ein paar ägyptische Pfund in die Hand und gehen direkt auf den Bauernfänger im Kaftan zu.
„Ihr komme aus Deutschland?"
„So sieht's aus", grinse ich und bin gespannt auf seine nächste Frage.
„Wo kommet ihr her?"
„Aus Puff", antwortet Manni wie selbstverständlich, auch wenn wir uns vorher auf „Scheißegal" geeinigt hatten.
„Sehr gut. Meine Frau komme auch aus Puff. Ich zeige dir."
Unsere Mundwinkel halten sich wacker. Puff Daddy bittet uns in seinen Laden, wir folgen ihm und stehen nun vor einer älteren Dame in Jeans und weißer Bluse. Die hat allerdings so viel Ähnlichkeit mit einer typisch Deutschen wie Boris Becker mit einem Latino. Wir werden ihr vorgestellt.
„Die Herren komme so wie du auch aus Puff", freut er sich und verschwindet wieder aus dem Laden.
Seine Frau wirft ihm weder eine Isis- noch eine Osiris-Figur hinterher. Deswegen vermuten wir auch, dass sie, wenn überhaupt, vielleicht mal einen Deutschgrundkurs besucht hat. Das Wort „Puff" scheint ihr zumindest nicht geläufig zu sein.
„Hallo. Meine Name ist Shakira." Ihre fehlende Ähnlichkeit mit dem kolumbianischen Hüftschwung ist verblüffend.
„Hallo, Shakira. Du kommst also aus Puff?" Manni lässt es sich nicht nehmen.
„Aus Puff. Ja. Habe eine paar Jahre da gelebt. Schöne Stadt."
„O ja. Da sind wir auch immer gerne", lächelt Manni.
Da leider nur wir beide uns über diese Situation wegschmeißen könnten, sehe ich keinen tieferen Sinn, das Spiel weiter zu verfolgen. Stattdessen bin ich wirklich begeistert von einem uralten Mosaik-Porzellan-Sarkophag.

„Was soll der kosten?“, tippe ich auf die kleine Truhe.
„Ist schönes Sarkophag. Alles echt. Ist Handarbeit.“
„Und wie viel???“
„Gebe ich dir für hundertfünfzig Euro.“
„Ha. Is ja ’n Schnäppchen!“ Eine mir unverständliche Preispolitik.
„Mehr als zehn Euro gibt’s dafür nich“, versteht Manni, worauf ich hinauswill.
„Okay. Sagen wir fünfzig Euro, weil ihr auch aus Puff kommen.“ Und Shakira verspricht noch: „Ist guter Preis.“
„Zehn Euro“, wiederhole ich Mannis Angebot.
„Da kann ich auch verschenken. Sagen wir … vierzig Euro“, bittet Shakira um Mitleid.
„Okay, sagen wir … zwölf Euro?“
Nach weiteren fünf Verhandlungsminuten bin ich ohne schlechtes Gewissen bereit, zwanzig Euro für die echte ägyptische Handarbeit auf den Tisch zu packen. Und das, nachdem mir Shakira von ihren zwölf Kindern berichtet hat, die alle etwas zu essen bräuchten. Manni ist noch mit einem silbernen Anhänger der Maske des Pharaos Tutanchamun beschäftigt. Währenddessen tauche ich durch eine exotische Duftwolke, bestehend aus den Aromen von scharfen Gewürzen, brutzelndem Fleisch und Wasserpfeifen. Zurück am Tisch bei Mohammed präsentiere ich stolz meine neue Errungenschaft.
„Hast du hoffentlich gut gehandelt?“, will Mohammed wissen.
„Ja, von hundertfünfzig auf zwanzig.“
„Ach, viel zu viel. Ist nicht einmal fünf Euro wert, du mir glauben.“
Unser Begleiter dreht den Minisarkophag um und zeigt auf die arabischen Zeichen in der Mitte. „Du wissen, was das heißt?“
„Echtes Porzellan?“, bedeutet es wahrscheinlich nicht.

„Made in China", amüsiert sich Mohammed.
Der Fluch des Pharao, die Rache des Puff Kaftan Daddy. Manni kommt zurück an unseren Tisch.
„Und? Wo ist der Anhänger?" Ich will doch mal sehen, ob das Ding auch aus Asien kommt.
„War mir zu teuer. Die wollte fünf Euro haben." Mensch, Manni kann ja richtig geizig sein. „Hab aber noch unser Entdeckerpärchen im Laden getroffen", grinst Manni.
„Und?"
„Wird dir nich gefallen", amüsiert sich Herr Klopp.
„Shakira, unsere Puffmutter, meinte zu mir: ‚Dein Vater ist ein echter Geschäftsmann.'"
„Und?" Ich bin etwas genervt. „Hast du ihr dann verklickert, dass ich dein Großvater bin?"
„Neee." Manni prustet. „Das hat unser Entdecker übernommen."
„Wie?"
„Na ja, er hat für mich geantwortet. ‚Das ist nicht sein Vater, sondern sein Opa.'"
„Diese kleine miese Ratte. Ich glaub, da wird mir noch was einfallen", bin ich ein klein wenig angesäuert.
„Ach komm, war doch nur'n Späßchen."
„Mein Sohn, ich muss handeln!"
„Enkelsohn!"
Manni freut sich. Da sitze ich nun hier. Ohne Aussicht auf eine heiße Nacht mit Inocenta, dafür mit einem völlig überteuerten chinesischen Sarkophag und meiner vorlauten Brut in zweiter Generation.

Was denn? Für diese ebenso wenig imponierende wie funktionierende Uhr hat der damalige ägyptische Herrscher Muhammad Ali den Franzosen einen echten Obelisken überlassen? Wir stehen auf der Westseite des Hofes an der Alabastermoschee in Kairo. Hätten wir es hier mit einer gewöhnlichen Gartenlaube aus DDR-Beständen zu tun, gut, dann würde diese Uhr schon was hermachen. Doch für diese Muhammad-Ali-Moschee ist sie doch eher eine Beleidigung. Steht sie einfach da in ihrer kupfernen, bescheidenen Pracht, unweit von den beiden stattlichen, gut achtzig Meter hohen Minaretten, den gigantischen Kuppeln, deren größte von innen auf zwanzig Metern Durchmesser vergoldet ist. Alle anderen Wände sind aufwendig alabasterverziert, dazu eine Kanzel aus weißem Marmor. Ausgerechnet hier, an diesem beeindruckenden, heiligen Ort, ist dieses französische Billigchronometer gelandet. Wir sind schwer enttäuscht von Louis-Philippe, dem einstigen König von Frankreich. Hat der den Ägyptern so einen abgeschmackten Schund vermacht. Jeder in Frankreich weiß, auf dem Place de la Concorde in Paris steht dieses Prachtstück, dieser 3 300 Jahre alte Obelisk von Luxor. Nun kann man gern mal eine Umfrage in Kairo starten, wo denn hier diese berühmte französische Turmuhr zu finden ist. Da bekommt man entweder ein paar Fragezeichen als Antwort oder, falls man für einen Franzosen gehalten wird, noch nachträglich eine gescheuert. Und das mit Recht. Da darf die Menschheit ja froh sein, dass sich eine Pyramide wiederum nicht mal eben ab- und wieder aufbauen lässt. Sonst würde auf dem Innenhof des Louvre womöglich nicht diese gläserne Käseglocke, sondern eines der sieben Weltwunder stehen. Eh sich unsere westlichen Nachbarn doch noch überlegen, die Cheops-Pyramide nach Paris zu verlagern, wollen wir sie vorher noch einmal begutachten. Und zwar genau dort, wo sie vor über 4 500 Jahren erbaut wurde.

Es ist kurz vor Sonnenuntergang und außer uns parken nur noch zwei Touristenbusse auf dem Gizeh-Plateau. Der Blick aus dem Fenster ist in historischer Hinsicht kaum zu übertreffen: die große Pyramide des Cheops, sechs Millionen Tonnen Stein auf einem riesigen Haufen. Da muss man seinen großen Boss ganz schön lieb haben, um ihm ein solches Denkmal hochzuziehen. Jeden Tag Kalksteinblöcke schleppen, und das zwanzig Jahre lang, nur damit seine Seele nach dem Tod zum Himmel aufsteigen kann. Das nenn ich mal Arbeitnehmermotivation. Also ich wüsste jetzt nicht, ob ich Lust hätte, Frau Merkel einen eigenen hundertfünfzig Meter hohen Tempel zu bauen. Ohne dreizehntes Monatsgehalt, ohne Lohnfortzahlung im Krankheitsfall, ohne Gratifikationen und ohne dreißig Tage Urlaub pro Jahr. Unser Kairo-Begleiter Mohammed erklärt uns im Bus, dass wir die Möglichkeit haben, für hundert Pfund durch die Pyramide zu krabbeln. Er rät uns aber auch davon ab, weil es nix zu sehen gäbe, abgesehen von einem schmalen langen Gang und am Ende eine Grabkammer mit den Überresten eines Sarkophags. Na ja, immerhin ein echter und nicht made in China. Danach können wir dann stolz behaupten, wir haben es nicht nur gesehen, wir waren sogar eins mit dem letzten noch existierenden Weltwunder der Antike. Außer uns ist auch das Entdeckerpärchen gewillt, sich durch die Kalksteine zu quälen. Das bringt mich auf eine phänomenale Idee.
„Was willst du denn mit der Decke? Is dir kalt?“, zeigt sich Manni leicht verwirrt.
„Na ja, in so ’nem alten Steinsarg isses bestimmt frisch, oder?“
„Du musst dich ja nicht reinlegen.“
„Könnt ich doch aber.“

Bewaffnet mit unserer Decke wagen wir den Einstieg. Im Moment sind wir die Einzigen, die sich in gebückter Haltung durch die Enge quetschen. Etwas geräumiger wird es in der sogenannten Großen Galerie. Da hätte man damals die Wände auch schön mit Hieroglyphen bepinseln können. Hat man aber nicht. Stattdessen kahles Steingemäuer mit Symbolen, die vermutlich nicht aus der vierten altägyptischen Dynastie stammen. Zumal sogar ich sie entziffern kann. Ein Beispiel: „Kalle war auch hier!“ Weiter oben sind wir am Ziel, in der Königskammer, die leider überhaupt keinen pompösen majestätischen Eindruck macht. Das ehemalige Schlafgemach des Pharaos Cheops hat im Grunde tatsächlich nichts zu bieten. Außer der Möglichkeit, mal aufrecht zu stehen und in der Mitte den Rest eines steinernen Sarkophags zu bewundern. Der angekündigte Bewacher der Grabkammer scheint gerade seine Notdurft verrichten zu müssen. Damit sind Manni und ich völlig allein am Schrein aus Stein. Becci und ihr Flo dürften einige Minuten nach uns zur Pyramidenentdeckung aufgebrochen sein. Ich rechne damit, dass sie jeden Augenblick zu uns stoßen.

„Sag mal, drehst du jetzt völlig durch?“, schallt Manni durch das nur dezent beleuchtete Grabgewölbe, in dem Augenblick, als ich es mir im Sarkophag gemütlich mache.

„Ich will doch unseren Entdeckern einen kleinen Empfang bereiten.“

„Mach dich nur zur Wurst, wenn du unbedingt willst.“

„Die sollen mal schön zusammenzucken, wenn Opa aus der Gruft kommt.“

Während Manni fassungslos und kopfschüttelnd die Wände betrachtet, ziehe ich die Decke über meinen Körper und pfeife leise die Titelmelodie aus „Spiel mir das Lied vom Tod“.

Manni scheint das irgendwie unpassend zu finden. „Würd mich nich wundern, wenn hier gleich ein Wächter der Toten vorbeikommt und dir 'nen kräftigen Arschtritt verpasst."
„Pssst!"
Ich höre Schritte. Verbunden mit einem schweren Atmen. Ich zähle ungefähr vier Beine. Das sollten sie sein. Als ich direkt neben meiner kalten Koje ein weibliches Husten vernehme, bewege ich meinen Oberkörper in Zeitlupe nach oben. Keine Reaktion. Ich sitze aufrecht im Sarkophag und ziehe die Decke von meinem Kopf. Ich höre keinen Entdeckerhilferuf. Stattdessen blicke ich in vier unschuldige chinesische Augen, die sich wahrscheinlich grad tierisch darüber ärgern, dass ihnen am Eingang ihre Kamera abgenommen wurde. Wo kann man schon mal einen deutschen Deppen in Perfektion knipsen? Unter den mitleidigen Blicken unserer asiatischen Freunde krieche ich aus der kalten Steingruft und krame aus meiner Tasche die vermeintlich originale ägyptische Mosaiktruhe und drücke sie dem irritierten Pärchen in die Hand. „For you. Made in China!"
Wenn es schon nichts zu fotografieren gab.

LIBIDO-GIFT

„Hast du Hunger? Soll ich dir was mitbringen?“

Manni steht vor der hintersten Sitzreihe im Bus. Da, wo ich gerade über alle fünf Sitze verteilt liege und eben noch einen abstrusen Traum hatte. Ein Traum, an den ich mich sogar noch schleierhaft erinnern kann. Vielen Dank fürs Wecken!

„Wo sind wir?“, gähne ich zur Antwort.

„In ’nem Coffeeshop in Amsterdam. Willste auch ’n Tütchen, ’ne Crystal Lady?“

Langsam legt sich die Staubwolke vor meinem Fenster und ich erkenne da draußen im Dunkeln eine bescheidene Raststätte mitten in der Arabischen Wüste. Irgendwo zwischen Kairo und Hurghada. Eine Art ägyptische Currywurstbude mit ein paar Plastikstühlen und Tischen drum herum.

„Genau, ’ne Crystal Lady, ’ne Pizza und ’ne Pepsi. Man, hab ich ’n Müll geträumt.“

„Von ’ner heißen Lady am Strand, eine mit ’ner ganz weichen Haut …?“, grinst mein Mitbewohner.

„Lady is übertrieben. Von dieser Becci hab ich geträumt und von ihrem Flo. Gebadet haben wir auch, allerdings in einem … Sarkophag.“

„Langsam mach ich mir echt Sorgen um dich.“

„Geht ja noch weiter. Wir haben über die Anhebung des Renteneintrittsalters diskutiert. Die beiden meinten, dieses Thema muss doch gerade mich interessieren, wo’s doch bald so weit ist.“

„Ach Mensch, Opa“, lächelt Manni gestellt mitleidig und bewegt sich rückwärts in Richtung Tür. „Ich komm gleich zurück mit lecker Essen auf Rädern, okay?“

Durch die geöffneten Bustüren knattert erbarmungslos krächzende traditionelle arabische Musik. Mit Sicherheit würde die wesentlich harmonischer klingen, wenn die Membranen der Rastplatzbeschallungsboxen hoch oben an den Masten nicht längst das Zeitliche gesegnet hätten. Mein Blick wandert über all die glücklichen Pärchen, die ordentlich in einer Reihe stehen, um sich ein alkoholfreies Bier, ein Chickenbaguette und einen Mars-Riegel zu holen. Um dann am nächsten Tag auf dem Lokus dauerhaft sitzend festzustellen, dass gestern mit dem Essen irgendwas nicht in Ordnung war. Vielleicht ja das Hühnchenfleisch, das seit einer Woche in der lauwarmen Kühltheke zwischen der getrockneten Tomate und der grünen Salatwellpappe lag. Man weiß es nicht. Ein, wie ich finde, sehr gutes Argument, sich ausschließlich auf frisch zubereitete erhitzte Snacks und eiskalte Getränke in Dosen zu konzentrieren. Zwei Reihen vor mir strahlt mich die Lektüre vom Entdecker-Flo an. Klemmt dort in der Gepäckablage, vor seinem Sitz. Moment. Waren da auf dem Cover von „Entdecke deine Frau" nicht zwei rote Pumps? Wo kommt plötzlich der rote Schlips mit den weißen Streifen her? Ich ziehe mich ein Stück nach oben, um auch die Ablage rechts daneben zu sichten. Ach so. Verstehe. Da drüben sind die Pumps. Und das andere Buch mit dem Schlips heißt „Entdecke deinen Mann". Och Mensch, ist das süß! Wie Indiana Jones einst durch den Urwald kämpfen sich die beiden durch zweihundert Seiten Bedienungsanleitung fürs andere Geschlecht. Da stell ich jetzt als alter Sack mal fest: Zu meiner Zeit lief das noch etwas anders. Da gaben wir uns auch ohne Vorkenntnisse einem ausgiebigen körperlichen Liebesspiel hin. Um einander zu entdecken und zu erforschen. Um bestimmte Regionen erstmals zu lokalisieren und den sich daraus ergebenden Verwendungszweck zu eruieren. Kann mich nicht entsinnen, da vorher in einem Handbuch geblättert zu haben.

Muss man da zuvor eine ganze Enzyklopädie der Fleischeslust und Sinnlichkeit durchwälzen? Zu viel Theorie ist doch Gift für die Libido. Aus meiner ARAL-Treuebonustasche krame ich einen schwarzen Edding und meinen Tipp-Ex-Korrekturstift. Der, der in Sekundenschnelle trocknet und die perfekte Deckkraft bietet. Hab ich immer dabei. Man kann ja nie wissen, wofür man mal perfekte Deckkraft braucht. Nach einem kurzen Abstecher zum Platz der Entdecker verdünnisier ich mich aus dem Bus. Unter den Klängen der dröhnenden Membranen folge ich den Zeichen meiner Lunge und sorge für Nikotinnachschub.

„War gar nich mal so schlecht die Pizza", stelle ich wenig später fest, als wir wieder im Bus sitzen und ich genüsslich an meiner eisgekühlten Pepsi nuckle.

„Ich würd ja hier so was nich futtern. Da weißt du doch nich, was drin is."

Manni wollte noch nicht einmal kosten. Gut, so lecker wie bei Wendy's Pizzeria, die mit der Pizzahungerkummerservicenummer, war dieser mit Ananas und Schinken bestückte Fladen natürlich nicht. Aber was will man auch erwarten von einem ägyptischen Billigbistro mitten in der Prärie.

Zwei Reihen vor uns dreht sich Florian der Entdecker zu uns um. Sein Blick zeugt nicht unbedingt von tiefer inniger Freundschaft. Stattdessen guckt er so finster, wie ein Monchhichi eben finster gucken kann. Manni schaut mich an, ich zucke mit den Schultern. Manni steht auf und wandert zu unserem frisch vermählten Pärchen, um ein wenig mit ihnen zu plaudern. Wenige Minuten später sitzt er wieder neben mir. „Hast du 'ne Ahnung, wer bei seinem Buch ‚Entdecke deine Frau' das ‚Ent' weiß überpinselt und hinter Frau ein Ausrufezeichen gemalt haben könnte?"

Ich schüttele unschuldig den Kopf und äußere einen leisen Verdacht: „Das war bestimmt dieser Opa!"

POLDI-BONUS

Das Ende unseres Tauchgangs im Roten Meer am folgenden Tag hatte ich mir eigentlich auch anders vorgestellt. Zumindest hatte ich nicht derart viel Aufmerksamkeit erwartet. Mütter schreien, Großmütter rufen „O mein Gott!“, die Kids halten sich geschockt eine Hand vor den Mund, die Männer schütteln ungläubig die Köpfe. Sascha, meiner einer, stapft mit seinen Badeschuhen, seiner Schnorchelausrüstung und seiner Unterwasserkamera aus dem Wasser und alle Augenpaare sind auf ihn gerichtet. Irgendwas passiert? Flog gerade ein Helikopter mit einem langen Banner über den Strand? Aufschrift: „Dieser Mann bietet ganze fünfzig Zentimeter!“, mit einem Pfeil zu mir? Selbst Manni, auf einer Plasteliege wartend, zeigt ein konsterniertes Gesicht. Vielleicht schwimmt hinter mir ein bösartiger Hai? Ich drehe mich um. Nö, da ist grad keiner. Außer mir ist überhaupt niemand im Wasser. Irgendwas stimmt hier nicht. Nur zur Sicherheit prüfe ich noch mal, ob ich auch wirklich meine Badeshorts anhabe. Sonst könnte ich die Reaktionen verstehen. Die Shorts sind dort, wo sie hingehören. Nur weiter südlich, autsch, da fließt ein roter Bach ins Rote Meer. Vor etwa einer halben Stunde hatte ich Manni gefragt, was man denn dagegen tun kann, dass ständig diese blöde Brille beschlägt. Sein alter Tauchertipp war: „Einmal kräftig reinspucken.“ In zwei Meter Entfernung vom Korallenriff war ich aufgetaucht, um den Speicheltest zu starten. Das war dann auch der Moment, als mich eine bösartige hinterhältige Welle erwischte, mich von hinten auf das Riff zurückschmetterte, wo ich mit meinem Bein hängen blieb. Allerdings machte ich mir darüber keine weiteren Gedanken. Schließlich sieht man von Schürfwunden unter Wasser herzlich wenig. Es brannte nur ein bisschen. Aber sonst knipste ich weiter ohne Probleme all die bunten Kaiser-, Papagei- und zur Feier der vergangenen Tage jede Menge Doktorfische. Selbst die Namensgeber letzterer Fraktion hätten nun Mühe zu erkennen, ob es sich bei mir um großflächige offene Wunden handelt und ich sofort in ein nahe gelegenes Hospital gebracht werden sollte oder nicht. Ich stehe blutüberströmt vor Manni.

„Mensch, Sascha, Bekanntschaft mit 'nem Hai gemacht oder was?"

„So 'ne blöde Koralle."

„Sieht schlimm aus!"

„Lass uns mal aufs Zimmer gehen."

Ich quäle mich aus meinem nassen weißen Shirt mit der Aufschrift „Urgestein" und binde es mir um mein Bein. Ich will ja keine Blutspuren auf unserem Weg vom Strand bis zur Suite hinterlassen. Das genaue Ausmaß der Schnorchelnachwirkungen wird mir erst auf unserem Zimmer bewusst.

„Also wenn du dich ganz schnell drehst, siehst du aus wie 'ne Ösi-Flagge." Mitleid scheint für Manni ein Fremdwort zu sein. Aber tatsächlich. Die Röte meines Rückens ließe sogar einen Louisiana-Flusskrebs vor Neid erblassen. Blass ist dafür meine andere Seite. Vorne weiß, hinten rot. Toll gemacht! Ich war doch im Wasser und hatte sogar ein T-Shirt drüber. Fassen wir noch mal zusammen: verbrannter Rücken, verletztes Bein und erschwerend kommen noch gelegentliche Krämpfe in der Magenregion hinzu. Auch an dieser Stelle zeigte Manni letzte Nacht nicht die Spur von Mitleid, als ich mehr Zeit auf dem Lokus als im Bett verbrachte. Vielleicht hätte ich doch besser von der Billigpizza Abstand nehmen sollen. Außer mir wurden übrigens alle Kairo-Touristen heute Morgen beim Frühstück gesichtet. Mein exquisites Pillenbreakfast bestand in der Frühe aus zwei Dolormin extra, zwei Immodium akut und noch einer Lopedi-

um T obendrauf. Zur Sicherheit. Da ich heute bisher noch nichts anderes gegessen habe, abgesehen von dem kleinen Tablettencocktail, gibt wenigstens mein Magen im Moment Ruhe.
„Ich hol dir jetzt mal was zu essen, bist ja ganz blass. Zumindest vorne rum“, grinst Manni beinah mitleidig.
„Oh, nö. Nix essen“, flehe ich.
„Ich komm gleich wieder.“
Nach einer kurzen Dusche verpasse ich meinem rechten Bein eine zwei Millimeter dicke Schicht Betaisodona-Salbe. Im nächsten Augenblick lasse ich mich auf das Bett fallen, mit dem Bauch nach unten. Mein Rücken brennt tierisch. Warum ist mir so kalt? Die Tür öffnet sich.
„So. Hab dir mal ’n paar schöne gelbe Früchte besorgt“, freut sich Manni.
„Gelbe Früchte?“
„Hier. Lecker Bananen!“
„Ich hasse Bananen!“
„Versteh ich nich.“
Manni grinst und greift nach dem Panthenol-Spray. Vermutlich um meinem roten Rücken ein schickes weißes Muster zu verpassen.
„Ahhhh! Mann! Hättest mich ja mal warnen können!“
„Sei ein Mann!“, befiehlt Manni. „Und iss deine Bananen!“
Eine krumme Frucht findet den Weg in meinen Bauch. Ich bewege mich keinen Zentimeter und falle in einen mehrstündigen Schnuffelschlaf.

Als ich wieder aufwache, ist bereits die Sonne untergegangen. Das interessiert mich allerdings im Moment rein peripher. Viel mehr bin ich am Rätseln, an welchen Stellen meines Körpers ich gerade keinen Schmerz verspüre. Im Bad nebenan komme ich zu der Erkenntnis, dass sogar eine kleine Banane die Macht hat, für einen explosiven Vulkanausbruch zu sorgen. Ich halte es für eine sensationelle Idee, mein Frühstücksmenü zu wiederholen. Um allen möglichen Gefahren aus dem Weg zu gehen, verdoppele ich aber die Dosis. Zurück im Bett greife ich nach der Fernbedienung. Auf irgendeinem deutschen Kanal läuft ein alter Kevin-Kline-Streifen. Da ich leider nur Brocken mitbekomme und irgendwer gerade „Mr. President“ gesagt hat, kann ich nur vermuten, dass es sich um die Politschnulze „Dave“ handelt. Mein Körper fühlt sich immer leichter an. Die Schmerzen weichen aus meinem Kopf. Es kommt mir vor, als ob ich nicht auf dem Bett liege, sondern darüber hinwegschwebe. Ich fühle mich sauwohl. Etwa so wie nach sechs Gläsern Hennessy. Die Welt ist wieder wundervoll. Nach „Dave“ schalte ich um zu Oliver Pocher – „Gefährliches Halbwissen“. Es ist das erste Mal, dass ich mir Herrn Pocher freiwillig angucke. Und da ich mir eben noch zwei Paracetamol reingepfiffen habe, finde ich den Oli gar nicht sooo schlecht.

Warum plötzlich Lukas Podolski neben mir auf dem Bett sitzt, versteh ich nicht so ganz. Ich bin ihm aber mehr als dankbar, dass ich mit ihm nicht über Fußball reden muss.
„Sag mal, Poldi, ihr Fußballer habt doch jeden Tag ’n anderes Mädel, oder?“
„Ja klar. Ich sag mal so, ich hab meine Mädels immer dabei.“
„Wird dir das nich manchmal zu viel? Ich mein, ein Mann kann doch immer nur eine Frau glücklich machen, oder?“

„Ach weißt du, das geht schon“, lächelt Poldi lüstern. „Mit zwei Mädels, das macht dann doppelt so viel Spaß.“
„Kannste nich mal zwei Mädels rüberschicken? Will doch mal wissen, wie das so ist …“
„Mach ich!“, spricht Lukas und springt zurück hinter die Mattscheibe.
„Zwei Mädels in einer Kiste. Ja nee. Is klar!“, sagt plötzlich dieser gelockte bebrillte Typ aus Essen im Fernsehen, gefolgt von einem höllischen Lachen. Auf meinem Nachttisch bimmelt das Telefon.
„Jaaa?“
„Ich möchte den letzten Abend mit dir … genießen.“ Eine Frauenstimme. Das klappt ja super!
„Und was wollen wir … Verbotenes anstellen?“
„Was … du möchtest. Sehen wir uns dann?“
„Ja, gern doch.“
Toll. Gerade eben die Bestellung aufgegeben, schon kommt die Auftragsbestätigung. Poldi, du bist der Größte! In erregter Vorfreude lege ich den Hörer auf und schon öffnet sich mit einem lauten Knarzen langsam die Tür. Nur schemenhaft nehme ich wahr, dass Lukas sein Versprechen tatsächlich wahr gemacht hat. Wozu sich die beiden Mädels als Krankenschwestern verkleidet haben, ist mir nicht so ganz klar. Vielleicht ist das eine Art Poldi-Bonus als Geste der Freundschaft. Ausgefeilte Doktorspiele für Fortgeschrittene. Wie oft hatte ich mir bei meinem letzten Krankenhausaufenthalt gewünscht, dass die eine Schwester mit unter meine Decke kommt. Die süße Dunkelhaarige mit dem Pferdeschwanz und den Grübchen. Ständig meinte sie: „So, Herr Bartmann, jetzt gehen wir mal wieder schön ins Bett.“ Leider hatte sie mit dem „wir“ immer nur mich gemeint.

Die beiden hier nehmen ihr Rollenspiel für meinen Geschmack doch ein wenig zu ernst. Haben doch tatsächlich Spritzen dabei, tragen Latexhandschuhe und ertasten meinen Puls. Na, der bewegt sich jetzt natürlich in schwindelerregender Höhe. Schließlich sind zwei scharfe Schwestern im Begriff, über mich herzufallen.
Sie fallen aber irgendwie nicht.
Weder auf mein Bett noch über mich her.
Nur ich falle.
In einen süß-philosophischen Tiefdusel.

SENIORENSCHWEISSFÄNGER

Die Sonne schickt unermüdlich ihre Strahlen aus dem Osten. Mein Kopf ist schwer. Warum scheint mitten in der Nacht die Sonne? Wo sind meine Krankenschwestern hin? Sie beugten sich doch eben noch über mich. Waren doch im Begriff, mich in neue leidenschaftliche dreidimensionale Welten zu begleiten. Habe ich mal wieder irgendwas, möglicherweise Wichtiges verpasst? Wäre nicht das erste Mal. Ich denke da nur an das saufkomatös gelöschte Zungenspiel mit unserer damaligen, überaus anziehenden Azubine Maria vor zwei Jahren. Eine Party in unserer Redaktion, später Abend, diverse Cocktails, keine Erinnerung an den Rest, aber das ist eine andere, glücklicherweise nahezu komplett verdrängte Geschichte. Trotzdem. Gönnt mir der Allmächtige jedweden körperlichen Genuss, nur nicht die mentale Anwesenheit für den Moment? Oder gab es in der letzten Nacht gar keine Triade? Wie schade!

Zutiefst deprimiert öffne ich langsam meine Augenlider. Ich blicke zur rechten Seite. Kein Manni da. Sogar seine Betthälfte ist verschwunden. Ich drehe mich nach links. Kein Balkon. Kein Pool. Keine Palmen. Stattdessen nur ein kleines Fenster. Darunter eine weiße Wand, an der Geräte hängen, die man in Hotels so eher selten vorfindet: Monitore, die mir EKG, Blutdruck und Körpertemperatur anzeigen, dazu ein Beatmungsgerät und eine Spritzenpumpe. Ich hebe meinen schweren Kopf und drehe mich nach rechts: eine graue Tür aus Metall, daneben ein Bild von Mubarak, darunter ein Holzstuhl mit einer Schwester, die grad ein Nickerchen macht. Nach der ersten Analyse komme ich zu dem Ergebnis, dass ich anscheinend nicht in einer 5-Sterne-Suite liege. Ansonsten hoffe ich, dass die junge Frau rechts von mir in keine Liebesspiele mit meinem hilflosen Sascha junior verwickelt war. Beuteschema ist zwar ein sehr dehnbarer Begriff, aber alles hat seine Grenzen. Geschätzte hundertfünf Kilo liegen da ein Stück weit außerhalb. Ich rufe laut: „Manni!“ Vielleicht ist er ja nebenan und hört mich. „Maaaaannnni!“

Kein Manni. Nur die dralle Schwester zuckt zusammen und erhebt sich.

„Alles gut. Alles gut“, versucht sie mich zu besänftigen.

„Nix is gut. Wo bin ich?“

„In Nile Hospital. Komme gleich Ergebnisse. Dann wissen wir.“

„Was für Ergebnisse kommen gleich???“

„Schweinelippe, ja oder nein“, antwortet die Schwester wie selbstverständlich.

„Schweinelippe?“

„Ja. Schweinelippe.“

Ich lasse meine Zunge über meine Lippen gleiten. In der Hoffnung, dass die Deformationen vielleicht nicht ganz so dramatisch ausgefallen sind, wie befürchtet. Aber alles bestens. Und überhaupt! Wie sehen denn Schweinelippen aus? Wie holt man sich eine Schweinelippe? Von Schweinenasen hab ich schon gehört, aber die hat man doch dann von Geburt an. Vielleicht hab ich nun doch zu viele Glutamin-Nudel-Terrinen in mich reingeschaufelt und die ersten Anomalien werden sichtbar. Aber was kommt danach? Parkinson? Alzheimer? Dann ernähr ich mich womöglich nur von Maggi-Bechern. Weil ich ja vergessen habe, dass ich auch mal was anderes essen muss.

Ich zeige auf meine Lippen und sage: „Alles gut. Oder nicht?“

„Ergebnisse komme gleich. Müsse Geduld haben.“

Plötzlich öffnet sich die Metalltür. Manni und seine Frau Doktor kommen hektisch angerannt.

„Sascha. Alles okay???“ Manni schaut mich an, als ob ich ge-

rade niedergeschossen wurde und in den letzten Atemzügen liege.
„Ja. Aber was ist denn mit meinen Lippen?“
„Die … sehen aus wie immer. Warum?“
„Nich verformt? Aufgequollen oder sonst wie verändert?“
„Hast starke Medizin bekommen, oder?“ So mitleidig war Mannis Blick noch nie zuvor.
„Keine Ahnung, was ich gekriegt hab. Aber warum bin ich hier???“
„Mach dir mal keine Sorgen. Wir nehmen dich jetzt mit.“
„Ich mache mir aber Sorgen! Was ist mit meinen Lippen???“
„Ich glaub, du musst jetzt mal ganz ruhig bleiben“, sagt Manni mit ungewohnt ernstem Blick. „Pass auf. Zieh dich an und dann fahren wir zurück zum Hotel. Da erklär ich dir alles. Okay?“
„Erst will ich meine Lippen sehen.“
Ich drehe mich aus dem Bett und laufe zu dem Spiegel, der über dem Waschbecken hängt. „Die sehen doch ganz normal aus! Kann mir mal einer erklären, was hier abgeht!?“
„Sascha, du must ruhig bleiben. Lass uns fahren. Bitte!“
Auch im Taxi weigert sich Manni vehement, mir auch nur den Hauch eines Überblicks zu geben, warum ich die Nacht in einer Heilanstalt verbracht habe. Aus Diskretion? Gab es womöglich einen unappetitlichen Unfall während meiner Ménage-à-trois? Nur zur Sicherheit greife ich dezent in meinen Schritt. Vielleicht ist ja doch noch alles vollständig erhalten. Ja. Fühlt sich an wie immer.

Morgens halb acht am hoteleigenen Pool. Eine doch eher unübliche Zeit. Es sei denn, man hat mit einer Animateurin die Nacht durchgemacht, ohne zum Zug gekommen zu sein. Oder man erfüllt das deutsche Kukident-Klischee und hilft bei der partiellen Poolliegenbesatzung mit einem kühlen, bis ins Detail geplanten Guerillaangriff durch gezielten Abwurf von Strandtuchgranaten. Auch heute dürfte das Pool-Plateau wieder vollständig in germanischen Besitz übergehen. Wenn nicht irgendein Gallier dazwischenfunkt. An mehr als der Hälfte der Plastepritschen wehen bereits schwarz-rot-goldene Fahnen. Ohne dass man auch nur einen der stolzen Eroberer zu Gesicht bekommt.

Ich bin am Überlegen, worauf ich grad mehr Bock habe: all die Besatzertücher einzusammeln und in den großen Sack der Putzkolonne zu packen oder Mannis Kopf in den Pool zu tauchen. Er eröffnet seinen ausschweifenden Erklärungsversuch mit den Worten, er und seine Frau Doktor hätten letzte Nacht lediglich ein Bett für sich haben wollen! Um nicht doch noch handgreiflich gegenüber Manni zu werden, stehe ich wutentbrannt auf. Ich greife nach den ersten beiden Strandtüchern, knautsche sie zusammen und werfe sie mir über die Schulter.

„Kann ich dir … irgendwie helfen?“, zeigt sich mein Mitbewohner leicht irritiert.

„Kannste machen … aber erzähl mal weiter!“, schlucke ich meinen angestauten Frust hinunter.

Manni schwingt sich langsam von seiner Plasteliege und beginnt sich meiner Guerillaabwehr anzuschließen. Wenn auch etwas zaghaft und nervös nach allen Richtungen blickend. Womöglich hat er Angst vorm bösen alten Mann. Vor einem Veteranen, der vielleicht im nächsten Augenblick hinter einer Dattelpalme hervordattert. Einem Rekruten, der auch nur eisern im Auftrag der ihm angetrauten Regierung zittert. Der sich nicht die Blöße geben will, auf seinem allmorgendlichen Feldzug einfach so das Handtuch zu werfen.

„Mann, die Louise und ich“, nuschelt Manni leise in sich hinein, „wir wollten mal unsere Ruhe haben.“

„So weit waren wir schon. Und dann?“

Die nächsten drei Strandtücher flattern um meinen Hals.

„Hmm. Wir sind zur Rezeption und haben denen erzählt, dass es dir nicht gut geht.“

„Und da haben die spontan gesagt, kein Problem, Herr Klopp, dann bringen wir Ihren Kumpel mal schnell ins Krankenhaus oder wie?“

Oh, ein privates Simpsons-Handtuch. Das kommt auch in den Sack. Wenn, dann richtig.

„Wir dachten, wir kriegen ein eigenes Zimmer. Wegen Ansteckungsgefahr. Verstehste?“

„Wie anstecken? Mit meinem Sonnenbrand?“

„Nein. Wir haben denen ja … noch mehr … erzählt.“

„Mehr?“, frage ich geradezu unbeteiligt, muss mich schließlich auf die Poolliegenabdeckung konzentrieren. Und schon verschwindet meine erste Ladung Tücher im Sack.

„Viel mehr!“

„Viel mehr. Was denn?“

„Hohes Fieber. Schüttelfrost. Dass dir deine Knochen wehtun. Dass dir kotzübel is. Dass du keinen Hunger hast. Und, äh, Kopfschmerzen.“

„Klingt wie ’ne Magen-Darm-Grippe. Aber deswegen muss ich doch noch gleich auf die ITS.“

„War ja noch nicht alles.“

„Dass mir Blut aus allen Körperöffnungen fließt?“ Dabei mache ich mir langsam Sorgen, ob alle Tücher in den Sack passen. Er ist schon fast voll. Liegen aber noch geschätzte fünfundvierzig Seniorenschweißfänger rum.

„Dass du letzte Woche aus Mexiko zurückgekommen bist.“

„Mexiko???"
Manni verzerrt nickend das Gesicht. Er scheint bei meiner Reaktion mit allem zu rechnen. Mit irgendwas zwischen geballte Faust und Mittelstreckenrakete. Ich habe meine Entscheidung allerdings noch nicht getroffen.
„Und was hab ich in Mexiko angerichtet???"
„Hast dir was Schönes mitgebracht ..."
Das Durchforsten meiner Festplatte bringt nun alle n-tv-Reportagen der letzten Wochen auf meinen inneren Bildschirm. Unterm Strich erscheint die Lösung, was mein Lippenproblem angeht. „Das hat das Speckpferdchen im Kittel gemeint. Schweinegrippe!"
„Mhm. Genau."
Mannis Gesicht verschwindet hinter zwanzig Strandtüchern wie unter einem Schutzhelm in sicherer Erwartung schwerer Geschütze.
Schweigen und Sammeln.
„Da mach ich mir hier Gedanken um meine Lippen und die meint Schweinegrippe!"
„Auf 'ner Skala von eins bis zehn: Wie sauer biste?" Manni kommt langsam aus seiner Deckung hervor.
„Hat sich's denn wenigstens gelohnt?"
„Na ja, wir haben ja kein Zimmer bekommen und waren bis vor zwei Stunden noch am Strand. Erst danach hab ich erfahren, dass sie dich mitgenommen haben." Welch seltener Moment: Manni mit einem Blick, der von einem unbeschreiblich enormen schlechten Gewissen geprägt ist. „Und dann sind wir mit dem Taxi in die Klinik."
„Wie jetzt? Ich lande mitten im Urlaub in Quarantäne dafür, dass du es nicht mal richtig krachen lässt?"
„Schätze ja. Blöd gelaufen."

„Und ich dachte, wir hätten letzte Nacht beide unsern Spaß gehabt."
„Du letzte Nacht Spaß? Womit denn?"
Ich packe das letzte Strandtuch auf den großen Haufen, bei dem man nur noch vermuten kann, dass sich darunter der Wagen der Putzkolonne befindet. Währenddessen berichte ich detailliert über meinen Traum. Von Poldi, seinem Freundschaftsdienst und den beiden Krankenschwestern, die anscheinend auch einen guten Grund hatten, ihren Job ernst zu nehmen.
„Mann Sascha. Glaub mir, dieses Dreierding wird völlig überbewertet."
„Geht der Trend jetzt eher zum Vierer oder wie?"
„Nee. Glaub mir, wenn du das einmal erlebt hast, verstehst du nich, warum du dich dein ganzes bisheriges Leben danach gesehnt hast."
„Hast du?", bin ich doch relativ überrascht. Manni hat mir schon diverse sexuelle Anekdoten aufgetischt, aber die muss er wohl vergessen haben. Die Wichtigste. Die Einzige, die mich halbwegs interessiert hätte.
„Ich hab. Und noch mal will ich nich. Überlege mal. Da musste zwei Frauen glücklich machen. Musst dich um beide ausführlich kümmern. Das artet echt in Stress aus. Ehrlich."
„Na ja. Aber wenn dich zwei Mädels gleichzeitig verwöhnen. Das muss doch der Hammer sein."
„Wenn du wie'n Pascha aufm Bett liegst und sagst, so Mädels, bedient euch, okay. Die wollen dann aber auch, dass du dich dafür revanchierst. Es sei denn, sie bekommen's bezahlt."
„Auch doof."
Während meine Dreier-Seifenblase zerplatzt, kommen plötzlich zwei Hotelboys aus der Lobby angestürmt. Jetzt gibt's mächtigen Ärger. Bin ich mir sicher. Flucht erscheint uns

beiden der einzig sinnvolle Weg nach unserem Pool-Plateau-Putsch. Strammen Schrittes suchen wir das Weite. Ein Auge nach vorn, das andere nach hinten auf unsere Verfolger gerichtet. Hätten sich meine beiden Pupillen mal besser für dieselbe Richtung entschieden. Eine direkt neben dem Pool aufgestellte Liege entzieht sich meinem Blick. Innerhalb von drei Sekunden knall ich quer auf die Pritsche und rutsche mit ihr in den Pool. Da Manni grad noch versucht hat, sich links daran vorbeizuschmuggeln, reißen wir ihn gleich mit ins Nass. Die beiden Hotelangestellten erreichen die Unfallstelle und scheinen nicht genau zu wissen, ob sie uns jetzt bedauern oder laut losbrüllen sollen. Manni und ich hängen nebeneinander an der schwimmenden Liege. Dabei sehen wir wahrscheinlich aus wie zwei Jungs in der 5. Klasse, die auf ihren Anpfiff vom Physiklehrer warten.

„Wir wollten uns nur bedanken", sagt der eine der Hotelboys, während er sich auf der Poolkante hinhockt.

„Wofür … bedanken?", stammelt Manni verwirrt.

„Das mit den Tüchern. Würden wir gern jeden Tag machen. Wenn wir dürften."

„Ach so. Immer zu Ihren Diensten." Manni hat sich wieder gefangen.

„Haben euch auch was mitgebracht. Ihr esst doch Bananen, oder?"

Jetzt erkenne ich, was sein Kollege auf diesem silbernen Tablett trägt. Bananenhände, zwei Stück verpackt. Manni und ich schauen uns an.

„Ich hasse Bananen", nuschle ich, während sich meine Hände an der Sonnenliege festkrallen.

„Jetzt 'n Glas DjuDju." Manni grinst.

„DjuDju?"

„Echtes afrikanisches Bananenbier."
„Ich glaub, ich hab letzte Nacht doch zu viel Medizin bekommen. Ich hab grad verstanden Bananenbier."
„Genau. DjuDju."

SÜSSSAUER

Freundlicherweise hat sich mein Magen während der vergangenen, sehr entspannten Stunden am Pool dazu überreden lassen, mir nicht länger das Leben schwer zu machen. So weit, so gut. Aber trotzdem. Nein. So stellt man sich den letzten Urlaubsabend in Ägypten kurz vor Abflug für gewöhnlich nicht vor. Ich zumindest nicht. Meine vorherige Zustimmung zu Selbigem wäre wahrscheinlich allein schon ein Fall für den Psychologen. Er würde mir höchstwahrscheinlich eine latent masochistische Veranlagung bescheinigen. Dafür, dass ich spontan Ja gesagt habe zu einem Abschiedsdinner in einem chinesischen Restaurant mitten in der Hotelanlage. Mein süßsaurer Abschied von der österreichischen Humanmedizin. Im Doppelpack! Die unterkühlte schwesterliche Rothaut zu meiner Rechten, links Manni und mir gegenüber Frau Dr. Dauergrins. Mannis ungebremstes Unterm-Tisch-Nesteln kann weder von meinen Blicken noch vom Kellner unterbunden werden, der riesige Teller serviert, von denen aber nur die Mitte bedeckt ist. Von einem kleinen Häufchen Reis. Ich bin beeindruckt von Mannis Multitasking-Talent. Mit der rechten Hand löffelt er sein pikant scharfes Hühnchen auf den Teller, mit der linken knetet er unermüdlich das Medizinerknie. Zur gleichen Zeit hängt ihm eine Marlboro Light aus dem rechten Mundwinkel und aus der Mitte blubbert eine rosa Sprechblase nach der anderen. Trotzdem ein reichlich unspannender Liebescomic. Packt man alle Sprechblasen auf einen Haufen, kann man einen Plan erkennen. Manni wird wohl in den nächsten Monaten ein Flugzeug nach Wien besteigen, um in der wundervollen Stadt an der Donau mit dem brünetten Topmodel endlich ebendies zu tun. Letzteres wiederum liest man zwischen den Sprechblasen-

zeilen. Warum sitzt jetzt eigentlich nicht Inocenta zu meiner Rechten? Ösi-Topmodel gegenüber, Iberia-Supertopmodel neben mir. Das wäre doch das perfekte Bild für den letzten Abend im 5-Sterne-Bereich. Mitten in meinem Single-Holiday-Blues, zwischen den süßsauren Häppchen vom ägyptischen Chinamann, blubbert eine Manni-Sprechblase in meine Richtung: „Wann kommt noch mal der Bus?"
In seinem Hirn scheint wirklich nicht mehr viel Platz zu sein für Dinge, die nichts mit Doktorspielen zu tun haben. Unfassbar. Diese Frage stellt er mir jetzt zum fünften Mal. Liebe erzeugt zwar meist Blindheit, bei Manni aber offenbar eine Art mittelschwere Dateninkontinenz.
„Immer noch halb elf."
„Da reicht's doch, wenn ich zehn Minuten vorher aufm Zimmer bin und die Sachen packe, oder?"
„Klar, zur Not packe ich alles zusammen." Wie tief muss man eigentlich sinken? Dass man sich dazu bereit erklärt, getragene Slips und miefende Socken seines Mitbewohners im Koffer zu verstauen. Damit er sich noch mal ein paar Minuten am naturbelassenen Strand mit der Wiener Zunge beschäftigen kann. Zu mehr wird's ja wieder nicht kommen. Schließlich, so haben es die beiden nun gelernt, stehen überall schlecht gelaunte, weil schlecht bezahlte Strandwächter rum, die einem den Liebesakt erheblich erschweren. Ihn nahezu unmöglich machen.
„Nee, nee, zehn vor halb bin ich wieder da, okay?", spricht er, greift nach der Model-Hand und verschwindet. Und lässt mich mit Julia Roberts für Arme alleine sitzen.
„Und?" Oh, jetzt spricht sie auch noch mit mir. „Montag geht's ihr wieder schaffen?"
„Mhjo."
„Freust di net?"

„Na ja, Urlaub war halt viel zu kurz. Würd gern noch 'ne Woche länger bleiben." So ein Quatsch! Ich bin froh, dass ich hier wegkomme.
„I freu mi. Seh i man Hasen wieder."
„Mhm."
„Woas is eigentlich aus dir und deinem spanischen Hasen geworden?"
Was wohl? Große Liebe, wie Rosamunde Pilcher es nicht besser hätte beschreiben können. Und was heißt hier überhaupt HASE? Du Kaulquappe!
„Ja nix weiter."
„Die ist doch aber recht fesch. Findest du net?" Was für ein schadenfrohes, bösartiges Grinsen!
„Na ja. Is'n nettes Mädel. Aber …" Tja, was aber? „… öhm … nich so mein Typ."
„Des sah aber vor an paar Tagen noch a weng anders aus."
Herr Ober! Abräumen! Alles! Auch diese infame luzifine Gestalt zu meiner Rechten! Sofort! Kurzer Blick auf mein Handy.
„Oh, jetzt muss ich aber. Bin gleich mit ihr verabredet", lüge ich, um schnell verschwinden zu können, denn der Kellner will weder sie noch Mannis pikant scharfes Resthuhn vom Tisch entsorgen.
Ich greife nach meinen Zigaretten und meinem Mobiltelefon und trete die Flucht in Richtung Lobby an. Obwohl sich unsere Suite direkt über dem chinesischen Restaurant befindet. Ein 8-minütiger Umweg, der mich leider nicht zur appetitlich verpackten Inocenta, sondern zu unseren ungepackten Koffern führt. So lasse ich mich auf unser Doppelbett fallen und die nächste Strophe vom Single-Holiday-Blues swingt sich durch die imaginären Boxen im Raum. Gestört wird er nur durch einen asynchronen zweistimmigen Sprechgesang. Dieser besteht

im Wesentlichen aus keuchenden „Ahs“, „Uhs“ und „Jas“. Na ja, hat wenigstens einer unserer Nachbarn Sex im Urlaub. Der Beneidenswerte.

Im TV mimt Kevin Kline schon wieder einen US-Präsidenten. Diesmal aber im Wilden, Wilden Westen, wo er außerdem einen Agenten spielt und das an der Seite von Will Smith. Da mich diese High-Tech-Killer-Spinne tierisch langweilt und Salma Hayek als einziger Lichtblick viel zu selten auf dem Bildschirm erscheint, wache ich erst eine Stunde später wieder auf. Zur gleichen Zeit mit zwei Herren. Die beiden haben allerdings ein noch viel komplexeres Problem als ich: Sie sind in einem Bad festgekettet. Erschwerend kommt hinzu, dass zwischen ihnen eine blutüberströmte Leiche liegt. Neben mir wiederum liegt lediglich eine schwarze Reisetasche, die fast schon lebendig danach schreit, gepackt zu werden. Jetzt, eine viertel Stunde vor Abfahrt.

Da Manni auch in den nächsten zehn Minuten nicht auftauchen will, muss ich es wohl wagen, seine verschwitzten Shirts, seine muffigen Shorts und den Rest in seinen Koffer zu pressen. Wenigstens ein klarer Vorteil, den Sommerurlaub nicht mit einer Frau verbracht zu haben. Ich schaffe es, unser gesamtes Reisegepäck auf einmal quer durch die Hotelanlage zu wuchten, um pünktlich halb elf ohne Manni an der Rezeption auf den Bus zu warten. Was an sich keinen Sinn macht. Denn sollte Manni nicht gleich hier aufkreuzen, kann ich mich schlecht allein in den Bus setzen.

„San die baiden net hier?“ Die Mahagoni-Schwester hat sich angeschlichen.

„Wahrscheinlich immer noch am Strand … im unvollendeten Liebesrausch.“

„Na, da sans net. Die san wohl noch auf unserm Zimmer.“

„Hey. Doch noch das Klassenziel erreicht. Schön. Dann geh ich mal stören, was?"
„Beeil di. Der Bus kommt glaich."
Genau. Und am besten, du setzt dich rein! Dann bleib ich auch noch ein bisschen. Schon während sie ihren Hinweis formuliert, quietscht sich der Flughafenzubringer in die Hoteleinfahrt. Nach neuer Lobby-bis-Hotelzimmer-Bestzeit von fünfundvierzig Sekunden klopfe ich an Zimmer 138, die Tür der Ösi-Suite.
„MANNI!!!"
„Momentchen. Komm gleich!" Ein bemerkenswert wohldisponierter Manni, ohne auch nur den Ansatz eines schlechten Gewissens.
„Es ist schon fünf nach halb!!!"
Die Holztür öffnet sich. Vor mir steht mein Mitbewohner im schwarzen „Ich-knall-dich-wach"-Shirt und roten, weiß-gepunkteten Shorts. „Mist. Ich muss ja noch Sachen packen."
„Dein Koffer steht schon am Bus."
„Aber 'ne Hose sollte ich noch anziehen, oder?"
„Wär besser."
Als Manni in seinen grauen Cargos, Frau Doktor mit Schweißperlen im Gesicht und meiner einer an der Rezeption eintreffen, sollte eigentlich der perfekte Moment gekommen sein, sich schnell von der Wiener Humanmedizin zu verabschieden. Stattdessen sitzt die Rotlocke auf Mannis Koffer. Manni hängt beharrlich an Frau Doktor und ich hänge an der Rezeption, um noch fix die Minibarrestschulden zu begleichen. Während fünfhundertvierzig ägyptische Pfund den Besitzer wechseln, spüre ich, wie sich Calvin Klein erst dezent dann euphorisch in meinen Nüstern einnistet. Ein spanisches Sahneschnittchen in weißen Stoffhosen und grünem Top blickt mich mit großen braunen Augen an. „Sehe ich dich gerade zum letzten Mal?"

Es schwingt ein Hauch von Traurigkeit in ihrer Stimme. Dazu ein bisher ungekannter Inocenta-Blick. Eine Mischung aus Wehmut und Zuneigung. Wo war dieses verträumte sehnsüchtige Augenspiel vor drei Tagen? Oder hab ich diesen Moment schlichtweg übersehen?
„Ja. Der Bus steht leider schon draußen …"
„Ich habe gestern Abend auf dich gewartet!?"
Irgendwas muss ich doch verpennt haben. „Waren wir verabredet?"
„Mi cielo! Wir haben doch gestern Abend telefoniert."
Telefoniert. Mhm. An einen Anruf kann ich mich erinnern. Eines von den beiden Mädels, das dann … doch nicht mit ins Bett … hüpfen wollte. War es womöglich Inocenta? Die bereit war, sich zu verbotenen Sachen hinreißen zu lassen???
„Okay. Dann hab ich dich irgendwie … verwechselt."
„Ich wollte dir so gern noch etwas zeigen." Das ausgeprägte Strahlen von ihrer Stirn bis hinunter zu ihrem Kinn lässt darauf schließen, dass mir das, was sie mir zeigen wollte, durchaus gefallen könnte.
Aus den Augenwinkeln heraus erkenne ich nur schemenhaft, dass die Hotelboys bereits sämtliche Koffer im Bus verstaut haben. Der Reiseleiter wedelt mit einer Liste herum und ruft die Namen Bartmann und Klopp. Herr Klopp interessiert sich allerdings viel mehr für abschließende Wiener Saugexperimente – und mich interessiert nur eins: „Was denn?"
Ihre Antwort ist hauptsächlich nonverbaler Natur.
„Komm mit", flüstert sie mir ins Ohr und greift nach meiner Hand.
Sie läuft mit mir in einen dunklen Raum, wo man sonst für fünf Euro pro Minute im Internet surfen kann. Ich nehme an, sie hat genau das jetzt nicht vor. Allein an der Art, wie sie sich an mich

drückt und ihre Hände um meinen Hals gleiten lässt, erkenne ich, dass dies wohl kein kurzer Abschiedskuss auf die Wange wird. Also entweder sind ihre Lippen dank der eingeschränkten Sichtverhältnisse verrutscht oder sie sollten bewusst auf meinen Lippen landen. Ich tippe auf Letzteres, da nun auch unsere Zungen den Weg zueinander finden. Aha. So schmeckt also ein waschechtes spanisches Topmodel. Ich ziehe sie noch ein wenig fester an mich und lasse meine Hände an ihrem Rücken hinabwandern. Eine kleine Pilgerfahrt zum iberischen Becken mit anschließender Parkposition am – ja leck mich am Arsch, was für ein Gesäß gemäß internationaler Knacknorm. Ich gebe zu, es fällt meinen Händen schwer, den Rückweg anzutreten. Aber es gibt ja auch noch viel mehr zu erkunden. Unsere Zungen sehen es derweil gar nicht ein, sich voneinander zu lösen. Ganz im Gegenteil. Die Intensität ist deutlich zunehmend. Mit meiner rechten Hand spaziere ich zu ihrer wohlgeformten Hüfte, um mit meinem Daumen einen kurzen Abstecher über das mediterrane Flachland anzutreten. Eine kleine Expedition Richtung Norden. Ja. Über diese beiden Erhebungen würde ich jetzt auch liebend gern bummeln. Aber ein Genießer weiß, was sich gehört. Gleich am ersten Tag die komplette Stadtrundfahrt? Nein. Andererseits, was, wenn das nicht nur mein erster, sondern gleichzeitig auch mein letzter Aufenthalt im katalanischen Eldorado ist? Dann muss ich doch dieses einmalige Sightseeing optimal ausschöpfen. Oder? Inocenta hilft mir bei der Routenplanung. Mit ihrer linken Hand lotst sie meine leicht zitternden Finger zum Bergplateau. Ein Ort, an dem ich mit größtem Vergnügen die ganze Nacht verweilen würde. Ihre Finger wiederum warten keine Sekunde darauf, von meinen navigiert zu werden. Sie sind bereits in den warmen, lange Zeit verlassenen Süden geschlendert, um dort auf einen unbeugsamen Einsiedler zu treffen.

Du hättest natürlich vor vier Tagen in deiner Suite ohne Umweg vom Bad direkt zu mir ins Bett flanieren können. Da hättest du genau an dieser Stelle fortfahren dürfen. Oder vorgestern, als wir im Meer geplanscht haben. Hätte sich doch auch zeitlich irgendwie angeboten. Nicht? Da war ich noch ein sofort verfügbares Modell mit jeglichen Sonderausstattungen. Serienmäßig. Ein V8-Motor der von null auf hundert in 5,7 Sekunden abgeht. Ein Antrieb mit beeindruckenden Kraftreserven der für ein jederzeit souveränes Balzverhalten und für überlegene Höchstleistungen sorgt.

Inocenta küsst meinen Hals und wispert mir leise zu: „Warum warst du gestern Abend nicht bei mir?“

Weil ich lieber mit Verdacht auf Schweinegrippe auf der ITS liegen wollte. Hätte ich allerdings gestern Abend in meinem paracetamolierten Zustand auf Inocentas Spielwiese eingecheckt, würde ich mir heute wahrscheinlich einbilden, ich hätte alles nur geträumt.

Aber Moment, da war doch noch was. „Ich dachte, du hattest Besuch von deinem … Freund?“

„Welcher Freund?“

„Na, dein … corazón aus Barcelona.“

„Ah, Mi corazón. So nenne ich meinen Bruder! Ich hab keinen Freund. Also nicht so einen.“

Ihr BRUDER?

Können sich Frauen nicht angewöhnen, sich klar und deutlich auszudrücken?

Wo sind denn diese Vanity Cards, wenn man sie mal braucht? Diese versteckten Botschaften in Serien, die nur für den Bruchteil einer Sekunde eingeblendet werden? Die sich jedoch im Hirn festsetzen, wenn man an dieser Stelle auf Standbild geht. Hätte man doch mal in unserer kleinen Nacktplanschepisode

platzieren können. Eine kurze simple Message in großen Lettern: „Mi corazón = ihr Bruder."
„Dein … Bruder?"
„Ja. Mein Bruder. Der ist gestern weitergefahren nach Kairo. Mi amor! Ich dachte, wir trinken zusammen ein Glas Wein", philosophiert sie traurig lüstern. „Vielleicht unter dem Bild, das du so magst." Das wäre keine sooo schlechte Idee gewesen, denke ich.
„Konnte ich ahnen, dass wir uns mal so nah kommen würden?"
„Eres dulce? Ich lasse mich doch nicht von Männern im Wasser nackt drücken, wenn ich sie nicht küssen möchte."
Das klingt jetzt irgendwie plausibel. Nicht auszudenken, was Inocenta so alles mit Männern anstellt, die sie nicht nur nackt drückt, sondern dann auch noch küsst. Um das herauszufinden, bleiben mir noch, nun ja, minus zwanzig Minuten. Sprich, ich muss die Zeit um mindestens drei Tage zurückdrehen. Oder einsehen, dass Wollust immer etwas mit *Wollen,* aber nicht zwangsläufig etwas mit *Können* zu tun hat. Draußen vor dem Hoteleingang erwarten mich circa vierzig stinksaure deutsche Touris im Bus. Alle ohnehin schon in ihrer Abflugs-Depri-Stimmung. Nun zusätzlich zu ihren Killermienen bewaffnet mit gebrauchten Marco-Polo-Reiseführern und mit Wortkombinationen, die nicht unbedingt von grenzenloser Sympathie geprägt sind. Man hat ja jetzt nur noch eineinhalb und nicht wie geplant zwei Stunden Zeit, um sich am Flughafen einen Schnipsel zu ergattern, wo „17 D" draufsteht. Was für ein Stress! Es gibt eben süße Äpfel, die einem verwehrt bleiben, und saure Äpfel, in die man reinzubeißen hat. Und so füge ich mich der nicht-Inocenta-freundlichen Vorsehung und beiße in den ersten sauren Apfel. „Ich glaub, ich muss jetzt mal zum Bus."
„Bleib doch noch eine Woche hier."

Genau das hätte ich bis vor zwanzig Minuten noch kategorisch abgelehnt. Doch nun. Was für ein exzellenter Gedanke. Ich bräuchte nicht einmal ein Hotelzimmer. In der Casa Inocenta wäre genügend Platz für uns beide. Welch süße Vorstellung, jede Nacht neben ihr einzuschlafen, jeden Morgen mit ihr gemeinsam aufzuwachen. Eine Woche im gelobten Land des transpirativen Lustspiels.
Es ist Manni, der mein schweißtreibendes Lustluftschloss einreißt. Ohne Rücksicht auf Verluste. „Mann. Hier bist du. Der Bus ist jetzt weg. Mit unseren Koffern."
Bleibt mir zumindest der zweite saure Apfel in Form von keifenden Senioren erspart.
„Das ist meine Schuld. Sorry", verteidigt mich die hinreißende Miss Animación.
„Müssen wir uns ... 'n Taxi nehmen, oder?", frage ich, in der stillen Hoffnung, dass Manni vorschlägt, wir könnten ja auch noch eine Woche hierbleiben. Aus welchem Grund auch immer.
„Taxi hab ich längst bestellt. Kommt gleich."
Das wollte ich nicht hören. Inocenta gibt mir einen letzten Kuss und beendet ihn mit den Worten: „Te quiero mucho."
Das wollte ich hören. Drei Tage früher wäre aber irgendwie besser gewesen.

FINAL DESTINATION

Als sich der Air-Berlin-Flug AB 2309 daran macht, mich zweitausend Meilen entfernt von Inocenta zu schleppen, bekomme ich jeden einzelnen Meilenstein aus Mannis Kopulationsfinale aufgetischt. In einer Mischung aus Lethargie und Resignation stürmen diverse Stellungswechsel und verbale Fremdkörperflüssigkeiten mein Hirn. All die akrobatischen Verrenkungen, die ich vor ein paar Stunden bereits akustisch vom Nebenzimmer aus fernzelebrieren durfte.

„Was'n perfekter Abschluss, oder?", resümiert Manni mit leuchtenden Augen.

„Mhm", ist das Einzige, was mir dazu einfällt.

„Was denn? Hast doch jetzt auch 'ne Geschichte!"

„Großartig! Ich hätte den weltbesten Sex mit einer Hammerfrau erleben können, wenn ich nicht zu viele Tabletten geschluckt und im Krankenhaus gelegen hätte."

„Hättest du auch vorher schon haben können. Hat sie sich im Wasser nich nackt an dich gedrückt? Das macht 'ne Frau niemals ohne Grund!"

Kann der Flieger jetzt nicht mal schnell abstürzen? Einfach so. Auf meinem Grabstein dürfte dann stehen:

„Kurz vor seinem Tod hätte er beinah noch den besten Sex seines Lebens gehabt. Leider hat er die Zeichen falsch interpretiert. Diverse Tabletten wurden ihm letztendlich zum Verhängnis."

„Ja, aber dann hat sie ja das von ihrem … corazón aus Barcelona erzählt", verteidige ich mich.

„Stimmt. Scheint kein Kind von Traurigkeit zu sein, die Kleine."

„Könnte man so sehen, wenn ihr corazón nich … ihr Bruder wär!"

„Moment. Das heißt, sie ist Single?"

„Genau."
Mannis ausbrechendes Schieflachen ist nicht unbedingt zweckdienlich, um meine Final-Destination-Absturzfantasie in ein „Ist das Leben nicht wundervoll" umzuwandeln. Mein Kopf fällt mir auf die rechte Schulter. Meine Augen wandern über all die Wolken, die sich über dem Mittelmeer versammelt haben, um mich gemeinschaftlich zu befrotzeln. Ich schiebe die rechte Hand unters Kinn und beobachte, wie sich die Wolken langsam verändern. In einer von ihnen entdecke ich ein Gesicht. Ein weibliches iberisches, das mich mit einer deftigen Prise Hohn angrinst. Ein Hauch von Calvin Klein, der eben noch an meinen Fingern klebte, hält es für eine gute Idee, emporzusteigen und sich in meiner Nase breitzumachen. Ich wäre Herrn Klein dankbar, wenn er sich jetzt ein klein wenig zurückhalten würde. Stattdessen scheint mir auch Calvin einen euphorischen Applaus zu spendieren für so viel begriffliche Schwerfälligkeit. Fast schon erlösend nehme ich über meinem Kopf ein kleines „Pling" und das entsprechend dazu aufleuchtende Anschnallzeichen wahr. Der Flug wird zunehmend unruhig. Der Kapitän versucht uns nach dem fünfundzwanzigsten tendenziell imposanteren Luftloch mit ein paar aufbauenden Worten zu beruhigen: „Wir müssen mit einigen Turbulenzen rechnen."
Jetzt, wo er das sagt. Die Flugbegleiter eilen zu ihren Plätzen und ziehen ihren Vorhang zu. Ich ziehe es vor, meinen Absturzvorschlag reumütig zurückzunehmen. Ohne dass Manni davon Notiz nimmt, falte ich die Hände zum Gebet. „Ich habe dir Inocentas Unschuld gelassen. Bitte lass du nun mir mein Leben!"
Krach. Die Boeing fällt gefühlte fünf Meter in die Tiefe. Ein dezentes Raunen weht über den Gang. Nur Manni weigert sich, von seiner gewohnten Lässigkeit abzukommen. Stattdessen

amüsiert er sich unter seinen Stöpseln im Ohr bei einem Glas wallenden Jack Daniels über Mister Bean. Der wiederum versucht gerade mit seinem Mini ein Parkhaus zu verlassen, ohne dafür zu bezahlen. Krawumm. Die nächste Fallböe. Ich suche wieder den Kontakt zu unserem Schöpfer. „Oder ist das jetzt die Strafe, weil ich dein iberisches Geschenk nicht angenommen habe?“

Krachkrawumm. War das jetzt ein Nein oder ein Ja? In den Reihen hinter uns sind nun erste deutliche Schreie zu hören. Mr. Bean freut sich. Er ist an der Parkhausschranke vorbei. Manni pult den Stöpsel aus seinem Ohr und dreht sich zu mir.

„Mensch, siehst ja ganz mitgenommen aus.“

„Ich frage mich, wie du so entspannt bleiben kannst.“

„Hey, ich hatte grad göttlichen Sex. Das waren ECHTE Turbulenzen.“ Mein Mitbewohner grinst großspurig. Ein doppeltes Krawumm, noch lautere Schreie aus allen Richtungen. „Genau *so* war das“, lächelt Manni postejakulativ.

„Ich hab ’ne ungefähre Vorstellung. Danke schön!“

„Wollen wir doch mal dem Bordprogramm lauschen“, babbelt er beglückt, pfropft sich seinen Hörstöpsel wieder ein und zappt sich durch die Air-Berlin-Kanäle.

Krachknallkrawumm. Sogar mein verputzter süßsaurer Fisch ist inzwischen mehr sauer als süß und damit drauf und dran, sich seine Freiheit über die Nordroute zurückzuerobern. Vielleicht auch über den Süden. Noch möchte er sich da nicht festlegen. Der einzig Anwesende mit gesunder Gesichtsfarbe schielt in meine Richtung. „Wenn das mal kein Zeichen ist.“

Ein durchwachsenes Krawumm bringt nicht nur meinen inhaftierten sauren Barsch in Wallung.

„Reicht jetzt mit Zeichen! Findste nich?“

„Hör ma!“

Manni entstöpselt sich, um mir seinen Minikopfhörer ins Ohr zu drücken.
„These screams, they wake me up in the night, they violently fill my room, they keep me awake, I hate you“
„Die Stimme kenn ich doch!“, stelle ich fest.
„*‚Forever yours‘*. Deine Lieblingsfinnen.“
„UND?“
Das nächste wuchtige Knallkrachkrawumm lässt unsere Maschine erzittern.
„Na, is doch ’n Zeichen!“, guckt mich Manni mit großen Augen an.
„Ich könnte jeden Moment kotzen und du kommst mir mit Samu Haber.“
„Hey. Ich rede von deiner Plattenfrau.“
„Sarah.“
„Ja. Ich glaub, du solltest noch mal ’n Versuch bei ihr starten.“
„Um dann wieder alles zu verdaddeln oder wie?“
Ein gigantisches Krachkrawumm, das zu weiteren verzweifelten Schreien, deutlichen Würgegeräuschen und damit zu vereinzelten Kotztüten-Suchaktionen führt.
„Na ja, vielleicht nimmt sie’s ja mit Humor. Dann könnteste Glück haben“, spricht Manni grinsend und presst dabei seine Faust in meine Schulter.
„Ich hab keinen Bock, mich noch mal zum Horst zu machen!“
„Kannst es ja auch mal als Sascha probieren. Nur so’ne Idee.“
„Mhm.“
„Und wenn sie Herrn Bartmann nich will, hat sie eben Pech gehabt. So musst du das sehen.“
„Na ja, viel zu verlieren hab ich nich, oder?“, muss ich Manni irgendwie Recht geben.
„So sieht’s aus. Die Frau deiner Träume is ja nich nur dazu da,

um von ihr zu träumen. Solange noch die Chance besteht, neben ihr einzuschlafen. Oder?“

Die Frau meiner Träume. Eine offensichtliche Traumfrau. Kein kleiner Urlaubsflirt, der ganz hübsch anzuschauen ist. Eine Frau, mit der man viel mehr teilen kann als das Bett für eine Nacht. Der Flug wird augenblicklich ruhiger. Mein Magen entkrampft sich, Erleichterung macht sich breit.

„Wo bist du denn grade?“, fragt Manni.

„Bei der Frau meiner Träume“, sage ich.

„Okay. Und jetzt überleg mal. Welche Lippen hättest du vorhin lieber gespürt? Die von Sarah oder die von der Animateurin?“

Die Anschnallzeichen erlöschen. Mr. Bean lenkt seinen gelben Mini von einem Sessel aus, der auf dem Autodach steht. Er schlägt entspannt seine Beine übereinander. Ich greife nach Mannis Whiskeyglas und genehmige mir einen Schluck vom goldenen Elixier der Erkenntnis: „Sarahs.“

BIG PACK DES SCHICKSALS

Nicht immer wird jede gute Tat belohnt. Manchmal stellt man vielmehr das Gegenteil fest. Warum stehe ich an diesem Montagmorgen pünktlich um 10 Uhr auf der *Pool*-Matte? Hätte ich mein Urlaubsabschlussnickerchen nicht bis zwölf oder eins ausdehnen können?
Allein der Weg über die nächstgelegene Tankstelle hin zur Redaktion machte mir nicht unbedingt Mut, was den heutigen Tag angeht. Jedes Mal, wenn ich mir am blauen Benzinspender eine Schachtel Marlboro Light wünsche, bekomme ich zwar von diesem bebrillten schmalzhaarigen Enddreißiger mein Big Pack, aber grundsätzlich mit dem Hinweis: „Die heißen jetzt Gold." Und? Bei McDonald's versteht mich auch jeder, wenn ich nach einem FishMac frage. Da erzählt mir kein Klugscheißer, dass das Ding jetzt Filet-o-Fish heißt. Um aber zu dieser für mich fremden Zeit mein Laune-Barometer nicht unnötig in den Minusbereich zu drücken, hatte ich mir fest vorgenommen, heute einfach mal eine Schachtel Marlboro Gold zu ordern. Was ich in mein kühnes, wohldurchdachtes Laune-Aufrecht-Erhaltungs-Konzept nicht mit eingerechnet hatte, war nur eine winzige Kleinigkeit: nämlich dass das Fetthaar scheinbar erst gegen zwölf zum Dienst anschmiert. Aber wenn ich mir etwas vornehme, dann wird das auch konsequent durchgezogen. Auch wenn da eine blonde „Sammeln-Sie-die-Punkte?"-Aushilfsschnuspel steht. Ich formulierte meine produkttechnisch aktualisierte Anfrage und bekam tatsächlich ein dialektbetontes „Hammer ni" als Antwort. Es war mir scheißegal, dass noch fünf weitere Treuebonuskunden mit ihren PetitBistro-Bestellungen hinter mir standen. Ich entgegnete ein landestypisches: „Doch, ham Se!" Ich hörte mir auch seelenruhig ihre

Alternativvorschläge an. „Mir ham hier nur de roten, de medium und de weißen hierö." Mitleid? Nö. Soll sie sich bei ihrem Fetthaarspalter von der Spätschicht beschweren. Ich bestell hier nur vorschriftsgemäß nach neuester Philip-Morris-Verordnung. Erst nach geschlagenen dreieinhalb Minuten wurde sie von Kunde zwölf in der Schlange befreit. Der etwas gestresst wirkende, perfekt rasierte Banker beendete mein Ich-nenne-Produkte-beim-aktuellen-Namen-Experiment mit den Worten: „Mensch, jetzt geben Sie ihm doch einfach eine Marlboro Light." Woraufhin ich noch anmerkte: „Big Pack, bitte!" Schade. Ich hätte das gern noch bis um zwölf ausgedehnt. Einfach nur, um später das Gesicht ihrer Ablösung zu sehen, wenn sie die schmalzige Pedantenlocke verzweifelt nach einer Marlboro Gold fragt. Das eher ablehnende Gemurmel beim Verlassen der Tanke nahm mein Hirn gleichgültig hin. Viel zu früh, um sich darüber Gedanken zu machen, ob man nun blonde PetitBiströsen ärgern darf oder nicht.

Der Schöpfer wird sich schon etwas dabei gedacht haben, dass er mich normalerweise erst mit Anbruch der zweiten Tageshälfte auf die Menschheit loslässt. Vielleicht gibt es da aber auch einen direkten Zusammenhang zwischen meiner völlig ungewohnten Pünktlichkeit und dem außergewöhnlichen Anblick, der mich heute hier in der Redaktion erwartet. Vielleicht sprach eine innere Stimme zu mir, es sei mal wieder an der Zeit, sich um 10 Uhr blicken zu lassen. Warum „wieder"? Das ist eine längere Geschichte.

„Man begehrt das, was man sieht", sagte schon der große Hannibal Lecter. Auch wenn er unter Vernaschen etwas anderes verstand als ich damals bei Maria. Maria war unsere Azubine. Anfang zwanzig, blonde schulterlange Haare und leichter Silberblick. Dazu gesegnet mit einem Humor, den ich beinah anziehender fand, als ihre braunen leuchtenden Augen. Nach einer Woche stellte ich fest: „Mann, ist die gut drauf." Einen Monat später bekam ich von Martin den nützlichen Hinweis: „Die sieht übrigens auch teuflisch gut aus." Nach näherer Betrachtung blieb mir nichts anderes übrig, als ihm recht zu geben. Dabei steh ich doch überhaupt nicht auf Blondinen. Die ist doch eigentlich gar nicht mein Typ. Aber irgendwie, schon. Also wenn nicht sie, wer dann? Ihre pure Anwesenheit machte sogar Schweinenase glücklich. Fortan saß ich auf unbestimmte Zeit jeden Tag pünktlich um zehn in der Redaktion. Abgesehen von den Tagen, an denen Maria Urlaub hatte. Versteht sich. So wurde mit der Zeit eine jede Umarmung zu einem inneren Blumenpflücken meinerseits. Leider hatte ich nicht den blassesten Schimmer, ob auch sie ein dezentes Kribbeln verspürte ob meiner Nähe. Zwei- oder dreimal versuchte ich, sie auf außerredaktionelles Terrain zu locken, was dummerweise immer nur auf eine Zigarette vor dem *Pool*-Eingang hinauslief. Meilenweit entfernt von einer gemütlichen Kuschelecke in einem Café, ganz zu schweigen von meiner Spielwiese daheim. Dabei hatte ich bei ihr interessanterweise zunächst keine Fantasien, die sich auf erotischer Ebene abspielen. Ich erfuhr durch Zufall, dass sie seit sechs Jahren mit einem hochintellektuellen Physik-Professor liiert ist. Also begann ich, sie aus meinem Schädel zu verjagen. Teilweise recht erfolgreich. Ich schaffte es an manchen Tagen, immerhin für fünf bis zehn Minuten nicht an sie zu denken. Ein spektakulärer Fortschritt, wie ich damals fand. Aus lauter Das-wird-nie-was-Frust stellte ich ihr bei unserer großen *Pool*-Cocktailparty in den Redaktionsräumen zur

Begrüßung salopp die Frage: „Und? Heute Abend Single?“ Ein lächelndes Nicken und dazu ein in mein Ohr gehauchtes „Ja“ war die Antwort, die ich eigentlich nicht hören wollte. Oder doch? In den folgenden Stunden kümmerte sie sich liebevoll um die Mischung meiner Mixgetränke. Bereits nach dem sechsten Drink hörte ich auf zu zählen. Mitten in der Nacht, es muss gegen vier gewesen sein, beschwerte ich mich, an einen Türrahmen gelehnt, bei Martin, dass Maria sich so schnell verdrückt hat, ohne sich zu verabschieden. „Wieso? Ihr habt euch doch jetzt drei Stunden lang mehr als innig voneinander verabschiedet.“ Als dann auch noch Schweinenase auf mich zukam und mich darauf hinwies, dass Azubinen hier tabu sind, kam ich ernsthaft ins Grübeln. Martin erklärte mir, dass Maria und ich weder die Finger noch die Zungen voneinander lassen konnten. Nach einer kurzen Bestätigung von Löffler debütierte er in meinem Leben, dieser sagenumwobene Augenblick. Der, in dem man sich vom Schicksal rektal penetriert fühlt. Seit einem halben Jahr sehnte ich mich nach ihren Lippen, dann verschlingen wir uns förmlich die ganze Nacht und ich hab einen Blackout. Vielen Dank, der Herr da oben! Schon am nächsten Tag zeugten sechsundzwanzig gestochen scharfe Bilder von unserem nächtlichen Zungenspiel. Ja, das könnte angenehm gewesen sein. Ich werde es nie herausfinden. Es war leider das letzte Mal, dass wir uns so nah kamen.

Nun nehmen meine noch aufgequollenen Augen ein weibliches Wesen wahr. Leider nicht irgendein Wesen, sondern einen durchaus verlockenden Blondschopf, der mich schwer an genau diese Frau erinnert. Die, die im letzten Sommer Gott sei

Dank ihren Redaktionsausstand zelebriert hat, um sich danach in Richtung Indien und damit aus meinem Leben zu schleichen. Was war ich glücklich, dass sie endlich weg war. Und nun steht sie wieder vor mir. Mit ihren schulterlangen blonden Haaren. Braun gebrannt. Mit ihren knallengen Hüftjeans und dem schwarzen Pulli. Zusätzlich weht sich ein weißes, schwarz verschnörkeltes Tuch um ihren Hals. Fürchterlich sexy. Soweit ich das im Moment beurteilen kann, handelt es sich bei den dazugehörigen Lippen zu neunundneunzig Prozent um die Blackout-Lippen aus meiner nahezu erfolgreich verdrängten Vergangenheit, die bei einem Cocktailabend mit meinen kollaborierten, ohne dass sich meine Lippen oder meine Zunge auch nur rudimentär daran erinnern können. Maria. Die es fast ein ganzes Jahr geschafft hat, auf meinen Emotionen rumzutanzen. Flirten, als ob es kein Morgen gäbe, aber wehe, man kommt ihr näher. Hallo! Ich bin in festen Händen! Schon vergessen? Ein typisches Mal-schauen-wie-schnell-ich-ihn-nervös-machen-kann-Exemplar, ohne Mitleid, ohne Skrupel. Chronisch unterkühlt, aber extrem anziehend bis hin zu einem Punkt ohne Wiederkehr. Ob sie mich völlig fertiggemacht hat? Ich sag mal so: Hirnpüree im Endstadium.

Als sich unsere Blicke treffen, wird aus vager Befürchtung stabile Sicherheit. Es ist Maria. Und sie kommt näher. „Hey, der Sascha lebt ja auch noch."

Gut, leben ist jetzt schon eine Frage der Definition. Meine rechte Hirnhälfte schlummert noch den Schlaf der Gerechten, meine linke ist eben unfreiwillig einer Vision verfallen, die zwischen Albtraum und Paradies alles sein könnte.

„Mensch, die Maria. Schön, dich zu sehen!" Meine Lüge untermauere ich noch mit einem schwerfälligen Früh-am-Morgen-Lächeln.

„Grad aus der Kiste gefallen oder wie? Ist auch nicht deine Zeit, stimmt's?"
„Ja. Ist ja auch deutlich vor zwölf", gähne ich. „Und du? Zurück aus Kalkutta?"
„Schon seit einem Monat. Kommt mir vor, als ob das schon wieder ewig her ist."
„Und? Haste schon was Neues?"
„Jop. Bin jetzt feste Redakteurin. Krieg ich keinen Kuss?"
„Kuss?"
„Na früher hast du mich doch immer gedrückt."
So verpeilt bin ich – dass ich ihr bei der Begrüßung lediglich die Hand gegeben habe. Vielleicht auch aus instinktiven Selbstschutzgründen. Andererseits muss ich sie mir eh mal näher betrachten. Vielleicht stelle ich ja ein paar neuartige Unebenheiten fest. Pickel, Falten oder zu viel Make-up. Dafür gäbe es natürlich Punktabzug.
„Siehst du. Geht doch." Ein verschmitztes Grinsen, das mir zwischen den Zeilen sagen möchte: „Ich würd dir so gerne wieder das Leben schwer machen." Unsere Köpfe kommen sich näher. Ein Kuss auf die Wange.
„Lass dich mal anschauen." Mein Gesicht jetzt in zehn Zentimetern Entfernung von ihrem. Vielleicht etwas zu nah. Aber um ihr Gesicht einmal abzuscannen, muss das schon sein.
„Suchst du irgendwas?"
„Nönö. Hast dich überhaupt nich verändert." So ein Mist aber auch. Irgendwie ist sie längst aus dem Pickelalter raus und im Faltenalter noch nicht drin. Das erklärt auch den Verzicht auf zu viel Make-up. Leider alles perfekt. Wie immer. Und ihren speziellen Humor hat sie auch nicht verloren. „Aber du hast schön Farbe bekommen."
„Ja. Rot is ja auch 'ne Farbe."

„Besser als blass wie sonst."
„Ja. Danke schön."
Mein Abscann-Plausch wird auf unfeine Art durch ein überfreundliches „Guten Morgen, Alexander!" von Schweinenase abgewürgt.
„Moin, Markus."
„Das ist Maria. Aber ihr kennt euch ja. Nicht wahr?" So ein dämliches Grinsen kriegt auch nur mein Chef hin.
„Flüchtig."
„Kommst du mal in mein Büro. Bring dir mal 'n Zettel und was zum Schreiben mit."
Ich hasse es, am frühen Morgen schweinenasale Befehle entgegenzunehmen. Und das vor den Augen von Maria.
Erst auf dem Weg vom grauen Redaktionsdrucker zum weißen Löffler-Höffner-Tisch fällt mir auf, wie bekloppt es ist, sich auf einem Computer ein leeres Word-Dokument auszudrucken, um schließlich einen Zettel zu bekommen, wo nichts draufsteht. Ob es Ärzte für so was gibt? Soweit hat uns Bill Gates schon gebracht: dass wir mit weißen Zetteln durch die Gegend laufen und uns sicher sind, dass es sich um vollständig mit Word kompatible Dokumente handelt.
Ob ich irgendwann bei einem Buch verzweifelt nach der nicht vorhandenen Maus greifen werde, um die Seite umzublättern? Ob wir in zwanzig Jahren statt von einem Date eher von einer Kompatibilitätsprüfung sprechen werden?
Wir schreiben das Jahr 2029. Der übliche Small Talk auf dem Damenklo:
„Du, Keira, wie kommt's eigentlich, dass du und der Justin so perfekt zusammenpassen?"
„Nun, den hab ich mir damals schön konvertiert und seitdem ist er absolut kompatibel. Die ganzen unnötigen Features hab

ich gleich gelöscht. Pro Jahr kriegt er zwei oder drei Updates und dann läuft er."
„Ist dein Justin eigentlich schon mal fremdgegangen?"
„Nee, nee, ich hab ihm erst mal 'ne digitale Signatur verpasst und dann gleich die Zugriffsberechtigungen eingeschränkt. Da kommt keiner ran."
„Ja, dein Justin, das is schon 'n Original."
„Nö. Nur 'ne lokale kontinuierlich synchronisierte Kopie."
Nur eine schlechte Sascha-Kopie sitzt nun im Chefbüro, im Stall von Schweinenase. Er wiederum sitzt mit zusammengefalteten Händen vor mir, sein Kinn lagert auf seinen beiden Daumen. Dabei grinst er, wohl wissend, in welcher Art Zustand ich mich gerade befinde. Einziger Lichtblick: Schlimmer kann es heute nicht mehr werden. Das versuche ich mir zumindest einzureden.
„Jaja, die Maria. Unsere Vorzeige-Azubine. Freust dich gar nicht." Da war es wieder, dieses beschränkte Grinsen.
„Doch, doch, freu mich." Meilenweit entfernt von der Realität mache ich mir noch nicht einmal Gedanken darüber, worüber ich mich jetzt eigentlich freuen soll.
„Das dacht ich mir. Deswegen möchte ich dich bitten, dass du ab sofort jeden Tag spätestens um zehn im Büro bist."
„Mitten in der Nacht ..."
„Genau. Weil sonst kann sie dir nicht über die Schulter schauen", strahlt Schweinenase selbstsicher.
„Über die Schulter schaun? Wer?"
„Na, die Maria."
„Aus ... welchem ... Grund?" Ich habe das Gefühl, das hier nimmt kein gutes Ende.
„Ach, hat sie dir nicht erzählt?"
„Was erzählt???"

„Ich hab sie fest eingestellt. Als Redakteurin. Ihre Artikel fand ich immer großartig."
NEIN! Dieser Gefühlslegastheniker! Da ackert man ein geschlagenes halbes Jahr daran, diese Frau aus der Omme zu bekommen, und was macht dieser dämliche Löffler? Setzt mir das längst todgeglaubte Emotionsmartyrium wieder direkt vor die Nase. Mann! Es gibt doch so viele potenzielle, seit Jahren jobsuchende Journalistinnen auf der Straße. Ältere, wohlbeleibte, unappetitliche, unattraktive, humorlose, anstrengende, unsympathische, pummlige, aber überaus talentierte Mädels, die so vieles zu bieten haben, nur eben nichts, was mich anzieht. Oder von mir aus ein männliches Exemplar. Alles wäre besser gewesen als sie. Maria.
„Fest?!", fällt mir dazu nur ein.
„Klar. Wir brauchen doch hier neue Leute. Frische. Unverbrauchte. Direkt aus der Zielgruppe."
„Zielgruppe." Ich könnte meinen Arsch darauf verwetten, dass er sich dessen bewusst ist, was er mir mit dieser Frau antut. Nur weil ich in den letzten sechs Monaten gerade mal an acht Tagen pünktlich in der Redaktion war. Ist das ein Grund, mich diesem erbarmungslosen Magneten auszusetzen? Hätte er nicht einfach mal anrufen können und sagen: „Mensch, Alexander, komm doch mal wieder vorbei und sei bitte pünktlich." Gut, das hätte zwar nix gebracht, aber er hätte es doch wenigstens mal probieren können.
„Haben wir heute ein Problem mit der Satzbildung oder wie?"
„Maria." Schweinenase wusste schon immer, wie er es schafft, mich optimal zu quälen. Wie gern würde ich jetzt stattdessen erfahren, dass ich heute hier die Toiletten schrubben muss. Oder dass ich ein Interview mit Nena führen darf. Obwohl, dann doch lieber Ersteres. Trotzdem, alles wäre mir lieber gewesen als die

sichere Erkenntnis, wieder dieser Frau und ihrer gefährlichen Aura ausgeliefert zu sein. Und das auf unbestimmte Zeit.

„Ja, immer noch Maria. Sehr gut. Maria soll dir die nächsten Wochen über die Schulter schauen." Schweinenase klingt mittlerweile wie ein Chirurg, der dem Unfallopfer nach einer Not-OP klarmachen möchte, dass es eben grad so mit dem Leben davon gekommen ist.

„Über die Schulter."

„Richtig. Vielleicht kann sie doch noch was von dir lernen." Der Löffel lehnt sich demonstrativ zurück und guckt wie ein Breitmaulfrosch. „Viel Hoffnung hab ich da aber nicht."

„So viele Blumen ... am frühen Morgen." Hey, schon sechs Worte am Stück!

„Komm, hast doch jetzt lange Urlaub gehabt."

„'ne Woche ist nicht lang", protestiere ich.

„Bezeichnest du das, was du sonst machst, als Arbeiten?" Na klar. Er fühlt sich gerade unerhört witzig. Dieser sonst so humorresistente Kompetenzsimulant. Zwei oder drei Stunden später wären mir womöglich auch noch die passenden Konter eingefallen. Aber woher nehmen, wenn sich das Großhirn leidenschaftlich beim Synapsentango austobt?

„Sch... Markus. Was wird'n das jetzt?"

„Ich versuche dir klarzumachen, dass du dich bitte die nächsten Wochen um Maria kümmerst. Nimm sie mit zu Interviews. Bereite sie mit ihr zusammen vor. Schreibt zusammen ein paar Konzerttipps. Und so weiter."

„Damit sie dann meinen Job übernimmt oder wie?"

„Wenn du bis auf Weiteres jeden Tag pünktlich um zehn hier bist, kannst du noch 'n bisschen bleiben."

Da war wieder dieses bescheuerte Grinsen. Pünktlich um zehn! Jeden Tag? Ich hab gehört, wenn man immer zur gleichen Zeit aufwacht, egal wie früh, gewöhnt sich der Körper irgendwann daran. Aber was, wenn das nur ein ganz böses Gerücht ist? Ohne wissenschaftlichen Nachweis aus Langzeitstudien?

„Echt jeden Tag?"

„Mhm. Von Montag bis Freitag. Und die Optik am Tisch gegenüber ist doch auch nicht zu verachten, oder?" Ich sollte dringend meinen Waffenschein machen.

„Och, na ja. Ich finde sie mittlerweile nicht mehr sooo … ich mein, früher sah sie irgendwie leckerer aus."

„Na, dann ist ja gut." Schweinenase kommt mit seinem Oberkörper wieder näher. „Dann kannst du ihr gleich mal deine Gorillastory erzählen."

„Können wir das Thema nich langsam mal vergessen?"

„Hatte ich schon. Aber Maria hat mich dran erinnert."

„Wie kommt SIE denn auf die Bananen?" Genau das hat mir heute noch gefehlt.

„Da war 'n Anruf letzte Woche. Irgend so'n penetrantes Mädel von 'nem Sunrise-Avenue-Fanclub. Wollte wissen, ob wir noch 'n Exemplar da haben mit der Story."

„Und? Was hat Maria gesagt?"

„Nix. Hat sie weitergereicht an Martin."

„Und der hat ihr natürlich kein Exemplar rausgeschickt", hoffe ich doch!

„Nö. Aber kannst gern mal ins Fan-Forum reingucken, www.sunrise-fan.de. Ist äußerst spannend."

„Wissen die, worum's geht?"

„Noch nicht."

Martins Knobikonsum am gestrigen Abend war doch etwas

zu passioniert für einen kleinen Plausch hier in der Redaktion in seiner unmittelbaren Nähe. Also ohne Dunstabzugshaube. Draußen vor dem *Pool*-Eingang bei einer Marlboro Light oder eben Gold berichtet er mir alles detailliert, was er der quietschenden Trulla am anderen Ende, wie er sie bezeichnet, erzählt hat. „Das war nur 'ne einzelne Fehlpressung, wir wissen nich, wie die in den Umlauf gekommen is."

„Und das hat sie dir abgenommen?"

„Natürlich nich. Sie meinte, keine Druckerei stellt nach einem Exemplar fest, Huch, wir haben uns hier verdruckt. Das müssen wir schnell ändern. Da muss es noch mehr geben", kommen die Worte gepaart mit einer deftigen Knobifahne in einem Schwall aus seinem Mund.

Ich gehe einen Schritt nach hinten. „Dann war sie doch nich sooo bekloppt."

„Na ja. Hat mir dann aber abgekauft, dass wir die restlichen neunhundertneunundneunzig Exemplare in den hauseigenen Reißwolf gepackt haben."

„Hauseigener Reißwolf."

„Klar. So'n ganz großes Teil. Da haben wir alles auf einmal geschreddert", freut sich mein Knofelfreund über seine Eloquenz.

„Und? Jetzt is sie zufrieden?"

„Kann man so nich sagen." Eine kleine Sorgenfalte legt sich über seinen Blick. „Die will das Heft jetzt ersteigern."

„Ersteigern?"

„Ja. Dort in diesem Fan-Forum wird's grad angeboten. Da will sich einer 'ne goldene Nase verdienen mit deinen Bananen", stellt Hackel fest und wechselt bei der Gelegenheit mal eben das Thema. „Und, was sagste zu Maria?"

„Was soll ich denn zu Maria sagen?"

„Freuste dich nich?"

„Worüber sollte ich mich denn FREUEN?“ Ich weiß noch nicht so ganz genau, ob er mich jetzt bewusst quälen will oder einfach nur eine saublöde Frage stellen wollte.
„Du warst doch mal unsterblich in die verknallt.“
„Mensch, Hackel, vielleicht is ja genau DAS das Problem!“
„'tschuldigung.“
Hat sich also eine der gelben Früchte verselbstständigt, während sich ein weiteres blondes Früchtchen in mein Leben zurückgeschlichen hat. Ich kann nicht behaupten, dass sich meine Birne besonders wohlfühlt als zermatschter Bestandteil in diesem verbitterten Obstsalat. Da bekomme ich doch gleich mal die geballte Ladung an Hiobsbotschaften am ersten Arbeitstag. Zu was für Big Packs das Schicksal doch fähig ist!

CHAI LATTE

„Was schreiben wir denn heute Schönes?“, werde ich an meinem Platz von Marias Augen freudig empfangen. Und das sind leider nicht die einzigen Augen, die sich offenkundig freuen mich zu sehen. Sie hat sich zwischenzeitlich von ihrem dicken Pullover getrennt und sitzt nun im gelben Spaghettiträgertop an meiner Seite. Wirklich toll! Nun werde ich also noch zusätzlich von zwei knopfartigen Gebilden unterhalb ihres Dekolletés erwartungsvoll beäugt. Ich nehme mir vor, diese Blicke zu ignorieren. So schwer kann das doch nicht sein. Da können sich die beiden noch so einladend in Szene setzen. Nö, nö. Ich werde mich ab sofort nur noch auf meinen Bildschirm konzentrieren. So!
„Erst mal Mails checken“, antworte ich steifen Blickes auf mein Outlook gerichtet. „Hab noch keinen Plan für heute.“
„Ich glaub, ich besorg uns besser mal was Koffeinhaltiges, oder?“
„Schöne Idee! Unbedingt!“
Die vieräugige Spaghettifrau schlendert auffallend schnittig in Richtung *Pool*-Küche. Früher hätte sie ja niemals auf diesen oberen Teil der Verpackung verzichtet. Aber warum jetzt auf einmal? Ich vermute, dass sie sich heute Morgen einfach nicht zwischen dem gelben und dem weißen Push-up entscheiden konnte. Daher wird sie dieses Utensil kurzerhand aus dem Garderobenplan gestrichen haben – dieses für mich doch so wichtige Utensil. Zerbreche ich mir hier schon wieder den Kopf über die beiden Extraaugen? Über diese zwei … elementaren Bestandteile meiner Fantasien aus einem früheren Leben? Obwohl. Da haben wir's doch schon! Aus einem FRÜHEREN Leben! Heute lässt mich das doch völlig kalt. Also, zurück zum Bildschirm. Konzentration! Ich füttere den Mozilla Firefox mit

der Adresse www.sunrise-fan.de. Meine schwächelnde Konzentrationsfähigkeit ist dem kleinen grünen Balken rechts unten jedoch so ziemlich egal. Er bewegt sich nur in Zeitlupe.
„Mann, das dauert ja heute ewig“, haue ich meine rechte Hand auf den Tisch.
„Internet kannste wieder vergessen. Das war letzte Woche schon mal so. Zwei Minuten für eine Page. Das nervt“, erklärt mir Martin.
Als Maria zwei Minuten später mit zwei Kaffeepötten in der Hand um die Ecke kommt, baut sich im selben Moment meine Seite auf. Hackel scheint die Zeit tatsächlich gestoppt zu haben. Schnell ins Outlook rübergeklickt und den Pott geschnappt. Ich will schon dazu ansetzen, genüsslich meinen Kaffee zu schlürfen, da bemerke ich, dass es sich lediglich um eine Milchkaffeevariation handelt.
„Heute mal Latte Macchiato, aha“, stelle ich fest, schwer begeistert bin ich nicht.
„Nö. Das ist Chai Latte. Probier mal.“
„Chai Latte? Chinesischer Milchkaffee oder wie?“
„Nein. Das ist original indischer Tee mit Milch. Nun probier doch einfach mal!“
Das ausgeprägte Zimtaroma könnte wahrscheinlich einen ganzen Weihnachtsbaum zum Leuchten bringen. Sogar jetzt, Ende April.
„Okay.“ Genippt und geschüttelt. Die tausend Kerzen auf meinem inneren Christbaum sind innerhalb weniger Sekunden erloschen. Der Geschmack dieser milchigen, hellbraunen Brühe kann mit ihrem verlockenden Duft nicht mal ansatzweise mithalten.
Das Zeug schmeckt: „Sehr interessant“, um nicht zu sagen scheußlich. Nach Zimt schnuppern, aber meinem Mund eine

deftige Chilinote spendieren. Da wäre es mir doch lieber gewesen, sie hätte die Teebeutel in Indien gelassen und die Push-ups wieder mitgebracht.

„Wie läuft's denn mit dir und den Mädels?“ Ein verschmitztes Maria-Lächeln von links.

„Das is jetzt nich so spannend. Und bei dir?“

„Entlobt und ledig. Und das ist auch gut so“, erhalte ich also lediglich die Mein-Leben-hat-sich-völlig-verändert-Kurzfassung.

„Dein armer Professor“, fällt mir da nur ein.

„Der ist über Silvester nach New York geflogen, ohne mich.“

„Du warst doch auch gar nich da.“

„Egal. Er hätte ja mal warten können. Ich wollte schon immer zum Big Apple und der fliegt einfach so ohne mich.“

„Aber er is doch nich mit 'ner andren dahin geflogen.“ Wieso verteidige ich hier eigentlich ihren Ex? Ist mir doch Wumpe.

„Nee. Mit seinem Kumpel. Aber trotzdem.“

„Mhm“, antworte ich, ohne die vom Professor verursachte Dramatik in ihrer vollen Tragweite zu überblicken.

„Außerdem ist das jetzt Teil meiner neuen Lebensphilosophie.“ Maria lehnt sich zurück und verschränkt die Hände hinter dem Kopf, sodass alles Weitere unterhalb ihres Halses noch besser zur Geltung kommt. Na wunderbar. „Alles kommt und geht. Das hab ich bei meinem Meditationskurs in Jaipur gelernt. Zehn Tage der inneren Ruhe. Lass gehen, was du nicht brauchst. Verabschiede dich von dem, was dir nicht guttut.“

Dafür braucht man also zehn Tage. Um herauszufinden, dass alles kommt und geht. Hätte ihr dieser Guru bei der Gelegenheit nicht gleich klarmachen können, dass alles was kommt und geht, besser dort bleiben sollte, wo es hingegangen ist, ohne zurückzukommen? Zwar besteht der Sinn der Askese darin, sich in Enthaltsamkeit zu üben, allerdings heißt das doch nicht gleich, dass sie sich von ihrem Professor trennen muss. Und erst recht nicht von all ihren Spitzen-Push-ups!

„Du hast also zehn Tage lang meditiert?“

„So wie einst der große Buddha. So kam er schließlich zu seiner Erleuchtung.“

Na dann passt ja alles. Bestimmt wäre es dem Betrachter angenehmer, wenn auch er, der Buddha, seine Brüste besser verpacken würde. MANN! Ich hab schon wieder meinen Blick über ihre Rundungen schweifen lassen. Verdammt. Konzentrier dich!

„Okay. Was soll ich dir erklären?“

„Du wolltest mir noch erklären, wie es mit dir und den Frauen so läuft?“

Gut. Dass man als Journalist immer hartnäckig bleiben sollte, muss ich ihr offensichtlich nicht mehr predigen.

„Was soll ich sagen? Ich genieße das Leben als Single.“ Dabei grinse ich, als ob es was zu Grinsen gäbe.

„Also diverse Kandidatinnen?“

„Na ja, diverse is jetzt übertrieben. Aber der Ägyptenurlaub war schon … schön.“

„Also öfter im Bett als am Strand …“

„Mjo. Sozusagen.“ Das war jetzt nicht einmal gelogen. Also!

„Und wie sah sie aus?“

Nein, ich werde dir jetzt keine Personenbeschreibung geben, die auch auf dich zutreffen könnte.

„’ne richtig heiße Spanierin. B-brünette, ganz lange Haare und na ja, ’ne Animateurin.“

„Eine Animateurin. Nicht schlecht. Aber ich dachte immer, du stehst auf Blond.“

Ja. Aber das war vor deiner Zeit noch ganz anders! Da spielte es keine Rolle, was da im Bett nackt neben mir lag. Ob nun eine

Blondine oder meinetwegen Manni. Beiden hätte ich gleichermaßen vorgeschlagen, sie können sich auch gern mal etwas anziehen, um sich nicht noch zu verkühlen. Gut, die Abwehrkräfte von Naomi Watts hätt ich dann schon mal auf die Probe stellen wollen.

„Nö. Blond is eigentlich nich so mein Ding."

„Muss ich mich wohl getäuscht haben." Ein verschlagenes Lächeln in Blond.

Die nächsten sieben Stunden verstreichen nur qualvoll mit weiteren Maria-Mantras und ihren Blicken über meine Schulter. Aber wenigstens ohne Fragen, was meine ominösen gelben Früchte angeht. Ich unterdrücke einen weiteren Versuch, auf die Jagd nach Antworten zu gehen, was den Sonnenaufgang in Amsterdam betrifft. Hätte ja zu zwangsläufigen Erklärungsversuchen geführt.

Beim Verlassen der Redaktion laufe ich an einem großen gelben Ortsausgangsschild vorbei. Unten lese ich ein rot durchgestrichenes „Ruhiges Leben", darüber ein fettes „Insomnie". Bis auf Weiteres schlaflose Nächte, die wahrscheinlich irgendwann direkt übergehen in senile Bettflucht.

EIN KILO HACK

„Ganz, ganz schlechte Nachrichten!“, bekopfschüttelt mich Manni in unserer WG.
„Frau Doktor is schwanger?“
„Schlimmer!“
Manni senkt bedächtig den Kopf, während er auf seinem Schoß wehrlose Paprika mit einem Messer zerstückelt. Frustriert schiebt er die erlegten Streifen auf seinem Brett nach rechts, zu den gewürfelten Zwiebeln und dem zerhackten Knoblauch.
„Unser Kraftpaket von nebenan hat sich mit Kohlenhydraten angefreundet?“
„Nich ganz so schlimm.“
Schlimmer als ein schwangerer Urlaubsflirt, aber nicht ganz so schlimm wie ein Nachbar, der uns in Zukunft die Gourmethäppchen wegfuttert. Mhm.
„Wir müssen uns mal wieder bei der Fern-Uni sehen lassen?“
Während meiner Frage rebelliert eine rote Paprikahälfte und hüpft aufs Parkett.
„Mann! Musst du gleich so maßlos übertreiben???“ Manni fischt den kleinen Flüchtling aus den dichten Staubflocken am Boden zurück auf sein Brett.
„Mein Fehler. Das verbotene F-Wort. Was’n passiert?“
Manni berichtet über das nahende Ende unserer Hörspieltradition. Jan Gaspard ist als Autor unserer geliebten „Offenbarung 23“ abgesetzt worden, aus bisher unbekannten Gründen. Nach Folge 29 soll mit neuen Charakteren und einem Ersatzschreiberling weiter offenbart werden. Dass wir diese Episoden boykottieren werden, steht für uns jetzt schon fest. Wir würden ja auch nicht „Stromberg“ ohne Christoph Maria Herbst gucken, oder „Die 2“ mit Mario Barth als Gagschreiber.

Nun ja. Der heutige Tag wird wohl später in meiner Biografie nicht unbedingt in der Kategorie Phänomenal abgeheftet werden. Da fehlt mir jetzt nur noch ein anständiger Magenmambo dank feuriger Paprikaeiweißprodukte.

„Und? Heute Mad-Man-Nudeln oder wie?“, nehme ich an.

„Curryhuhn à la Mad Man. Mit Reis“, verkündet mein Mitbewohner stolz.

Zur Trauerfeier des Tages suppen die zerstückelten Vögel zwischen Reis und Curry in der Pfanne; aus meinem Laptop plätschert unsere Lieblingsoffenbarung „Die Titanic darf nie untergehen“. Der Luxusliner ist noch nicht einmal ausgelaufen, da holt mich der Sprecher mit dem Satz „Die Zeichen dulden keinen Aufschub“ zurück ins Ungewisse. Was, wenn sich schon einer den Spaß erlaubt hat, meinen Artikel einzuscannen und in dieses blöde Fan-Forum zu stellen? Was, wenn das letztendlich das definitive Aus für eine Sarah-und-Sascha-Liaison bedeutet? In mir regt sich langsam eine unbeschreibliche Panik. Bei dem Punkt „Tron hat die geheimen Akten geknackt“ drücke ich die Taste für Pause. „Die versteigern das im Internet.“

„Das is doch nur Fiktion.“

„Manni, ich rede von meinem Artikel.“

„Versteigern? Deinen finnischen Reisebericht?“

„Mhm. Im Fanclub. Ich muss mir das unbedingt anschaun. Obwohl ich's lieber nich sehen will.“

„Dreh die Kiste mal zu mir. Ich guck mal.“

Das verendete Huhn aus Indien liegt mir mittlerweile schwer im Magen, Manni tippt wie wild auf meinem Acer rum. Unser Verschwörungs-Chefoffenbarer hat im Moment beim Anblick weiblicher Beine ähnliche Schwierigkeiten, sich auf geplante Schiffsuntergänge zu konzentrieren wie ich mich auf seine Enthüllungsstory. Er und sein Kumpel werden von seiner Herzdame als Wildecker Herzbuben begrüßt, womit er ähnlich weit entfernt ist von seiner Angebeteten wie ich von meiner Sarah.

„Wär mir ja peinlich, wenn ich Bruce Willis wär", brummt Manni vor sich hin.

Nein. Ich versuche gar nicht erst, einen halbwegs vernünftigen Zusammenhang herzustellen. Zwischen den Dingen, die er gerade recherchiert, unserem Titanic-Hörspiel und „Stirb langsam". Außer vielleicht, dass in allen drei Fällen mindestens einer kräftig am Schwitzen war oder ist. Zwar hat mich Sarah im „Laguna" als eine Mischung aus Haudegen Bruce und „Mensch Markus" beschrieben. Aber das bringt mich jetzt auch nicht viel weiter.

„Was hat denn Bruce mit der Titanic zu tun?"

„Nix. Aber mit den Wildecker Herzbuben." Manni schlürft einen Schluck Heineken. „Is ja interessant, was die hier schreiben."

Es ist ja nicht so, dass ich gerade kein Ganzkörperfragezeichen simuliere. Ich wette, über meinem Kopf blinkt schon ein fettes rotes URGENT. Eines, das mein Gegenüber wie selbstverständlich missachtet.

„Manni! Was is mit Bruce und den Wildecker Herzbuben?", haue ich meine Suchanfrage in Mannis Google-Hirn.

„Der Willis hat 'ne Großcousine und die ist mit einem von den beiden Dickerchen verheiratet. Weiß man doch."

„Klar."

Er scheint immer wieder zu vergessen, dass nicht jeder Mensch einen Morningsshow-Anekdoten-Grundkurs besucht hat. Leider bekommt man solche Infos nur selten an der Wursttheke im Kaufland.

Kaufen Sie heute ein Kilo Hack bei uns und ich verrate Ihnen zusätzlich noch den Zusammenhang zwischen Mr. Die Hard und den zwei Schlagerpummelchen aus Wildeck.

Mein Mitbewohner lässt mich weiter zappeln. Ich beschließe, gemeinsam mit der „Titanic“ voll in ihrer wahren Geschichte abzutauchen. Fernab von Kate Winslet, Leonardo DiCaprio, Sarah und irgendwelchen Bananen.

An dieser Stelle war ich beim ersten Mal weniger geschockt, ich hielt es stattdessen für einen ganz üblen Scherz, dass es bereits 1898 ein Quasi-Drehbuch für eine Katastrophe gab, die erst vierzehn Jahre später passieren sollte. Ein Buch über ein als unsinkbar geltendes Luxusschiff, welches an einem Eisberg zwischen New York und Liverpool scheitert. Zur Krönung nannte dieser gewisse Morgan Robertson seinen illusorischen Dampfer auch noch „Titan“. Wohlgemerkt einige Jahre vor dem tatsächlichen Unglück. Diesmal stoppt Manni unsere Offenbarung. „Da verschweigen sie uns noch ’n paar Hammerdetails.“

„Bist du nich mit diesen … Forummongos beschäftigt?“

„Jaja, erzähl ich dir gleich“, winkt Manni ab. „Aber pass mal auf. Titan und Titanic. Ja? Zweimal dreitausend Personen und zu wenig Rettungsboote an Bord. Zweimal Eisberg. Beide unsinkbar. Beide hatten ihre Reedereien in Liverpool. Und! Der Untergang an fast derselben Stelle im Nordatlantik. Das war keine Vision, das war ’ne Prophezeiung!“

„Oder das Buch wurde zu ’ner Art Gebrauchsanweisung: Wie versenke ich ein mächtig großes Schiff?“

„Wenn ich ’ne Versicherung betrügen will, dann mach ich das weniger auffällig“, ist sich Manni sicher.

„Oder ich mache es bewusst so offensichtlich, damit danach alle sagen, das wäre zu auffällig. Und dann kassiere ich schön die Kohle für meinen längst prophezeiten Versicherungsschaden.“

„Gut. Dann prophezeie ich dir jetzt mal den Schaden, den deine Bananen noch anrichten werden. Die Gebote liegen im Moment bei dreißig Euro, völlig bekloppte Fans werden dafür höchstwahrscheinlich deutlich über hundert ausgeben wollen. Auf diese Weise findet dein Finne seinen Weg in die Medien und du kannst überhaupt nix dagegen machen. Nenn es Schicksal. Und vergiss es einfach."

„Ach Manni. Weißt du, wenn Maria nich wär, wär's mir scheißegal. Ich will diese Banane vergraben, verstehste?"

„Maria?"

„Öhm." Hab ich grad Maria gesagt? „Sarah natürlich."

„Was ist denn nur los mit dir?", grinst Manni besorgt.

„Die Frau bringt mich völlig durcheinander."

„Sarah?"

„Maria!"

„Maria? Deine Ex-Praktikantin?"

„Azubine."

„Hey, die ist in Kalkutta und sucht nach ihrer Erlösung!", versucht mich Manni ruhigzustellen.

„Hey, die ist frisch von ihrem Kerl erlöst und sitzt wieder jeden Tag neben mir", antworte ich im gleichen Tonfall.

„Vorübergehend?"

„Schön wär's. Als Redakteurin. Fest!"

„Ups."

Manni verschwindet wortlos in seinem Zimmer, um mit einer Whiskeyflasche in der Hand zurückzukehren. Heute also keinen Hennessy. Stattdessen füllt Manni einen mir unbekannten Single Malt in zwei IKEA-Gläser. „Was macht der gute alte Onkel Charlie, wenn er sich was Gutes gönnen will?"

„Er legt 'n Mädel flach", wenn wir hier von Herrn Sheen in „Two and a Half Men" sprechen.

„Oder er holt seinen zehn Jahre alten Glenmorangie ausm Schrank. Stößgen!"
Das goldene Destillat mit dem leichten Vanille-Zitrus-Aroma legt sich mild, fast schon cremig auf meine Zunge, um dieses wohlige Gefühl eines beruhigenden Abgangs zu hinterlassen. Charlie hat Geschmack, das muss man ihm lassen.
„Freitag is Feiertag. Da stehen wir um zwölf auf. Sonst schaffen wir's nich", weist Manni an. Ich habe noch nicht einmal den Hauch eines Schimmers, wie er meinen vorläufig letzten Maria-freien Freitag verplant hat.
„Stimmt. Kampftag der Arbeiterbewegung", fällt mir da ein. „Aber nich Onkel Charlie in Dauerschleife, nee?"
„Nö. Aber was nehmen wir uns seit zwei Jahren vor?"
„Diesen BWL-Onlinetest?"
„Genau. Du machst deinen Test. Ich guck derweil zwölf Folgen Wilde und Sinclair."
„Die 2!" Welch grandiose Idee! „Na, da bin ich doch glatt dabei."
„Diesmal sind wir sogar bestens vorbereitet", prahlt Manni stolz, während ihm eine Kippe schräg aus den Mundwinkeln hängt.
„Was hatte uns denn bisher gefehlt?" DVD-Player, alle Sprüche von Curtis und Moore auf Silberscheibe, das sollte doch reichen.
„Die passende Mischung!" Und schon steigt wieder der Entertainer in meinem WG-Partner empor. „Der König unter den Shortdrinks: Creole Scream."
„Verstehe", freue ich mich auf mein Debüt in Sachen kultivierte Cocktails und schütte mir den nächsten Schluck Scotch ins Glas.

Im Nebenraum beginnen die Herren vom Sägewerk ihre Nachtschicht. Sehr gut. Ich schleiche mich noch mal in die Küche, um mir ein weiteres Glas vom edlen Tropfen einzuschenken. Yummy! Ahhh! Welch entspannende Wirkung! Die Schotten haben vielleicht keine Ahnung von Fußball, im Destillieren sind sie allerdings unangefochtene Weltmeister. Die Schotten. Röcke tragen, aber wissen, was Männer wirklich brauchen. Wissen, was ich brauche. Besonders jetzt, wo ich es wagen will, mal einen Blick in das Fan-Forum zu werfen. Yummy!
Aha. Auf der Hitliste der meistbesuchten Threads steht „Samu in Amsterdam?" auf Platz eins, dicht gefolgt von „Warum trägt Samu Bananen-Shirts?" auf Rang drei. Nur ein „Ist Samu nun vergeben oder nicht?" hat sich irgendwie dazwischengedrängelt. Platz zwei und drei würden sich einfach beantworten lassen. Nein, er ist nicht vergeben, weil er viel mehr an regelmäßigen Bananenexperimenten im Rotlichtviertel interessiert ist. Sollte sich aber eine Gelbfruchtfetischistin finden, die seine Leidenschaft teilt, kann man natürlich für nichts garantieren. Yummy! Uhahhh! Gut, kommen wir zur unangefochtenen Nummer eins. Klick. Sunny88 eröffnet:
„In einem Leipziger Stattmagazin wahr eine komische Geschichte über unseren Samu. Die sagen, das er in einem Sex-Kino in Amsterdam wahr. Und da muss er irgentwas komisches auf der Büne gemacht haben. Leider stand die Geschichte nur in einem Heft. Im nächsten von der gleichen Ausgahbe, wahr eine andre Geschichte drinn. Die hatte nichts mit unserem Süsen zu tun. Komisch oder? Ich konnte die Geschichte leider nicht bis zu ende lesen. Ich hab mir zwar das Heft gekauft, aber plözlich wahr die Geschichte weg. Ich weis, dass klingt jetzt komisch. Aber so wahr es. Weis jemand Was über diese Geschichte?"
Wirklich komisch! Unser blumiges Karstadt-Speckpferdchen

also. Was könnte man ihr noch ans Herz legen, außer vielleicht ein paar Therapiestunden? Oder wenn möglich noch schnell einen Integrationskurs? Yummy! Uhjaa! Stattdessen gibt es hier ein ganzes Nest kognitiv suboptimierter Komiker, die ihr ganz andere Schritte empfehlen. Zum Beispiel SamuBaby:
„Wenn die bei der Zeitung nicht wissen, was sie schreiben sollen, dann erfinden die ja auch manchmal Geschichten. Solche Reporter sind wahrscheinlich selber regelmäßig in solchen Lokalen, um auf solche perversen Fantasien zu kommen. Würde mich nicht wundern. Ich kann mir nicht vorstellen, dass unser Süßer so etwas macht. In ein Sexkino gehen. Also nee. Aber ruf doch mal bei der Zeitung an. Vielleicht klären sie dich auf.“
Mensch! Welch investigativer Scharfsinn! Nein. Ich war nur ein einziges Mal dort. Und ich war da nicht alleine. Euer Süßer, der war auch da. Und euer pummeliges PISA-Opfer Sunny88 kann uns gern mit Anrufen terrorisieren. Aber erst, wenn sie „terrorisieren“ halbwegs buchstabieren und artikulieren kann. Yummy! Muahhh! Fairytale! Bezeichnet mich als hirnverbrannten Pressevertreter und als inkompetenten Schreiberling, der unter IQ-Mangel leidet. Ähnlich sparsam mit Komplimenten zeigt sich ein gewisser Fredi85, der uns und die *Bild* in einen Topf wirft und alle Reporter als abartig und krank einstuft. Ein weiteres, geistig ein wenig knapp kalkuliertes Exemplar nennt sich Sami07:
„RTL Punkt 12 würde sich bestimmt auf diese Geschichte stürzen, und dann können die in Leipzig ihren Laden dicht machen, wenn die da solche Lügen verbreiten.“
Genau. Katja Burkard fährt bestimmt persönlich bei unserem Wonneproppen vorbei, um die Geschichte eigenhändig zu recherchieren. Hallo! Die würde sich schon allein deswegen weigern, über die Story zu berichten, weil in Sunrise Avenue zwei

bösartige „S“ enthalten sind. Yummi! Uhahhh! Und im Samu steckt auch noch eins. Also! So bekloppt sich die nächsten Einträge auch anhören, einer von ihnen erwischt mich mit seiner vollen Wucht. Sunset84:

„Eigentlich wäre mir das scheißegal, was euer durchtriebener Finne da in Amsterdam angestellt hat. Aber ich habe mir sagen lassen, dass es euch hier alle brennend interessiert. Nun denn. Ich nenne ein Pool-Exemplar mein Eigen und kann euch versichern, die Sexstory hat es in sich. Gut, dann sagt mir doch mal, was euch dieses Heft wert wäre. Vielleicht verkaufe ich es ja. Gebote einfach an Sunset_84@yahoo.com. Ich bin sehr gespannt. Kleiner Vorgeschmack gefällig? Nun, mit Bananen kann man noch viel mehr machen, außer essen. Bis später.“

Der einzige Vertreter ohne erkennbare mentale Frakturen. Und ausgerechnet der oder die pinkelt mir hier in meinen Scotch. Um meinen Urinprobenbecher bis zur Oberkante zu füllen, informiert Sunset84 wenige Einträge später über den aktuellen Stand der Gebote. Fünfundzwanzig Euro. Und am Ende des Threads der vor zwanzig Minuten aktualisierte Betrag von schlappen 99,99 Euro. Da will sich jemand offensichtlich einen blauen Schein schönreden. Das mit den Schnäppchenpreisen scheint offenbar auch bei der Selbstanwendung zu funktionieren.

Hundert Euro wären mir deutlich zu teuer, aber bei 99,99 Euro, ja, da bin ich doch dabei!

Yummy! Rrrrjahh! Wahrscheinlich bin ich inzwischen mehr dichter als Denker. Was gäbe es sonst für einen Grund, diesem oder dieser Sunset84 während meiner derzeitigen Restrealität neben meiner Handynummer folgenden Text zu schicken?

„Lieber oder liebe oder liebes Sunset,

was auch immer. Jetzt mal unter uns, wen interessiert es schon,

was dieser finnische Notenakrobat mit seiner Freizeit anstellt. Außer eben meine kleine 18-jährige Schwester, die völlig vernarrt ist in diesen Kollegen. Keine Ahnung, warum. Fakt ist, wenn ich ihr dieses Magazin besorge, bin ich Lieblingsbruder auf Lebenszeit. Das ist mein überlebenswichtiges Ziel. Genaue Gründe würden jetzt zu weit führen. Nun zu meinem Anliegen. BITTE lass mich wissen, um wie viele Interessenten es sich hier eigentlich handelt, vielleicht kann ich mich ja mit dem Höchstbietenden in irgendeiner Form einigen. Um die Kommunikation zu beschleunigen meine Kontaktdaten anbei.
Mein Gebot: 100 Euro.
MfG
Daniel Friedmann"

CRASHTEST-DUMMY

Selbst schuld! Man kann sich natürlich von Manni einfach das *main theme* der Kultserie „Die 2“, sprich von „The Persuaders“ aufs Handy bluetoothieren lassen, speichern und stolz drauf sein, dass man es hat. Wenn man sich allerdings dafür entscheidet, seinen langjährigen Moby-SMS-Ton gegen „Die 2“ auszutauschen, dann sendet man eben mit jedem Posteingang eindeutige Signale. Ob nun freiwillig oder nicht. Signale, die besagen: Jop, die Schnodderdeutschsynchro von Rainer Brandt ist einfach galaktisch. Dann lass uns doch mal ein Roger-Moore-vs.-Tony-Curtis-Battle starten! Mein Gegenpart am Dienstagnachmittag hieß Maria. Und sie war dummerweise bestens im Bilde.

Ich: „Ein guter Schluck zur rechten Zeit erhebt des Knaben Männlichkeit!“

Sie: „Erheben wir unsere Gläschens – zur Freud und Kurzweil unsres Bläschens!“

Das ist wie bei einem Trekkie. Der lässt einen von seiner Spezies beim ersten Kontakt nicht einfach durch ein Wurmloch in die nächste Galaxie abschwirren. Vorher macht er ihm im astreinen Klingonisch klar, dass er der Präsident dieser Föderation ist. Da meine Nemesis in Form von Maria beschlossen hat, dauerhaft auf meinem Spaceshuttle einzuchecken, wird es mir schwerfallen, die drohende Gefahr zu bannen. Wie eine gigantische Energiewolke mit zerstörerischer Kraft, wie unberechenbare dunkle Materie bringt sie von nun an mein schwankendes Raumschiff unter ihre Kontrolle.

Nur ein einziges Mal hörte sie meinen kultigen SMS-Ton: die melodramatische „Die-2“-Erkennungsmelodie. Das sollte der Anfang vom Ende meines Kampftages der Arbeiterbewegung werden. Mein lapidares „Am Freitag ist bei uns Curtis-&-Moore-Großkampftag“ muss wohl in ihren Ohren wie eine persönliche Einladung für einen „Die-2“-plus-1-Tag geklungen haben. Nicht gerade im Sinne unseres Schnodderdeutschsynchronisators, aber unvermeidbar, nachdem ich im falschen Moment genickt habe. Nämlich als Maria meinte: „Geil, da bin ich doch dabei. Darf ich?“ Wie, bitte schön, hätte ich denn auch ahnen sollen, dass ein knapp 25-jähriges Mädel eine Serie „hammermäßig“ findet, die zwölf Jahre vor ihrer Geburt gedreht wurde? Da standen doch die Chancen wesentlich höher, dass Hansi Hinterseer ein verkappter Jay-Z-Fan ist.

Um die klare Überlegenheit der Männerfront zu fördern, überzeugte ich gestern noch unseren Knoblauchfanatiker, uns Gesellschaft zu leisten. Selbstverständlich nicht, ohne meinem Hackel-Martin ein Menü zu versprechen, das sämtliche Vampire im Umkreis von dreißig Kilometern verjagt. Drei Männer und eine Maria. Ein Trojaner im männlichen Unterhaltungsprogramm. Wäre in etwa zu vergleichen mit einem „Ally-McBeal“-Abend, bei dem ich ganz scharf drauf bin, mich einzuklinken.

Mädels! Da muss ich unbedingt dabei sein! Legt mir doch schon mal eine Rolle Zewa Wisch & Weg raus! Ich bringe auch Maistortilla-Chips mit Tomaten-Mozzarella-Dip und Fetacreme mit! Okay? Und 'ne selbst gemachte Wodka-Waldmeister-Bowle.

Zu allem Überfluss erfuhr ich dann am Montag noch, dass es Maria nur noch als Bioversion gibt. Sie hat nicht nur ihre BHs in Indien zurückgelassen, sondern auch ihren Appetit in Sachen Nikotin und Fleisch. Ich finde, das haben weder wir noch unsere beiden millionenschweren Playboys verdient. Ich bin mir sicher, wüsste Tony Curtis davon, dass wir seinen Sprüchen in Gesellschaft eines vegetarischen Ex-Nikotinjunkies lauschen wollen, würde er mir persönlich einen Tritt verpassen.

Heute nun ist „Die-2“-Tag. Manni und ich stehen in der Küche. Also er steht und kocht, ich sitze und trinke. Was er kocht? Keine Ahnung. Ich für meinen Teil trinke mein erstes Beck's des Tages.
„Was meinst'n? Noch mehr Tabasco?“, fragt mich Manni.
Eine zwecklose Frage. Wo ich doch schon Schwierigkeiten habe, in diesem Kochmief zu erkennen, was überhaupt das angestrebte kulinarische Ziel ist. Reis, Sellerie, Paprika und Zwiebeln. So viel steht fest. Der Rest? Vegetarische Knobipampe à la Mad Man? Man weiß es nicht.
„Hat das Baby auch 'n Namen?“
„Jambalaya für Fleischverweigerer“, verkündet Manni.
„Klingt nach Afrika.“
„Nö. Cajun-Küche. Louisiana.“
„Ah ja. Und seit wann gibt's unter den Amies Vegetarier?“
„Hmh“, grinst Manni überlegen. „Das originale Jambalaya is zwar mit Fleisch, aber glaube mir, du würdest es nich mal probieren ...“
„Weil da Netzpython-Ragout drangehört oder Eidechsenschwänze in Aspik?“
„Nah dran. Alligator-Fleisch.“
„Was bei Kaufland Gott sei Dank grad aus war“, bin ich beruhigt.
„Och, ich wüsste schon, wo ich so was herbekomme.“
Ich freue mich, dass es an der Tür klingelt, bevor mir schlecht wird.
„Ich will's gar nich wissen“, rufe ich von Weitem, während eine von oben bis unten schwarz gekleidete, wohl gelaunte Blondine mit kreisringförmigem Schmuck am Ohr durch unsere WG-Pforte stolziert.

„Duftet ja exotisch bei euch“, werde ich begrüßt. Dazu ein dicker Schmatzer auf meine rechte Wange.
„Du ja … auch.“ Eigentlich möchte ich damit Folgendes sagen: Die Erleuchtete war anscheinend nicht nur in ihrem Parfumbottich baden, sondern, und das ist weitaus unangenehmer, offensichtlich im falschen. Allein durch dieses, wenn wir es dezent formulieren wollen, Aroma steht sie mit Frauke Ludowig ganz dufte auf einer Stufe. Gott! Wenn Menschen sich riechen können müssen, um sich anziehend zu finden, dann sind wir heute Nord- und Südpol. Und wenn ich der Nordpol bin, werde ich heute definitiv die Klimaerwärmung missachten und nicht dahinschmelzen, wie von mir erwartet.
„Hab ich mir aus Indien mitgebracht. Gefällt dir?“ Ein selbstsicheres, aber wie ich finde grundloses Grinsen.
„Mjo. Durchaus“, lüge ich, weil wir schließlich noch ein paar Stunden vor uns haben. Kann ihr ja schlecht den direkten Weg zur Dusche zeigen. Schon deswegen nicht, weil es dort ähnlich verlockend aussieht, wie sie heute duftet. Exotisch eben.
„Na, Manni!? Was rührst du uns denn heute zusammen?“, fragt Frau Ludowig und rutscht mit Maria in die Küche.
Ich plane den gezielten Gegenangriff. Ich verschwinde im Bad, um mich von oben bis unten mit Bulgari Blu einzudieseln, mit dem Ziel, dann nur noch den Knobi und mich selbst zu riechen. Reicht für heute.
Als ich wenig später um die Ecke biege, in Mannis für heute komplett umfunktioniertes DVD-Guck-Home-Cinema, hat sich das indische Gewölk schon auf der Couch abgesetzt und futtert unsere Wasabi-Chips: das Einzige, was heute eigentlich noch lecker schmecken sollte. Abgesehen vom edlen Glenmorangie, von dem ich am Montagabend noch eine halbe Flasche übrig gelassen habe. Immerhin.

„Willste irgendwas trinken? O-Saft, Wasser, Bierchen, Milch?“, spiele ich Marias Kellner. Das mit der Milch hätte ich mir vielleicht sparen sollen. Nicht, dass sie wieder ihre Chai-Teebeutel auspackt.

„Ihr habt Milch im Haus? Was ist denn mit euch passiert?“

„Manni trinkt gern mal ’nen Liter auf Ex. Mit ’nem Schuss Rum.“

„Klingt ja pervers.“

„Isses auch“, kann ich Maria nur zustimmen.

„Hey, das is ’ne jamaikanische Spezialität!“, verteidigt sich Manni aus der Küche.

„Wie auch immer“, wirft Maria mir einen lächelnden, aber missbilligenden Blick zu. „Ich nehme ein Bier.“

„Sollste kriegen.“ Ich verschwinde zu meinem Milch-Rum-Fanatiker.

Die gesamten beiden oberen Etagen unseres WG-Kühlschranks sind prall gefüllt mit zehn Flaschen Beck’s. Hab ich gestern extra noch auf Mannis Anweisung hier hochgebuckelt. Sie passen optisch nicht so ganz zu all den anderen Leckereien weiter südlich, den sorgfältig ausgewählten Bestandteilen unserer bevorstehenden Kreation: eines Creole Scream – der Lieblingsdrink „Der 2“ – als da wären: eine Flasche Captain Morgan White Rum, Angostura, Martini, echter Granatapfelsirup und ein paar Oliven. Bei der korrekten Mischung angeblich ein deliziöser, beinah dekadenter Hochgenuss. Die Erleuchtung wird später kommen.

Ding-Dong.

Jetzt kommt wohl erst mal Martin, mein *Pool*-Layouter. Ich begrüße ihn mit: „Mensch, Hackel, du duftest ja heute.“ Dass Martin in der Beziehung mal für eine angenehme Abwechslung sorgen würde! Da hätte ich jetzt nicht zwingend meinen Hintern drauf verwettet.

„Wieso, wie soll ich denn duften?“ Wie soll Hackel auch mein Glück begreifen?
„Na ja, so unknobimäßig, verstehste?“
„Aber der Knobi kommt doch noch, oder?“, ist mein Freund Hackel etwas verunsichert.
„Also wenn DU das nich riechst, dann weiß ich auch nich.“
Martins irritiertes Gesicht entspannt sich. Er schnüffelt und lächelt: „Ja, stimmt. Tach, Manni!“
„Hey, Hackel! Heute nur das Beste für dich!“
„Komm rein, willste ’n Bier?“, chauffiere ich Martin am Manni-Herd vorbei zum Maria-Muff.
„Aber was Ordentliches. Nich so’ne gemixte Ballerbrühe!“, befiehlt Hackel und dreht sich zu Maria. „Na, Kollegin?“
Während die beiden ein paar *Pool*-Anekdoten austauschen, starte ich den nächsten Versuch, das Beck’s aus dem Kühlschrank zu befreien. Bei der Gelegenheit zieht Manni die Küchentür von Innen zu und spricht: „Sag mal, wer von den beiden riecht da wie’n persischer Zuhälter?“
Hat sich die indische Biowolke also schon durch den Paprika-Knobi-Mief gekämpft.
„Maria.“ Dabei verziehe ich das Gesicht, als ob es wehtut.
„Und unser Vampirjäger?“
„Erstaunlich gut.“
„Verkehrte Welt, oder?“
„Mhm.“
Ich schnappe mir vier gebraute Kühlschrankeinwohner, Manni schnappt sich vier Teller und verteilt auf ihnen gleichmäßig die an Paella erinnernde krokodilfreie Kost. Um die Ecke gebogen, hagelt es erste Proteste einer Bioblondine, die ihr Gesicht brokkoliartig zerknautscht: „Sieht ja ganz schön pervers aus.“
„Nich meckern, kosten“, gibt sich Manni gelassen.

„Muss ich wissen, was da drin ist?“

„Nö. Drückt mal einer die Play-Taste oder was? Genießet das Mahl. Is was ... Exotisches.“

Etwas unsicher fischt Martin kopfschüttelnd die Fernbedienung zwischen Tellern und Wasabi-Chips hervor und lässt das Spiel beginnen. Auf dem Bildschirm schmiedet ein pensionierter Richter einen Plan, zu dessen Umsetzung er nur noch eine britische Durchlaucht und einen Ölmillionär aus New York überreden muss. Während sich die beiden einander bisher unbekannten Playboys an der Côte d’ Azur ein Rennen liefern, entfaltet sich in meinem Hals ein deftiger Knofelgusto, der immerhin noch entfernt an Reis und Paprika erinnert. So viel steht fest, was an Krokodil gespart wurde, ist hier großzügig durch Knoblauch ersetzt worden.

„Ich hab den Teller ohne Fleisch bekommen“, beschwert sich Martin. Ich hätte ihn vielleicht vorwarnen sollen.

„Sei froh, dass da keins drin is“, sage ich und schiele dabei zu Manni.

„Aber zu ’ner Paella gehört doch was Fleischiges, oder nich?“, lautet Hackels berechtigter Protest.

„Is ja auch keine Paella, sondern Jambalaya“, erkläre ich wie selbstverständlich. „Cajun-Küche. Louisiana.“ Ich bin Manni dankbar für diesen kleinen Wissensvorsprung.

„Und da verzichtet man freiwillig auf Fleisch?“

„Nein, da lässt man den Knobi weg und nimmt stattdessen Alligator-Lende. So hier is besser, oder?“, grinst Manni.

Die Erleuchtete verkrampft etwas und schüttelt sich. „Dann haben wir ja noch mal Glück gehabt, was?“, fügt sie angewidert hinzu.

„Ich hätte uns auch ’ne vegetarische Minestrone zaubern können ...“, sagt Manni zu Maria. „Aber das kann ja jeder.“

Was bin ich hocherfreut, dass sich Manni gegen italienische Suppen entschieden hat. Und dass Lord Sinclair alias Roger Moore an einer Bar den ersten Creole-Scream-Cocktail ordert. Das ersehnte Zeichen für meinen Mitbewohner.

„Drückt mal einer Pause?“, fragt Manni mampfend.

Glücklicherweise ohne Widerrede stoppt Maria „Die 2“, kurz bevor der britische Hochadel dem unwissenden Barkeeper erklären kann, dass neben Frau und Hund der Creole Scream des Mannes bester Freund ist.

„Ich subtrahier mich mal kurz Richtung Küche. Aber nich weitergucken!“, grinst sich Manni wieder um die Ecke.

„Warum heute eigentlich nur Grünzeug?“, brabbelt Martin futternd vor sich hin.

„Wir haben einen Vegetarier unter uns“, erkläre ich. Nebenan in der Küche ist Manni kräftig am Schütteln und Shaken.

„Ohne Fleisch hat man seltener ein schlechtes Gewissen“, outet sich unsere Pflanzenfanatikerin. „Außerdem hättet ihr euch ja ein halbes Schwein mit reinpacken können.“ Maria spült mit einem ordentlichen Schluck Beck's. „... und für mich eine zweite Pfanne ohne.“ So weit kommt es noch! Extrawürste für Vegetarier.

Mit einem schiefen Entertainerlächeln stößt Manni zurück zu unserer Runde. Er lässt ein Tablett mit vier Cocktails und einem Becher Oliven auf den Tisch gleiten.

„Gleich kommt der Moment, in dem ihr euch entscheiden müsst. Curtis oder Moore“, wirft Manni theatralisch in den Raum. Es fehlt nur noch der passende Trommelwirbel.

„Ich muss nicht immer alles verstehen, oder?“ Zwei überforderte Blondinenaugen leuchten skeptisch.

Ich beruhige sie mit einem: „Nö, nö.“

„Und weiter geht's“, fühlt sich Manni sichtbar wohl und lässt den Lord auf dem Bildschirm seine Short-Drink-Bestellung beenden. Roger Moore und Tony Curtis kriegen sich wie erwartet in die Haare. Es geht um die exakte Anzahl der Oliven in einem Creole Scream. Eine oder zwei. Von der Seite beobachte ich eine Gesichtsmuskelentspannung in Blond. „Verstehe. Na dann, zwei Oliven wie Herr Curtis."

„Auf dass sie behutsam aneinanderplauzen." Manni fischt sich ebenfalls zwei Knirpse aus dem Becher und schickt sie auf Tauchgang.

„Kann ich die Oliven auch weglassen?", fragt Hackel.

„Das musst du ganz für dich selbst entscheiden", antwortet Manni bedeutungsschwanger. In tiefer Verneigung vor dem damals noch zukünftigen 007-Darsteller entscheide ich mich für die Kernobstsinglevariante.

„Mensch, so richtig ‚Die-2'-standesgemäß", zeigt sich die blonde Erleuchtung begeistert.

„Sogar mit vorgelutschtem Eis", freut sich Manni.

An dem vorgelutschten Eis wird es nicht liegen, dass sich Marias Gesicht nun gefährlich verzieht. Ihre Geschmacksnerven werden beim ersten Schluck Ähnliches gespürt haben wie die meinen. Was für ein bitteres Süppchen! Aber da müssen wir jetzt wohl durch. Mit Beck's lässt es sich ja auch gut nachspülen.

Während „Die 2" von ihrem Richter den Auftrag bekommen, eine gewisse Maria Lorenzo zu identifizieren, philosophiere ich über die Nikotin verweigernde, Fleisch verachtende Maria zu meiner Linken. Die hätte ich ja früher auch gern mal näher inspiziert, um den einen oder anderen Leberfleck zu identifizieren. Um später auch mal die Inneneinrichtung zu begutachten. Vielleicht auf meinem Bauknecht-Frontlader nebenan. Aber wie gesagt, früher. Diese Fantasie scheint in meinem Leben erloschen, so wie all die F6-Blue-Glimmstängel in ihrem.

Gut, sie verdreht mir heute noch den Kopf. Jedoch weniger gefährlich als ätherisch. Wohin ist nur dieses angenehme Wesen von damals verschwunden? Dieser äußerst unterhaltsame, geistreiche und verführerisch duftende Blondschopf? Vielleicht sollte ja auf ihrem Kalkuttatrip nicht sie, sondern ich von ihr erlöst werden. Wenn das der Plan des Allmächtigen war, hat er funktioniert.

Nach der ersten Curtis-&-Moore-Folge sind die Louisiana-Vegetarier-Paella, die vier Bierchen und die erste Runde vom kultivierten Kultcocktail vernichtet. Nur der indische Kunstdunst zu meiner Linken dominiert gnadenlos gegenüber allen anderen angreifenden Gerüchen. Ich finde, ich habe mir eine kleine Dunstkreisauszeit verdient.
„Ich besorg mal Nachschub."
Mit einem „Ich helf dir" von Maria wird meine aufblühende Hoffnung auf einen Duftwechsel im Keim erstickt. Maria springt mit vier leeren Flaschen mir und den vier Tellern hinterher. Sie folgt uns in die muffige, aber indientechnisch bisher jungfräuliche Küche. Gerade als ich nach dem nächsten Gerstensaftquartett greifen möchte, drückt sie sich von der anderen Seite an die Kühlschranktür.
„Musst du manchmal auch an die Cocktailparty denken?", flüstert mir Maria zu. Bitte nicht!
„Mhm … Ja. Das war schon … 'n lustiger Abend."
Ich überlege, ob ich mein Bier lieber ganz schnell zurückstelle. Nur zur Sicherheit. Nicht, damit ich mich diesmal dran erinnere, was passiert ist, sondern damit ich hundertprozentig weiß, dass nichts passieren wird.

„Lustig. Aha." Marias Hand wandert langsam über die Oberkante der geöffneten Kühlschranktür. Dabei setzt sie einen lasziven Blick auf, den ich gehofft hatte, nie wieder zu sehen. „Ich fand ihn weniger lustig, eher … leidenschaftlich."
„Mjo. Sch… schon."
Was wird das jetzt? Muss ich wieder herhalten als Crashtest-Dummy für vorsätzliche Flirtattacken? Quasi als Selbstbewusstseins-Upgrade? In dem Moment, als ich den Kühlschrank langsam schließe, nähert sich nicht nur Maria, sondern auch Rettung. Es klingelt. Durch den Spion erkenne ich meinen kühnen Retter. Hat sich heldenhaft von Tür A zu Tür B gekämpft, offensichtlich gut bewaffnet: Conny, unsere Nachbarin mit einer großen heißen Pfanne vor ihrem Bauch.
„Conny, meine Sterneköchin!", begrüße ich sie etwas zu überschwänglich. Beinah lässt sie die Pfanne fallen. Am liebsten würde ich ihr einen Orden verleihen. Für das Erkennen des richtigen Augenblicks, um bei uns zu läuten.
„Hähnchenschnitzel in Zwiebelsahnesoße. Hab schon wieder zu viel gemacht." Conny guckt, als ob ich sie dafür bedauern müsste.
„Wir haben zwar grad gefuttert, aber ich glaub, 'n Zwiebelhähnchen passt noch rein", bin ich hocherfreut.
Es ist mir völlig egal, dass ich bis zum Anschlag mit einer vegetarischen Schlachtplatte gefüllt bin. Einmal die leckere Kost abgelehnt, klingelt Conny womöglich nie wieder. Ein Worst-Case-Szenario, das in jedem Fall zu verhindern ist. Auch kurz vor Überschreitung der bevorstehenden Brechgrenze. Also greife ich schnell nach der Pfanne, ehe Conny es sich anders überlegt.
„Macht'n ihr Schönes?", will Conny wissen. „Frank ist wieder mal den ganzen Tag beim Paintball."

„Bei uns gibt's ‚Die 2'. Willste mit reinkommen?"
„Och ja. Hab eh nix zu tun."
Conny packt sich zu Manni auf den einen Zweisitzer, ich quetsche mich auf den anderen zwischen Hackel und Maria. Beengt mit einem Teller auf dem Schoß, fische ich mir eines der gezwiebelten Sahneschnitzel aus der Pfanne und beglücke meinen Magen mit dieser knobifreien Leckerei.
„Was da alles reinpasst bei dir ..." Manni ist zu Recht beeindruckt von meinen Fähigkeiten.
„Muss", brabbel ich, während ein Stück vom Hahn förmlich auf meiner Zunge zergeht. Mein Gott, das ist ja schweinelecker!

Als Tony Curtis in Folge fünf einer schmalbrüstigen, aber sonst anbetungswürdigen Blondine die Worte „Rufen Sie mich doch mal an! In London! Nümmerchen!" hinterherruft, stelle ich mir vor, wie ein Nümmerchen mit meiner Kreolenträgerin wäre, mit der ähnlich sportlich gebauten Frau neben mir. Ich wette, sie würde keinen Moment zögern, wenn es darum ginge, mir klarzumachen, was ihr passt und was nicht. Allein bei der Vorstellung geht Sascha junior vorsorglich in Deckung.
Ich bin mir nicht so ganz sicher, worauf die Zwiebeln, das Hähnchen, der Knobi, der Reis, die Paprika und der Creole Scream in meinem Magen hinauswollen. Ich weiß nur, dass sie *bald* hinauswollen. Ich muss nur noch herausfinden, an welcher Stelle meines Körpers. Die Situation entspannt sich keineswegs, als Maria plötzlich mit ihrer linken Hand auf meiner rechten landet. Die hab ich eigentlich nur auf die Couch gepresst, um den Schmerz in meinem Bauch zu unterdrücken. Ein Hauch von Indien flattert derweil durch meine Atemwege.

Dünne braun gebrannte Finger verschwinden langsam einzeln zwischen meinen. Nicht gut!
Ich muss dringend meine Hand bewegen. Weg von Maria. Möglichst weit weg. Ich könnte mir eine Zigarette anzünden. Aber ich schätze, dass sich mein strapazierter Magen nicht unbedingt begeistert zeigen würde. Ab und zu dreht sich die baggernde Bioblondine zu mir und lächelt, ihre Finger haben mittlerweile von meinen komplett Besitz ergriffen. Mir wird schlecht.
Gerade als sich Tony und Roger einen kleinen schottischen Freund in flüssiger Form genehmigen, muss ich wieder an Onkel Charlie aus „Two and a Half Men" denken:
Wenn einem unerwünschte Baggerei widerfährt, dann ist das doch wohl einen gepflegten Single Malt wert!
Und den hol ich besser jetzt als später, wenn körperliche Bewegungen quasi unmöglich sind.
„Ich schaff uns mal den Glenmorangie ran, oder?"
„Schöne Idee!", freut sich Manni.
„Glenmo was?", fragt Maria.
„Glenmorangie. Scotch", sage ich.
Schon springt die Illuminierte wieder auf. „Dann helf ich dir mal mit den Gläsern." Sie lächelt.
„Okay", lächle ich zurück. „Dann besorg mal, drei … Martin, du auch? Ja? Vier … Conny? Nich? Gut, dann vier Gläser. Sind über der Spüle im Schrank."
„Und der Cognac?", will Maria wissen.
Manni greift ein. „Der fühlt sich beleidigt, wenn du ihn Cognac nennst, und steht neben Saschas Bett."
Und das ist auch verdammt gut so. Noch so eine Kühlschrankattacke kann ich mir nicht erlauben. Wer soll jetzt noch klingeln, wenn es brenzlig wird?

OFFROAD

Vor meiner Nase flaniert die Erleuchtung geschmeidig in Richtung Flur. Sie scheint bei jedem Schritt darauf bedacht zu sein, dass auch ihr wohlgeformtes Gesäß optimal zur Geltung kommt. Im Flur sollten sich eigentlich unsere Wege trennen. Der Plan sah vor, dass sie die Gläser aus der Küche holt und ich den Scotch aus meinem Zimmer. Das hab ich nun davon. Einmal kurz den Knackarsch ignoriert, macht selbiger kehrt und nimmt die Verfolgung auf. Mit mir als Verfolgten.

Gut, es gibt natürlich schlimmere Momente als diesen: eine gertenschlanke, junge, geneigte Blondine an der Schwelle zum heimischen Liebesnest. Sie setzt ein Lächeln auf, das wenig Spielraum für Interpretationen lässt. „Das ist also dein Reich?"

„In seiner vollen Pracht."

Noch während ich mich nichts ahnend, nur das Schlimmste befürchtend nach dem nassen Gold bücke, werden erste Befürchtungen wahr. Die Tür klinkt sich leise ein. Ich sehe, wie mein halb vertrockneter Ficus an diesem grauen Maifeiertag traurig ein paar Blätter wegwirft. Es sind drei oder vier … Ich spüre Marias Hand, die sich von hinten auf meine Hüfte legt.

Gefangen in den eigenen vier Wänden. Mein Magen tanzt Limbo unter meiner Bauchdecke. Nach einer kurzen, langsamen Drehung bin ich umgeben von Marias Duftwolke, die mich ohne Vorwarnung in ihren Bann zieht. Fluchtmöglichkeit? Ausgeschlossen. So schmecken also diese Maria-Lippen, von denen ich schon so viel gehört und gesehen habe. Aha. Während meines damaligen Cocktailparty-Blackouts wollte ja mein umnebelter Verstand diese Lippen mit keiner Erinnerung würdigen. Na ja, er wird sich schon was dabei gedacht haben. Leider überlässt er dieses Mal das Denken mir. Was wiederum

ein kompliziertes Unterfangen darstellt. So ganz ohne Verstand.
Ist das jetzt der oft zitierte Sprung vom Regen in die Traufe? Eine Woche lang jede unnötige Berührung zu vermeiden, um nun freiwillig mit der Zunge in die Mundhöhle dieser Löwin abzutauchen? Aber was heißt hier freiwillig!? Da will man etwas monatelang, nimmt sich dann vor, es nicht mehr zu wollen, und plötzlich muss man. Ob man will oder nicht. Ich meine, welcher trockene Alkoholiker würde nicht schlucken, wenn ihm der Scotch förmlich in den Rachen gegossen wird? Wie soll er da ein „Nein, danke!“ rausbringen?
Trotz alledem versuche ich, mich noch zur Wehr zu setzen. Leider werden dank verknoteter Zungen aus meinen „Neins“ nur Laute, die fatalerweise als Zustimmung gedeutet werden. Und so helfen sie auch nichts, als unsere Körper in die Horizontale überwechseln. Ich nutze die Gelegenheit, als Maria sich aufrichtet, um aus ihrem schwarzen Pulli zu schlüpfen, und starte eine gezielte verbale Abwehr.
„Maria … Das geht doch …“
Bevor ein „nicht“ meinen Satz beenden kann, liegt auch schon ihr Zeigefinger auf meinen Lippen, den mein kläglicher Protestversuch anscheinend herzlich wenig interessiert. Wie von einer fremden Macht gesteuert, kratzen sich meine Finger über ihre schwarzen Jeans empor zu ihrem schwarzen Spaghetti-Top. Um darunter zu verschwinden und wenig später aufzudecken, dass sie auch den für heute geplanten Push-up in Indien vergessen hat. Toll!
Ich werde das Gefühl nicht los, dass dieser Tag ungebremst einem Ziel entgegensteuert, das ich so nicht in mein Navi eingegeben hatte. OFFROAD. *Ihr Ziel liegt in einer völlig anderen Richtung.* Dabei wollte ich ihre nackten, vorwitzig dreinblickenden

Brüste gar nicht sehen. Muss ich offensichtlich auch nicht länger. Maria hat den grünen Schal entdeckt, der seit zwei Jahren unbeachtet über dem Bettgestell am Kopfende hängt.
„Aber du kannst doch jetzt …“ Schon wieder fehlt meinen Ausführungen das entscheidende Wort, denn erneut kleben ihre Lippen auf meinen. Ich kann mir beim besten Willen nicht vorstellen, dass diese ausgefeilte Technik in ihrem Meditationskurs auf dem Lehrplan stand: mit aufeinandergepressten Lippen dem Mann die Augen zu verbinden, sein Hemd aufzuknöpfen und die Schublade seines Nachttischs aufzureißen. Alle Achtung! Obwohl. Moment! Nachttisch? Sie kann doch nicht darauf spekulieren, dass dort meine Handschellen versteckt sind. Bereits am Ende meiner Hypothese höre ich eindeutig das Klicken meines Spielzeugs aus Eisen.
„Woher weißt du …?“
„Ganz ruhig. Hast du mir damals beim fünften Cocktail verraten.“
Ich würde jetzt irgendwie doch gern wissen, was ich ihr an diesem Abend noch so alles verraten habe. Scheinbar auch, dass ich ein, was Fesselspiele angeht, recht zweckdienliches Ruhemöbel habe. Und dass ich noch nie in den Genuss kam, bei einem solchen Spiel der passive Part zu sein. Mir das aber außerordentlich prickelnd vorstelle. So wie eben … jetzt.
Gott sei Dank fällt mir wieder ein, wo ich den Schlüssel zum Spielzeug deponiert habe. Aber über den muss ich mir im Moment weniger den Kopf zerbrechen. Eher darüber, dass ich mittlerweile wie Gott mich schuf gefesselt auf meinem Bett liege, und das, während sich zwei Zimmer weiter Manni und Co. über Roger Moore und Tony Curtis amüsieren. Es gibt im Leben eben nicht immer den perfekten Augenblick. Ich gebe Sascha junior sogar den offiziellen Befehl, sich zurückzuzie-

hen, um den Spuk schnellstmöglich zu beenden: „Du musst da jetzt nicht mitmachen!"

Aber mit Junior verhält es sich ähnlich wie mit Maria. Keiner von beiden will auf mich hören. Beide geben sie ihr Bestes, was sich wohl gegenseitig ganz pragmatisch begründet.

Warum muss ich jetzt an Manni denken??? Vielleicht, weil wir erst gestern Abend eine nicht enden wollende Diskussion darüber hatten, ob sich ein Mann selbst oral befriedigen würde, wenn er denn anatomisch dazu in der Lage wäre. Meiner Meinung nach würde er, wenn er könnte. Und zwar ständig. Ist doch ganz einfach. Hätte uns die Natur deutlich kürzere Arme geschenkt, fänden wir es bestimmt schon pervers, ihn überhaupt in die eigene Hand zu nehmen. Da es unser Schöpfer aber gut mit uns meinte, wird onaniert, was das Zeug hält, ganz ohne schlechtes Gewissen. Aber wer weiß, vielleicht gönnen sich ja auch manche Athleten und Akrobaten das erweiterte Selbstverwöhnungsprogramm. Ich mein: Wer kann, der kann.

All diese Theorien in meinem Kopf sorgen dafür, dass Sascha junior jetzt überhaupt keine Anstalten macht, seine Sache vorzeitig zu beenden. Segen oder Fluch? Wie auch immer. Ich wäre der jungen Frau dankbar, wenn sie ihre Hand wenigstens nicht auf meinem Bauch abstützen würde. Darunter wird nämlich überaus turbulent der Tag der Arbeit gefeiert. Mit einer spontanen Massendemo aller verfügbaren Pepsine und Chloride. Mit Paprika und Knoblauchzehen als aufmüpfige Gegendemonstranten. Einzig meine Hände schlafen gleich ein. Junior hingegen ist hellwach und überaus standhaft. Und offenbar recht glücklich, dass er jetzt in ganz ungewohnte Sphären der Glückseligkeit vorstoßen darf. Ich muss ihm da schon Recht geben. Eine durchaus angenehme Alternative zum allabendlichen Selbstversuch. Die Erleuchtete wippt uns in neue,

zügellose Dimensionen und es fällt uns beiden zunehmend schwerer, dies nicht mit eindeutigen Lauten zu bekunden. Da wünscht man sich doch beinah, geknebelt zu sein.
Wie viele „Die-2"-Folgen mögen wir bereits verpasst haben? Eine? Oder gar zwei? So simpel wie genial diese Feststellung. Sich ab und zu vom Liebesakt ablenken und schon macht Junior freiwillig Überstunden. Ich bin stolz wie Bolle. Er hält sich wacker. Was Maria auf ihm anstellt, kann ich leider nur erahnen. Ihre Bewegungen werden intensiver und dirigieren die Schicksalssinfonie unseres Koital-Ensembles unaufhaltsam gen Schlussakkord in m-Moll.
Hab immer noch nix gehört von meinem *Pool*-Versteigerer. Was, wenn sich das Speckpferdchen längst das Magazin geangelt hat?
Stopp mal! Wer wird denn jetzt an das unästhetische Dickerchen denken? Jetzt wünschte ich mir, Maria hätte den Schal nicht entdeckt. Dann könnte ich mich an ihrem mit Sicherheit vortrefflichen Anblick ergötzen. Könnte ihre köstlichen Rundungen begutachten, die sich nun den physikalischen Begebenheiten des Auf und Ab anpassen dürften. Dazu die Kreolen, die um ihre Ohren flattern. Hält sie ihre Augen fest verschlossen? Oder sind sie weit aufgerissen und beobachten mich mit animalischem Blick? Wieder so eine Maria-Situation die mehr Fragen als Antworten hinterlassen wird. Zumindest aber bei mentaler Anwesenheit. Da muss man ja mal bescheiden betrachtet dankbar sein.
„Ich wär dann … so weit", haucht mir Maria ins linke Ohr. „Und … du?"
Allein diese verbale Genugtuung führt zu einer fulminanten Explosion meinerseits. Ganz ehrlich? Hab ich so noch nicht erlebt. Reichlich emotionslos, aber überaus befriedigend.

Nach einem kurzen Abstecher über Bad und Küche treten Maria und ich mit vier Gläsern und dem Scotch den Rückweg an. Glücklicherweise erfahren wir, dass der DVD-Player vor einer Dreiviertelstunde ausgestiegen ist und Manni seitdem an den Kabeln rumfriemelt, um den Player aus Connys Wohnung anzuschließen. Dass stattdessen eine CD der Kings of Leon lauthals im Player rotiert, finde ich beruhigend. Dass es ausgerechnet *„Sex on fire“* sein muss, irritiert mich aber doch ein wenig. Hat man uns womöglich gehört? Nun ja. Lässt sich jetzt irgendwie schlecht thematisieren.
„Heißt, wir haben gar nix verpasst?“, stell ich freudig fest.
„Nur einen verzweifelten Manni“, lächelt Conny.
„Hättest mir ja auch mal helfen können“, ist Manni leicht angesäuert. „Wo ward ihr überhaupt?“
„Mussten uns mal in Ruhe ...“, beginne ich.
„... aussprechen“, vollendet Maria.
Wüsste Manni, wo wir waren, hätte er nicht gefragt. Schön, dass er gefragt hat! Als der richtige Stecker an der korrekten Stelle landet, lächelt neben Tony Curtis auch Manni wieder.
„Ad fundum!“, ruft Manni.
„Ad watt?“, rufe ich.
„Fundum!”, wiederholt Manni.
„Sagt Tony?“, fragt Maria.
„Sage ich! Stößgen!“, antwortet Manni.
Mit Curtis & Moore kehrt auch mein Verstand wieder zurück. Wie definiere ich das, was da eben passiert ist? Sex im Affekt? Sexueller Missbrauch mithilfe von Ankettungsspielzeug?
Ja, ich hatte Sex mit Maria. Leider hatte ich mich danach ebenso wenig gesehnt wie der Papst sich nach einem Konzert von

Rammstein. Der wäre aber auch gar nicht erst auf die bescheuerte Idee gekommen, Till und seine Herren persönlich nach Vatikanstadt einzuladen. Aber womöglich hätte auch er dann gezwungenermaßen im Takt mitgewippt und später festgestellt: Na ja, so schlimm war's doch gar nicht.

Trotzdem. Ich Vollpfosten! Bastle seit geschlagenen fünf Tagen an einer E-Mail an Sarah und drücke am Ende immer auf Löschen statt auf Senden. Bis auf ein einziges Mal. Was war ich zufrieden mit meinem Entwurf. Stolz ging ich auf den Sende-Button und bekam sogar gleich eine Antwort. Dummerweise nicht von Sarah, sondern von GMX:

Hinweis: *Sie sind mittlerweile nicht mehr beim System angemeldet. Dieser so genannte „Timeout" – Mechanismus setzt nach drei Stunden ohne Aktivität ein und dient Ihrer Sicherheit.*

Wie nett von euch!

Marias Finger kneten unermüdlich meinen Oberschenkel. Mein Magen überlegt inzwischen, in welche Richtung er zu platzen gedenkt. Mich erinnert dieses Gefühl an meinen zwölften Geburtstag: als ich es für eine sensationelle Idee hielt, mich nach dem üppigen Abendbrot an den Gästen vorbei in die Küche zu schleichen, um dort die beiden von sauren Gurken befreiten Gläser mit Kräuter-Essig-Sud inklusive Senfkörnern auf Ex zu leeren. Wenig später war ich felsenfest davon überzeugt, dass ich meinen dreizehnten Geburtstag keinesfalls erleben würde. Meine Eltern brauchten seinerzeit ganze zwei Stunden, um mir klarzumachen, dass ich nicht todsterbenskrank sei. Und dass ich mir auch keine weiteren Gedanken darüber machen müsse, ob ich nun in den Blauen-Mountainbike-Himmel oder in die Saure-Gurken-Hölle komme. Ich durfte leider nicht ins Krankenhaus. Obwohl ich mich geradezu danach gesehnt hatte, dass mir mal einer schön den Magen auspumpt.

Ich überlebe Folge sieben gerade noch so, um während der Schlusssequenz einen kleinen Ortswechsel vorzunehmen: von brauner Couch auf blaue Klobrille. Dort wiederum verweile ich für eine geschlagene halbe Stunde, da all die Köstlichkeiten in ihrer geballten Form schlussendlich ihren Tribut fordern.

In der nächsten Episode entspannt sich die Situation. Maria hat anscheinend verstanden, dass ich auf weitere Zärtlichkeiten gerade ähnlich viel Bock habe wie Synchron-Chef Rainer Brandt auf britische Standardwitze aus dem englischen „Persuaders"-Original. Erst als Manni in der Mitte der zehnten Folge mit der aufgewärmten Zwiebelschnitzelpfanne aus der Küche kommt und allen Anwesenden außer mir Sahnehähnchen auftischt, höre ich erneut den Ruf unseres „Ideal-Standard"-Beckens.

Pünktlich zum Start der elften 2er-Runde sitze ich wieder neben Maria, die Teller sind inzwischen leer. Dafür liegt meine Hand wieder auf Marias rechtem Oberschenkel, verkeilt mit der ihren. Zigarette? Zigarette!

„Puah!", wedelt meine Ex-Nikotinöse den Qualm von sich. „Mann, das ist aber auch eklig."

Genau. Und in meiner Hand funktioniert die Blutzirkulation endlich wieder. Manni wirft mir einen kritischen Blick zu. Fast schon vorwurfsvoll, dass ich die Erleuchtete überhaupt eingeladen habe. Ja, es war ein kapitaler Fehler.

Ein letztes Mal nähert sich das indische Dunstgebilde für einen kurzen Abschiedskuss.

„Beim nächsten Mal koche ICH uns was Schönes. Kokos-Curry. Hab da ein Originalrezept. Total lecker!", ist ein Maria-Vorschlag, der nicht nur in meinen Augen auf Ablehnung stößt.

Mein Magen knurrt ein flehendes „BITTE NICHT!“, stattdessen sage ich: „Beim nächsten Mal, gerne!“
Mein Magen reagiert sauer und schafft es, sich selbst eine zu scheuern. Ich nehme es ihm nicht mal übel. Woher soll er auch wissen, dass es kein nächstes Mal geben wird! Mein ehemaliger Traum in Schwarz steigt gemeinsam mit Martin die Treppen hinab. Conny liegt in den Armen ihres James Bond in Paintball-Kluft und verschwindet mit ihm und ihrer Pfanne hinter der Tür.
„Jaja, hast recht, das Thema Maria ist läääangst erledigt.“ Es schwingt eine gewisse Ironie in Mannis Stimme. Ich lasse mich postkopulativ desorientiert auf die Couch fallen. Manni schenkt uns einen weiteren Glenmorangie ein.
„War es auch!“, brumme ich reichlich deprimiert.
„Und? Was is bei eurer … Aussprache rausgekommen?“, lächelt Manni. Offenbar kann er sogar innerhalb eines Wortes zwischen den Zeilen lesen.
„So viel haben wir gar nich gesprochen.“
„Is’n Ding.“
„Wenigstens ’n Funken Mitleid!“, erbitte ich mir.
„Hey. Ich schätze mal, du hattest heute Sex.“
„Mhm.“
„Sex mit Maria. Warst du doch immer ganz scharf drauf.“
„Mhm.“
„Und? Macht sie ’ne gute Figur?“, will Manni wissen.
Gute Frage! „War mit verbundenen Augen schlecht zu erkennen.“
„Oh. So genau wollt ich’s gar nich wissen.“
„Das is auch nich der Punkt!“
„Sondern?“
„Dass die Falsche in meinem Bett gelandet ist.“
„Sehr gut! Stößgen!“ Mannis Glas knallt gegen meins.

„Uahhh, das tut gut.“ Das Feuerwasser entspannt ein wenig. „Aber schön, dass du an Sex mit Maria was Positives entdecken kannst.“
„Man nennt so was einen emotionalen Schlussstrich“, gibt sich mein Mitbewohner philosophisch.
„Wenn man mit der Frau schläft, die man aus seinem Leben verbannen wollte?“
„Wenn man danach weiß, dass es die Falsche war.“
„Und nun? Ist die Richtige immer noch meilenweit entfernt …“
„Bis du dich nächste Woche mit ihr triffst“, grinst Manni.
„Die mich doch längst vergessen hat …“
„Die mich die Woche nach dir gefragt hat …“
„Hat sie???“ Mein Verstand kehrt zurück, meine Augen werden größer. Ein wärmendes Gefühl geht durch meinen Bauch.
„Hat sie.“
„Habt ihr telefoniert?“
„War gestern bei uns im Sender.“
„Moment. Gestern???“
„Hmh“, brummelt Manni beinah beiläufig.
„Und das fällt dir heute ein???“
„War mein Ziel, ’s dir heute Abend zu sagen.“
„Und da lässt du Maria und mich seelenruhig Richtung Bett wandern“, muss ich meinen Mitbewohner bekopfschütteln.
„Konnte ja keiner ahnen, dass ihr gleich übereinander herfallt.“
„Hast ja recht.“ Was aber noch viel wichtiger ist: „Was hat Sarah denn gesagt?“
„Dass sie aufn Lebenszeichen von dir wartet …“
„Echt?“
„Mhm. Kannste mal sehn.“
„Gigantisch. Und da lass ich mich hier von Maria zu orgiastischen Verrenkungen hinreißen. Mannmannmann!“

„Wirst dich aber nie wieder fragen, wie's gewesen wäre, wenn."
Manni legt die Beine auf den Tisch. „Wie gesagt, sieh's als emotionalen Schlussstrich."
Der letzte Schluck vom Nobel-Scotch rodelt die Piste hinab.

KAFFEE LATTE

Mitunter sind sich Regisseur und Produzent uneinig, ob ein Pilotfilm den Ansprüchen eines potenziellen Publikums genügen wird oder nicht. Während der Regisseur mit seiner daraus resultierenden Serie bereits fest mit einem Emmy oder gar mit einem Golden Globe rechnet, möchte der Produzent den Piloten am liebsten gleich im Giftschrank wegschließen. Und zwar für immer. Dumm nur, wenn es sich andersrum verhält. Dem Regisseur ist der Streifen einfach nur peinlich, aber der Produzent, der mit der Kohle, besteht darauf, dass sich daraus eine Serie entwickelt. Und nicht nur mal eben eine Staffel mit zehn Folgen, sondern gleich mal drei Staffeln à vierundzwanzig Episoden. Und eine davon sollte eine Mindestlänge von fünfzig Minuten aufweisen.

Ähnlich wie mein Pilotstreifen mit Maria. Er war fesselnd, keine Frage. Aber auch hier sind die Macher nicht unbedingt einer Meinung, was die Fortsetzung angeht. Offenbar ist sie in der Rolle des ausführenden Produzenten durchaus überzeugt vom Erfolg einer mehrteiligen Sitcom, mit mir auf dem Stuhl des Regisseurs, der den Piloten bestenfalls als Hörspiel miterleben durfte. Gut, auch als einer der beiden Hauptakteure. Trotzdem kam ich mir schon beim Dreh des Piloten vor wie im falschen Film. Nichts gegen den Handlungsstrang. Nur mein Gegenpart, in diesem Fall wohl beinahe mein Antagonist, ist alles andere als die Idealbesetzung: ein profitgieriger, unterkühlter, knallhart berechnender Mitspieler, der sich zwar darauf versteht, ein eindrucksvolles Happy End zu zaubern, dabei aber die nötige Prise Romantik außer Acht lässt. Oder wie sollte ich folgende Maria-SMS am späten Freitagabend interpretieren?

„Mehr davon! Montagmittag mal unten im Lager? …“

Ohne eine Sarah in meinem Kopf wäre die Antwort klar gewesen: *„Und abends auf Löfflers Schreibtisch“,* um gleich das Storyboard für die nächste Episode zu liefern.
Mit einer Sarah im Kopf möchte ich mir aber sämtliche Ansätze für weitere Drehbücher aufheben, um sie später mit meiner Traumbesetzung zu adaptieren.

„Also, ich hätte jetzt Lust. Wie wär's?“, erinnert mich eine wieder äußerst exotisch duftende Maria mit ihrer Hand auf meinem wehrlosen Oberschenkel an das „Mehr davon unten im Lager“. Ja, Montagmittag scheint ein sehr dehnbarer Begriff zu sein, denn es ist noch nicht mal halb elf. Da ich mir fest vorgenommen habe, ihr Kellersexangebot strikt abzulehnen, antworte ich mit einem konsequenten: „Was denn? Jetzt schon?“
Zwei Fragen, die sowohl den Fragenden als auch die Gefragte nur unzureichend zufriedenstellen. Schlaffe Einwände dieser Art sollten damit rechnen, sich umgehend einen Rüffel einzufangen: „Schläft er noch? Oder wie?“
Ja! Und er möchte definitiv nicht von dir geweckt werden. Nicht jetzt. Nicht später. Und überhaupt nie wieder! Ich muss es etwas dezenter formulieren: „Der wacht bestimmt bald auf …“
„Da habe ich gar keine Zweifel. Ich geh schon mal vor“, zwinkert sich die Erleuchtung in grauen Hüftjeans und knallgelbem Kapuzenpulli um die Ecke.
Blondine im Keller, die Luft ist rein. Eine, wie ich finde, sehr gute Gelegenheit, sich mal bei GMX einzuloggen. Ich muss schließlich wissen, ob meine gestern verfassten Worte den richtigen Nerv getroffen haben. Bei Sarah. Zwei Stunden hatte ich gebraucht für fünf Sätze. Okay, fünf Minuten hab ich am

Text gesessen und eine Stunde und fünfundfünfzig Minuten mit der Maus in der Hand. Nur um den Text dann letztendlich doch aus Word in die E-Mail zu kopieren und abzuschicken. Mit zusammengekniffenen Augen las ich:

„Die E-Mail wurde erfolgreich versandt an Sarah.Marteau@plattenbüro.com."

Nach einem kurzen Gebet und einer schlaflosen Nacht sind meine Augenlider nach wie vor eher asiatisch geprägt, als ich nun den Posteingang öffne. Klick. Die allmontägliche E-Mail meines Versicherungsmaklers mit dem Zitat der Woche. Genau die Art Post, für die ich heute gern eine begierige Blondine im Keller warten lasse. Klick.

„Zukunft ist jene Zeit, in der man bereut, dass man das, was man heute hätte tun können, nicht getan hat."

Welch Weisheit! Da doch aber die Gegenwart die Zeit ist, in der ich bereue, dass ich das, was ich letzte Woche getan habe, getan habe, wird doch aber die Zukunft die Zeit sein, in der ich mich freue, dass ich das, was ich heute hätte tun können, nicht getan haben werde. Oder?

Dass mehr davon nicht stattfinden wird, muss jetzt nur noch der blonden Erleuchtung im Keller einleuchten. Ich habe Kopfschmerzen? Das wäre ja albern. Ich habe heute keine Lust? Das wäre gelogen. Ich habe keine Lust auf dich? Das wäre uncharmant. Ich habe mir ein kleines bösartiges Virus eingefangen und will dich nicht anstecken? Auch Quatsch. Noch während ich mir auf dem Weg zur Treppe weitere Vorschläge anhöre und allesamt ablehne, schallt meine Melodie aus „Die 2" durch die heiligen Redaktionshallen. Eine SMS.

„Sascha lebt! Ein guter Tag! Und er wird noch besser, wenn er mich nachher auf einen Latte Macchiato im Büro besuchen kommt. Gegen 4? LG Sarah"

So viel zu meinen Gegenargumenten, was das Zitat der Woche angeht. Und ob ich es hinterher bereuen würde, mit ihr heute keinen Kaffee Latte geschlürft zu haben! Es sind einzigartige, vielversprechende Worte da auf meinem Display. Es dauert etwas, bis ich die Botschaft in ihrem vollen Umfang realisiere. Ich. Werde. Heute. Mit. Sarah. Kaffee. Trinken. Und. Zwar. Kaffe. Latte. Sie hätte mich auch auf drei Liter Gurkenwasser einladen können. Die Antwort wäre haargenau dieselbe gewesen: *„Lass ich mir nicht entgehen. Wahnsinnig gern. Bis nachher. LG Sascha“*

Damit hätten wir nun folgende Situation: ein freudig erregter Sascha, eine freudig erregte Maria im Keller, die schätzungsweise weniger freudig erregt sein wird, wenn ich ihr das „Mehr davon“ ausreden muss. Wenn ich bloß wüsste, wie. Aber auf den sechsundfünfzig Stufen zum Lager wird mir schon irgendwas einfallen. Hoffe ich.

Wie wäre es denn mit …? Genau! Ich habe doch die Anweisung, sie in den Redaktionsalltag einzuführen. Wäre dann Sex mit ihr nicht streng genommen Verführung einer Schutzbefohlenen? Ich als ihr Ausbilder, sie als meine Azubine? Auch schwachsinnig. Am besten, ich erfinde einen dringenden Termin, der mich dazu zwingt, sofort aus dem *Pool* zu steigen. Pressekonferenz? Wüsste sie, wenn. Arztbesuch? Warum nicht! Welche Krankheit? Nun, da möchte ich im Augenblick nicht drüber reden. Ich sage nur so viel: Es sieht nicht gut aus. Na ja, vielleicht etwas dick aufgetragen, aber massiv sexhungrige Blondinen erfordern eben massive Gegenmaßnahmen. Danach schnell nach Hause, schnell geduscht und in mein neues rotes Hemd geschlüpft und schon darf ich einen Versöhnungs-Kaffee-Latte schlürfen mit der hinreißenden Sarah. Ein prächtiger Plan. So fix können sich die Dinge zum Guten wenden.

Maria war nicht einmal sauer, als sie im dunklen Keller von meiner außergewöhnlichen Krankheit erfuhr: Hämoglobinitis. Eine äußerst schwer zu diagnostizierende Erbkrankheit, die zwar für Immunität gegenüber Malaria sorgt, aber eben auch für massive Atemprobleme, wenn einem der Onkel Doktor nicht regelmäßig die entsprechenden Pillen verschreibt. Von dieser Krankheit hatte Maria noch nie was gehört. Weil sie halt so selten auftritt. Vielleicht aber auch daher, weil es diese Krankheit überhaupt nicht gibt. Maria bescheinigte mir passenderweise eine gewisse Blässe am heutigen Vormittag, die sie bereitwillig mit meinen periodisch wiederkehrenden, akuten Atemproblemen in Verbindung brachte. Diese Erkenntnis verlieh meinem Krankheitsbild sogar noch die nötige Dosis an Glaubwürdigkeit, quasi als Bonus. Mein blondes heißes Eisen vorübergehend abgekühlt, stehe ich nun zwei Stunden später vor der nächsten kolossalen Herausforderung. Eine Hämoglobinitis, so viel steht fest, kann mir im Moment nicht weiterhelfen.

Soll es wirklich das rote Hemd werden? Oder vielleicht doch eins der fünf anderen, die ich vor meinem Kaffee Latte mit Sarah noch schnell in diversen Bekleidungsfachgeschäften erstanden habe, neben zwei Paar Jeans und drei T-Shirts. Also diese kleine, leicht untersetzte H&M-Schlumpfine mit den kurzen schwarzen Locken meinte ja, dass ich in dem grünen Hemd mit dezent rotem Karomuster „supermännlich rüberkomme“. Macht ihrer Meinung nach „einen richtig schlanken Fuß“. Allerdings hatte ich schon so meine Bedenken, was ihre persönliche Wahrnehmung anging. Sie selbst trug nämlich ein hellblaues Shirt, das den leidlichen Job hatte, ihren ziemlich hüftgoldigen Oberkörper zu betonen. Und das, obwohl der nicht unbedingt danach geschrien hatte, betont werden zu wollen. Offenbar ging sie auch bei diesem knappen Stofflappen davon aus, dass er oberhalb ihrer knallengen weißen Jeans einen extrem schlanken Fuß macht. Und ihr soll ich nun vertrauen! Ich meine, wer sich selbst mit einem Tannenbaumtrichter ins Hellblau schießt, der macht doch bestimmt auch anderen den Trichter schmackhaft. Also wähle ich vielleicht doch lieber das rote Hemd, das sich da so smart und einsatzbereit auf meinem Waschbecken zum Überstülpen empfiehlt? Oder eher das schwarze daneben? Das ist jetzt aber auch verdammt kompliziert. Mir ist die Auswahl deutlich zu groß. Wie machen das nur all die stinkreichen Businesseulen, wenn sie in ihrem begehbaren Kleiderschrank hocken? Gut, die haben natürlich nicht jeden Tag ihr erstes Date mit George Clooney. Und wenn, dann muss hinter ihnen wahrscheinlich ein elfköpfiges Beraterteam stehen, das knallhart mit Begriffen wie presswurstig, specknackig oder bioprenig um sich wirft. Mann! Wär ich doch besser gleich nach Hause gefahren. Das hätte mir diese fundamental wichtige Entscheidung erspart. Alles, was neben Rot zur Verfügung stand, hatte bereits einen sicheren Platz im Wäschekorb und sich von sämtlichen Ambitionen, doch noch gegen Rot zu gewinnen, verabschiedet. Doch nun wetteifern fünf weitere Rivalen um meine Gunst und bieten sich an, Saschas Next-Topdate-Verpackung zu werden. Dabei fällt mir ein, es kommt ja nicht nur auf die Verpackung an. Ich kann auch erst mal duschen und später das Urteil fällen. Und unter der Dusche wird weitergegrübelt. Guter Plan!

Während das Wasser über meinen Körper perlt und aus dem Radio Lady Gaga plätschert, schiele ich hinüber zu meinem Waschbecken. Das, was mich da durchs Milchglas einladend anschimmert, ist ganz eindeutig das rote Hemd. Die anderen wirken aus der Ferne betrachtet beinah blass. Ha! Wer sagt's denn! Entscheidung getroffen. Ich freue mich. Schnell die Klappe zur Dusche aufgeschlagen und das Hemd angelächelt als Zeichen für: Du bist es! Aber Moment. Was sehe ich denn da im Spiegel? Einen oberflächlich betrachtet beinahe durchschnittlichen Typen. Ich will ihm nicht zu nahetreten, aber im Fitnessstudio scheint er sich eher selten einzuschließen. Dick ist er jetzt nicht direkt. Aber man würde ihm schon empfehlen, sich ab und zu aufs Fahrrad zu schwingen. Und dann noch die ganze Körperbehaarung. Schon irgendwie sehr männlich. Doch möglicherweise zu viel des Guten. Katta meinte ja mal, dass sie zwar auf natürliche Kerle steht, aber in bestimmten Körperregionen Haare einfach überflüssig findet. Trägt heutzutage auch keiner mehr. Sie muss es wissen. Dabei überkommt mich eine göttliche Wahnvorstellung. Was, wenn der Nachmittag mit Sarah in einen ganzen Abend übergeht? Und der geht vielleicht sogar in die nächtliche Verlängerung. Was, wenn der Abend eine Wendung nimmt, von der ich nicht mal zu träumen gewagt hätte? Sarah und Sascha kommen sich näher. Sarah und Sascha haben so lange auf diesen Augenblick der Zweisamkeit gewartet. Sarah und Sascha wollen nicht die gesetzlich festgeschriebenen drei Dates abwarten. Sarah und Sascha wollen körperliche Leidenschaft neu definieren. Dann hilft ihm das rote Hemd auch nicht mehr weiter. Das hat sie ihm nämlich samt seiner Jeans längst vom Leib gerissen. Und dann verirren sich ihre Finger in seinen Shorts und leiten womöglich sofort den Rückzug ein. Zu viel der behaarten Männlichkeit. Ich beschließe zu handeln. Die Lockenpracht muss weg. Sofort. Aber womit? Meinen Haircutter würde ich damit möglicherweise völlig überfordern. Ich brauche einen stinknormalen Nassrasierer, doch den habe ich nicht. Okay, Manni hat einen. Aber ich kann doch nicht …

Doch, ich kann. Ich springe schnell aus der Dusche, greife den Klingenzwerg und das fremde Gel. Davon wird Manni schon nix mitbekommen. Wie auch? Ein paar Minuten habe ich noch, genügend Zeit für eine gepflegte Intimrasur. Aber wo geht die eigentlich los? Und wo hört sie auf? Unterhalb der Brust? Am Bauch? Unterhalb des Bauches? Oder am besten gleich alles weg? Dann nehme ich eben die Kante zwischen Bauch und der sogenannten Bikinizone. Obwohl sich Letztere schlecht konkretisieren lässt, dafür trage ich viel zu selten Bikinis. Egal. Eingeschäumt und angesetzt.

Nicht schlecht. Die ersten Quadratzentimeter sind gerodet. Fix den nächsten Strich darüber und schon habe ich ein schmuckes Viereck im Unterholz. Spektakulär! Warum erkenne ich eigentlich erst jetzt, was für einen Heidenspaß das macht? Schnell noch ein kleines Dreieck im südlichen Bereich abgeholzt und den Norden zu geschwungenen Rundungen ausgebaut. Ein Herz! Toll! Ein Herzschnitt im Schritt. Hat wahrscheinlich nicht jeder. Dabei könnte man sich gerade an dieser Stelle jeden Monat aufs Neue austoben. Immer neue Formen schaffen und es wird nie langweilig. Vielleicht wird das ja irgendwann mal ein richtiger Trend. Da hat dann sogar Schlecker diverse Schamhaarförmchen im Angebot. Und die Herzform ist mittlerweile total out, weil die dann fast jeder hat. Eine wirklich bemerkenswerte Marktlücke. Ausgerechnet jetzt, wo ich es ablehne, mein beherztes Lockentrapez als Prototyp zur Verfügung zu stellen, lenkt mich die Türklingel vom finalen Kahlschlag ab. Na gut. Schnapp ich mir den Bademantel und schau mal, wer da stört.

„Die DHL hier. Ich hätte da ’n Paket für Klopp“, stört eine junge Frau vor der Haustür.

„Okay. Fünfte Etage, ich mach auf, ja?“, sage ich und lasse es summen.
„Nee, nee. Das trag ich hier nicht nach oben. Würden Sie bitte runterkommen?“
„Aber ich stehe doch gerade unter der Dusche, also ich mein …“
„Das ist mir egal. Dann nehme ich es wieder mit.“
„Okay. Warten Sie kurz. Ich komme“, sage ich und werfe das Geschenk meiner Ex über. Ein knielanger, blau-grün-pinker Bademantel. Danke schön noch mal für dieses geschmacklich äußerst bedenkliche Exemplar, mit dem ich bestenfalls bei einer 175er Pyjamaparty optimal getarnt wäre.
Auf den exakt zweihundert Stufen zur Eingangstür frage ich mich, was Manni sich da Gigantisches bestellt haben könnte, dass die DHL sich weigert, es nach oben zu schleppen. Irgendwas Sperriges aus dem Sortiment von Beate Uhse? Eine Sling-Schaukel? Ein Andreaskreuz? Oder gleich das komplette Domina-Studio in vier schwarze Kisten verpackt? Wir werden sehen. Vielleicht aber auch lieber nicht.
„Was denn, für dieses Minipäckchen bin ich extra aus der Dusche gesprungen?“, beäuge ich die unerwartet winzige Lieferung von Amazon.
„Genau. Und jetzt einfach hier unterschreiben und dann weiterduschen“, grinst das sportlich gebaute Mädel in Rotgelb.
„Na vielen Dank auch.“
„Keine Ursache. Einen wundervollen Tag noch!“, lächelt sie und hüpft in ihr DHL-Mobil, um weitere Bademantelträger bösartig aus dem Haus zu locken.
So viel zum Thema Amazon liefert frei Haus. Da kann ich doch gleich die paar Meter rüberfahren zum Logistikzentrum. Direkt an die Rampe und mich mit Büchern und DVDs bewerfen lassen. Aber was reg ich mich auf? Sie hat doch recht! Und ob das

ein wundervoller Tag wird. Die Entscheidung für das rote Hemd ist gefallen und in dreißig Minuten wird auch Sarah bemerken, dass ich in Rot recht schlankfüßig daherkomme. Dank der sturen DH-Else hab ich sogar noch ein wenig Sport machen dürfen, was ja angeblich nie schaden kann. So kurz vor dem wichtigsten Date meines Lebens. Was soll den Tag also noch davon abhalten, sich von seiner wunderprächtigsten Seite zu präsentieren?

Na ja, unter Umständen das laue Lüftchen, das sich durch mein Fenster im Bad, die fünf Etagen nach unten und dort zur Haustür wieder hinaus geweht hat. Und bei der Gelegenheit die glanzvolle Idee hatte, der Wohnungstür den nötigen Schwung zu verpassen, um sie geschmeidig ins Schloss gleiten zu lassen. Und gerade bei dem Wort geschmeidig wird mir wieder mal bewusst, dass ich mehr Schwein als Kopfbehaarung habe. Unsere Türschlossfalle hat nämlich die Angewohnheit, zwar einzurasten, aber nach kurzem Rütteln gleich wieder aufzuspringen. Wenn keiner abgeschlossen hat. Also, keine Panik. Auch wenn es mich schon etwas verunsichert, dass mein zaghaftes Rütteln bisher keinen Erfolg gebracht hat. Gut, wird halt heftiger gerüttelt, mit Mannis Amazon-Lieferung zwischen den Zähnen und beiden Händen am Knauf.

Ein Castor würde wohl vor Neid erblassen bei dem strahlenden Lächeln meiner Nachbarin Conny. Wobei es sich aktuell im Kern weniger um Wiedersehensfreude handelt. „Nennt man so was Bademantel?"

„Geschenk meiner Ex …", verteidige ich mich.

„Sie mochte dich nicht besonders, oder?"

„Hab mich mit 'nem Billigshirt revanchiert."

„Dann hoffe ich mal, es war sehr billig und sehr hässlich!", liefert mir Conny die perfekte Steilvorlage. So kann ich stolz verkünden: „Es war von Orsay."

„Perfekt!“, kichert meine Nachbarin. „Was ist denn passiert? Hast du nix mehr zum Anziehen?“

Ich gebe ihr einen Grobüberblick. Kläre sie auf über die DH-Else, die zu faul war, nach oben zu kommen, und über die Tür, die so freundlich war, nun doch mal richtig einzurasten. Wie ich kurz davor war, auszurasten, meinen durch Badelatschen nur unzureichend geschützten Fuß gegen die Tür gedonnert habe und nach dem ersten Tritt befand, dass ich schon weitaus bessere Ideen hatte, Aggressionen abzubauen. Und dass ich jetzt und hier auf Manni warten möchte. Auch wenn das etwas dauern kann, schließlich war er am Samstag zum verlängerten Wochenende nach Österreich aufgebrochen. Genauere Angaben zum Rückflug hielten sich in einem sehr vagen Bereich, irgendwo zwischen Montagfrüh und Dienstagabend. Je nachdem, wann einer von beiden schlappmacht und man das Wochenende für endgültig durchwienert erklärt. Zwar kommt Conny auf die hilfreiche Idee, mir ihr Handy samt Mannis Nummer zu geben, das Resultat ist allerdings auch beim fünften Versuch immer noch dasselbe:

„Mad Man, Yes I can. Alles. Nur nicht rangehn. Sorry!“

Ist bei seinen akrobatischen Dauerverrenkungen offenbar wirklich zu viel verlangt, sich auch noch eine dritte Hand wachsen zu lassen, um nach dem Telefon zu greifen. Da kann ich ihn irgendwie auch verstehen. Nur sitze ich hier eben rum und kann den letzten Hauch von Aussicht auf Verrenkungen egal welcher Art abhaken. Die Nummer von Sarah hat Conny leider nicht zufällig. Woher auch? Und selbst wenn. Was sollte ich ihr sagen?

„Da hat mich doch so’ne dämliche DHL-Schnuspel beim Lockenschneiden gestört und nun sitz ich wie’n frisierter Pudel in ’nem peinlichen Bademantel aufm Sofa meiner Nachbarin.“

Trotzdem muss ich ihr ein Zeichen geben.
„Aber die wird doch noch im Büro sein, und die Nummer kriegen wir raus“, ahnt Conny meine Gedanken. Das mit dem Lockenschneiden und dem Pudel sollte ich dann bei der Entschuldigung vielleicht weglassen.
„Und was soll ich ihr erzählen???“
„Du hast völlig vergessen, dass du heute Nachmittag einen wichtigen Pressetermin hast“, ermuntert mich Conny.
„Dann sagt sie vielleicht, ich soll danach vorbeikommen.“
„Mann, Sascha, jetzt stell dich nicht so an! Dann sagst du ihr, dass du für den Termin spontan nach Berlin fahren musst, und fragst sie, wie es ihr morgen passen würde.“
„Und wenn meine Garderobe morgen immer noch aus ’nem blau-grün-pinken Bademantel besteht?“
„Willst du jetzt hier einziehen oder wie? Sascha! Hier ist das Telefon und da wählst du mal schön die Auskunft!“
Reine Zeitverschwendung. Die junge allwissende Auskunftöse am anderen Ende weiß nämlich so einiges. Ganz sicher weiß sie allerdings auch, dass es kein sogenanntes *Plattenbüro* auf dem Peterssteinweg in Leipzig gibt. Dafür kann auch ich mein Wissen auffrischen: Keine Nummer. Keine Entschuldigung. Kein Kaffee Latte. Die verbleibenden sechzig Jahre meines Lebens ohne Sarah.

EXHIBITIONISMUS

Er könnte wenigstens ein kleines bisschen säuerlich reagieren. Frank, Connys James-Bond-Verschnitt. Kommt am späten Abend nach Hause, steht in der Tür und sieht seine Freundin auf dem Sofa sitzen neben einem Kerl im Bademantel. Aber offenbar sieht er in mir alles, nur keine Gefahr. Vermutlich würde seine Witterung die gleichen Impulse senden, wenn Karl Dall neben seiner Conny sitzen würde. Der könnte sich allerdings auch einen geschmackvolleren Bademantel leisten und würde dann in den Augen des Herrn Bond fast noch eine Stufe über mir stehen. Somit schießen aus den Pupillen des MI6 keine kleinen schwarzen Giftpfeile, sondern lediglich vorgetäuschte Besorgtheit.

„Hast du eine Wette verloren, dass du heute Pink trägst?", grinst 007 schief mitleidig.

„'ne Wette nich, nur meinen Wohnungsschlüssel und meine Traumfrau", beschreibe ich sparsam meine Situation. Den Rest der Erklärung übernimmt freundlicherweise Conny. Als mir kurz der Begriff Schlüsseldienst in den Sinn kommt, verdränge ich ihn sofort wieder. Ich werde morgen nämlich eine üppige Summe überweisen müssen, die mich zwar vor einigen Stunden gemeinnütziger Arbeit rettet, mein Konto jedoch alt aussehen lässt. Ein opulentes Privatlagerfeuer im Wald gilt es beim nächsten Mal im Vorfeld finanziell genauer zu überdenken. Glücklicherweise scheint Frank meinen Kontostand zu kennen.

„Na, Schlüsseldienst wäre ja Quatsch!"

„Seh ich auch so. Also lieber warten. Irgendwann muss Manni mal nach Hause kommen", finde ich mich mit einer Nacht auf der Nachbarcouch ab.

Doch anscheinend hat 007 da andere Vorstellungen. „Nicht warten. Rüberwandern!“
„Und wie soll er das anstellen, ohne Schlüssel?“, ist Conny ähnlich ratlos wie ich.
„Aber eure Balkontür lässt sich doch von außen öffnen. Die schiebt ihr doch immer nur ran!“, kombiniert mein Agent aus der Nachbarschaft.
Es fällt mir etwas schwer, seinen Einsatzplan bis ins Detail zu durchschauen. „Soll ich mich an einem Seil galant rüberschwingen oder wie?“
„Ich meinte eigentlich das Dach. Steigst du hoch, läufst die paar Meter und springst drüben wieder runter. Das schaffst sogar du“, lächelt der Agent Ihrer Majestät. Jedoch wird er von seiner besseren Hälfte gebremst. „Bärchen!“
„Danke schön. Und wie stellst du dir das vor? Ohne dass ich abrutsche?“, möchte ich gern von Bärchen wissen.
„Das Dach ist flach, die Balkonmauern sind hoch. Das würde selbst meine Großmutter hinbekommen.“
Vielleicht war seine Großmutter früher ein BND-Spitzel. Dann könnte sie das wahrscheinlich im Schlaf. Nun habe *ich* aber nie ein Spionage-Camp besucht. Daher kann ich das weder im Schlaf noch bei Mondschein noch sonst wann. Offensichtlich lokalisiert Mr. Bond eine Prise Vorbehalt in meinem Blick.
„Sascha, du bist vielleicht nicht besonders sportlich, aber doch nicht dämlich. Du machst das jetzt! Komm, ich zeig dir mal unseren Balkon“, ist die Doppelnull so liebenswürdig, für mich zu entscheiden. Andererseits könnte ich auf diesem dunklen Weg über das Flachdach jede Menge Kohle sparen und außerdem gleich Sarah eine Entschuldigungs-SMS schicken. Eventuell doch kein so schlechter Plan.
Und tatsächlich, auf die Mauer in einem Meter Höhe käme ich

problemlos, und die eins zwanzig bis zum Dach dürften auch nicht so umständlich sein.

„Na ja, dann lauf ich mal im Bademantel über die Dächer der Stadt", finde ich mit mich mit meinem Schicksal ab. Eine denkbar gute Gelegenheit für Frank, seine Lizenz zum Sticheln ungehemmt zu missbrauchen. „Du, ich würde dir auch eine Hose leihen. Aber ich schätze, da passt du nicht rein."

Meine Nachbarin greift ein. „Bärchen, noch so ein Spruch, und *du* schläfst heute auf der Couch!" Genau!

Auf der Mauer balancierend, mit den Händen an der Regenrinne, wage ich den nächsten Schritt und ziehe mich unter einem lächelnden Vollmond auf das Nachbardach. Bestimmt nur ein kleiner Schritt für Geheimagenten, aber ein großer Schritt für die Fortsetzung meines Familienstammbaums. Dass es der Doppelnull zwei Meter unter mir hörbar schwerfällt, sich weitere couchkompatible Kommentare zu verkneifen, ist mir einigermaßen schnuppe. Ich habe es geschafft. Jetzt muss ich nur noch die zehn Meter über die Mondlandschaft bis zu meinem Balkon spazieren.

Wer sagt's denn! Zwar stehe ich noch nicht in, aber immerhin auf meiner Wohnung. Jetzt wieder die zweieinhalb Meter nach unten und schon ist der Albtraum vorüber. Es ist der Mond, der in beinah greifbarer Nähe unseren Balkon ausleuchtet. Wie der Scheinwerfer über einer Bühne, der schonungslos jede Unebenheit zum Vorschein bringt. Da hätten wir zum Beispiel Mannis graubraune Palmenleiche, die seit nunmehr drei Jahren förmlich danach schreit, endlich beerdigt zu werden. Darüber hinaus zwei angegammelte grüne Campingstühle und der vom Muster her sehr individuelle blaue Plastiktisch. Individuell dank weißgrauer Flecken unbekannter Herkunft. Alles Relikte aus Mannis Berliner WG-Zeiten. Nicht nur der Balkon macht einen weniger einladenden Eindruck, auch seine Mauern am Rand. Zumindest dann, wenn man beschließt, ihn vom Dach aus zu besteigen. Mit der Balkonmauer unserer Nachbarn hat unsere nur die Farbe gemeinsam, leider nicht die Höhe. Bis dahin komme ich unmöglich. Zurück zum Nachbardach? Zurück! Auch wenn's peinlich wird, vor den Augen des Agenten und seines Bondgirls ins Hauptquartier des Secret Service zurückzukehren.

Genau diese Peinlichkeit bleibt mir erspart, denn das Licht in der Nachbarküche ist gelöscht, die Balkontür fest verriegelt. Von hier oben laut Conny oder Hilfe zu rufen erscheint mir auch reichlich dämlich.

Sascha! Sei ein Mann! Geh zu deinem Balkon und spring! Zumindest bewege ich mich langsam und zaghaft in Richtung WG-Küchenvorbau. Über das Springen müssen wir noch reden! Die Alternative wäre, hier die ganze Nacht zu verharren, auf dass dann morgen früh mit aufgehender Sonne jeder im Viertel weiß, dass dort auf dem Flachdach ein Bekloppter in Pink pennt. Aber vielleicht muss ich gar nicht so lange warten. Gefühlte fünfhundert Meter unter mir beobachte ich Hausmeister Naumann, wie er seinen Müll der Tonne anvertraut.

„Und jetzt einfach die Klappe zu und schnell zurück ins Haus. Bitte!", flüstere ich ihm zu.

Da er mich von hier oben nicht hören kann, befolgt er lediglich die Anweisung mit der Klappe. Statt aber im Haus zu verschwinden, stellt er seinen Eimer ab und lässt seinen Blick über den Himmel schweifen. Ja! Der Mond ist voll und schön. Und das ist er auch, wenn man ihn vom Fenster aus betrachtet!

Es ist ein wundervolles, ja ein befreiendes Gefühl, zu sehen, wie sich der Balkon direkt unter meinen Füßen plötzlich hell erleuchtet und die lässige Stimme meines Mitbewohners aufsteigt. Mit wem spricht er da eigentlich? Da sind noch zwei andere Stimmen. Wahrscheinlich Frank und Conny. Die vierte Stimme kommt von weiter südlich.

„Ein Perverser aufm Dach! Halb nackt. Ein Perverser!“, schreit Naumann und wirkt dabei verhältnismäßig hysterisch. Von seiner Warnung verunsichert, blicke ich nach links und rechts um den halb nackten Perversling ausfindig zu machen. Kann doch auch keiner ahnen, dass er mich damit meint. Die Balkontür unter mir öffnet sich und die Stimmen aus meiner WG werden deutlicher. Es sind meine Nachbarn und Manni.

„Ein PERVERSEEEEEEEEER!“, grölt unser Hausmeister jetzt so laut, dass nun vermutlich auch in den angrenzenden Stadtvierteln jeder weiß, dass meine Ex bei der Wahl meines Frotteeutensils einen verdammt schlechten Geschmack bewiesen hat. Ich muss Naumann dringend beruhigen. „Herr Nauuhaaaaa...“, rufe ich noch, während mir eine glitschige Stelle auf dem Dach den Halt raubt und mich die Schwerkraft erbarmungslos nach unten zieht. Fast agentenmäßig bekomme ich noch die Regenrinne zu fassen und bin beinah stolz, dass meine Hände so professionell reagiert und mich vorm sicheren Schädelbasisbruch gerettet haben. Statt eines respektvollen Applauses vernehme ich betretenes Gelächter. Ich frage mich, was es da zu lachen gibt? Ach so. Verstehe. Der hintere Teil meines Bademantels hält sich, ähnlich wie ich, hartnäckig an der Rinne fest und Junior schwingt frei vor den sechs Augen auf meinem Balkon.

„Ein Exhibitionist!!!“, beschreibt Naumann brüllend, bevor Manni ein weiteres Mal tiefstes Mitgefühl beweist. „Hängst du gut?“

„Den Abstieg müssen wir noch üben“, meldet sich 007 hörbar herzlich grinsend und Conny fügt freundlich hinzu: „Hast es doch gleich geschafft.“

Und wie ich es geschafft habe! Das Blech der Dachrinne so weit zu verbiegen, dass es plötzlich nachgibt, meine Füße am Rand eines Campingstuhles abrutschen, was mir den nötigen Schwung gibt, um mit meinem Hinterkopf den antiquierten Tisch umzureißen und nach einem eher unsanften Knall gegen die Balkonmauer meine endgültige Parkposition auf dem Boden zu erreichen. Der Vorhang fällt, alle Scheinwerfer sind gelöscht. Auf Standing Ovations im Publikum warte ich vergebens.

Als der Mond sein Licht wieder anknipst, fühlt sich mein Schädel an wie unter einem Presslufthammer. Erschwerend kommt hinzu, dass ich dabei von sechs Augen mitleidig gemustert werde. Selbst der Agent von nebenan verzieht sein Gesicht derart, dass man denken könnte, er hätte eben noch ein Bondgirl ins Leben zurückgeholt. Der Unterschied zwischen Halle Berry und mir ist glücklicherweise nur der, dass er sich offenbar in meinem Fall nicht für eine Mund-zu-Mund-Beatmung entschieden hat. Hoffe ich doch!? Diesen Punkt gilt es näher zu beleuchten. „Un-u-Un?"

Ups. Das sind vermutlich nicht genügend Buchstaben, um sich nach der Art der Reanimation zu erkundigen. Aber vielleicht versteht mich ja irgendwer.

„Ja, du bist endlich unten", beruhigt mich Conny, während sie mit dem Blatt einer Küchenrolle an meinem Kopf rumtupft. Man scheint mich nicht verstanden zu haben. „Das meintest du doch, oder?"

Die Augen auf Manni gerichtet, schüttele ich den Kopf. Allein das zieht ungefähr 1 333 kleine Nadelstiche nach sich, die sich einzeln und langsam durch meine Rübe bohren.

„Also ich bin Manni, falls du das wissen wolltest“, mischt sich ein leichtes Grinsen in das Gesicht meines besorgten Mitbewohners. Ja. Und ich bin Sascha. Ich sag’s ihm einfach. „Un-ig in Acha.“ Doch nicht ganz so einfach. Wo bitte schön sind denn all meine Konsonanten?
„Hey, er spricht arabisch“, hält sich das 007-Taktgefühl in Grenzen. Sein Bondgirl hat ihr Lächeln gegen eine finstere Miene eingetauscht, permanent tupfend sagt sie aber dennoch lediglich: „Bärchen!“ Eine weitere Couch- und damit Sexentzugsandrohung hätte mir jetzt irgendwie besser gefallen.
„Mensch, Sascha, so langsam mach ich mir echt Sorgen! Du kannst doch nich nachts übers Dach wandern“, findet Manni.
Hallo! Das war bestimmt nicht meine Idee! Und außerdem: Wer ist denn nicht an sein Telefon gegangen? Ich beäuge meinen Mitbewohner vorwurfsvoll und frage ihn: „Ein Änny?“, womit ich eigentlich sein Handy meinte.
Statt auf meine Frage zu antworten gibt er mir Nachhilfe. „Manni.“
So kommen wir hier nicht weiter. Außerdem platzt mir gleich die Birne. Die gesamten alk- und grasbedingten Kater meiner bisherigen Partykarriere zusammengepackt, kommt in etwa das raus, was sich gerade unter meiner Schädeldecke abspielt. Nur warum? Ich versuche mich zu erinnern. Eben wurde ich noch vom Mond belächelt, weil ich meinen Balkon vom Dach aus besteigen wollte. Okay. Hielt ich womöglich einen Kopfsprung für eine sinnvolle Idee, um das Ganze zu beschleunigen? Das würde einiges erklären.
„Ob-ung?“ Toll! Das B ist wieder da. Dass ein Kopfsprung jedoch anders klingt, ist mir klar. Trotzdem kann ich Mannis Gegenfrage nicht so ganz nachvollziehen.
„Du weißt schon, wo du bist, oder?“

Warum sollte ich das denn nicht wissen? Ich sitze offenbar halb nackt auf meinem Balkon.
„Ba-on." Hey, ich mache Fortschritte! Oder nicht?
„Andere Frage: Wie ist dein Name?", nimmt mich nun der Agent ins Kreuzverhör. Die Frage hatten wir doch schon.
„Acha Arann." Auch hier dürfte zumindest ein Großteil der Buchstaben hinkommen. Schätze ich.
„Na ja, fast." Immerhin! „Und wie ist mein Name?", fragt Conny.
„Onny." Es hätte die Sache definitiv leichter gemacht, wenn sie einfach Nanny heißen würde. Oder Anna. Das hätte ich bestimmt fehlerfrei hinbekommen. Der Ernst der Lage wird mir erst dadurch bewusst, dass nun auch die letzte Spur eines Entertainerschmunzelns aus Mannis Gesicht verflogen ist. „Ich schätze, wir sollten mit ihm sofort ins Krankenhaus. Das muss sich mal 'n Arzt anschauen."
Als Nachbar und Mitbewohner mir in eine senkrechte Position und in meinen blau-grün-pinken Bademantel helfen, versuche ich mich noch zu wehren. Die können mich doch nicht in diesem peinlichen Lappen durch die Stadt kutschieren wollen! Im Flur lege ich Protest ein, was meinen fragwürdigen Kleidungsstil angeht.
„A-ann-e?" Gut, Bademantel klingt schon irgendwie anders.
„Wie?", fragt Manni.
Bitte! Gebt mir mein B zurück! Ich atme tief ein. „Ba-anne!" Sehr gut! Aber da fehlt noch was.
„Ich versteh nur Banane", funkt mir 007 dazwischen.
Einen Versuch hab ich aber noch. Ein Königreich für ein stattliches M. „Ba-manne!!!", flehe ich und zeige dabei auf die pinke Peinlichkeit.
„Ach so. Ja, Bartmann ist dein Name, richtig. Gleich kriegst du deine Medizin und dann wird alles wieder gut."

Ich gebe auf und lasse mich von Manni und dem Nachbarschrank die Treppen hinabhieven.

Auf der Suche nach den verloren gegangenen Konsonanten lande ich in der Uniklinik und mein Oberkörper verschwindet in einem großen weißen Ringding, das aussieht wie ein riesiger Donut mit Zuckerglasur. Man sagt wohl MRT dazu. Es interessiert mich nicht im Geringsten, was dieses Gerät mit mir anstellt. Vielmehr, was es für Gründe gibt, dass sich die drei versammelten Schwestern gemeinschaftlich beömmeln. Ein Flirt mit Manni, dessen Wiener Wochenende so enttäuschend war, dass er sich nun zur Abwechslung nach einem flotten Vierer sehnt? Mein Bademantel, der auch auf der Ablage neben mir konstant für Heiterkeit sorgt? Meine Nacktheit schließe ich kategorisch aus. Erstens dürften die Krankenschwestern schon den einen oder anderen entblößten Mann gesehen haben. Zweitens sehe ich nicht derart lächerlich aus. Der Riesendonut summt sich dem Ende entgegen, Manni ist so freundlich, mir die blau-grün-pinke Peinlichkeit überzuwerfen, und das Gekicher verebbt immerhin akustisch. Nur eine der drei Schwestern ist offensichtlich schwer bemüht, eine ernsthafte Miene zu formen. Die anderen beiden sehen sogar von einem Versuch ab, den Frohsinn aus ihrem Gesicht zu verbannen.
Der Arzt entscheidet sich für ein Gespräch unter vier Augen, um die Donut-Ergebnisse auszuwerten. Ohne giggelnde Schwestern, ohne grinsenden Manni. Dafür bin ich ihm äußerst dankbar. Und gerade als ich mit großzügigem Kopfverband in seinem spärlich eingerichteten Büro die Worte „Vielen Dank“ artikuliere, freue ich mich, dass sowohl L als auch K wie-

der anwesend sind. Herzlich Willkommen zurück in meinem sanierungsbedürftigen Zentrum für Linguistik!

„Ich weiß zwar nicht wofür, aber nehmen Sie bitte Platz", spricht der Weißkittel, schaut dabei aber skeptisch auf sein Computerdisplay. Neben einem aufgestellten Bilderrahmen, der vermutlich Frau Weißkittel zeigt, ist ein kleines Namensschild angebracht. Dr. med. Petr Tryszyk. Fakt ist, seinen Namen könnte ich auch ohne ein gestörtes Sprachzentrum nur bedingt korrekt artikulieren.

„Hey, ich kann wieder chbrechen", stelle ich grinsend fest, in der Hoffnung, dass sich auch sein Gesicht wieder aufhellt. Dass mir jetzt noch das S zum Sch fehlt, nimmt er mir hoffentlich nicht übel.

„Aber für gewöhnlich sind Sie schon in der Lage ein SCH zu formulieren."

„Klar, S, C, H", wiederhole ich die Buchstaben einzeln.

Der Arzt betrachtet mich ein wenig kritisch durch seine müden Augen. Sie linsen durch ein blaues, quadratisches Armani-Brillengestell, mit dem er sich vermutlich um etliche Jahre jünger fühlt. Vielleicht sogar ein hilfreiches Accessoire, um mit seinen geschätzten fünfzig Jahren Frau Weißkittel doch noch mit der ein oder anderen giggelnden Schwester während der Nachtschicht zu betrügen.

„Und jetzt in einem Rutsch."

„Rutch", wage ich mich auch an dieses wundervolle Wort.

„Gut, Herr Bartmann. Das sind dann wohl die Nachwirkungen ihrer Dysarthrie nach Gehirnprellung."

„Klingt ja chbannend."

„Ist aber auch gefährlich, wenn Ihr Gehirn ernsthafte Schäden genommen hat."

„Chäden?"

„Eine retrograde Amnesie“, erklärt mir Armani im Quadrat. „Also einc längere Gedächtnislücke, was die Zeit vor Ihrem Unfall angeht. Können Sie sich daran vielleicht erinnern?“
„Klar. Ich wollte mit einer jungen Frau einen Kaffee Latte trinken, wurde aber beim Duchen von einer anderen rotgelben Frau abgelenkt. Dann bin ich im Bademantel rüber zu meiner Nachbarin und chpäter kam Chames Bond nach Hause. Der hat mich aufs Dach gechickt und dann lag ich plötzlich aufm Balkon.“ Kann er mal sehen. Alle Informationen vollzählig. Nach einer kurzen Pause mit einem halb geöffneten Medizinermund schüttelt der Doktor med. seinen silbergrau gelockten Kopf. „Wir sollten Sie vielleicht doch für zwei Tage zur Beobachtung hierbehalten.“
„Ach Quatch. Ist doch alles super! Die restlichen Buchchdaben kommen schon wieder, und wenn nicht, komm ich noch mal vorbei.“
„Na gut. Aber ...“, ein gleichzeitig schmunzelnder und misstrauischer Doktorenblick „... das Muster würde ich noch mal überdenken.“
„Muster???“ Keine Ahnung, was der von mir will.
„Mal unter uns, gibt es Frauen mit so einem Fetisch?“
„Fetich???“
„Na ja, ist ja auch nebensächlich. Ich werde Ihnen noch ein paar Schmerztabletten aufschreiben. Nehmen Sie die bitte auch. Kopfschmerzen, Übelkeit, Erbrechen. All das ist normal nach einer leichten Gehirnprellung. Auch noch in den nächsten Wochen.“
„Die nächsten Wochen???“
„Ja. Das kann bisschen dauern. Ihr Gehirn wurde etwas durcheinandergebracht. Es gibt nur zwei Dinge, die Sie als gefährliche Alarmzeichen deuten sollten. Wenn Ihre Sprachstörungen

wieder schlimmer werden und wenn womöglich Halluzinationen dazukommen.“

Interessant. Und wie soll ich dieses gefährliche Alarmzeichen erkennen? Ich mein, wenn ich eine Halluzination habe, dann steht ja keiner neben mir, der sagt: „Hallo! Das ist nur ’ne Halluzination! Das ist nicht real!“ Egal. Ich will endlich nach Hause. Zu meinem Handy. Und in mein Bett.

Dr. Tryszyk öffnet mir die Tür, dahinter unterhält sich Manni angeregt mit den Schwestern. Alle Augen sind wieder auf mich gerichtet, die Blicke eine Mischung aus Mitleid und Vergnügen.

„Und ich kann jetzt wirklich heim? Keine Untersuchungen mehr, nee?“, ignoriere ich die Schwestern und strahle in Richtung Doktor.

„Ich könnte Sie noch an einen Kardiologen überweisen“, grinst mein Arzt, schielt dabei jedoch zu den Schwestern. „Aber ich schätze, das wäre unnötig.“

Betretenes Gelächter ist die Antwort. Keine Ahnung, was mein Herz jetzt damit zu tun haben soll.

„Jo. Herzlichen Dank noch mal“, lächelt Manni zum Abschied, bevor wir den Fahrstuhl nach unten nehmen.

Es ist Mitternacht und es sind genau zwei Dinge, die schon sehr ins Auge stechen, als ich in die Nasszelle unserer WG zurückkehre. Die anständig verteilte und zwischenzeitlich angetrocknete Lockenpracht am Boden der Dusche schafft es allerdings nur auf den zweiten Platz der unqualifizierten Anblicke. Ganz oben auf dem Treppchen strahlt eine Tatsache, die ich erst realisiere, als ich mich endlich von meinem blau-grün-pinken Stofffetzen trenne. Offensichtlich war ich wohl noch nicht ganz fertig mit dem Abholzen der Wälder im Süden. Ich habe eine ungefähre Vorstellung, warum ich es heute schon mehrmals vollbracht habe, die Menschen in meinem Umfeld zu erheitern. Und das alles nur wegen einer Frei-Haus-Lieferung von Amazon. Na herzlichen Dank auch! Gerade als ich dazu ansetze, meine haarigen Rudimente aus der Duschwanne zu kratzen, springt die Tür zum Bad auf.

„Das ist ja echt unfassbar!“, zeigt sich Manni begeistert.

„Dass du nie anklopfst, ja!“, kann ich seine Begeisterung nicht so ganz teilen.

„Jetzt hab dich nich so! Exhibitionismus! Ja?“

„Manni“, unterbreche ich ihn, „wenn du ’n paar Minuten draußen wartest, kann ich mir auch was anziehen“, antworte ich immer noch vor der Duschkabine hockend, in der Hoffnung, dass Manni nix mitbekommt vom Missbrauch seines Gillette Fusion.

„Nee. Hör ma! Exhibitionismus, hab ich grad mal geguckt, ist laut deutschem Gesetz nur für Männer verboten. Hammer, oder?“ Dabei strahlt Manni fasziniert, als ob er eben erfahren hätte, dass sich alle Frauen zwischen zwanzig und dreißig ab sofort nackt in der Öffentlichkeit zu zeigen haben.

„Und die Mädels dürfen auf der Straße jederzeit blankziehen oder wie?“, spiele ich den Interessierten.

„Kommt drauf an.“

„Wie sie aussehen?“

„Also, wenn’s irgendwen stört, dann isses Erregung öffentlichen Ärgernisses. Sonst isses okay. Stell dir das mal vor! Wenn da ’n fremdes Mädel vor dir auftaucht und sich die Klamotten vom Leib reißt, dann is das legal. Andersrum isses ’ne Straftat. Landest im schlimmsten Fall sogar im Knast.“

„Ja, Wahnsinn! Und was bringt mir jetzt diese bahnbrechende Info?“

„Junior in der Öffentlichkeit immer schön drin lassen." Manni verschränkt die Arme und schmunzelt dabei wie Thomas Gottschalk, wenn er sich gerade an seinen nächsten Schenkelklopfer herantastet. „Besonders, wenn dir mal das Herz in die Hose rutscht. Nich wahr?"
„Hallo! DU musstest mich doch ausgerechnet im Bademantel durch die Stadt fahren, 'ne Hose wär mir auch lieber gewesen."
„Woher sollte ich denn wissen, dass du 'n Schamherzfetisch hast???" Wetten, dass Gottschalk auch heute wieder überziehen wird!?
„Ich war ja auch noch nich ganz fertig!"
„Sollte noch 'nen Pfeil durchs Herz gehen?" Wenn Manni quält, dann richtig. Wenigstens amüsiert er sich zur Tür hinaus, ohne bemerkt zu haben, womit ich mir das Muster verpasst habe. Ich schätze, er wäre nicht unbedingt angetan.

Endlich ist mein Werk vollendet, ohne weitere Störungen seitens der DHL, Manni oder von sonst wem. Mit dröhnendem Schädel, T-Shirt und Shorts sitze ich in der Küche und wage einen ersten Blick auf mein Nokia. Ganze vier Kurznachrichten.
Absender: Katta Handy Neu:
„Wieso stehen eigentlich alle Kerle auf Anal-Sex? Alles verkappte Fürsten der Finsternis! Bei dir alles okay?"
Manchmal hätte ich lieber Kattas Probleme. Obwohl. Egal.
Absender: Hackel:
„Na? War dir die Luft im Keller zu dünn geworden? Atemprobleme? Aha! ☺ Bis spätestens Freitag."
Sehr witzig. Und warum bis Freitag?
Absender: Maria:

„Hätte ich gewusst, dass ich dir so sehr den Atem raube ... Kleiner Scherz. Aber Freitag musst du wieder fit sein. Okay? Dann schlaf mal schön! Süße Träume."
Ich finde nicht, dass man über eine Hämoglobinitis Scherze machen sollte. Trotzdem muss am Freitag irgendwas sein.
Absender: Sarah Plattenbüro:
„Schade"
Für erklärende Worte ist es jetzt, kurz nach Mitternacht, eindeutig zu spät. Abgesehen davon wüsste ich auch nicht, was ich überhaupt schreiben soll. Vergessene Pressetermine, Hämoglobinitis oder ähnliche fadenscheinige Ausreden werden mich jetzt nicht viel weiterbringen. Manni auch nicht, der mit seinem Whiskeyglas im Türrahmen steht.
„Morgen Abend haben wir Großes vor."
„Was denn?", frage ich, ohne dass es mich wirklich interessiert.
„Na, die Lieferung von Amazon begutachten. Wahrer Kult, sag ich dir."
„Und was wird es diesmal?" Ich ahne Schlimmes.
„Dirndljagd am Kilimandscharo. Mit Karl Dall."
Viel schlimmer als befürchtet. Dann hat sich der Tag heute mal richtig gelohnt! „Von mir aus."
„Bin morgen früh bei Kaufland. Soll ich dir was mitbringen?"
„Brauch nix. Höchstens 'ne Packung Tabletten."
„Vielleicht auch 'nen schönen neuen Nassrasierer? 'nen eigenen?"
„Öhm." Diese Frage überfordert mich ein wenig.
„Okay. Dolormin und 'ne ordentliche Klinge. Sollste haben." Spricht es und zieht sich mit seinem Glenmorangie zurück. Muss ich wohl durch: Karl Dall als personifizierte Rache für Gillette-Missbrauch.

GIB MIR SAHNE

Eine ganze Zwanzigerpackung Dolormin-extra-Schmerztabletten ist in den vergangenen drei Tagen draufgegangen, um dieses erbarmungslose Pochen in meinem geschundenen Schädel wenigstens für ein paar Stunden zu drosseln. Nun ist meine Packung leer. Aber jetzt den weiten Weg antreten? Die ganzen fünfhundert Meter bis zur nächsten Apotheke? Ich finde, das wär zu viel verlangt. Geh ich erst mal kalt duschen. Vielleicht hilft das ja. Ich werde heute Nachmittag eh mit Manni zu Kaufland fahren, um den letzten beiden Beck's im Kühlschrank zahlreiche neue Kumpels zu verschaffen. Und nebenan in der Apotheke besorge ich mir gleich mal eine Dolormin-Familienpackung. Oder zwei, oder noch besser drei. Ob ich da gleich einen Mengenrabatt bekomme?

Ganz schön bekloppt, sich wie gewohnt beim Duschen zusätzlich von Radio XTC berieseln zu lassen. Aber jetzt ist es freilich zu spät, Mando Diaos *„Dance with somebody"* abzudrehen. Das kühle Wasser sorgt bereits für militärisch strammstehende Härchen am ganzen Körper, macht aber gnädigerweise auch Mando Diao erträglicher. Immerhin, meine ramponierte Rübe hat einen Pochgang heruntergeschaltet. Ich vermute allerdings, nur vorübergehend.

„Alter Schwede, ist das geil! Mando Diao und ‚*Dance with somebody*'!", schreit mich Dirty Sally aus dem Radio an. Toller Gag! Das mit Mando Diao und dem alten Schweden! Ich glaub, der war schon zu ABBA-Zeiten durch. Oh, kommt ja noch mehr.

„Hey, es ist Freitag! Da geht's hier mit XTC mal schön lässig ab ins Wochenende!"

Muss mir ausgerechnet dieses hysterische Huhn auf Ecstasy in Sachen Zeitrechnung auf die Sprünge helfen? Mann! Dabei hatte ich das Wort „Freitag" höchst erfolgreich in der entlegensten Ecke meiner Speicherhirnhälfte abgelegt. Es hatte dort so einen schönen Platz. Ich schätze, das Wochenende kommt nun doch nicht mal eben lässig daher, ohne auf dem Weg dahin noch ein paar heimtückische Fallen aufzustellen. Freitag. Ich bin mir zwar ziemlich sicher, dass heute irgendwas ansteht, genauso sicher weiß ich aber auch, dass ich keinen blassen Schimmer habe, was. Marias Geburtstag? Kann nicht sein. Der war doch erst nächste Woche.

Schnell abgetrocknet und Hackels Nummer gewählt. Nach dreimal Tuten der Spruch, den ich nicht hören wollte: „Also entweder hab ich mein Handy wieder mal zu Hause vergessen oder ich hab einfach keinen Bock ranzugehen. Sag mir trotzdem irgendeinen guten Grund, warum ich zurückrufen soll!"

„Knoblauch!", sage ich und lege auf. In der Regel führt dieses Wort zu einem vergleichsweise schnellen Rückruf.

Sollte es sich tatsächlich um Marias Fünfundzwanzigsten handeln? Ich könnte auch meinen Chef Schweinenase anrufen. Bei dem vermute ich allerdings, dass er nicht mal fähig ist, sich seinen eigenen Geburtstag zu merken. Da kann ich auch gleich bei Maria anklingeln. Mach ich auch. Ohne dass es tutet, meldet sie sich mit: „Ist das schön, deine Stimme zu hören!"

Ich sollte gleich wieder auflegen, damit sie gar nicht erst in den Genuss kommt.

„Sag mal, du. Irgendwas war doch heute!?"

„Ja, heute war was. Beziehungsweise kommt noch." Das war knapp! Hab ich doch nix verpennt.

„Und, öh, was kommt da so?"

„Eine kleine Party?" War ich nicht derjenige, der hier die Fragen stellt?

„Weil wahrscheinlich irgendwer Geburtstag hat, oder?"

„Stimmt soweit. Hackel!“ Hackel? Okay. Dann hab ich ihm ja genau das Richtige auf die Mobilbox gesprochen. Da wird er sich freuen. Und dann kriegt er heute Abend noch achtundzwanzig oder neunundzwanzig Knoblauchzehen, je nachdem, und dann ist er zumindest vorübergehend glücklich. Oder dreißig?
„Wie alt wird der überhaupt?“, will ich wissen.
„Wer?“
„Na Hackel!“
„Mensch, Sascha, Hackel hat doch gar nicht Geburtstag. Der hat mir hier nur grad meinen Chai Latte umgeschmissen!“
„Oh. Und, äh, wessen großer Tag wird heute nun zelebriert???“
Maria atmet tief ein und wieder aus. „Toll, dass du's vergessen hast. Ach Mann! ICH habe heute Geburtstag.“
Nun gibt es eben angenehme Situationen im Leben, in denen man zum Beispiel von einer hinreißenden Sarah erfahren könnte, dass sie mir längst vergeben hat und mich endlich wiedersehen will. Oder eben weniger angenehme, wie diese hier mit Maria.
„War doch nur 'n Scherz! Alles Liebe. Soll ich was singen?“
„Typisch Kerl, echt! Du hast da wirklich nicht dran gedacht, oder?“, klingt Maria reichlich enttäuscht.
„Ich hätte schwören können, der war morgen.“
„Jaja.“
Einzig und allein das Versprechen, gemeinsam mit Manni und Hackel auf ihrer Geburtstagsfeier zu erscheinen, kann meine Position als „typisch Kerl“ relativieren. Nicht zu kommen, fände sie „total daneben“. Schließlich sind wir doch Kollegen, die sich sehr nahestehen und sich vielleicht auch ein bisschen mögen. Ich schätze, es ist wieder der falsche Augenblick, sie darüber aufzuklären, dass sie das mit dem Nahestehen sehr subjektiv betrachtet und ich auf weitere anatomische Exkurse ähnlich

viel Bock habe wie auf die kleine Hafenrundfahrt. Mit einem „Okay, wann sollen wir da sein?“ besiegele ich mein Schicksal. „Wir fangen um acht an, kommt dann einfach irgendwann rum“, sagt Maria, bevor sie auflegt, und klingt dabei wieder etwas weniger trübsinnig.
Dafür sehe ich mich nun schon wenige Stunden später beim animalischen Liebesspiel im kratzenden Stroh einer ländlichen Scheune. Unter den mitleidigen Augen einiger Rinder und Schafe. Marias Party wird nämlich nicht in einem gemütlichen Café in der Stadt zelebriert, sondern auf dem rustikalen Landsitz ihrer Eltern. Irgendwo in einem verschlafenen Nest in der Nähe von Eilenburg. Da wo sich Hund und Katz niemals Gute Nacht sagen, weil sie stattdessen lieber durchmachen und Fluchtpläne schmieden. Und da soll ich mich nun freiwillig hinbegeben. Nach Großwillnich. Unweit von Kleinmussaber.
Ohne diese Information über den geplanten Großevent im Grünen wären die Schmerzen in meinem lädierten Kürbis höchstwahrscheinlich erträglicher. So müssen meine Synapsen wieder auf voller Leistung rotieren und überlegen, womit man einer nimmersatten Blondine eine Freude machen könnte. Außer vielleicht mit einem Gutschein für zehnmal Fesselspiele an außergewöhnlichen Orten ihrer Wahl. Oder mit einer Premium-Mitgliedschaft bei sexkontakte.de. Ausgerechnet eine Maria-SMS beendet das kurzfristige Hirnzermürben.
„Bringt ihr mir eine Flasche von diesem Hammer-Scotch mit? ☺“
Ein wenig frech, aber okay. Wenigstens ein Problem gelöst. Nur das Handy stört.
„Was denn?“
„Knoblauch?“, fragt mich Hackel entgeistert am anderen Ende der Leitung.
„Kannst du auch mal an was anderes denken?“

Muss ein Kaufland-Mitarbeiter an der Kasse eigentlich grundsätzlich immer mit dem Schlimmsten rechnen? Dass der Kunde in den letzten Tagen möglicherweise vom Dach gefallen ist? Und dass er sich noch von den Nachwirkungen einer Gehirnprellung erholen muss? Oder warum wird einem sofort nach EC-Karten-Übergabe der eigene Name nur so um die Ohren gepfeffert?
„Haben Sie alles gefunden, Herr Bartmann?"
„Hab ich."
„So, hier noch eine Unterschrift, Herr Bartmann!"
Hallo! Diese Information habe ich nicht in meinem Arbeitsspeicher, sondern auf der Festplatte! Und sie ist trotzdem jederzeit blitzschnell abrufbar. Muss man mir nicht auf die Sprünge helfen. Geht schon. Aber falls Sie sich fragen, was da auf dem kleinen Schild oberhalb Ihrer rechten Brust draufsteht, da helfe ich Ihnen auch gern!
„Kein Problem, Frau Müffelmann."
„Vielen Dank und einen schönen Tag noch, Herr Bartmann."
„Auf Wiedersehen, Frau Müffelmann."
Und das in der entsprechenden Lautstärke. Um auch allen anderen Mitarbeiterinnen an den Kassen sechs bis zwölf zu demonstrieren, dass ich nicht nur meinen eigenen Namen kenne, sondern auch ganz gut Schriftzeichen deuten kann. Als unsere Kassiererin Gesichtsröte Stufe vier erreicht, kann mich nichts mehr abhalten vom direkten Weg zum roten A. Noch nicht einmal das Mitleid mit Manni, der ein wenig hilflos erscheint, mit den drei Beck's-Sixpacks, den fünf Packungen Pringles und den beiden Flaschen Glenmorangie.
„Nu renn ma nich so, ich bin klein", ruft Manni mir hinterher. Ein Satz, der zu seinem aktuellen Outfit im krassen Gegensatz

steht: ein schwarzes Shirt mit der weißen Silhouette einer Faust, auf die in großen Lettern das Wort „ZAHNFEE“ gedruckt ist. Vor dem Hintergrund einer bevorstehenden Geburtstagsfeier auf dem Land gilt es seiner Meinung nach, allgemein verständliche Signale zu senden.

„Ich brauch Tabletten. Und zwar schnell!“

Als ich mir in der Kaufland-Apotheke eine Familienpackung Dolormin bestelle, erfahre ich, dass die dreißiger schon die größte ist.

„Was denn, nich mal ’ne fünfziger?“

„Sie können ja zwei dreißiger nehmen“, schlaumeiert eine ergraute Endvierzigerin im weißen Kittel.

„Krieg ich da wenigstens Rabatt?“

„Nein. Das sind feste Preise. Tut mir leid.“

„Und wenn ich drei nehme.“

„Sind die Preise immer noch fest“, ist „Ihre freundliche Apotheke“ nicht mehr ganz so freundlich.

„Dann geben Sie mir halt zwei.“

„Mit der Einnahme kennen Sie sich aus?“

„Ja. In den Mund damit und schlucken. Oder?“

„Ich sehe, Sie kennen sich aus“, wagt sie es doch tatsächlich, ihre Augen zu verdrehen. „Am besten während der Mahlzeiten. Und nicht mehr als drei am Tag.“

„Packungen?“, frage ich höflich.

„Tabletten natürlich“, antwortet man genervt.

An dieser Stelle könnte ich mir einfach die Dolormin gefüllte Tüte vom Tresen schnappen und mir das tablettierte Schmerzfrei einwerfen. Weil man sich aber in jedem Fall beim Arzt oder Apotheker vor Einnahme eines Medikaments über dessen hinterlistige Begleiterscheinungen erkundigen muss, entscheide ich mich für ein gepflegtes Pharmazeuten-Kreuzverhör.

„Mit welchen Risiken und Nebenwirkungen habe ich denn zu rechnen?"
„Das steht alles im Beipackzettel", versucht sie mich doch abzuwimmeln!
„Ich habe aber gerade eine Gehirnprellung hinter mir und bin außerdem Legastheniker."
„Dann lassen Sie sich den Zettel von Ihrem Bekannten vorlesen", deutet sie auf Manni, schielt aber bereits zum nächsten Kunden.
„Wir sind aber in derselben Gruppe für Lese-Rechtschreib-Geschwächte."
Die graue Pharmamaus holt tief Luft und geht in sich. Fast habe ich das Gefühl, sie sagt überhaupt nichts mehr. Dann platzt es aus ihr heraus:
„Dolormin empfiehlt sich nicht, wenn Sie empfindlich sind gegenüber Ibuprofen. Oder wenn Sie in letzter Zeit Magen- oder Darmgeschwüre, Hirnblutungen, Leber- oder Nierenfunktionsstörungen hatten. Außerdem sollten Sie davon Abstand nehmen bei schwerer Herzschwäche, im letzten Drittel einer Schwangerschaft oder wenn Sie ein Kind unter sechs Jahren sind. Für diesen Fall empfiehlt sich eine andere Darreichungsform. Gelegentlich kommt es bei der Einnahme zu Hautausschlägen und Asthmaanfällen mit Blutdruckabfall. Häufig reagiert der Körper mit Magen-Darm-Beschwerden wie Sodbrennen, Übelkeit, Durchfall, Verstopfung oder Blähungen. Sonst noch Fragen?"
Sämtliche Kunden der Kaufland-Apotheke zollen ihren aufrichtigen Respekt mit Mundhöhlen im Stoßlüftungsmodus. Es herrscht eine eisige Stille. Wie in einem Charles-Bronson-Western kurz vorm finalen Showdown. Die Gäste des Saloons beobachten das Geschehen gebannt und regungslos aus sicherer Entfernung. Keiner wagt es, auch nur zu atmen. Wird einer der beiden Kontrahenten gleich den entscheidenden Schuss abfeu-

ern? Oder lässt Sergio Leone vorher noch ein paar schwermütige Töne aus der Mundharmonika blasen? Der Pharma-Sheriff hält wie versteinert seinen bedrohlichen Blick. Ich bin mir ziemlich sicher: Schlüge in diesem Moment ein Beipackzettel auf dem Boden auf, ein jeder der Anwesenden würde um sein Leben fürchtend zusammenzucken. Ein laues Lüftchen weht den Wüstenstaub um meine Stiefel. Die Kamera zeigt mein blaugraues, stechendes Augenpaar in Großaufnahme. Feuer!

„Und wie steht's mit Alkohol?"

„Gibt's nebenan im Getränkemarkt", feuert meine Rivalin zurück und setzt mich damit endgültig außer Gefecht.

Okay. 1:0 für das rote A. Ein schlapper Denklappen ist nun mal kein Tennisarm. Zur Strafe nehme ich, auf dem Golf-Fahrersitz angekommen, gleich vier Tabletten auf einmal und spüle sie mit einem amtlichen Schluck Beck's die Speiseröhre hinab.

Manni sitzt neben mir auf dem Beifahrersitz. Er hat dieses Apothekenduell zwar zur Kenntnis genommen, sieht es jedoch nicht ein, es zu kommentieren. Nur meiner Dolormin-Stoßtherapie sieht die „Zahnfee" eher skeptisch entgegen. „Wehe, ich höre auch nur eine Flatulenz!"

Die grauen Häuserfassaden am Straßenrand sind unlängst durch blühende Rapsfelder ersetzt worden. Je weiter die Felder, desto abgehackter quetschen sich die Bässe von Timbalands *„The way I are"* durch meinen uralten Blaupunkt-UKW-Empfänger. Ein lispelnder Rapper schafft es gerade noch, sich einzumischen:

„Lis(f)ten baby girl, I ain't got a motorboat but I can float ya boat. So lis(f)ten baby girl!"

Bei dem Sprachfehler wird das vermutlich nie was mit dem Motorboot, überlege ich mir so, während ich am Steuer sitze, mit dem Ziel, meinen Mitbewohner, Hackel und mich zu Marias Landsitz zu chauffieren. Derweil muss sich Manni eingestehen, dass sein XTC ein Stadtradio ist, und das wiederum hat nun mal die blöde Angewohnheit, nicht über sämtliche sächsischen Rapsfelder hinweg zu strahlen. Widerwillig schaltet er um auf eine erwachsenere Privatbeschallung. Nickelback ist der Dank. Mit Hackel auf der Rückbank scheint Chad Kroeger wenigstens einen Sympathisanten gefunden zu haben, zumindest wabern sich kleine Knoblauchwolken textsicher aus seiner Mundhöhle:

„Cause nobody wants to be the last one there, 'cause everyone wants to feel like someone cares, someone to love with my life in their hands, there's gotta be somebody for me like that.“

Ob ich auf Sarahs *„Schade“* reagiert habe? Selbstverständlich. Aber ich fürchte, es war weniger clever, Sarah erst drei Tage später über die tragischen Umstände aufzuklären: über das weiße 308er Peugeot Cabriolet, das mich und mein Fahrrad übersehen hatte, als ich gerade auf dem Weg zu ihr war, über meinen Kopf, der brutal an die Peugeot-Frontscheibe knallte, bevor er hirnlappengestört ins Krankenhaus eingeliefert wurde. Da ich mit einem zerschmetterten Handy ans Bett gefesselt war, hätte es etwas länger gedauert zu antworten. Und ich würde nun alles tun, Hauptsache, sie ist nicht sauer auf mich. Bisher warte ich vergebens auf eine Antwort.

„Was müffelt hier eigentlich so?“, will Hackel wissen, als sich nun Rosenstolz hinter Nickelback in die Radioplaylist drängelt und Manni gnädigerweise um ein Vielfaches leiser dreht.

„Es heißt Knoblauchfahne und weht aus deinem Mund“, formuliert Manni exakt meine Gedanken.

„Nee. Riecht ihr das nicht???“, scheint Hackel etwas anderes zu meinen.
„Ach das. Das heißt frische Landluft. Musst du dir keine Sorgen machen. Das is normal. Und sogar besser als Knoblauch“, erklärt Manni, während er das Fenster herunterkurbelt und tief einatmet.
Gerade als AnNa R. von Rosenstolz ein zweites Mal zum unvermeidlichen *„Gib-mir-Sonne“*-Refrain ansetzt, und ich auch diesmal „Wann kommt die Sahne?“ verstehe, kämpfen sich Massive Attack erfolgreich durch den Popschmand aus Berlin. Eine mir unbekannte Nummer hat auf meinem Handy die erlösende *unfinished sympathy* ausgelöst.
„Jop!?“
„Sinn Sie dor Herr Friedmann?“, sächselt mir eine weibliche Stimme speckblumig ins Ohr.
„Herr wat?“
„Dor Daniel Friedmann!“
Da ist man glücklich, seinen im Perso eingetragenen Namen wieder richtig aussprechen zu können, und muss sich schon mit Pseudonymen rumärgern. Doch es scheint zu stimmen. Unter Fanplattformnutzern bin ich als Daniel Friedmann bekannt. Der, der die letzten Tage tapfer weitere Gebote für die *Pool*-Ausgabe abgegeben und gestern Abend allen Ernstes die Zahl zweihundert gefolgt von einem Euro-Zeichen im Internet hinterlassen hat.
„Genau der bin ich! Wer is’n dran?“ Kann ich mir schon denken. Bisher kenn ich jedoch nur ihre Pseudonyme Sunny88 und Karstadt-Speckpferd.
„Isch heiße Babette. Mir geht’s um de *Pool* weschens dem Ardiggel.“ Jetzt muss mein Hirn auch noch in Fremdsprachen durchsteigen.

„Das müffelt irgendwie nach was Verbranntem“, beschwert sich Hackel hinter meinem Rücken. Manni schweigt und schüttelt den Kopf.
„Was is denn mit dem Artikel?“, frage ich die sehr nervös wirkende Butterblume am anderen Ende.
„Isch hadde hunnerdfuffzsch gebodenö. Zweehunnerd Euro is gan schö ville.“
„Na dann, einfach aussteigen“, schlage ich vor, während sich Rosenstolz im Radio zum letzten Mal „Sahne“ bestellen.
„Nee, nee. Isch will den Ardiggel ham. Abor isch hädde ’n Angebod för Sie.“ So weit ist es schon: dass mir übergewichtige Frauen in geblümten Kleidern Angebote unterbreiten.
„Boah. Das ist dieses ekelhafte Fell, das hier liegt“, stellt der müffelnde Schnüffler auf der Rückbank angewidert fest. „Das könnte man ja mal entsorgen.“
Ich mache eine Handbewegung, die ihm verdeutlicht, dass ich mich unmöglich auf drei Dinge gleichzeitig konzentrieren kann. Steuer, Butterblume und Fell. Außerdem gibt es im Moment wichtigere Felle, die mir nicht davonschwimmen sollten.
„Ein Angebot?“
„Isch steige aus, kriesch abor ’ne Gobie von dem Ardiggel. Damidd isch die ins Forum schdelln gannö.“
Natürlich! Sogar das VW-Zeichen auf meinem Lenkrad blickt kurzzeitig fassungslos. Ich kann es jedoch beruhigen, denn irgendwie gefällt mir die Idee mit der Kopie.
„Okay. So machen wir das. Lass uns nächste Woche noch mal telefonieren.“
Als ich auflege, wird mir schwarz vor Augen. Martin hat die fixe Idee, mir das miefende Fell genau vor die Nase zu halten.
„Riech doch mal!“, schlägt Hackel vor, als ob ich jetzt noch eine Wahl hätte. Es stinkt tatsächlich außerordentlich deftig. Zuletzt

war mir der antiquierte, schwarz-weiße Flokati ein willkommener Untersetzer, um die prächtigen Flammen eines nächtlichen Lagerfeuers bei einem ordentlichen Schluck Hennessy zu zelebrieren. Allerdings macht er jetzt vielmehr den Eindruck, als hätte ich damit nicht am, sondern direkt im Feuer gesessen.

„Hab's kapiert", sage ich. Dabei drücke ich Martins Arm zur Seite, da ich vermute, dass es nicht schlecht wäre, in meiner Position als Fahrer auch mal einen Blick auf die Straße zu riskieren. Dass sich mein Golf mittlerweile für die linke Spur entschieden hat, ist nicht weiter tragisch. Auf den letzten zwanzig Kilometern polterten uns lediglich ein besoffener Fahrradfahrer und ein Traktor in Schrittgeschwindigkeit entgegen.

„Widerlich, oder?", hat sich Hackel noch nicht beruhigt.

„Schmeiß das Ding doch einfach raus", schlägt Manni gelangweilt vor.

„Hey, das ist meine Erinnerung an Doris", lege ich Protest ein.

„Die Nacht am See. Richtig?" Ich bin beeindruckt. Manni hat sich die Geschichte tatsächlich gemerkt.

„So sieht's aus."

„Doris", sagt er ein wenig abfällig, „die dich am Ende aus eurer gemeinsamen Wohnung rausgeschmissen hat, weil sie dachte, du hättest 'ne Affäre mit 'ner anderen, obwohl das völliger Schwachsinn war."

„Genau die."

„Hackel, mach das Fenster runter und zeig, wie elegant das Teil fliegen kann!", weist Manni an.

„Hast ja recht." Ich gebe mich geschlagen. Als der Flokatimuff aerodynamisch aus dem Golf gleitet, sehen wir auf der linken Seite von Weitem eine zwei Meter große silberne „25" auf einem roten Samtteppich. Er wedelt uns von einem pompösen Steintor aus zur Begrüßung entgegen.

PIMP MY KLOPS

Als „mein Sascha“ werde ich von Maria auf dem liebevoll geschmückten Bauernhof eingeführt. Und zwar vor der 23-köpfigen, augenscheinlich familiär geprägten Gummistiefelfraktion. Und auch ihre zahlreichen ehemaligen Kollegen und immer noch Freunde aus eher urbanem Umfeld wissen nun, ich bin *ihr* Sascha. Dass Sascha mein Name ist, da bin ich mir auch wieder zu hundert Prozent sicher. Nur kann ich mich nicht an die feierliche Übergabe einer Besitzurkunde erinnern. Es sei denn, einmal miteinander zu verkehren, bedeutet in ländlichen Gefilden automatisch verlobt zu sein.

Nachdem ich jedoch meinen Gleichgültigkeitsmodus aktiviert habe, sehe ich von einer verfrühten Zwangsenteignung ab und lächle mich hochgradig dolorminiert durch die ersten beiden Small Talks: mit der blondierten und zusätzlich lila gesträhnten Undine, einer Maria-Freundin aus Schulzeiten, und mit Ralf, dem BARMER-Zweigstellenleiter in Eilenburg. Erstere versucht mich vehement, aber vergebens davon zu überzeugen, dass Maria und ich ein wahnsinnig hübsches Pärchen seien. An den Worten des schwer untersetzten, kurz gelockten Zweigstellenleiters erkenne ich, dass ich der personifizierte Dorn in seinem Auge bin, da er Letzteres offenbar auf Maria geworfen hat. Sein „Maria und du, das passt irgendwie ganz gut“ kommt deutlich weniger authentisch rüber.

„Wir sind schon eine halbe Ewigkeit befreundet, eigentlich schon immer“, protzt der Dorf-BARMER-Chef, ohne sich dabei seiner funkelnden Augen bewusst zu sein.

„Na ja, wir kennen uns jetzt seit knapp zwei Jahren.“

„Kannst dich bei mir bedanken. Hab ihr ständig versucht, diesen Physikprofessor auszureden. Wie du siehst, war ich erfolgreich“, bestätigt Ralf meinen ersten Eindruck. Ins Gewissen reden aus Eigenbedarf. Verstehe. „Wie lange seid ihr eigentlich schon zusammen?“

„Das … na ja … entwickelt sich grade.“ So wenig optimistisch dies auch klang, es dürfte zumindest Optimismus verbreiten.

„Ach, das ist noch gar nicht so richtig fest?“ Ich bin mir sicher, mit dem Strahlen in seinen Augen könnte er sogar einen Stahlträger zum Glühen bringen. Um ihm jedoch durch die Blume zu signalisieren, dass für ihn ein blondes Licht am Ende seines Provinzhorizonts scheint, ist jetzt nicht der richtige Augenblick. Abgesehen davon wirkt er etwas zu engstirnig, um einen solchen Wink zu deuten. Ein sympathisches Kerlchen sieht auch anders aus und ein potenzieller Kandidat für Maria erst recht. Dabei ist vermutlich nicht einmal seine amtliche Wampe der entscheidende Grund für Verzicht aus weiblicher Sicht, vielmehr der breite buschige Balken, der sich anstelle von Augenbrauen als konsequent geschlossene Einheit präsentiert.

„Wir sind auf dem besten Wege“, gebe ich mich überzeugt. „Ich muss mir jetzt mal was zu Futtern holen.“

„Och, da komm ich doch mit.“

Wie naiv, sich einzubilden, dass man einen gesetzlichen Ersatzkassen-Ralf einfach so abschütteln kann. Aus zwei übergroßen Boxen an der Scheune schreit mich Lady Gaga an. Und nein, ihr *„Poker face“* wird auch in der 1 005. Wiederholung nicht zum ohralen Hochgenuss. Bleibt zu hoffen, dass sich keiner den Spaß erlaubt hat, das komplette Gaga-„Fame“-Album einzulegen.

Eine Abrissbirne versucht wiederholt gegen meine Schädeldecke zu pochen, zwei weitere Tabletten hindern sie aber daran. Manni grinst mit einer jungen rot gelockten Bäuerin um die Wette. Ich ahne allerdings, dass er es eigentlich auf ihre beachtlich balkonierte, aber sonst gertenschlanke, brünette Freundin abgesehen hat. Läuft doch schon wieder super! Manni hat bereits doppelten weiblichen Kontakt und ich stehe vor einem Berg aus Minibuletten. Mit einer Monoaugenbraue im Schlepptau.

„Na, dein Kumpel steht wohl auf meine Schwester?", grinst mein Kaff-Ralf etwas unvorteilhaft, während sein Balkenbusch zum Fragezeichen mutiert.

„Ach, das brünette Model is deine Schwester?"

„Nee, die Rothaarige daneben. Das ist meine Schwester, die Claudia. Die Brünette ist meine Cousine. Die heißt Annika."

„Da war der Schöpfer ja großzügig bei den Genen in eurer Familie."

„Kann man so sagen, oder?" Spricht es mit stolzgeschwellter Brust und fischt sich die zehnte Zwergbulette vom Berg.

„Mhm."

Tja, offensichtlich hat der Schöpfer gentechnisch nicht die komplette Ahnentafel entlang die ganz große Kelle rausgeholt. Der Kassen-Ralf fügt noch hinzu: „Marias Mutter ist ja meine Patentante."

Ja, und dass daraus irgendwann deine Schwiegermutter wird, kannst du abhaken. Trotzdem entpuppt sich offenbar doch eine jede Party auf dem Land letztendlich als Familienfeier. Manni hat sich bereits trotz flirtkonträrer Botschaften auf seinem T-Shirt zum brünetten Blickfang vorgekämpft, ohne dabei an seine Knie zu denken. Die haben nach seinem durchwienerten Wochenende auch vierundzwanzig Stunden später noch recht anständig gezittert. Statt mit architektonischen Details wurde mein schmerzender Hirnlappen in den letzten vier Tagen mit Informationen drangsaliert, die weit über gewöhnliche Pornostudienausbeuten hinausgehen. Über die Schlösser Belvedere

und Schönbrunn war so gut wie nichts zu erfahren, dafür aber alles über die Abenteuer von Prinzessin Yoni und Prinz Linga in der kaiserlichen Residenz Nimmersatt.
„Die Buletten haben's dir ja angetan, oder?", strahle ich skeptisch in Richtung Ralf.
„Da ist ihre Mutter totaler Profi. Keiner macht bessere Hackbällchen wie sie." Du musst es ja wissen.
„Vermutlich hat auch keiner so viele davon gegessen als wie du", nuschle ich vor mich hin.
„Wie?"
„Nix. Und der Nudelsalat? Wie is der?"
„Der ist echt der Oberhammer!", freut er sich, balanciert dabei die achtzehnte Bulette auf seinen Pappteller und wippt mit seinem Querbalken im Gaga-Poker-face-Takt. Dieses Bild macht meine Theorie rund: Ahnenschwund ist ungesund.
Aus den Augenwinkeln heraus erkenne ich, dass nur einer noch mehr Hackbällchen gehortet hat: Hackel. Nach einem ersten Bissen erschließt sich mir auch der Grund: Ja, sie sind saulecker. Nicht wie üblich nur mit Mett, Zwiebeln und diversen Gewürzen versehen, sondern darüber hinaus mit Schafskäse und Paprika gefüllt. Ich vermute, Martin wird die Party nicht eher verlassen, bevor der komplette Bulettenberg abgetragen ist. Hauptsächlich liegt das an dem ordentlichen Schwung Knoblauch. Ich schätze, dass für eine Zwergfrikadelle mindestens eine halbe Knofelzehe dran glauben musste. Keine Frage. Ich werde mich quantitativ solidarisch zeigen, was diese deliziösen Hackklopse angeht.
Ladies and Gentlemen! Der Gewinner des diesjährigen Pimp-my-Klops-Wettbewerbes: Mariaaaaas Mom!
Fast möchte ich Applaus spenden, erkenne aber recht schnell, dass dies gleich mehrere Faktoren unmöglich machen: der zur

Hälfte mit Nudelsalat und drei Babyklopsen gefüllte Pappteller in meiner linken Hand und das Beck's in meiner rechten. Derweil nervt Lady Gaga mit ihren „*Paparazzi*".

Nach zwei Stunden und sechs Small Talks mit zahlreichen gut gemeinten, leider hinfälligen Beziehungstipps ein mir geläufiges Bild: Manni ist umrandet von fünf jungen Frauen, die kosmopolitisch betrachtet überwiegend sparsam anmuten. Sie schütteln ihre teilweise gelockten, meist brünetten, diesmal auch rothaarigen Köpfe beim Blick auf ein übergroßes Deko-Fass. Dieses wiederum ist bestückt mit diversen Gegenständen aus dem aktuell verfügbaren Raucherequipment der versammelten Runde. Also Zigarettenschachteln und Feuerzeuge. Ich sehe, Manni braucht dringend meine Unterstützung. Soll ja immer noch Mädels geben, die sich von Mannis übersinnlichen Fähigkeiten überzeugen lassen. Die brünette Kassen-Ralf-Cousine dürfte da keine Ausnahme sein. Amüsiert sich über jeden einzelnen Manni-Satz, sogar über welche ohne Pointen.
„Du bist ja auch 'ne Süße!", scharmiert mein Mitbewohner, es folgt ein breites Lächeln in Brünett. „Kann ich dich haben?"
„Hihi, wie jetzt?"
„Ich würd dich gern in meine Vitrine stellen. Ich erzähl dir was und du lachst, das ist schön."
„Hihi. Und das mit Riechen kannst du wirklich?"
„Logisch!"
„Du willst uns allen Ernstes einreden, dass du am Geruch erkennen kannst, welches Teil ich gleich anfasse? Das ist doch totaler Quatsch!", protestiert die rot gelockte Zweigstellenschwester.

„Das is auch extrem kompliziert, aber es funktioniert. Ich muss mich nur konzentrieren", spricht Manni nicht mehr hundertprozentig geradeaus, dafür geradewegs überzeugend. Sein brünettes Balzziel lächelt bereits vorher beeindruckt.

„Okay. Du drehst dich rum und ich lege hier irgendwo kurz meinen Finger drauf", sagt die Zora der Vorstadt misstrauisch.

„Zwei Sekunden lang. Das ist wichtig! Damit der Geruch haften bleibt. Kann losgehen?"

Damals, vor neunzehn Jahren, war ich absolut sicher, dass die Kugel in die mittlere der drei Schachteln gerollt ist. Ich war so felsenfest davon überzeugt, dass mich der Hütchenspieler ohne weiteres Bitten und Betteln nur schief angrinsen musste, damit ich ihm meine hart ersparten hundert Mark überreiche. Um direkt im Anschluss bei Karstadt nicht den eigentlich geplanten Billig-Walkman, sondern eben mal den sauteuren von Sony zu adoptieren. Ich sah mich schon wenige Stunden später mit der süßen Mandy im Park sitzen, um ihr Trommelfell nicht ganz uneigennützig mit dem „Violator"-Album von Depeche Mode zu verwöhnen. Ich wähnte mich nur ein My entfernt von meinem ersten Zungenkuss-Experiment. Ich konnte sie bereits förmlich schmecken, als mein Finger auf Schachtel zwei deutete. Nun ja, Mandys Zunge landete irgendwann im Mund von Mike aus der 9 b. Meine „Violator"-Kassette endete noch am selben Abend als Bandsalat im antiquierten RFT-Rekorder.

Daher ist es mir völlig unerklärlich, warum ich Manni jedes Mal freiwillig dabei helfe, unschuldige Landbewohner zu verwirren und vom Glauben abkommen zu lassen. Aber gut, lasse ich ihn halt glänzen. Warte ich eben, bis die Bäuerin das grüne Feuerzeug berührt, das mit dem Hanfblatt aus Amsterdam. Und ich bin überhaupt nicht gespannt, was nun geschieht, wie Manni sich zum Fass dreht und alle drei Schachteln und die vier Feuerzeuge einzeln und ausgiebig mit seinem talentfreien Riechkolben begutachtet. Aus purer Langeweile nehme ich mir in den zehn Sekunden, die er für das grüne Feuerzeug braucht, einen ordentlichen Schluck Beck's und zücke mein Handy, um schnell mal die unbekannte Nummer von Babette – der Butterblume – zu speichern.

„Das rote Feuerzeug hier, das isses …“ Manni gestaltet es für gewöhnlich nicht ganz so spannend. „… auf keinen Fall. Sondern mein grünes. Richtig?“

Kunstwerk vollbracht. Verdutzte Augen. Das Übliche halt. Auch die folgenden Kommentare.

„Da kann doch nicht sein!“, von der rot gelockten BARMER-Schwester.

„Echt Wahnsinn. Hihi“, von der wohlausgestatteten Brünetten.

„Hab halt 'n gutes Näschen“, von meiner grinsenden Supernase.

Und ein „Damit kannst du echt bei ‚Wetten dass …?‘ auftreten. Hihi“ von der Frau, der es zu imponieren galt. Ziel erreicht. Top, Herr Klopp!

Um den anwesenden Damen zu demonstrieren, dass auch meine Nase nicht von schlechten Eltern ist, mangelt es leider an weiblichem Interesse und an Mannis Hilfe. Verdrückt sich die schwarze Zahnfee doch tatsächlich mit gewünschtem Hihi-Anhang in die Scheune!

Lady Gaga quält mich derweil mit *„Just dance“*! „Die 2“ verkünden Post:

„Ich war doch nicht sauer, fand es nur schade. Vielleicht sehen wir uns ja am Donnerstagabend im Markgraf. Das Sunrise-Avenue-Konzert. Und denk dran. Freitagvormittag ist dein Interview. Gute Besserung. LG Sarah.“

RAUMSTATION SHIVARUS

„Wonach zum Geier suchen wir hier eigentlich?“, nuschelt es sich tief aus meinen Stimmbändern.
„Nach dieser blöden Katze“, erklärt mir Manni, offenbar genauso erheblich illuminiert.
Ich folge ihm durch sich drehendes dichtes Gestrüpp, unter tanzenden Bäumen hindurch. Falle über springende Steine. Und knalle mit meiner frisch erwachten Rübe an einen schwankenden Holzmast, von dem ich dachte, er würde bestimmt einen Schritt zur Seite gehen.
„Fuck! Was’n für ’ne Katze?“, will ich wissen.
„Shiva heißt die. Bin mir aber nich sicher, du.“
„Manni!“
Der nächste widerspenstige Busch, der seine Fangarme ausstreckt und mich hämisch angrinst. Das ist aber auch wieder sehr naturbelassen hier. Wo eigentlich? Egal.
„KAAATZEE!“, rufe ich, so laut ich kann.
„Genau! KAAAAATZEEEEEE!“, schreit Manni.
„Hatte die nich ’n Namen?“
„Hab ich vergessen. KAAAAATZEEEEE!“
„W-warum suchen wir diese Sh-Shiva überhaupt?“
„Stimmt. Die hieß Shiva. SHIIIIIIVAAAAAA!“, Manni gibt alles.
„Ich bin todmüde. Können wir nich … morgen weitersuchen?“
„Aber dann is die doch weg. Das geht nich!“
Erfolgreich durch das fiese Gebüsch gekämpft, scheint der nächtliche Hindernislauf beendet. Wir taumeln über eine Wiese ohne weitere Handicaps und stehen plötzlich unter einem hohen Stamm mit reichlich Blättern in der Krone. Auch wenn mich dieser Blätterwald an ein Karussell erinnert, so wird uns

jedoch darunter der nötige Halt geboten. Wir lehnen uns an und rutschen langsam abwärts.
„Aber ich bin doch so müde.“ Und mir dreht sich, pocht und platzt gleich der Schädel.
„Ohne Katze gehen wir nich ins Bett“, ordnet Manni an.
Es ist ein grausamer Anblick, der mich keine drei Meter von uns entfernt augenblicklich erstarren lässt. Eine asphaltierte graue Fläche mit einem weißen Strich in der Mitte, darauf ein behaartes dunkles Bündel, das in seiner Form nicht mehr allzu viel Ähnlichkeit mit einer gewöhnlichen Hauskatze aufweist.
„Ach du Scheiße!“, bin ich ähnlich platt wie der einstige Stubentiger da neben uns.
„Was'n los?“
„Die hat sich da drüben breitgemacht“, zeige ich auf den bedauernswerten Fleck.
„Ach du Scheiße!“
„Genau.“
„Ich finde, die sollten wir da so nich liegen lassen.“
„Wollen wir sie einpacken und Maria vor die Tür legen?“ Keine Ahnung, was Manni vorhat.
„Nee. Aber das arme Ding muss weg.“
„Weg?“
„Weg!“ Dabei reibt Manni die rechte Hand auf seiner hohen Stirn. „Hol die mal rüber.“
„Was soll ich machen???“
Manni befiehlt: „Na, Katze zusammenkratzen und hierherbringen.“
„Und dann?“
„Weiß ich auch noch nich!“, lallt Herr Klopp leicht säuerlich. „Ich überlege noch. Und du holst die Katze.“
Offenbar kann man sich, ähnlich wie eine nüchtern betrachtet

abschreckende Weiblichkeit, auch ein Katzenkratzen schönsaufen. Zumindest würde ich mich unter Ethanol-Abwesenheit schon bei dem Gedanken daran übergeben müssen. Glücklicherweise stelle ich fest, dass sich die Restkatze durchaus kooperativ zeigt und von mir problemlos zusammenrollen lässt. Stolz präsentiere ich meinem unverändert am Baum sitzenden Mitbewohner das Bündel.

„Ordnungsgemäß zusammengelegt. Und nun?"

Manni zuckt schockiert zusammen. „Was is das denn???"

„Das is Shiva."

„Wer?"

„Na, die platte Katze!"

„Stimmt", nickt Manni. „Ich schätze, die müssen wir jetzt … äh … beerdigen."

Wir beschließen, dass das verendete Tier hier unter dem Baum seine ewige Ruhe finden soll. Der Schöpfer meint es sogar gut mit uns. Er stellt uns ein zweckdienliches Buddelutensil zur Verfügung: ein fünfzig Zentimeter langes Brett, das sich hinter dem Baum bereitwillig zum Graben anbietet. Das Loch ist angesichts unserer eingeschränkten Bewegungsabläufe verhältnismäßig schnell ausgehoben und schon wenig später ist das bemitleidenswerte Knäuel im Erdboden verschwunden.

„Da fehlt noch 'n Grabstein", ist Manni noch nicht ganz zufrieden mit Shivas Gruft.

„Grabstein", wiederhole ich, ohne dass ich seinen Einwand nachvollziehen kann.

„Genau. Da nehmen wir das Brett. Gib mal rüber!"

Manni fischt einen Kugelschreiber aus seiner Jacke und bearbeitet damit unsere Grabschaufel. Ich erkenne die Buchstaben: S C H I E W A. Hat er schön gemacht. Das Brett in den Boden gesteckt, schmiege ich mich wieder an den Baum. In der

Hoffnung auf Ruhe und Entspannung für meinen dröhnenden Schädel lasse ich meine Augenlider nach unten klappen und erkläre den Abschied für formvollendet. „Gut Nacht!“

„Wir können doch jetzt nich pennen!“, ist Manni offensichtlich anderer Meinung.

„Manni. Trauerfeier beendet. Klappe zu, Katze tot. Ich bin … hundemüde.“

„Keine Beerdigung ohne ein paar einfühlsame Worte an die Gäste.“

„Außer uns is doch keiner hier.“

„Egal“, brabbelt er und bemüht sich um eine aufrechte Position. „Steh doch mal auf.“

Schwankend, mit zusammengefalteten Händen gehen wir vor Shivas Ehrentempel in uns. Pfarrer Klopp trägt zwar Schwarz, nur seine ZAHNFEE-Faust ist vermutlich ein in Kirchen eher unübliches Symbol. Trotzdem ergreift er das Wort an die Trauergemeinde: „Liebe Freunde. Wir haben uns heute hier versammelt, um Abschied zu nehmen. Abschied von einer Fellrolle, einem Wollknäuel, das auf den Namen Shiva gehört hat. Ich gebe zu, ich kannte sie nicht besonders gut, aber sie soll wohl ein ganz knuffiges, fluffiges Wesen gewesen sein. Wenn man ihrem blonden Frauchen Glauben schenken darf. Im Gegensatz zu unserer Chai-Latte-Mieze hat dieser kleine wandelnde Flohzirkus nicht viel gesehen von der Welt. Außer vielleicht ein paar Kühe, Schweine und natürlich Rapsfelder, soweit ihre leuchtenden Augen reichten. Wir alle wissen, dass Katzen sieben Leben besitzen. Bleibt zu hoffen, dass es ihr im zweiten besser geht und sie nicht wieder als Teppich, ausgebreitet auf dem Asphalt endet. Ruhe in Frieden. Amen.“

Eine McDonald's-Filiale auf der Raumstation Shivarus, mit mir als Verkäufer am McFly. Ab und zu kommen ein paar Spaceshuttles vorbei. Aber keins von ihnen hält an, um sich eine meiner Monsterbuletten zu holen.
ZZZZUUUUUUMMMM. ZZZZUUUUUUMMMMMMM.
Die wollten auch nix. Schade. Weil, die Buletten sind nicht nur galaktisch groß, sondern auch noch monströs lecker. Wie ich finde.
ZZZZUUUUMMMMM.
Hallo! Bleibt hier mal einer stehen. Wozu mach ich das denn hier?
ZZZZUUUUUMMMMM.
Da hab ich mich nun extra in dieses gelbe Ganzkörperkondom reingepackt und muss die ganze Zeit aus diesem Ding rausgucken. Sieht aus wie eine geplatzte Banane.
ZZZZZZZZZUUUUUUUMMMM. ZZZZZZUUUUUUUMMMMMM.
Ich habe ja schon ein bisschen Mitleid. Mit den armen plumpen Mettklumpen und ihren traurigen Knoblauchaugen. Liegen zitternd da und beäugen mich schwermütig. Ähnlich verunsichert und ein wenig überfordert wie das Gummiseil vor Reiner Calmunds erstem Bungee-Jump. Mit Angst gefüllt, in Schweigen gehüllt.
ZZZZZZZUUUUUUMMMMMM.
Mit meiner Kollegin in der Küche kann ich mich auch nicht unterhalten. Das ist eine zwei Meter große Pommes mit blonden Haaren, vier Händen und drei Augen, dafür ohne Mund.
ZZZZZUUUUUMMMMM.
Moment! Die hat ja doch Lippen, die sich nun zaghaft in Bewegung setzen.
ZZZUUUUUUMMMMMMMM.
„Guten Morgen, die Herren!"

Eine blonde Frau hockt vor uns. Sie sieht Maria ein wenig ähnlich. Ich reibe meine Augen. Es ist Maria.
ZZZZZZUUUUUUUMMMMM.
„Waren euch die Matratzen im Keller zu luxuriös oder wolltet ihr per Anhalter zurück?“, grinst Maria.
Meine Augen gewöhnen sich nur zögerlich an das erbarmungslose Sonnenlicht, das da durch den Blätterwald hindurchscheint. Die Blätter wedeln fidel an einem blühenden Apfelbaum. Dieser wiederum steht direkt an einer Straße, unter dem Baum liegen wir. Manni ist der Erste, dessen Stimmbänder bereit sind, auf Signale des Großhirns zu reagieren.
„Whh…“, ein tiefer Bass setzt ein. „Wir haben ’n ganz kleines Problem.“
Ich bin doch neugierig zu erfahren, was für ein Problem wir denn haben.
ZZZZUUUUUUMMMMM. ZZZZZZZZUUUUUUUMMMMMM.
Abgesehen davon, dass wir mitten in der Pampa wie zwei Penner an einer gut befahrenen Bundesstraße genächtigt haben.
„Lasst mich raten. Euch dröhnt der Schädel?“
„Ähm. Auch. Aber da is noch was anderes, was wir dir sagen müssen“, bemüht sich Manni.
Der Sascha möchte nie wieder mit dir schlafen, denn er ist verliebt in eine ganz andere, viel tollere Frau! Das wäre doch mal ein vernünftiger Ansatz. Ich schätze allerdings, dass es genau darum gerade nicht geht. Oder?
„Du hattest mit Annika Sex in der Scheune. Hat sie mir vorhin schon erzählt.“
Mein Mitbewohner lässt aber auch nichts anbrennen.
„Das meine ich auch nich. Ich rede von deiner Katze“, spricht Manni latent gehemmt. Meine Lippen formen unaufgefordert eine blasse Erinnerung: „Shi-va.“

„Was ist denn mit meiner Shiva?“, reagiert Maria beinahe gelassen.
„Wir sollten doch aufpassen, dass die im Haus bleibt. Wir hatten noch mal die Tür aufgemacht und dann is sie abgehauen.“ Mannis Blick zeigt tiefes Bedauern. „Wir haben echt überall gesucht. Und irgendwie war sie dann viel schneller als wir.“
„Shiva?“
„Ja, deine Katze. Das tut uns wirklich leid, dass es so weit gekommen is. Ehrlich!“
„Ehrlich“, wiederhole ich. Wenn uns etwas leidtun muss, dann tut es mir eben auch leid. Egal was. Trotzdem frage ich mich, ob selbst handelsübliche Landkatzen jetzt schon einen so hohen Domestizierungsgrad erreicht haben, dass ihnen der nächtliche Streifzug verwehrt bleiben muss?
„Also, Shiva lag die ganze Nacht vor meinem Bett, hat eben gefrühstückt und steht hier hinter mir“, zeigt sich Maria doch recht amüsiert.
„Aber die lag doch vorhin noch ganz platt und leblos auf dem Asphalt.“ Manni versteht die Welt nicht mehr. Ich habe nicht die leiseste Ahnung, wo genau sein Problem liegt.
„Da hat wohl einer ganz schlecht geträumt“, grinst Maria und ich bin heilfroh, dass es in meinem Traum nur um zitternde Monsterbuletten ging.
„Und was ist das hier?“ Manni zeigt auf einen Haufen Erde, aus dem ein Stück Fell herausragt. Daneben steckt ein Brett, auf dem ein paar Striche Buchstaben andeuten. Maria zieht den Fetzen aus der Erde und analysiert: „Sieht aus wie ein Bettvorleger.“
Stimmt. Und irgendwie kommt mir das Teil bekannt vor. Sehr bekannt sogar. Ich schiele mit zusammengekniffenen Augen zu meinem Mitbewohner, dessen „Zahnfee“-Schriftzug jetzt

ziemlich zerknittert daherkommt. „Du hast meinen Flokati beerdigt???“
„DU hast das Loch gebuddelt. Ich hab nur den Grabstein beschriftet und die Rede gehalten“, verteidigt sich Manni.
„’ne Grabrede? Für meinen Flokati?“
„Mann, für das tote Tier.“
„Jungs, ihr macht mir langsam Angst!“, sagt Maria, macht dabei aber kein wirklich ängstliches Gesicht. Shiva kommt näher und streunt um Mannis Beine.
„Aber als wir heute früh noch mal ’n Feierabendzigarettchen rauchen wollten, da is sie doch rausgerannt.“
„Ach so, der Karl, den meinst du.“
Flokati. Begräbnis. Maria. Shiva. Karl. Solide Grundbegriffe für einen denkwürdigen Morgen. Ich bin noch ein wenig unentschlossen, ob ich meinem Hirn schon all die Informationshäppchen ohne Weiteres zumuten kann.
„Karl?“, versteht auch Manni offenbar nicht immer alles.
„Das ist der Kater unseres Nachbarn. Manchmal kommt er vorbei, um Shiva zu besuchen. Der sieht nur so aus wie Shiva. Ist ja auch ihr Bruder.“
Klar. Hier sind ja schon die meisten Zweibeiner miteinander verwandt. Warum soll es da den Vierbeinern besser gehen? Viel wichtiger sind mir aber im Moment die Fragen, die meine eigene fahrlässige Fortpflanzung betreffen – unabhängig von der Frage, was mich dazu getrieben haben soll, eine Beerdigungszeremonie für meinen Flokati zu veranstalten. Vielleicht hätte ich in der Apotheke doch darauf bestehen sollen, dass ich eine klare Antwort darauf bekomme, ob zwischen Dolormin und Alkohol eine gewisse Feindseligkeit herrscht. Dann hätte ich unter Umständen auf die letzten drei oder vier Beck’s verzichtet. Um nicht wieder an einem Punkt zu landen, wo ich mir

ernsthafte Sorgen machen muss. Über Dinge, die bei beck's-dolorminierter Abwesenheit passiert sind oder eben nicht.
Schon während ich die großzügigen Lücken im Cache lokalisiere, formt sich in mir ein kühner, wohldurchdachter Plan. Ich werde diesen Abend einfach abhaken. Ohne irgendwen zu fragen, wie es so weit kommen konnte, dass ich meinen Wollteppich begrabe. Oder ob irgendetwas zwischen mir und irgendeiner Maria gelaufen ist. Abgesehen davon kann ich mich sehr gut entsinnen, dass ich gestern Abend Post von Sarah bekommen habe. Post, aus der vielleicht nicht direkt bedingungslose Leidenschaft sprühte, die aber zumindest ein Zeichen war für: „Ich würd dich schon gern mal wiedersehen." Und zwar am Donnerstag. So! Vielleicht ist das Leben gar nicht so kompliziert, wie immer alle vermuten.

„Neue Bestzeit!", prahlt Manni wenige Stunden später auf dem Beifahrersitz. Hackel auf der Rückbank schläft den Frikadellen-Verdauungsschlaf der Gerechten. Offensichtlich war seine Nacht auch appetitlicher als unsere. Der eine schaufelt eben leidenschaftlich Buletten und der andere aus Mitleid Gräber für Bettvorleger.
Links und rechts von uns werden aus Feldern langsam Wiesen. Aus Wiesen werden Grundstücke mit Einfamilienhäusern. Aus Einfamilienhäusern werden erste Reihenhäuser. Und aus Reihenhäusern werden ganze Häuserblocks.
In sicherer Erwartung unerwünschter frivoler Feinheiten möchte ich überhaupt nichts wissen über „neue Bestzeiten", ob sich Manni durch das ländliche Flair und den Kaninchenstall neben der Scheune zu Höchstleistungen inspiriert fühlte, um

sich drei Stunden ohne Pause in der Scheune durchzuhecheln. Ich will solchen und ähnlichen Informationen gar nicht erst die Chance geben, meinen Kopf in ein Lichtspieltheater umzugestalten. Ich schweige. Seit fünfzehn Minuten. Eine SMS von Katta durchbricht die von Testosteron befreite Stille und fährt in meinem Kino das falsche Band ab:

„Der zweite baumelnde Bimbam in einer Woche. Werde ich doch so langsam unsexy?“

Hätte ich meinen Kopf ein wenig dezenter geschüttelt, hätte ich den Text nicht laut vorlesen müssen. Dann wäre ich auch davon verschont geblieben, mit Manni über baumelnde und bombenfeste Bimbams sinnieren zu müssen.

„Die Frage is doch überhaupt die: Wie kann man gerade bei Katta schlappmachen?“, wundert sich Manni von rechts.

„Du hast noch nie ’ne ganze Woche mit Katta in der Kiste verbracht. Glaub mir, dann wüsstest du, wie so was geht.“

„Macht man eben ’ne halbe Stunde Siesta und dann spielt er auch wieder freiwillig mit.“

„Manni, aber doch nich nach sechsunddreißig Stunden und dem fünfundzwanzigsten Mal. Da muss man ihm auch mal ’ne längere Verschnaufpause anbieten. Manche Körper wollen ja manchmal auch schlafen oder so.“

„Denkst du, ich bin zum Schlafen nach Wien geflogen?“, lächelt mein Beifahrer.

„Und du willst mir erzählen, ihr habt drei Tage lang pausenlos durchgeknibbert?“

„Der Flug war teuer. Also!“

Nun erscheint mir im Nachhinein auch die Berichterstattung über die hohe Anzahl der Stellungswechsel plausibel. Dieser kleine Fruchtzwerg!

„Ich finde, du solltest mal mit Katta telefonieren!“

„Ich glaube, da fehlen mir ’n paar Zentimeter in der Höhe.“
„Och, solange bimbammäßig alles stimmt …“
„Baumelt selten bis nie“, murmelt Manni grinsend.
„Und?“, ich weiß, dass er darauf wartet. „Was war letzte Nacht so rekordverdächtig?“
„Hhm“, entertaint Manni. „Zwei Stunden und zwanzig Minuten vom ersten Hand-shaking bis zu ihrem ersten …“
„Ich glaub, ich will’s doch nich wissen!“

FREI HAUS

Mittwoch, 12 Uhr morgens. Einfach war es nicht, Schweinenase zu überreden, dass ich mich für ein paar Tage zurückziehen darf. Um daheim in aller Ruhe und in Maria-Abstinenz den ein oder anderen Artikel zu verfassen.

Doch ich brauchte diese Ruhe. Allein schon, um mich keinen weiteren obszönen Gefahren auszusetzen, mich gewissenhaft auf das Sarah-Date vorzubereiten und um einen Bericht zu schreiben, in dem es sich um eine finnische Band und ein P18-Kino in Holland drehen sollte. Ohne verdorbene Bananen natürlich. Ein Bericht, der auch für das Hirn eines Fanforum-Rezipienten nachvollziehbar sein sollte, ohne bleibende Schäden dabei zu hinterlassen. Mit einer kuriosen Lovestory, die ausgerechnet in einem Rotlichtviertel an der Amstel enttarnt werden konnte. Der blonde Frontmann der Finnen ist damit nicht länger in krumme Geschäfte verwickelt, sondern vielmehr in eine bisher streng geheime Liaison. Mit der neulich entliebten, nun wieder frisch verliebten Sarah Connor, die neben ihm in diesem ominösen Kino saß. An einem sehr langen blonden Haar herbeigezogen, aber eine nette Alternativlektüre für Fans der Finnenpopper.

Bei einem Blick auf die Homepage aller deutschen Fans finnischer Popmusik würde meine Sarah vermutlich grinsen, RTL sich zu einer großen Geschichte hinreißen lassen und der „*Fairytale*“-Sänger erst mal bei Wikipedia gucken, wer überhaupt Sarah Connor ist. Meinen Layouter Hackel konnte ich davon überzeugen, genau diese 1 800 Zeichen unter die altbekannten Bilder zu setzen und mir davon eine Kopie zu schicken. Dieses formvollendete Kunstwerk ist bereits auf dem Weg zu einer gewissen Babette Holz, die meine zensierten Zeilen noch

in dieser Woche auch der restlichen Fangemeinde via Internet zugänglich machen wird.
Okay. Sie hätte die Idee mit der Kopie natürlich auch haben können, als unsere Gebote noch deutlich unter zweihundert Euro lagen, aber egal. Das war es mir wert. So wartet sie also auf meinen Artikel-Fake und ich auf die ein wenig überteuerte *Pool* mit verbotener Gelbfruchtakrobatik. Insgesamt bin ich somit guter Dinge, dass die Woche nicht in fremden Betten falscher blonder Frauen, sondern vielleicht ja sogar in einem Café an der Seite einer bezaubernden Sarah enden könnte.
In diese Illusion kämpft sich ein wundervoller Gedanke. Wie wäre es denn, wenn ich Sarah davon überzeugen könnte, dass wir morgen Abend gemeinsam zu dem Sunrise-Avenue-Konzert aufbrechen? Diesen Gedanken verwandele ich zu einer Kurznachricht und freue mich auf eine Antwort wie:
„Gern doch, holst du mich ab?"
Oder:
„Schön. Wir können vorher noch was trinken gehen, wenn du möchtest!?"
Ganz sicher wird sie irgend so was schreiben. Bestimmt. Oder? Aus sicherer Freude wird ganz allmählich unsichere Hoffnung. Warum sollte Sarah so lange auf ein Zeichen von mir warten? Ganze vierundvierzig Tage liegt unser British Breakfast im Café „Barfusz" zurück. Aus unsicherer Hoffnung formt sich schleichend eine realistische Befürchtung. Sie könnte jeden haben. Wenn sie nur will. Auch die von ihr betreuten Künstler haben Augen im Kopf. Was, wenn schon längst ein Hit durch die Charts geistert, dessen Text ihr gewidmet ist? Was, wenn Robbie Williams mittlerweile ein Penthouse in Leipzig sein Eigen nennt, um die Woche über in London an neuen Songs zu feilen und das Wochenende mit Sarah zu verbringen? Einziger Hauch

eines Silberstreifs am Horizont: Lenny Kravitz musste sich aus dem Rennen verabschieden. Er sei zwar ihrer Meinung nach ein begnadeter Sänger und hochgradig sexy, allerdings habe er auch etwas, das ich Gott sei Dank nicht bieten kann: einen unfassbar unästhetischen Bauchnabel, der für Sarahs Geschmack deutlich zu weit nach außen blubbt. Eines steht fest: Lenny ist mein Freund! Nur mit Robbie werde ich irgendwie nicht warm. Zwar hat auch er so manches, womit ich nicht dienen kann. Dabei handelt sich jedoch ausnahmslos um Dinge, die Frauen durchaus, meist überaus ästhetisch finden: vollständige Haarpracht, talentierte Stimmbänder, dazu ein Körper, der optisch etwas näher dran ist an Bruce Willis und weniger an Markus Maria Profitlich.

Ich will gar nicht dran denken, was morgen Abend passiert. Wenn mir Sarah mit ihren wunderschönen Augen die eher unschöne Botschaft übermittelt, dass mein Regionalexpress längst abgefahren ist. Und dass auch mein makelloser Bauchnabel daran nichts ändern wird. Die WG-Klingel bimmelt mich aus meiner Melancholie.

„Hallooo?“, frage ich den Hörer unserer Türsprechanlage.

„Die DHL hier. Ich habe ein Paket für Bartmann“, röhrt es fast gelangweilt zurück.

Wieder einer, der mich heimtückisch aus dem Haus locken will. Nicht mit mir! Ich drücke auf den Summer und formuliere ein überfreundliches: „Ganz oben.“

Ein geröhrtes „Mhm“ ist die Antwort. Geht doch!

Als ich die Wohnungstür öffne, steht vor mir ein wuchtiger, beinah muskulöser Kinnbartträger in rotgelber DHL-Kluft, mit Stift hinter dem rechten Ohr. Seine winzigen Augen in dem beträchtlich großen, braun gelockten Kopf und die überproportional dicke Oberlippe perfektionieren das, was seine Stimme

bereits prophezeite: Er sieht aus wie ein Elch. Keuchend schüttelt er seinen großen Kopf.
„Guten Morgen!“, begrüße ich den DH-Elch.
„Können Sie mir sagen ... welchen Grund es gab ... mir nicht entgegenzukommen?“
„Öhm.“
„Das heißt nämlich frei Haus ... und nicht frei Wohnung! Verstehen Sie?“ Er atmet schwer.
Völlig perplex sage ich: „Beim nächsten Mal ... öh ... weiß ich ja Bescheid.“
„Beim nächsten Mal können Sie sich Ihre Pakete ... auch in der Packstation abholen.“
Diese kinnbärtige Braunlocke erwischt mich auf dem völlig falschen Fuß. Um dem Elchbullen aber alternativ vorzuschlagen, dass man IHN bald bei der nächsten DHL-Packstation abholen kann, ist er mir doch etwas zu solide gebaut.
„Ich könnte ja mal ’n Artikel schreiben für meine Zeitung. Über die freundlichen Damen und Herren von der DHL.“ Nun dürfte sich das Röhren kleinlauter gestalten. Denke ich.
„Für welche Zeitung schreiben Sie denn?“ Von kleinlaut nicht die geringste Spur.
Bei mir schon. „Für die P-B-Bild“, stottere ich.
„Sehr gut! Dann merken Sie sich das gleich mal! Das mit dem Frei Haus und dem Frei Wohnung, das gilt nämlich für alle! ... Unterschreiben Sie bitte mal hier“, röhrt der Elch.
Ich pinsle meine Buchstaben auf sein Display und sage: „Na dann.“
„Schön einprägen. Frei Haus heißt nicht?“
„Frei Wohnung.“
„Einen schönen Tag noch!“
Elchtest bestanden.

Der Wind schiebt ein paar Fetzen von AC/DC's „*Hell ain't a bad place to be*" durch das Fenster unserer WG-Küche. Ich hätte von Angus Young & Co. ein wenig mehr Anteilnahme erwartet in dieser kritischen Phase meines Lebens. Wie wäre es mit ein paar aufmunternden Zeilen, statt mir gleich den Leibhaftigen und sein Fegefeuer schmackhaft zu machen?

Ich beobachte eine Taube, die sich auf dem Fensterbrett an den Restkrümeln unserer Wasabi-Chips versucht, um im nächsten Moment angewidert davonzuflattern. Auf einem frei schwingenden Ast der einzig überlebenden Pappel im Hinterhof lässt sich der Kostverächter nieder und dreht sich vorwurfsvoll in meine Richtung. Als wolle er sagen, ich soll ihm doch was Anständiges auftischen. Vielleicht ein paar Krumen von den leicht angegammelten Bauernschnitten. Oder ein paar Zwiebackbrösel, die seit einigen Jahren unbeachtet im Schrank dahinvegetieren. Immerhin einer grauen Taube könnte ich das bieten, wonach sie sich sehnt. Ich ignoriere das Flattertier und verschließe das Fenster zum verschmähten Buffet.

Zum fünfundzwanzigsten Mal studiere ich diese eine SMS von Sarah:

„Klar. Wir können dich gern mitnehmen. LG!"

Und zur Abwechslung auch die andere Kurznachricht, die sich fast zeitgleich in meinen Posteingang vibriert hat:

„Du, ich glaub, wir müssen morgen Abend mal in Ruhe reden. Ich hoffe doch, ich sehe dich beim Konzert!? Drück dich! Maria."

Zwei „Wirs", die mir auf subtile Weise vor Augen führen, wie weit ich selbst von meinem ersehnten „Wir" entfernt bin.

Wir.

Der Versuch, mir einzureden, dass Sarah damit sich und ihren

Bruder, ihre Schwester oder womöglich einen knuffigen Golden-Retriever-Welpen meint, schwächelt bereits im embryonalen Stadium.

Wir.

Sarah und Robbie? Oder irgendein anderes, obenrum dicht behaartes Bauchnabelmodel mit Sixpack? In einem masochistischen Anflug von Humor stelle ich mir Sarah und ihren Lover vor. Wie die beiden morgen Abend eng umschlungen beim finnischen *„Forever yours“* laut mitsummen und mich dabei angrinsen werden, wenn ich Maria erfolglos von mir schiebe. Oder besser, zu mir ziehe, damit ich nicht wie ein Volldepp dastehe, wenn der blondierte Finne mein Schicksal mit *„Fairytale gone bad“* besiegelt.

Meine Augen wandern glanzlos über den Laptop-Bildschirm, über einen gefakten Artikel, dessen Daseinsberechtigung schwer gelitten hat. Kann mir irgendwer erklären, wozu ich ihn verfasst habe? Und überhaupt! Wozu habe ich zweihundert Euro investiert? Bei den Worten „Sarah and Samu in love“ stockt mir der Atem. Hat mir eventuell ausgerechnet dieser Märchenpoponkel aus Finnland die Frau meiner Träume streitig gemacht? Wird sie morgen Abend ihn anschmachten und mich übersehen?

Die AC/DC-Setlist zeigt sich weiterhin unbeeindruckt von der aussichtslosen Lage, in die mich die knallharte Bauchnabelkonkurrenz rücksichtslos katapultiert hat. Die Kernaussagen zeugen tendenziell abnehmend von Zuversicht. Zeilen wie *„Shoot to thrill“* oder *„Anything goes“* wabern sich mit 150 000 Watt aus dem Zentralstadion über die Dächer der Stadt quer

durch meine Scheiben. Mit „*Highway to hell*“ liefern sie mir letztendlich mein diabolisches Resümee frei Haus. Sogar frei Wohnung. Einen Grobüberblick, der die verstrichenen Tage in knappen Worten beinah perfekt beschreibt:
„*Living easy, loving free, season ticket on a one way ride, asking nothing, leave me be, taking everything in my stride.*“
Nach „*For those about to rock (We salute you)*“ übergeben AC/DC die Stadt ihrer verdienten nächtlichen Ruhe. Fast bedrohlich still ist es, abgesehen von einer Straßenbahn, die sich mal eben schnell durchs graue Leipziger Vorstadtbild rollt, ohne sich dabei weiter ins Geschehen einmischen zu wollen.
Als ich das Küchenfenster wieder öffne, weht sich eine kühle Spätfrühlingsbrise an meinen Ohren vorbei, um hinter meinem Rücken die gesammelte WG-Post der letzten Wochen aufzusaugen und damit im nächsten Moment den Küchenboden großflächig umzudekorieren. Ich beschließe, all die Briefe, Karten und Werbeprospekte genau so liegen zu lassen. Lediglich ein einziger Brief hat dem Luftstoß die flache Stirn geboten. Tollkühn hat sich der kleine fensterlose Rebell an meinen Laptop geklammert: der Brief von der Deutschen Bank mit den aktuellen Kontoauszügen. Zur Belohnung öffne ich ihn sogar.
Das hätte ich besser bleiben lassen sollen. Man geht ja auch nicht mit einer Migräne zum Nena-Konzert. Eine ähnlich massive Leidsteigerung erwartet mich hier auf den Papierfetzen. Viel zu viele Zahlen haben sich auf die Soll-Seite gedrängelt. Dafür bieten die Haben-Seiten von Blatt eins bis drei genügend Platz, um darauf ganze Romane zu kritzeln. Das dickste Minus lässt sich ohne Weiteres aufspüren: eine vierstellige Überweisung an die Stadt Grimma. Exklusive Feuerwerke an idyllischen Orten haben halt ihren Preis. Dagegen wirken die dreistelligen *Pool*-Zurückeroberungsgebühren weiter unten

fast wie ein Tropfen auf den heißen Beckenrand. 4 425,69 Euro im Minus. Na ja, muss ich eben mal die nächsten dreißig Jahre kürzer treten.

So sehr hat mich dieser blöde Frei-Haus-Elch irritiert, dass ich meine bestellte Ware noch gar nicht begutachtet habe. Eigentlich auch unnötig. Der Inhalt ist mir schließlich bestens vertraut und vom Umtausch sowieso ausgeschlossen. Mein Dealer Sunset84, oder besser gesagt, ein gewisser Ralf Gipura, dürfte die Kohle zwar seit heute auf seinem Konto haben, mich wundert jedoch seine ausgeprägte Vertrauensseligkeit. Offenbar hat er das Paket sofort zur Post gebracht, nachdem ich meinen Zuschlag bekommen habe. Schickt der mir dieses versaute Lifestyle-Magazin, ohne auf die vereinbarten zweihundert Euro zu warten. Und dann auch noch frei Haus. Was aber nicht frei Wohnung bedeutet! Bei der Verpackung hat sich dieser Kerl nicht lumpen lassen: ein vierzig Zentimeter hoher, zwanzig Zentimeter breiter und zehn Zentimeter tiefer Karton. Wahrscheinlich liegt die *Pool* eingebettet in Styropor, damit das gute Sammlerstück keinen Schaden nimmt. Damit die Bananen nicht gleich zermatschen, wenn sie aus dem Heft fallen.

Mit einer Schere kämpfe ich mich durch zum Inneren der Schachtel in sicherer Erwartung eines bezaubernden Naomi-Watts-Lächelns von einem Titelblatt. Als ich das Päckchen komplett aufgerissen habe, ist es nicht Naomi, die lächelt, sondern vielmehr ein gelbes verdächtiges Schaumstoff-Vibrator-Imitat: Jacko – mein sprechender Knautschphallus.

Großzügig styroporiert hat die Zwergbanane den Weg zu mir im Schlaf gefunden. Dabei durfte sich mein Phallusschaumstoff sogar an seinesgleichen kuscheln, an weniger verdächtigen Schaumstoff. Anbei ein Schreiben des Zollfahndungsamtes Es-

sen, Dienstsitz Nordhorn, das mir mitteilt, „dass am beiliegenden Gegenstand keine Spuren von Suchtmitteln festzustellen waren und dass das Verfahren damit eingestellt“ werde. Jacko hat also die Koks-Tiefen-Analyse unbeschadet überstanden. Schöne Grüße an den Hersteller! Respekt!
Bleibt abzuwarten, ob ihm die lange Reise nicht zumindest die Sprache verschlagen hat. Kurz den Schaft geknautscht – er quietscht. Schnell mal den Hoden gedrückt. „I love you!“
Na ja, wenigstens einer.

„Ab ‚*Highway to hell*‘ war die Schiebermütze zu sehen. Vorher nix. Überhaupt nix.“ Manni ist stinksauer. Fällt schwer, das zu überhören. Ihn interessiert noch nicht einmal die bunt verteilte Post in der Küche. „Ab ‚*Highway to hell*‘! Das war der vorletzte Song!“
„Ich weiß. Kenn die komplette Playlist.“
„Echt? Bis hierher?“
„Living easy, loving free, season ticket on a one way ride, asking nothing, leave me be, taking everything in my stride“, nuschle ich wie zum Beweis.
„Ja, Text kann ich auch. Ich wollt die Typen mal sehen.“ Das erwähnt Manni regelmäßig, wenn wir mal wieder seinen Lieblingsradiokultstreifen „Private Parts“ gucken. Die Geschichte des größten DJs aus dem Amiland: Howard Stern, der sich mal eben AC/DC nach New York geholt hat, so als kleines Geschenk für seine unglaublich vielen treuen Hörer. Manni wird ja seiner Fangemeinde morgen Abend Sunrise Avenue nach Leipzig holen, damit es irgendwann auch mal ein paar mehr werden. Bestechung nennt man so was, glaub ich.

„Jaja, die Logen sind auch nich mehr das, was sie mal waren …“
„Logen?“ Ich weiß nicht, was ich mit dem Wort ausgelöst habe, aber offensichtlich nichts Gutes. „Logen??? Die Karten hat sich Krautner gesichert. Der Arsch! Schickt der mich aufs offne Feld!“
„Was willste machen? Is halt dein Chef!“
„Da soll ich morgen früh in meiner Show ausführlich über AC/DC reden und krieg gerade mal für zwei Songs die Mütze von Brian Johnson zu sehen. Die Mütze!“ Eigentlich exakt der Moment, wo man Manni sich selbst überlassen sollte, bis ein Hauch von Beruhigung erkennbar ist.
„Hättest du dich halt nach vorne kämpfen müssen.“
„ICH WAR VORNE! Zehnte Reihe oder so.“ Noch schlimmer als befürchtet …
„Und wo war das Problem?“
„Eine Reihe vor mir. Vier glatzköpfige Kleiderschränke, massiv gebaut!“
„Nach links oder rechts ausweichen?“
„Da standen auch nur Schränke!“ Bei den eigenen hundertsechzig Zentimetern muss einem das wohl auch so vorkommen. Das behalte ich aber besser für mich. Oder?
„Komm. Dann sehen wir uns am Wochenende noch mal ‚Private Parts‘ an.“ Auch wenn ich schon mitspielen kann.
„Und was erzähl ich morgen früh???“
„Dass dir dein Chef die Karten geklaut hat und dass du nur die Schiebermütze gesehen hast.“ Dazu bringe ich extra ein besänftigendes Lächeln unter.
„Mhm.“ Manni gönnt sich ein Glas Glenmorangie. Hilft immer.
„Und was is hier passiert?“
„Hab ’n Paket mit ’nem grinsenden Dildo bekommen. Sarah

hat mir geschrieben, dass ich sie mir ausm Kopf schlagen kann. Und dann hab ich noch gelüftet. Nach'm Konzert."
„Oh." Manni holt ein zweites Glas aus dem Schrank und gießt mir beruhigendes Elixier ein. Der Scotch tut wirklich gut. Irgendwie.
„Hätte ich mir auch denken können. Das mit Sarah."
„So'n richtiger Korb?" Manni entdeckt Jacko und beginnt ihn zu kneten.
„WIR können dich morgen gern mitnehmen, hat sie geschrieben. WIR!" Mein letztes „Wir" wird von einem völlig unpassenden „I love you!" übertönt.
„Das heißt doch nich gleich, dass sie verlobt is und 'n Haus bauen will", schätzt Manni.
„Man! WIR heißt WIR. Und WIR heißt nich Sarah und Sascha, sondern Sarah plus X. Und X ist bestimmt irgend so'n … Schrank mit 'nem perfekten Bauchnabel!", schätze ich.
„I love you! QUIIIIEEETSCH!", schätzt der Gummidödel.
„Bauchnabel?", fragt Manni latent irritiert.
„Egal."
„Aber es besteht doch auch die Möglichkeit, dass X 'ne … Freundin is oder so? Ich meine, Frauen haben Freundinnen, hab ich gehört", grinst Manni tröstend.
„Ja. Aber dieses WIR klingt für mich nach Typ."
„Das WIR in einer SMS hat einen Klang. Interessant."
„So sieht's aus."
„QUIIIIIEEEEETSCH! I Love you!"
„Sascha? Du kommst morgen Abend mit. Okay?"
„Vergiss es!"
Manni hält mir Jacko vors Gesicht. „QUIETSCH! QUIETSCH!"
„Und ob!"
„Manni! Ich mach mich doch nich zum Horst! Und diesen blö-

den Dödel kannste in deinen Sender mitnehmen.“ Jacko ist so erschrocken, dass er für einen kurzen Moment aufhört zu lächeln.

„Mach ich. Den stell ich mir ins Studio. Und du kommst morgen Abend mit!“

„Vergiss es!“

„I love you! QUIIIIIEEEEETSCH!“

GEISTERFAHRER

Als das Café „Markgraf“ seinen Namen bekommen hat, muss es der Besitzer versäumt haben, das komplette Ausmaß der Lokalität in Augenschein zu nehmen. Sonst hätte er sich namenstechnisch nicht auf den linken unteren Teil beschränkt, der tatsächlich an einen Ort erinnert, den man gern mal für ein oder zwei Kaffee Latte aufgesucht hätte. Irgendwann muss er jedoch festgestellt haben: Nanu, da führt ja noch eine Treppe nach oben, da muss es doch noch weitergehen. Exakt. Hier wird es erst so richtig interessant. Hohe Räume, deren Decken mit Stuck verziert sind, gigantische Kronleuchter und dazu abgewetzte Parkettböden. Eine Optik, die förmlich dazu einlud, vielmehr als nur ein Café zu werden. Die Wände wurden teilweise herausgenommen, sodass plötzlich genügend Platz war für zwei beinah dekadent anmutende Tanzflächen. Nicht um, wie in vielen anderen Clubs der Metropole, die Kundschaft unter einundzwanzig mit massenkompatibler Housemannskost zu versorgen, sondern um stattdessen Musikliebhabern jenseits der einundzwanzig ein akustisches Alternativprogramm anzubieten. Gepflegte Klassiker der 70er und 80er auf dem kleineren Floor, Funk, R'n'B und eine erlesene Auswahl an Independent auf dem größeren der beiden. Schon allein durch die verwinkelten Räume, die zahlreichen Chill-out-Bereiche mit muffigen, rot gepolsterten Sofas und die Wendeltreppe zum Haupteingang mit dem antiken, längst unbrauchbaren Fahrstuhl lassen diesen Club vielmehr in einem Licht erscheinen, das sehr an eine großzügig geschnittene Studenten-WG erinnert. Rustikal, etwas abgewrackt, aber urgemütlich.

Das eigentliche Herzstück dieses ehemaligen Bankhauses befindet sich jedoch völlig unerwartet im Keller. Auch das scheint dem Besitzer anfangs entgangen zu sein. Obwohl man doch bei einem Haus, in dem vor langer Zeit das Geld regierte, auch von stattlichen Tresorräumen ausgehen sollte. So entstand dann in den hiesigen Katakomben ein weiterer Magnet für Menschen, mit einem Musikgeschmack fernab von Lady Gaga. Angenehme Soul- und Jazz-Grooves bieten hier ein ausgewogenes Wellnessprogramm für die gestresste Ohrmuschel. Im Laufe der Jahre entwickelte sich der Keller zu einer Art VIP-Bereich. Nur dass man dafür keine besondere Einladung braucht, sondern eher ein gewisses Gespür für unbekannte Türen mit allem, was sich dahinter verbergen könnte. Die unscheinbare Pforte im Erdgeschoss neben der Bar möchte erst einmal gefunden werden, um dann sesamartig das preiszugeben, wovon andere Clubs nicht einmal zu träumen wagen: einen Original 20er-Jahre-Tresorkeller, der fast ausschließlich mit Kerzen beleuchtet ist. Ebenso verwinkelt wie der Rest des Hauses, nur eben in der Miniversion.

Somit ergibt der bescheidene Name Café „Markgraf“ eher eine Art ungewolltes Understatement. So als ob man versuchen würde, einem Glenmorangie mit dem Namen Schottischer Malzbrand gerecht zu werden. Zwei gefüllte Malzbrandgläser gaben mir in den letzten beiden Stunden die nötige Ruhe und Gelassenheit, um der finnischen Popzeremonie im „Markgraf“ letztendlich doch noch beizuwohnen. Ohne mich vorher von Sarah plus X abholen zu lassen. Reicht ja, wenn mir während des Konzerts schlecht wird und nicht schon auf dem Weg dahin, wenn meine Bauchnabelfetischistin an fremden nach innen blubbenden Bauchnabeln rumnestelt. So habe ich mich in meinem besonnenen Zustand von Manni in die Markgrafenstraße chauffieren lassen und werde womöglich einen Sarah-und-Anhang-Abend halbwegs unbeschadet überstehen. Hoffe ich.

„Blu von Bulgari, oder?“, spricht eine wundervolle weibliche Stimme hinter meinem Rücken, als ich mir beim Barkeeper im sonst menschenleeren Keller ein Beck’s bestelle. Ich zucke augenblicklich zusammen und drehe mich zur Parfumexpertin. Sie im kurzen, eng anliegenden roten Kleid. Wow!
„Sarah! Welch … Schön … dass ich dich sehen kann … also darf.“ So viel zum Thema Gelassenheit dank schottischem Malzbrand. Doch Sarah lächelt unbeirrt.
„Gedurft hättest du schon früher. Aber wer beim Fahrradfahren nicht aufpasst.“ Welcher Gott lässt es zu, dass Frauen mit solch gemeinen Lächelattacken das Männerhirn hemmungslos zu Brei zermatschen? „Apropos, alles wieder gut mit deinem Kopf?“
„Denken … denk ich, geht wieder. Artikulieren manchmal schwer.“ Gibt es hier irgendwen, der mir mal ganz kräftig eine scheuert? Bitte!
„Dann hat es dich ja ganz schön erwischt.“
„Wenn du wüsstest.“ Ich glaub, sie meint etwas anderes als ich.
„Aber den Duft, den liebe ich. Ehrlich!“, lächelt sie märchenhaft.
Ich genieße das Wort „liebe“ aus ihrem Mund. Ich stelle mir vor, wie sie genau so zärtlich sagt: „Aber den Sascha, den liebe ich. Ehrlich!“
„Du duftest aber auch sehr … lecker… also … toll!“ TOLL? Ich muss dringend noch mal in die Röhre bei Dr. Tryzyk. Vielleicht bekomm ich ja dann zu den Konsonanten auch noch mein Synonymwörterbuch zurück. Aber selbst meine Schulhofkomplimente scheinen Sarah nicht abzuschrecken.
„Danke“, strahlt sie und rutscht etwas näher, um mir plötzlich … einen Kuss … auf die Wange zu geben. „Wir haben uns ja noch gar nicht richtig begrüßt.“

„Sch-stimmt.“
„Lass uns nachher noch mal in Ruhe schwatzen. Muss mich erst mal oben um die Jungs kümmern. Okay?“
„Okay.“
Und schon ist mein Traum in Blond im Kerzenlicht verschwunden.
Aber den Duft, den liebe ich.
Hast du eine ungefähre Vorstellung, wie sehr ich deinen Duft liebe? Selbst wenn du gerade in einem Schweinetrog oder in einem Jauchefass gebadet hättest. Hauptsache, du lässt dir mal nie was aus Indien mitbringen. Obwohl. Egal! Ich möchte dich eine ganze Nacht lang, nein, jede Nacht meines restlichen Lebens riechen, fühlen, möchte an dir knabbern, will dich spüren. Ich finde dich … zum Anbeißen!
Aber den Duft, den liebe ich.
Aber. Wieso eigentlich „aber“? Was hat dieses Adverb in ihrem sonst so formvollendeten Satz verloren? Liebe, Duft, aber. Aber was? Aber mehr auch nicht? Ich finde, Adverbien sollten verboten werden. Stören doch nur. Ich stelle mir ihren Satz vor in einer anderen Welt. In einer adverbbefreiten Welt.
Ich liebe deinen Duft.
Das wollte sie sagen. Aber was, wenn nicht? Wahrscheinlich nicht. Reiner Aberglaube?

Die Instrumente auf der Bühne scheinen bereit, radiotauglichen Märchenpop aus sich zaubern zu lassen. Nur von den finnischen Zauberern fehlt bisher jede Spur. Dafür eine prall gefüllte Tanzfläche, deren überwiegend BAföG-finanziertes Publikum sich von REM's *„Shiny happy people“* zu ausgelassenen Bewegungen anstiften lässt. Ich finde, Michael Stipe hätte jetzt besser ein wehmütiges *„The one I love“* zum Besten geben sollen. Jetzt, wo ich an einer Säule neben den strahlend glücklichen Menschen ein *shiny happy girl* im roten Kleid beobachte. Es sitzt an der Bar, nippt an einem Kirsch-Bananen-Saft und unterhält sich mit einem blondierten kräftigen Mann, den ich zuletzt mit heruntergelassenen Hosen gesehen habe. Damals etwas weniger entspannt lächelnd, nicht so wie jetzt an der Seite von Sarah hier an dieser Bar. Was mir allerdings an diesem Bild außerordentlich gut gefällt, ist der pechschwarzhaarige Mädchenzwerg mit Nasenpiercing rechts vom Chef der skandinavischen Band. Steht bei, nein, hängt an ihm fest, die linke Hand kontinuierlich über seinen Rücken streifend. Dann darf ich mich also doch auf *„Fairytale gone bad“* freuen. Ich sehe, wie Sarah sich sanft eine Locke hinters Ohr streicht und das linke Bein über das rechte schlägt. Anbetungswürdig, wie jede einzelne ihrer Bewegungen. Moment!

Hallo! Sie da oben! Sie Weltenlenker und Erlöser! Schauen Sie bitte ganz genau hin! Rotes Kleid auf 12 Uhr. Wenn ich mir jemals etwas bei Ihnen wünschen darf, dann diese Frau! Ich will dann auch nie wieder etwas anderes. Versprochen! Also, Amen!

Nein, ich finde es überhaupt nicht witzig, dass sich dieser Aushilfs-DJ gerade in diesem Augenblick dafür entscheidet, HIM's *„Join me in death“* durch die Boxen zu pumpen. Gut. Ich werde schon noch die passenden Worte finden.

„Vater unser im Himmel, geheiligt werde Dein Name. Dein Reich komme. Dein Wille geschehe, wie im Himmel so auf Erden. Meine Sarah gib mir heute. Und vergib mir meine Schuld, wie auch ich vergebe meinen Schuldigern. Und führe mich nicht in Versuchung, sondern erlöse mich von dem Bösen.“

„Sag mal, betest du?“, grinst mich das Böse an. Standesgemäß

von oben bis unten in Schwarz gehüllt. Das Böse hört auf den Namen Maria und erwischt mich mit zusammengefalteten Händen an eine Säule gelehnt.
„Das … sah nur so aus!"
„Sondern erlöse mich von dem Bösen???"
Ich sollte in Zukunft unbedingt leiser beten. Besonders dann, wenn das Böse gerade lauscht. Bad sister is watching you! Das mit dem Erlösen vom Bösen hat offenbar nicht so ganz geklappt. Maria presst ihre Lippen auf meine Wange und zieht es vor, mit ihrem Mund dicht an meinem Ohr zu verweilen. Über ihre Schultern hinweg wird mir ein Anblick geboten, der mich binnen von Sekunden schockfrosten lässt. Auf dem Nachbarhocker der Frau in Rot hat sich eine dreitagebärtige Schwarzlocke ausgebreitet. Mitte dreißig, Lederhosen und orangenes Hemd. Letzteres ist noch längst nicht der optische Tiefpunkt an dieser Szene. Vielmehr die Hand, die Sarahs fest umschlossen hält, und der Kuss, der an ihrem Hals landet. Damit hätten wir nun auch das dicht behaarte Bauchnabelmodel mit Sixpack enttarnt.
„Ich muss dir unbedingt was sagen. Ist mir total peinlich." Ein kleiner Beelzebub in Blond scheint mir seine Sünden beichten zu wollen. Doch die Worte verirren sich in meinem Gehörgang wie in einem Labyrinth. Trotzdem antworte ich mit einem verständnisvollen: „Mhm."
„Mensch, Sascha, ich konnte doch nicht ahnen, dass DU versuchst, diese *Pool* zu ersteigern."
„Mhm."
Sarah wuschelt mit ihrer rechten Hand durch die schwarze Lockenpracht und amüsiert sich dabei auffallend köstlich. Mein Magen fühlt sich derweil an wie zwischen den stählernen Backen eines Schraubstocks, mit einer orangen Handkurbel, die sich verbissen weiterdreht.

„Erst als mir Ralf sagte, dass irgendein Sascha Bartmann das Geld überwiesen hat, da wusste ich, dass du derjenige bist, der dieses Ding unbedingt haben will."

„Mhm."

Die Lederhose hat nun ihre linke Hand auf Sarahs Oberschenkel abgelegt und übertönt mit ihrem Lachen sogar Peter Bjorn and John, die schön schief ihre *„Young folks"* pfeifen.

„Du musst mir aber irgendwann mal erklären, warum du so scharf auf das Heft warst? Von den Dingern liegen doch ganz viele im Lager."

„Mhm."

Rot und Orange, das beißt sich. Bisher wenigstens nur farblich. Trotzdem rücken die beiden gefährlich nah zueinander. Also neu und unvertraut sieht für meinen Geschmack irgendwie anders aus.

„Deswegen kriegst du jetzt auch sofort dein Geld wieder, mein Guter. Okay?"

„Mhm."

Das Böse ist so freundlich, mir zwei Scheine in die Hand zu drücken, um im gleichen Moment von meiner Schulter zu weichen und auf die Tanzfläche zu hüpfen. Ich verstehe nicht so ganz, womit ich diese Scheine verdient habe. Nur die Worte „peinlich", „Pool" und „Ding" sind hängen geblieben. Was für ein peinliches *Pool*-Ding sie meint, ist mir derzeit relativ schnuppe. Dafür weiß ich, was jetzt sofort zu tun ist.

Das hätte ich mir auch einfacher vorgestellt: meine beste Freundin Katta zu erreichen und davon zu überzeugen, mich hier im „Markgraf" in meiner Verzweiflung seelisch, moralisch und vor allem optisch zu unterstützen. Freilich hätte ich es mir auch denken können. Dass sie sich nämlich gerade mit einem „göttlichen Alphamännchen“ in der Horizontale befindet und ihre Gedanken dabei sehr monothematisch geprägt sind. Es wäre auch ein wenig naiv gewesen, sich einzubilden, dass ausgerechnet Katta allein im Bett liegt. Und wenn sie dort etwas verschlingt, dann bestimmt nicht das Neue Testament.

„Du, wir wollten grad mal was Neues ausprobieren. So kamasutramäßig, verstehst du?“, flüstert sie durchs Telefon.

„Versteh ich. Aber trotzdem. Katta. Bitte!!!“

„Manno. Nebenan wartet ein Lenny-Kravitz-Verschnitt in meiner Kiste. Soll ich dem jetzt sagen, er soll sich wieder anziehen?“

„Kommt drauf an.“ Ich wittere die Spur einer Chance. „Blubbt denn sein … Bauchnabel nach außen?“

„Nein. Er hat einen perfekten Bauchnabel. Was tut das denn jetzt zur Sache?“ Wenn man überhaupt laut flüstern kann, dann flüstert sie jetzt sehr laut.

„Na, weil Lenny Kravitz doch einen eher unästhetischen Bauchnabel hat.“

„Es liegt ja auch nicht Lenny Kravitz in meinem Bett, sondern einer, der nur so aussieht. Nun stell dir mal vor, Naomi Watts würde nackt neben dir liegen und ich würde von dir verlangen, lass die Finger von ihr und komm sofort zu mir.“

„Dann wäre das kein Verschnitt, sondern das Original. Katta! Das kann man nicht vergleichen!“

„Okay. Andere Frage. Angenommen, ich schicke meinen Lenny nach Hause und komme zu dir. Wie würdest du das wiedergutmachen wollen?“

Na endlich! Eine schwach glänzende Aussicht, doch noch gegen Lustmolch Lenny anzustinken. Steht nur noch die Frage der Wiedergutmachung im Raum. Ich habe es versucht zu vermeiden, aber es hilft nun alles nix. Muss ich wohl ihr Geburtstagsgeschenk etwas verfrüht rausrücken: die Original Martin-Gore-Handschuhe. Die sollte sie eigentlich erst in zwei Wochen bekommen zu ihrem Dreißigsten.

„Ich hätte da ’ne Idee. Du wolltest doch mal was Persönliches von Depeche Mode, oder?“

„Öhm. Ja!?“ Gleich hab ich sie!

„Also was richtig Persönliches. Nichts, was jeder haben kann …“

„Schieß los!“

„Martin hatte seine Handschuhe im Hotel vergessen, und die konnte ich ja nicht einfach so liegen lassen.“

„Echt jetzt???“

„Echt jetzt.“

Ganze zehn Sekunden Stille am anderen Ende der Leitung. Ich bin dem Allmächtigen überaus dankbar, dass folgende Worte nicht für meine Ohren gedacht sind: „Mein Tiger, sei nicht traurig, morgen Abend geht’s weiter. Und dann wird dir Hören und Sehen vergehen, versprochen!“

Gut zu wissen, dass ich nicht der Tiger bin. Sonst könnte ich mir auch sicher sein, dass mir morgen Abend nicht nur Hören und Sehen vergeht. Auch all die anderen Wahrnehmungen wären drastisch eingeschränkt. Nur der arme Tiger, der weiß das noch nicht. Er wird diesen Katta-Satz wie die meisten Männer als Versprechen deuten und nicht als das, was es tatsächlich ist: eine Drohung. Ich werde dir das Fell über die Ohren ziehen, bis du als schlaffer Bettvorleger endest! Mich lässt diese Drohung hingegen aufatmen. Katta verspricht, ihren symmetrisch vollendeten Körper angemessen zu verpacken und zu mir ins „Markgraf“ zu schicken.

Der blonde Finne gibt gerade ein „*Choose to be me*" zum Besten, als sich der brünette Augenschmaus von hinten nähert. Katta in einem relativ schlichten, knielangen, silbergrauen Cocktailkleid. Ich vermute, sie würde sogar noch als Michelin-Männchen verkleidet lüsterne Blicke auf sich ziehen. Sie spielt ihre Rolle wirklich glänzend. Schmiegt sich an mich und wippt mit mir im Einklang zu den Drums aus Helsinki. Es fühlt sich gut an, sie so nah bei mir zu spüren.

„Wie hießen die da vorne noch mal?", fragt sie mich in einer beachtlichen Lautstärke, sodass sich drei hysterisch zappelnde Studentinnen vorwurfsvoll in unsere Richtung drehen.

„Sunrise Avenue", antworte ich etwas gedämpfter.

„Noch nie gehört. Aber gar nicht mal so schlecht. Warum bin ich jetzt noch mal hier?"

„Weil du meine beste Freundin bist und in schweren Lebenslagen müssen Freunde auch mal auf Kamasutra verzichten und für den anderen da sein."

„Da verlangst du aber was!", grinst Katta.

Gerade als Sänger Samu mit einem lächelnden „*This is the end*" das unvermeidbare „*Fairytale gone bad*" einleitet, sehe ich rechts vom Bühnenrand zwei orangene Arme geradezu peinlich durch die Lüfte wedeln. Bewegen sich wie zwei Flamingoköpfe auf LSD. Textsicher tänzelt der Typ mit der Meute und hat dabei höllischen Spaß. An Sarahs Stelle hätte ich ja bei diesem Exemplar meine Bedenken. Ob das so das Richtige ist für sie? Offenbar verzichtet sie gern darauf, mit ihm gemeinsam die Finnen zu bewedeln; sie steht in sicherer Entfernung an der Bar und verfolgt das textlich äußerst depressive Mittsommermärchen von dort aus. Eine durchaus vernünftige Entscheidung.

„Wo ist denn jetzt deine Süße?“, möchte Katta wissen.
„Steht da hinten, rotes Kleid.“
„Ich dachte, die ist mit ’nem Kerl da. War das nicht das Problem?“
„Das Problem trägt Orange und hüpft wie ’n Pongo-Mongo durch die erste Reihe.“
„Find a new one to fool. Leave and don’t look back. I won’t follow. We have nothing left. It’s the end of our time.“
„Was denn, der schwarz gelockte Typ da???“
„Genau.“
„Ach Sascha, ich glaub nicht, dass DAS dein Problem ist!“, spricht es und dreht sich zu einem gierig dreinblickenden Manni, um ihn innig zu begrüßen.
„Wie meinst’n das?“, frage ich, bekomme jedoch keine Antwort, weil man sich stattdessen ausgiebig mit Empfangsgeknuddel und Komplimentengedöns beschäftigt.
„Krieg ich heut doch noch was Süßes zum Abendbrot“, zwinkert sich Manni ran.
„Tell them it’s me who made you sad. Tell them the fairytale gone bad.“
„KATTA! Wieso ist das nicht mein Problehem???”, möchte ich gern noch von Mannis Nachtisch erfahren, bevor er als solcher endet.
„Hallo! Das ist ein Geisterfahrer! Sieht man doch!“, spricht Mannis potenzielle Mousse au Chocolat. Noch bevor ich mir die exakte Definition für Geisterfahrer einholen kann, rutscht die Schokomaus wieder auf Mannis Schleimspur aus.
„Jaja, lasst mich nur dumm dastehen!“
Die beiden nehmen mich doch tatsächlich beim Wort und verdrücken sich gemeinsam von der Tanzfläche. Weltklasse! Wenn man solche Freunde hat, kann man auch gleich bei Osama Bin

Laden anfragen, ob er noch einen Platz in seinem Ausbildungscamp frei hat. Schon während der ersten Zeilen von *„Forever yours“* trete ich die Flucht an. Runter in den Keller. Vielleicht kann mir hier jemand erklären, was ein Geisterfahrer ist.

„Na, das ist einer, der zum Beispiel auf der Autobahn in die falsche Richtung fährt, oder nicht?“

Mensch! Was dieser haargelackte, knapp 20-jährige Kellerbarkeeper im dunkelroten „Markgraf“-Shirt so alles weiß. Ich bin beeindruckt. Ich bedanke mich für die umfassende Aufklärung und für den doppelten Ramazzotti auf Eis. Zumindest Letzterer wird mir vorübergehend weiterhelfen.

Ich sitze mit einem italienischen Kräuterlikör allein auf einer kerzenbeleuchteten Kuschelcouch im einzig amtlichen Club der Stadt. Wie armselig. Aber selbst in solch einer Lebenslage ist eine Steigerung nicht zwangsläufig ausgeschlossen. Die Finnen haben sich nämlich ausgepoppt, sodass allmählich diverse Sympathisanten des Sunrise auf die Avenue hinab ins Kellergewölbe strömen. Als sich die Holztreppe ein weiteres Mal bedenklich laut über den seichten Jazzteppich knarzt, schickt sie mir den nächsten guten Grund, warum ich heute Abend besser hätte daheimbleiben sollen: einen Wonneproppen mit kurzen braunen Locken, der offensichtlich an fortgeschrittener Styling-Demenz leidet. Aber klar! Wo ein finnisches Popidol traurige Märchen trällert, zeigt auch ein Speckblümchen seine prächtigsten Blüten. Es ist Babette, die meinen ästhetisch verwöhnten Augen ohne Vorwarnung Schmerzen zufügt. Ihre Foltermethoden bestehen im Wesentlichen aus viel freigelegter Haut und ebenso sparsamer wie kurvenbetonter Verpackung.

Unfassbar. Gemessen an ihrem jetzigen Outfit war sie neulich im Karstadt beinah eine Augenweide. Als sich ein großzügig geschnittenes Blumenkleid so gnädig zeigte, das Schlimmste zu überdecken. Das wiederum vermag der schwarze Minirock heute Abend nur bedingt. Und auch das schwarz-gelb gestreifte Top missgönnt dem Betrachter den beruhigenden Anblick eines lückenlosen Übergangs von Top zu Rock. Die luftigen zehn Zentimeter Freiraum hat sich ein weicher Bauch sichtlich hart erkämpft und verteidigt sie nun mit aller Macht. Ja, Babette zeigt, was sie zu bieten hat. Mit einem gewissen Hang zur Perversität hätte man sich das üppige Angebot allerdings auch so ganz gut vorstellen können. Ich mein, klar hat jeder das Recht auf ein paar Pfund zu viel auf den Rippen. Aber muss man dieses Privileg vollends ausschöpfen?
Bei Recherchen bin ich mal auf das Foto der verschwitzten Gossip-Frontfrau Beth Ditto in Unterwäsche gestoßen. Eine Frau, die jetzt dank eines enormen Umfangs nicht bei jedem Model-Contest direkt den ersten Platz machen würde. Trotzdem sprudelt dieses Foto im Nachhinein betrachtet geradezu über vor Erotik. Also verglichen mit Babette im Wespenlook mit der Taille einer Hummel.
Nein! Was macht sie denn da? Sie wankt genau in meine Richtung. Was soll das denn? Tatsache, sie spricht mit mir.
„Isch hob Sie schon längsd ergannd!" Dass meine kleine Sumpfdotterblume ihre kreisrunde Gesichtsblüte nicht in grimmige Falten legt, macht mich etwas stutzig. Stattdessen lächelt sie. Wenn man das bei ihr so nennen kann.
„Woran, also ... wie jetzt erkannt?"
„Sie ham mir doch de *Pool* weggenommen. Da bei den Zeidungen im Garschdadd."
„Aber ... Sie haben sie doch trotzdem bekommen, oder nich?"

„De *Pool* schonn, abor den Ardiggel ni. Aber nu habsch'n drotzdemö!", freut sich Babette und schwingt ihren beachtlichen Körper auf mein Sofa, sodass auch ich gleich einen halben Meter tiefer sacke.
„Das is ja … großartig. Also, schön für Sie."
„Gannsd och du sachn. Isch bin de Babette." Dabei reicht sie mir ihr fleischiges Pfötchen.
„Sascha."
„War dos ni ä dolles Gonzerd?"
„Na und wie!", gebe ich mich geschlagen. Kann sie ja schlecht hochheben und wegtragen.
Wer hat sich eigentlich ausgerechnet dieses Ende für mein Drehbuch einfallen lassen? Ich auf einer versifften Kellercouch neben einem Wonneproppen, der in einer reichlich unvorteilhaften Bewegung ein Bein über das andere schlägt? Einem Fotografen von www.pixeljäger.de scheint dieser Anblick ebenso zu gefallen wie der pummeligen Hummel selbst. Er deutet mit einer Handbewegung an, wir sollen doch ein wenig zusammenrücken für einen perfekten Schnappschuss. Da kann ich doch rücken, wie ich will. Ohne Weitwinkel wird unmöglich alles draufpassen. Babette hat noch Hoffnung. Legt doch tatsächlich ihren Puddingarm um meine Schulter und grinst. Ich auch. Es geht doch nichts über die unverkrampfte Momentaufnahme einer trauten Zweisamkeit. Klick. Bin ich erlöst? Nein? Okay. Dann rutsch halt noch näher. Solange du dich nicht auf meinen Schoß setzt. Klick, klick. Nun reicht's aber!
Dem Pixeljäger reicht es schon, nur Babette anscheinend nicht. Lässt ihren Arm dort liegen, wo er liegt. Vielleicht befürchtet sie aber auch, dass gleich der nächste Schnappschussjäger vorbeikommt und sie ihre Fettpolster noch einmal in Position bringen muss. Vermutlich ein Bewegungsaufwand, der für andere

mit einem Halbmarathon zu vergleichen wäre. Eine ähnliche Herausforderung würde es wiederum für mich bedeuten, sie von meinen Schultern abzuhängen. Was soll Kate Moss auch machen, wenn Meat Loaf auf ihrem Schoß logiert? Das Gleiche wie ich. Warten und hoffen, dass der andere merkt, dass er sich da irgendwo reingesetzt haben muss. Oder darauf, dass sich ein blonder Leckerbissen mit einem finnischen Popakrobaten um die Ecke schleicht. Letzteres beendet meine Wartezeit.

Ich bin mir nicht ganz sicher, ob ich jetzt Grund habe, mich zu freuen, weil Babette ihre Last von mir genommen hat. Oder ob ich mich lieber mal eben in einem der antiken Tresore wegschließe. Ich habe Sarahs Augen ein ganz, ganz schreckliches Bild geliefert. Die Riesenhummel und ich eng umschlungen auf einem Sofa. Aber hatte ich eine Wahl? Nein! Wenigstens ist das Tier ein Stück zur Seite geschwirrt und macht damit unglaublich viel Platz für Sarah und Samu.

„Haben wir dich jetzt vielleicht gestört?“, strahlt Sarah, während sie sich neben mir aufs Sofa fallen lässt.

„NEIN!“, antworte ich mit dem nötigen Nachdruck.

„Dann ist ja gut. Ich wollte euch mal bekannt machen. Also, das ist Sascha, das ist Samu.“

Das ist also dieser berühmte Samu. Aha. Schön, dass ich das endlich mal erfahre.

„Freut mich!“, sage ich.

„Hello, Sascha“, sagt Samu. Für meinen Geschmack schwingt da unterschwellig ein gewisser Unterton mit. Ich schätze, ich muss mir nicht mehr einreden, dass mich der Typ längst vergessen hat. Dabei sehen doch solche massenkompatiblen Poplieferanten täglich Tausende Mitmenschen. Ist denn das zu viel verlangt, mal ein Gesicht aus dem Speicher zu löschen? Offenbar schon, denn seine Miene tendiert stetig zu einem grübelnden Columbo-Grinsen.

„Kann das sein, dass wir uns schon kennen?"

„Das … kann ich mir nich vorstellen." Souverän bleiben, er wird mich unmöglich exakt zuordnen können.

„For sure! Ich habe dich gesehen schon mal." Ja! Aber keiner von uns beiden möchte jetzt in Anwesenheit von Sarah über Rektalbananen plaudern!!!

„Ja, das denken viele. Das liegt an meinem Allerweltgesicht." Ich hätte jetzt gern das Thema gewechselt!

„Allerwelt what?"

„Öhm. Allworld … face", versuche ich meine handelsübliche Vorderansicht zu transponieren.

„He means a nondescript face", hilft mir meine amüsierte Couchnachbarin.

„Exactly", bestätige ich.

„Finde ich zwar nicht, aber gut", ergänzt Sarah, ohne dass sich daraus eine persönliche Wertung ableiten lässt. Gut zu vergleichen mit dem Wort „interessant", was bekanntlich auch alles zwischen unter- und außerirdisch bedeuten kann. Während ich mir noch größte Mühe gebe, Sarahs Worte zu entschlüsseln, verformt sich Samus Blick binnen Sekunden zu einem illuminierten Lächeln. „Ich glaub, ich weiß es jetzt."

Den Gedanken zu flüchten verwerfe ich fürs Erste. Neben unserem Sofa ist der schwarz gelockte Orang-Utan aufgetaucht und platziert sich auf die Lehne neben Samu.

„Du, Sarah, wir wollen dann gleich fahren", unterbricht er dankenswerterweise. Sarah scheint allerdings Samus Rotlichterleuchtung mehr zu interessieren als der weichende Flamingo.

„Wart mal kurz, Daniel!“, bremst sie ihren peinlichen Tänzer und dreht sich zu mir. „Du hattest doch da so eine Geschichte aus Amsterdam geschrieben …“
„Ach die. Ja. Aber das ist doch schon lange her.“ Rhetorik sechs. Setzen!
„Na ja. Das muss ja vor knapp zwei Monaten gewesen sein, da ward ihr doch in Holland auf Promotour, oder?“, fragt sie jetzt den finnischen Sänger.
„Damn right! Amsterdam!“, fällt es wie Schuppen aus seinem blondierten Haar.
Kann ich diese Szene noch irgendwie aufhalten? Denk nach! Lass dir irgendwas einfallen. Egal was!!!
„Mensch, Daniel, sag mal“, spreche ich über Sarah und Samu hinweg zum orangenen Hemd, das mich irritiert anschaut.
„Ja?“
„Was ist eigentlich … 'n Geisterfahrer?“
Gar nicht mal so schlecht! Die Bananen dürften vorerst in weite Ferne gerückt sein. Stattdessen werde ich nun von sechs fragenden Augen gemustert. Die Blicke ähneln sich allerdings nur bei oberflächlicher Betrachtung. Sarah ist völlig verdutzt. Bei Daniel handelt es sich eher um einen empörten Gesichtsausdruck. Und Samu kann verständlicherweise einfach nix mit dem Wort Geisterfahrer anfangen. Also ähnlich wie ich.
„What is a … Geisterfahrer?“
Bevor ein „Ghostdriver“ aus meiner Boxengasse starten kann, bekommt Samu die mir bekannte Standarddefinition von Sarah übersetzt.
„It's a … it's somebody who's driving in the wrong direction on a motorway.“
„Okay. Ich verstehe. Funny word“, freut sich Samu.
Daniel weniger.

„Ist das eine ernst gemeinte Frage?"
„Jo. Schon."
„Also uns gefällt der Begriff ja nicht unbedingt. Aber bei euch in Heterokreisen scheint man den gern zu benutzen."
Sarah macht sich nicht die Mühe, diese Worte in ein astreines Englisch zu konvertieren. Ist auch quasi hinfällig, neben Daniel ist ein invertierter Kollege von Manni aufgetaucht: Axel. Er greift nach Daniels Hand und zieht ihn zu sich. „Na? Wollen wir endlich?"

Pünktlich, nachdem die beiden Geisterfahrer den einzig richtigen Weg eingeschlagen haben, kehrt Samus Bananenblick zurück.
„Amsterdam", nickt er zufrieden. „That was great!"
„Jop. Tolle Stadt", finde ich.
„Ich erinnere mich, wo wir uns gesehen haben."
So, wie das angeblich kurz vorm Tod passiert, spielen sich vor meinem inneren Auge all die Szenen ab, die mit Sarah in der weiblichen Hauptrolle besetzt wurden. Ein Blindcall im „Laguna", ein British Breakfast in diesem Café, bevor Schweinenase ausgetickt ist, und das Wiedersehen vor ein paar Stunden. Auch die ganzen SMS tackern sich quälend in mein Hirn und enden mit dem Wort: „Schade."
„Du musst ihm ja irgendwann die Bananenstory erzählt haben", hilft Sarah dem Finnen auf die Sprünge und mir damit auf die sichere Abschusslinie. Ich will es mit einem Bitte-verschon-mich-Dackelblick in Samus Richtung probieren.
„Right. In diese Bar, wo die Mädels servieren fast nackt", nickt Samu und schaut dabei deutlich entspannter als neulich auf

der Bühne mit all den Bananen. Bleibt mir nur zu hoffen und zu beten, dass er zumindest den Fruchtcocktail weglässt. Dann käme ich vielleicht noch um zwangsläufige Erklärungsversuche drum rum. „Wie war der Name von die Bar?"

„Öhm, weiß ich nich mehr", setze ich mich gegen dieses belanglose Detail grummelnd zur Wehr. Hab ich doch längst verdrängt, dass der Laden „Happy Banana" hieß! Und er hoffentlich auch!? Hat er offensichtlich nicht. Sein Fingerschnippen macht eher einen erleuchteten Eindruck. „Irgendwas mit … T, oder?"

T? T ist gut! T ist sogar sehr gut. Bei T können wir gerne bleiben. „Genau. Irgendwas mit T …"

„Ahhh." Ich glaub, jetzt hat er's. „Teasers! Das war der Name."

Teasers ist ja noch viel besser! „Richtig! Im ‚Teasers' war das!"

„Right! Da haben wir die Kaffee getrunken und da habe ich dir Geschichte erzählt. So war das", zwinkert sich Samu an Sarahs Blicken vorbei.

„Stimmt!", freue ich mich. Ich hätte es nie für möglich gehalten, dass ich mal den Wunsch verspüren würde, diesen Mann in die Arme zu nehmen. Mann! Ich könnte ihn abknutschen! Jaja, *„Fairytale gone bad"* ist schon eine großartige Nummer. Muss ich doch mal zugeben.

„Aber, könnt ihr mir sagen, wer ist Sarah Connor?" Ups. Hat er etwa den Artikel gelesen? Wie sollte er sonst darauf kommen? Dass Frau Connor gerade zufällig Nummer eins in Finnland ist, halte für eher unwahrscheinlich.

„Das ist 'ne deutsche Sängerin. War vor ein paar Jahren ziemlich erfolgreich", definiert Sarah ihre Namensvetterin. „Warum?"

„Diese gelb-schwarze …" Samu deutet auf die pummelige Hummel, die zwanzig Meter entfernt einsam auf einer Couch verharrt und zu uns rüberschielt. „Diese, na ja. Die hat mich gefragt, wie lange wir sind schon zusammen."

„Das arme verwirrte Mädel“, macht sich Sarah Sorgen.
„Kann einem schon leidtun“, füge ich gekonnt einfühlsam hinzu.
„Woher kennst du die eigentlich?“, lächelt das blonde Wesen zu meiner Linken. „Hast dich doch vorhin so angeregt mit ihr unterhalten.“
„Es war zu spät für eine Flucht. Hat mich regelrecht überfallen.“
„Einfach so?“
„Einfach so.“
„Ich glaube, ich werde trinken mit ihr etwas“, schlägt der blonde, überaus sympathische Finne vor. „Und dann frage ich sie mal wegen diese Geschichte.“ Samu erhebt sich und knallt seine Faust gegen meine. „Bis morgen, wir sehen uns.“ Und gibt Sarah einen Kuss auf die Wange.
„Ich hätte schwören können, du und dieser Daniel, ihr seid ein Paar“, sage ich, nun allein mit einer göttlichen Sarah auf dem Sofa hockend. Mein Herz will mir nicht die Freude gönnen, eine niedrigere Frequenz anzuvisieren. Stattdessen pocht es unermüdlich, als ob es irgendeinen Rekord zu brechen gäbe.
„Das denken viele. Aber mein Daniel, der hat neuerdings seinen Axel. Und das ist auch gut so.“
„Der Glückliche.“ Damit mein ich wohl eher mich selbst.
„Wie bist du eigentlich auf Geisterfahrer gekommen?“, stutzt Sarah.
„Konnte doch keiner ahnen, dass Daniel einer is. Sorry!“
„Sieht man doch“, amüsiert sich meine Traumfrau prächtig. „Aber egal. Ich finde, wir sollten jetzt mal in Ruhe was zusammen trinken, oder?“ Dabei rutscht sie noch ein gefährliches Stück näher. Mein Herz schaltet in den fünften Gang.
„F… finde ich auch. Tequila Sunrise?“
„Genau“, lächelt Sarah.

LAUBFROSCH

Meine noch sehr müden Pupillen enttarnen zwei äußerst ungewöhnliche Dinge auf dem Nachtschrank. Als da wären, ein Glas Orangensaft und direkt nebenan eine Mando-Diao-Tasse, vermutlich gefüllt mit heißem Kaffee. Letzteres will mir zumindest mein erwachter Geruchssinn weismachen. Der glaubt, auch einen Hauch von frisch gegartem Rührei aufgespürt zu haben. Mit Zwiebeln und Speck. Auch wenn ich Mannis Stimme deutlich hören kann, so weiß ich doch mit ziemlicher Sicherheit, dass er für all die Leckereien nicht zuständig sein dürfte. Das würde sonst auch bedeuten, dass sich sein Gesprächspartner ebenfalls mit im Schlafzimmer befindet. Doch keiner von beiden ist tatsächlich in meiner Nähe, ihre Stimmen erheben sich stattdessen aus dem kleinen laubfroschgrünen Radiowecker, der sich hinter der Mando-Diao-Tasse versteckt. Mannis Morgengast spricht ein etwas gebrochenes Deutsch. Sie unterhalten sich über ein Accessoire, bei dem es sich anscheinend um einen gelben Zwerg handelt. Ein Zwerg, der es sich zur Lebensaufgabe gemacht hat, seinen Betrachter beständig mit Liebesbekundungen zu überhäufen. Offenbar ist nun durch den Zwerg inspiriert eine Stadt an der Mündung der Amstel das Thema.

„Ich hab ja gehört, du stehst irgendwie auf Bananen", stichelt Manni.

„Ja, ich habe gern Bananen auf meine Shirt", versucht der Finnenrock-Frontmann seine außergewöhnliche Gelbfruchtaffinität herunterzuspielen. Seine äußerst tiefe Stimme, die nicht nur dem frühen Morgen geschuldet ist, sorgt für ein leichtes Vibrieren des Laubfroschs auf dem Nachtschrank.

„Komm, du weißt schon, was ich meine. Kino. Affen. Bühne. Bananen", bleibt Manni gewohnt hartnäckig.

„Okay. Wie viele Listener ihr habt gerade?“, antwortet der Finne resignierend, aber lächelnd.
„Och, nur eine Handvoll. Das passt schon“, lügt Manni leicht vernuschelt.
„So. Well. Ich war gerade in Amsterdam. Es war die gleiche Tag, als ich Klaus, das Arschkrokodil traf. Und na ja, da war diese Pornotheater. So eine Erotik-Show, wo nur Männer dürfen rein. Und da lief eine Show mit die hübsche südamerikanische Mädchen. Sie ging auf die Bühne und suchte fünf Männer, die kommen mit auf die Bühne. Na ja, ich hatte mehr als ein Glas Wein getrunken und, äh, ja. Ich habe da mitgemacht. Es war so peinlich. Zweihundert oder dreihundert Männer im Publikum. Und ich hab meine Hintern gezeigt. Und dann kam diese Affe mit die Bananen.“
Klick. Der Laubfrosch verstummt, noch während ich überlege, was ein Arschkrokodil in dem Zusammenhang bedeuten könnte.
„Wir wollen uns doch nicht den Appetit verderben lassen“, lächelt eine junge blonde Frau mit rosa T-Shirt. Sie stellt ein Tablett mit Tellern, heißen Toastscheiben, Brötchen und Butter ans Fußende des Bettes und rutscht zu mir unter die Decke. „Oder?“
Eine halbe Stunde später haben sich die Toastscheiben abgekühlt, der Laubfrosch wurde wiederbelebt und serviert uns ein *„Miles away“* von Madonna zum Frühstück. Ich glaub, ich werde sie auch mal fragen, ob ihr Amsterdam gefällt.

DANKESCHÖN

Die Frage aller Fragen: Wie viel Wahrheit steckt drin? Die Wahrheit ist: Ohne zahlreiche wahre Begegnungen und Situationen würde es dieses nicht immer ganz wahrheitsgetreue Buch wahrlich nicht geben. Gut, ich hoffe natürlich, dass mich Sunrise-Avenue-Frontmann Samu Haber nicht verklagt! Im Gegenzug werde ich auch für mich behalten, dass es einen sehr guten Grund dafür gibt, dass er seit seinem Abstecher nach Amsterdam in der Tat ständig Bananen-T-Shirts trägt.

So eine letzte Seite im Buch eignet sich hervorragend, um ein paar Menschen zu danken. Gerade den Menschen, die von Anfang an dabei waren und sich jede einzelne Anekdote tausendmal in hundert verschiedenen Versionen anhören oder durchlesen durften/mussten. Meinen ehrlichen Respekt an dieser Stelle, Ihr habt wirklich Durchhaltevermögen! Ich möchte nicht wissen, wie oft Ihr in der Zeit von Bananen geträumt habt.

Dankeschön an Simon Schmolke, der nach der ersten, ursprünglichen Amsterdam-Anekdote überschwänglich meinte: „Jop. Schreib ma weiter." Der mir die kuriosesten Ideen lieferte. Ja, die sowohl sprechende als auch quietschende Zwergbanane, die Flokati-Beerdigung und die folgenschwere Dachbesteigung hätte es ohne Simon nicht gegeben. Danke, Digga!

Auf keinen Fall darf ich Steffi vergessen, die sich quasi den kompletten Roman schon mehrmals als Hörbuch in der *extended version* am Telefon ins Ohr flüstern ließ, ohne dabei den roten Faden zu verlieren, ohne dabei einzuschlafen. Die mich immer wieder ermunterte, an dem Baby dranzubleiben, die mich gelegentlich bremste, wenn es ausuferte, und die doch tatsächlich irgendwann meinte: „Jetzt muss Sascha aber endlich mal Sex haben. Das hält doch keiner aus." So entstand der

DVD-Nachmittag mit der zwischenzeitlichen, ungewollten Horizontalakrobatik.
Lieben Dank auch an Judith, Susie, Frank, Woody und René, dass Ihr ebenfalls an das Baby geglaubt habt! Besonderen Dank an meine Frau Mama! Sie verdient im Nachhinein unser aller Mitleid. Sie musste sich bereits die ersten (vermutlich unglaublich kreativen) Ergüsse in meiner Kindheit anhören. Ich war zehn Jahre alt und schrieb Indianergeschichten, inspiriert von Karl May. Ja, ich konnte damals schon sehr wohl an der Reaktion „Komm, jetzt gibt's erst mal Abendbrot" erkennen, dass ich vielleicht noch an dem einen oder anderen dramaturgischen Detail feilen sollte.
Ob es meinen WG-Mitbewohner tatsächlich gibt? Und ob! Und wie! Er hat sich monatelang nichts dabei gedacht, als ich quasi jede Nacht bis in die frühen Morgenstunden in der Küche saß, um am Manuskript zu arbeiten. Eigentlich nennt er sich Mad Dog, was vermuten lässt, dass es sich auch hier lediglich um einen Künstlernamen handelt. Richtig vermutet! Sascha Polzin heißt er und Ihr konntet ihn auch wirklich jahrelang in verschiedenen Morningshows im Radio hören. Schalömmchen, mein Freund! Alles Gute weiterhin, auch beruflich!
Ich möchte die Gelegenheit nicht versäumen, mich ordentlich bei meinem Chef einzukratzen. Hast Du das Buch schon komplett durchgelesen? Falls ja, mach Dir keine Sorgen! Du hast so gar nichts mit dem Chef im Roman gemeinsam! Genug geschleimt? Gut! Also, danke schön, Mario A. Liese und dem ganzen Funkhaus von Radio SAW.
Vielen Dank auch dem Team vom Mitteldeutschen Verlag dafür, dass Ihr ohne mit der Wimper zu zucken sofort gesagt habt: „Das machen wir!" Ich habe nicht erwartet, dass das alles so schnell und so unkompliziert geht. Mein Baby ist bei Euch richtig!

Obwohl er quasi rund um die Uhr im Namen der großartigen Nachtigall im Einsatz ist, hat er trotzdem die Zeit gefunden, sich nicht nur ausgiebig mit meinem Baby zu beschäftigen, sondern ihm auch noch das Laufen beizubringen. Ich danke Dir. Du hast mittlerweile bei mir zwei sehr dicke Steine im Brett. Du, mein einstiger Programmchef und Immer-noch-Freund Arno Köster. Lieben Dank meinem Schatz Julia für die stetige Ermunterung: „Du wirst garantiert einen Verlag finden." Hat ja wirklich geklappt! Ich freue mich auf das neue Leben! In Liebe.

Ingolf Kloss
Mai 2012

INGOLF KLOSS wurde 1973 in Leipzig geboren. Nach dem Abitur begann er eine Lehre zum Sozialversicherungsfachangestellten, die er allerdings nach zwei Jahren zugunsten eines Jobs bei Radio NRJ abbrach. Seit 2000 ist er fest angestellter Moderator, Produzent und Musikredakteur bei Radio SAW und dort auch für alle Künstler-Interviews zuständig (u. a. Paul McCartney, Depeche Mode, Lenny Kravitz, Herbert Grönemeyer). Seit 2003 hat er eine eigene tägliche Nachmittagsshow. »Bananas« ist sein literarisches Debüt. Er lebt in Leipzig und Magdeburg.

www.mitteldeutscherverlag.de

Gesamtherstellung: Mitteldeutscher Verlag, Halle (Saale)

ISBN 978-3-89812-933-6

Printed in the EU